Nhung Dam

Tausend Väter

Roman

Aus dem Niederländischen von
Bettina Bach und Christiane Kuby

Ullstein

Die Originalausgabe erschien 2017
unter dem Titel »Duizend Vaders«
bei De Bezige Bij, Amsterdam/Antwerpen

Die Übersetzerinnen danken dem Deutschen Übersetzerfonds für die Förderung ihrer Arbeit.

Die Übersetzung dieses Romans wurde gefördert von der Dutch Foundation for Literature.

Nederlands letterenfonds
dutch foundation
for literature

MIX
Papier
FSC FSC® C014496

ISBN: 978-3-550-05035-0

Gesetzt aus Granjon und Futura
Satz: LVD GmbH, Berlin
Druck und Bindearbeiten:
GGP Media GmbH, Pößneck

Ewiger Winter

Nachdem mein Vater verschwunden war, schneite es ein ganzes Jahr lang in Beiahêm. Von der anhaltenden Kälte hatten die Menschen eine Eisschicht ums Herz, eine hauchzarte, zerbrechliche Schicht wie klarstes Kristall, und wenn sie niesen mussten, hatten sie Angst, ihr Herz könnte zerspringen.

»Dein Vater könnte es nicht glauben«, sagte meine Mutter. »Selbst wenn wir ihm ein Foto schicken, könnte er es nicht glauben. Dein Vater müsste darüber lachen.«

Ich betrachtete den Schnee. Den ganzen Schnee vom Deich bis zum Ende des Flusses.

Meine Mutter hatte recht. Selbst wenn der beste Künstler es malte und in ein Museum hängte. So viel Schnee konnte es gar nicht geben, nur in der Fantasie. Ja, er würde darüber lachen, über den Schnee, die Kälte und darüber, was aus uns geworden war ohne ihn.

Beiahêm

Nur ganz selten schafften es Menschen, von dort wegzugehen, die Glücklichen. Doch niemand kehrte je zurück. Beiahêm lag in einer unwirtlichen Gegend, wo man nicht so leicht durchkam. Auf dem Deich stand ein Leuchtturm, und hinter den ewigen Weiden und dem Sumpf sah man nur Wasser und noch mehr Wasser.

Hier an der Küste von Beiahêm ließen sich drei Jahrhunderte vor der Zeitrechnung die ersten Menschen nieder. Das war, ehe dieses Stück Land einen Namen trug, ehe die Erde nach menschlichem Abfall stank und ehe einsame Frauen übermächtiges Gejammer ins Dorf trieben. Als die Menschen da waren, verschloss sich der Weg hinter ihnen mit einer dichten Hecke aus üppig wucherndem Knöterich. Diese allerersten Bewohner vergaßen, ihren Kindern zu erzählen, dass sie früher übers Land gezogen waren. Und so wussten nur einige wenige, dass man auch auf dem Landweg fortkonnte. Jahrhundertelang suchten die Menschen nach einem Durchschlupf, bis sie zu dem Schluss kamen, dass der einzige Ausweg aus Beiahêm über das kalte, graue Meer führte.

Eine Sumpflandschaft war es, aus der Wassermenschen auftauchten wie Nixen, mit Netzen voller Fische, die sie trockneten, um im Winter zu überleben. Diese Allerersten warfen Tag und Nacht Ufermatten auf den Wall, um den Boden zu erhöhen, doch die Matten rutschten einfach wieder ab.

Der Boden war immer nass und sumpfig.

Schlammig und matschig.

Die Menschen verloren den Mut und bekamen tiefe Furchen zwischen den Augenbrauen, das Wasser drang noch tiefer in ihre helle Haut ein. Sie wussten, dass sie auf schwankendem Boden lebten, den es eigentlich nicht gab, denn er lag unter dem Meeresspiegel. Und dass ihr Land dem Meer gehörte, den Drachen, den Feuerstürmen und den Seeschlangen.

Nur durch ewiges, ununterbrochenes Pumpen eroberten sich die Menschen Meter für Meter festen Boden unter den Füßen, den sie stolz Beiahêm nannten. Jahrhunderte später wurde am Rand des Dorfes ein neues Viertel gebaut, und das Dorf verlagerte sich. Später wurde am Rand dieses Viertels eine größere Stadt angebaut und noch später ein prächtiges Land hinter der Stadt, und Beiahêm wurde verdrängt und rückte an den Rand der Welt. Wackelig lehnte es an der Küste, weit und breit nichts anderes; nichts als Meere, die zusammenprallten, und Ozeane, die schäumend durcheinanderwirbelten.

Die Bewohner von Beiahêm legten eine Schicht Asphalt auf den Siedlungshügel. Sie mauerten Reihenhäuser, legten einen Basketballplatz an und zogen einen Supermarkt und eine Grundschule hoch. Sie entwickelten einen bestimmten Wortschatz, in dem es von Wörtern wie Drecksschlampe und Scheißmongo nur so wimmelte. Aber trotzdem war der Boden nass, die Sumpflöcher blieben tief, und auch die Naturmonster ließen sich nicht verjagen. Auf dem Weg zur Schule bekam man immer noch nasse Füße. Während der Rest des Landes mit der Zeit ging, blieben in Beiahêm die Uhren stehen.

Wie ich im Riesentang liege, zwischen all dem wunderbaren grünen Tang im Wasser, denke ich: Schnee im März ist schon seltsam. Denn so hatte es ein Jahr vorher angefangen. Ich war elf Jahre alt, trat Tag für Tag die faulen Blätter von den Schuhsohlen, schüttelte die Regentropfen aus dem Haar und wich dem Geruch des vor sich hin rostenden Elektrizitätswerks aus, indem ich einen großen Bogen darum machte. Ich verstand nicht, woher meine Eltern kamen, wie es sie sechzehn Jahre zuvor hierher verschlagen konnte, zu diesen großen hellhäutigen Menschen, die wie Wikinger aussahen, und wie sie mir einen so lächerlichen Namen wie Nhung geben konnten, der nach einer Speise klingt. Und warum mein Vater, noch bevor er sich an seinen neuen Wohnort gewöhnt hatte, frisch zum Neuling gekrönt und verhöhnt, wieder weggegangen war.

Einfach so, ohne ein Wort.

Schnee im März, als mein Vater fortging.

Umgeben von Tang tunke ich den Finger ins Wasser und zeichne die ersten Worte auf.

1

Kaum war mein Vater fort, ging es los mit dem Ärger. Seither kam die Spinnerin ständig zu uns. Sie schnüffelte und schnaubte; wie ein Bluthund roch sie, dass kein Mann mehr im Haus war. Wie immer ging es um das Hin und Her von Besitz, um das Zählen von Münzen, um das Abzeichnen von Grundstücken.

Die Spinnerin kannte keine Skrupel. Mit lauter Stimme drohte sie, die Tür einzutreten. Meine Mutter versteckte sich in der Speisekammer, ich sah ihre aufgestellten Nackenhaare. Dass ich vom Fenster wegsolle, zischte sie.

»Wenn du nicht aufmachst, setzt es was!«, schrie die Spinnerin und kratzte mit den Nägeln an den Fensterscheiben.

Bevor ich öffnete, sah ich noch rasch zu meiner Mutter. Aber die sagte nichts. Sie kauerte zwischen den Reis- und Bamisäcken. Auf ihrer Flucht hatte sie vergessen, die Tür hinter sich zuzuziehen. Ihr zitterndes Bein drückte gegen eine Schachtel mit getrockneten Shiitake-Pilzen.

Die Kammer war voller getrockneter Gewürze und Kräuter. Kurkuma, weißer Pfeffer, Zitronengras. Wenn man mit dem Fuß stampfte, wirbelten einem Staubwolken aus gemahlenem Zimt und Sternanis in die Nase, so viel und heftig, als ob man mitten in einem Sandsturm steckte.

Die Weckgläser mit den tausendjährigen Eiern starrten mich mit großen Augen an, große weiße Augäpfel ohne Pupillen. Albträume bekam ich davon. Auf dem untersten Brett sah ich, wie sich die Schlange in dem mit brauner Flüssigkeit gefüllten Weckglas wand. Immer, wenn ich etwas aus der Kammer holen sollte, starrte ich ewig hin, ob sie lebte. Die gewundene Schlange, die den Kopf ans Glas drückte, schillerte in allen Farben des Regenbogens. Einmal im Monat füllte sich meine Mutter ein Gläschen braune Brühe ab. Die trank sie dann.

»Es ist meine Arznei«, sagte sie. »Dann fühle ich mich von innen besser.« Für mich war der Raum eine Hexenkammer. Voller Hexendinge. Es wollte mir nicht in den Kopf, dass Eidechsenschwänze oder eingerollte Schlangen einem ein besseres Gefühl geben sollten.

Die Spinnerin kam brüllend und polternd ins Haus, flankiert von zwei Männern. Jeden ihrer Schritte gingen sie im Gleichschritt mit. Die Männer hatte ich schon mal auf der Straße gesehen, zusammen mit den Chinesen. Die chinesische Mafia, das waren Männer mit Armen und Beinen aus zäher, trockener Schlangenhaut, denen Schnee und Kälte nichts anhaben konnten und die nie einen Wintermantel trugen.

Der Mann rechts von der Spinnerin war groß und kahl, mindestens zwei Köpfe größer als alle, die ich kannte, er musste sich bücken, um nicht an die Decke zu stoßen. Der andere war kleiner, das Haar hing ihm in fettigen Strähnen ins Gesicht. Die Männer sagten nichts. Sie standen nur da.

»Wo – ist – deine – Mutter?«, fragte die Spinnerin.

Ich wusste nicht, was ich sagen sollte, aber ich hütete mich, den Blick zur Speisekammer wandern zu lassen.

»Wir müssen über Besitz sprechen«, sagte sie. »Wo – ist – deine – Mutter?« Der große Mann krempelte die Ärmel hoch.

Keiner sagte etwas. Oft muss ich kichern, wenn es lange still bleibt, wie damals, als Mose in der Klasse erzählte, ihre Mutter wäre schwer krank. Aber jetzt nicht. Jetzt musste ich nicht lachen.

»Ich habe nichts. Ich besitze nichts«, drang plötzlich die Stimme meiner Mutter aus der Speisekammer. »Mein Mann hat alles mitgenommen. Ich habe nichts, ich besitze nichts.« Nur ihre Stimme war zu hören. Als wäre meine Mutter nicht da. Nur ihre Stimme. In diesem dunklen Loch.

»Und was ist das?« Die Spinnerin hielt unsere Vase hoch. Eine Vase aus Perlmutt, die als Prunkstück auf dem Fernsehschrank stand. Bei jedem Licht nahm sie eine andere Farbe an. Mal Blau, mal Gelb, aber meistens Weiß. Nie standen Blumen drin. Warum, weiß ich nicht. War sie zu schön, um benutzt zu werden?

»Nichts von dem, was du siehst, gehört mir«, sagte die Stimme. »Es ist nur eine Vase. Die Vase ist nicht von mir.«

»Und das hier?« Die Spinnerin hielt einen Teller aus Porzellan hoch, der als weiteres Prunkstück neben der Vase prangte. Ein weißer Porzellanteller mit dünnem Goldrand. Von dem Teller hatten wir noch nie gegessen. Warum, weiß ich nicht. Wir aßen mit den Händen und mit Stäbchen. Wir aßen von der Zeitung oder von Papptellern und schauten dabei auf den Porzellanteller.

»Der gehört mir nicht, auch der Teller ist nicht von mir«, sagte die Stimme. Die Spinnerin hielt zwei Tuben Sonnencreme hoch, die neben dem Porzellanteller standen. Sie waren das Allercoolste bei uns zu Hause. Zwei herrliche Tuben Sonnencreme, noch verpackt, von der

Marke Clinique. Clinique. Ein Wort, das ich mehrmals am Tag im Vorbeigehen las.

»Gar nichts gehört mir. Mein Mann ist weggegangen und hat alles mitgenommen. Wir essen mit den Händen und schützen uns mit den Händen vor der Sonne. Das hier gehört mir alles nicht. Aber wenn du es mitnehmen willst, nimm es eben mit«, sprach die Stimme aus dem Dunkel.

Die Spinnerin beäugte die Vase, den Teller, die Sonnencreme. Sie sah die Männer an, doch die schüttelten den Kopf.

»Es ist nicht genug«, sagte sie. »Die Vase, der Teller, die Sonnencreme, das ist alles nicht genug.«

»Aber ich habe sonst nichts«, drang es leise aus der Kammer. Dann blieb es eine Zeit lang still. Aus dem schwarzen Loch kam nichts. Die beiden Männer sahen einander an. Ich hoffte, dass meine Mutter verschwunden war. Dass in der Kammer ein geheimer Ausgang war oder sie sich in Luft aufgelöst hatte. Alle drei schauten sich im Zimmer um, als sähen sie einer Fliege hinterher.

»Ich habe Nhung!«, sagte Mutter plötzlich, als wäre ihr die Erleuchtung gekommen. »Nimm Nhung mit. Sie ist bestimmt mehr wert als alles andere zusammen.«

Die Spinnerin musterte mich. Beide Männer wandten den Blick von der Speisekammer und sahen zu mir. Der kleine Schlangenmann kam auf mich zugeschlichen. Er hob mich hoch, wiegte mich ein paarmal hin und her und ein paarmal auf und ab. Mir blieb der Atem weg. Ich spürte seine trockene Haut an meinem Oberschenkel, und mein Magen zog sich zusammen, so wie es seltsame Wolken manchmal tun. Urplötzlich und scharf, als wüsste man, dass gleich etwas Furchtbares passiert. Ich hielt die Luft an, bis meine Lunge fast platzte.

»Es dauert nicht lange«, sagte die Stimme aus der Kammer. »Es ist doch nicht für die Ewigkeit. Nichts ist für die Ewigkeit. Alles kommt wieder zurück. Nimm sie mit und bringe sie wieder zurück. Wenn für dich die Sterne günstig stehen. Wenn du wieder mal gute Karten hast, dann bringst du sie einfach zurück. Du kriegst bestimmt bald gute Karten. Es geht gar nicht anders. Kein Mensch hat immer nur Pech. Aber jetzt geh bitte. Und nimm die Männer mit.«

Der kleine Mann wiegte mich noch ein paarmal und stellte mich dann wieder ab. Er schüttelte den Kopf. Er sah die Spinnerin an und schüttelte den Kopf.

»Ich habe den Garten als Einsatz gegeben«, sagte die Spinnerin. »Nhung ist nicht genug.« Meine Mutter fing an zu weinen und verfluchte mich, weil ich zu leicht war.

»Na gut! Dann nimm eben den verdammten Garten«, sagte sie.

Die Spinnerin hatte also gerade unseren Garten beim Blackjack verspielt. Oder besser gesagt: Sie hatte ihren eigenen Garten als Einsatz geben wollen, aber der gehörte ihr nicht mehr, den hatte sie schon beim Roulette verspielt, und so hatte sie gezwungenermaßen unseren genommen. Als dann nicht das Ass gefallen war, sondern die Kreuz-Acht, ging unser Garten in den Besitz der chinesischen Mafia über.

Und so wurde der Besitz umverteilt. Die Spinnerin brauchte es nur noch schriftlich festzuhalten. Papiere wurden aus Hosentaschen gezogen und Notizen angepasst. Weil meine Mutter nicht aus der Speisekammer kommen wollte, sollte ich das Dokument unterschreiben.

»Ich habe noch keine Unterschrift«, sagte ich. Die Spinnerin sah mich fragend an.

»Ich habe noch keine Unterschrift«, wiederholte ich. »Ich muss noch üben.«

»Schreib einfach deinen Namen hin.«

Ich sah an der Spinnerin vorbei in unseren Garten. Unseren Garten, von wo aus man die Linde der Nachbarn sehen konnte, wo im Sommer unsere Jasminblüten wie kleine Ameisen über die Hecke krochen und die Glyzinie wie Regentropfen den Zaun hinunterrieselte. Den Garten, in dem es kräftig geweht hatte, solange es noch Jahreszeiten gab, und der jetzt unter der dicken Schneeschicht ächzte. Unseren Garten, der nicht unser Garten war, wollte ich nicht hergeben.

Was einem nicht gehört, kann einem nicht weggenommen werden, der Garten gehörte der Stadt, das wusste ich. Nichts von dem, was wir hier haben, gehört uns, das hatte mein Vater mir oft genug erklärt. Trotzdem wollte ich den Garten nicht hergeben. Wenn die Vögel wissen, dass der Garten uns nicht mehr gehört, kommen sie nicht mehr, und die Jasminblüten ziehen sich hinter den Zaun zurück. Dann ist alles öde und kahl.

Ich starrte auf das herausgerissene Blatt aus dem linierten Schulheft, das es schon lange, sehr lange gab. Die Urkunde über Besitz und Verteilung, die schon vor meiner Geburt in Umlauf gewesen war. Die Spinnerin legte sie auf den Tisch. Man konnte noch die Fingerabdrücke der vorigen Gläubiger und Schuldner sehen. Oben rechts sah ich eine zarte Unterschrift, die jemand früher einmal mit zittriger Hand gesetzt hatte. Ich überflog das Blatt und sah verpfändete und wieder durchgestrichene Stühle, kiloweise versetzte und wieder durchgestrichene Mangos. Ich sah weggenommene Jungen und Mädchen, ihre notierten und wieder durchgestrichenen Namen. Die waren offenbar nicht zu leicht gewesen. Sie hatten einen Wert gehabt. Den man beim Glücksspiel als Einsatz platzieren konnte. Mindestens so viel wie ein Garten. Der Garten der Rhododendronstraße 196. Unserer Adresse. Noch nicht unterschrieben.

Ich schüttelte den Kopf. Nein, nicht mit mir. Ich sah zum Garten, da flog gerade ein Bussard und schwebte eine Weile hoch oben über der kahlen Linde, und ich musste weinen. Es war März und noch nirgends das kleinste bisschen Grün.

»Geh weg«, sagte ich zur Spinnerin. »Ich schreibe nichts. Ich habe keine Unterschrift. Ich habe keinen Namen zum Aufschreiben.«

Die Männer sahen sich an. Die Spinnerin nickte. Sie kamen auf mich zu. Egal. Dann würde ich eben sehen, wie groß und stark sie waren, besser das, als dass sie alles an sich rissen. Doch die Männer rührten mich nicht an, sie ließen mich links liegen. Sie gingen weiter, Richtung Speisekammer, zu meiner Mutter.

Der große Mann knipste die Lampe an. Meine Mutter saß in der großen Reistonne, nur ihr Kopf lugte heraus. Der Mann zog sie aus der Tonne und drehte ihr die Arme auf den Rücken. Die Reiskörner rieselten an ihr herunter. Meine Mutter wehrte sich nicht, sah mich nur flehentlich an.

Jetzt war der kleinere Mann dran. Er nahm ihre Haare zu einem Pferdeschwanz zusammen und zog meine Mutter mit einem Ruck vom Boden. Ich schrie vor Schreck. Ihre Beine baumelten hilflos in der Luft. Sie weinte.

Die Spinnerin schob mir das Blatt Papier unter die Nase. Ich schüttelte den Kopf. Ich versuchte, die Tränen meiner Mutter zu überhören, die laut auf die Reiskörner tropften.

»Siehst du, was du für eine Tochter hast!«, schrie die Spinnerin in Richtung Speisekammer. »Siehst du, was das für eine ist! Wir können das Ganze besser gleich erledigen.

So eine Tochter wird dir nie was bringen. Sie ist nichts wert.«

Gegen Abschaum muss man sich wehren, sagte ich mir. Man muss seinen Mut zusammennehmen und ihn verjagen. Das ist der einzige Weg.

»Siehst du, was sie für eine ist«, wiederholte die Spinnerin. Meine Mutter wird es verstehen und stolz sein, dass ich so stark bleibe.

»Ja«, sagte meine Mutter plötzlich. Ich hob den Kopf und sah sie an. »Ich sehe es«, sagte sie. »Nichts ist sie. Meine Tochter ist nichts wert.«

Mir kamen die Tränen. Die Art Tränen, die einem ein Loch ins Herz brennen. Ich nahm das Papier und schrieb den Namen *Nhung* hinter die Worte *Garten der Rhododendronstraße 196*. Langsam und sorgfältig, damit meine Mutter es sich noch anders überlegen konnte. Da dachte ich an meinen Vater. Er würde mich feige finden und enttäuscht sein, dass ich nicht mutiger war, nicht besser auf uns aufpasste, während er weg war. Mama hat Angst, dachte ich, sie weiß nicht, was sie sagt. Mit zitternden Fingern strich ich meinen Namen wieder durch und gab der Spinnerin das Blatt zurück.

»Mein Name kommt hier nicht drauf«, sagte ich.

Der Mann ließ meine Mutter los. Plumpsend landete sie auf dem Boden. Eine dicke Wolke aus weißem Pfeffer und allen anderen verdammten Gewürzen wehte in unser Wohnzimmer. Das Pulver rieselte auf den Tisch, die Blumen, es wehte auf das Sofa, den Herd, als wäre seit Jahren nicht geputzt worden. Alles war weiß. Erst als sich der Staub gelegt hatte, konnte ich die Männer wieder sehen. Wir hatten alle graue Haare.

Die Spinnerin kam auf mich zu. Langsam und bedrohlich. Ihr von dem ganzen weißen Pfeffer noch furchterregenderes Gesicht brachte sie dicht an meines heran. Ich glaubte, dass sie etwas sagen wollte, ihr heißer Atem schlug mir entgegen, aber nein. Schweigend steckte sie den Zeigefinger in den Mund und schrieb etwas mit ihrem nassen Finger in den weißen Pfefferstaub auf dem Tisch. Unauffällig folgte mein Blick ihren Bewegungen. Ein A, ein H und ein E, und ein R.

Rahe stand im Staub.

»Glaub nur nicht, dass es das jetzt war«, sagte sie. »Ich komme wieder. Und dann denkst du: Wäre ich beim letzten Mal doch klüger gewesen, dann hätten sie meine Mutter nicht drangekriegt.«

Die Männer gingen voraus. Als die Spinnerin die Tür zuzog, wirbelte noch einmal weißer Pfeffer auf.

2

Meine Mutter sprach schon seit Tagen nicht mehr mit mir. Mit jeder Bewegung schaute sie sich um, ob nicht die Chinesen hinter ihr her waren, um ihr den Garten doch noch wegzunehmen. Jetzt, wo mein Vater fort war, hielt sich die Spinnerin nicht mehr zurück. Vor wenigen Wochen hätte sie meine Mutter fast gesiezt, ja, fast den Boden unter unseren Füßen geküsst, und dabei ließ sie meinen Vater keinen Moment aus den Augen. Dafür brauchte man nicht zu spinnen, alle fürchteten sich vor ihm.

Eine Woche nachdem sie bei uns reingeplatzt war, steckte mir die Wut immer noch in den Beinen. Wir hatten schulfrei, die Straßen lagen tief unter dem Schnee begraben. Die Kälte stach den Leuten wie winzige Nadeln in die Wangen. Auch das Glatteis machte sich über sie lustig, alle paar Meter mussten sie nach einem Baum oder Zaun greifen; trotzdem musste ich an die frische Luft. Ich musste ein Buch in den Händen halten, einfach nur zur Ablenkung – irgendeine doofe Geschichte über irgendein doofes Mädchen –, oder ein paar alte Buchseiten, um dran zu riechen.

Die Bibliothek war still und leer. Sie wirkte größer als gestern oder vorgestern, viel größer. Und sauberer. Der helle Fußboden glänzte so sauber, dass ich am liebsten dran geleckt hätte. Der Schnee tropfte von meinen Stiefeln, als ich vom Eingang in die Bibliothek blickte. Alle Regale waren leer, sogar die ganz hinten, wo die Bücher über die Pest schon seit Jahren wie an den Brettern festgeklebt waren, standen jetzt leer und einsam im Raum.

Ich machte meine Jacke zu und wollte gerade wieder gehen, als die Wände plötzlich leuchtend blau und gelb aufblitzten, als würde ein Eisvogel vorbeischießen. Ich machte einen Schritt auf den Schalter zu, zwinkerte ein paarmal, um besser zu sehen. So was gab es doch nur in der Fantasie! In dem Moment, als die Sonne hinter der großen Kastanie hervorkam und ihr Licht direkt in die Bibliothek fiel, leuchteten plötzlich alle Farben zusammen auf. Noch schöner als die Farben in meinen Träumen. An allen Wänden.

Blau, Gelb, Grün.

So was Schönes hatte ich in Beiahêm noch nie gesehen. Wie kam so etwas Wunderschönes hierher?

Es musste ein Zeichen sein. An einem Tag wie diesem musste es ein Zeichen sein.

All das Grün, das Gelb, das Blau.

Normalerweise hasse ich es, wenn etwas nicht stimmt. Wenn die blöden Jungs aus der Straße mir »China! China!« (auf Englisch, die Angeber!) nachrufen. China ist ein Land, ich nicht. Und wenn ich eins wäre, dann jedenfalls nicht China. Ich hatte es so satt zu erklären, wo Vietnam liegt, besonders jetzt, wo es keine Atlanten mehr gab, weil die beim Feuer im Materiallager der Schule verbrannt waren, als Eloy seine Zigarette nicht anbekommen und irgendwas Komisches mit einem Mega-Feuerzeug angestellt hatte.

So viel Schönheit an einem solchen Ort. Es war ein Zeichen, garantiert. Wenn die Engel dir ein Zeichen geben, musst du was draus machen. Und damit meine ich nicht unbedingt die Engel von Gott oder so. Mama betet jeden Abend zu Buddha, und ich sage ja nicht, dass es ihn nicht gibt, aber in den elf Jahren, seit es mich gibt, habe ich von Buddha noch nie ein Zeichen bekommen. Dafür haben mir ein paarmal Engel was ins Ohr geflüstert. Beim Lesen. Oder wenn ich einen Ort gemalt habe, an dem ich noch nie gewesen bin. Und als ich vor den Bildern des großen Künstlers stand.

»He, was soll das?«, schrie der Bibliothekar.

Ich erschrak. »Ich gucke doch nur.«

»Gucken, gucken, nur nicht kaufen, was?«, sagte er. Ein Auge rutschte ihm immer weg. »Damit ist jetzt Schluss. Dafür muss man Eintritt zahlen!«

»Aber ... aber«, ich hasse es, wenn Leute mich zwingen, »aber« zu sagen, »aber die Bibliothek kostet doch nichts ... für Kinder, meine ich ...«

Doch, jetzt schon, für die Ausstellung müsste man zahlen, alles wäre saniert und geputzt worden, er fände es auch lächerlich. In Beiahêm könnte sich das keiner leisten, trotzdem müsste es des großen Künstlers würdig sein. Ein Austauschprojekt, um den Leuten Kunst und Kultur nahezubringen. Deshalb wären alle Bücher ins Magazin geschafft und die Wände mit den Werken des großen Künstlers vollgehängt worden. Mir war nicht klar, was er mit Austausch meinte. Wo kamen die Bilder her, und wer oder was war getauscht worden? Sicher nicht unsere Bücher über Pest und Cholera, oder? Ich habe mal ein Foto von einem Mann gesehen, der von Kopf bis Fuß voller schwarzer Flecken war. Mund und Nase waren fast vollständig unter Unmengen ekelhafter Beulen verschwunden. Darunter stand, die Krankheit wäre hochansteckend. Da hatte ich Angst bekommen, dass die Pusteln vom Papier auf mich überspringen würden, wenn ich zu lange hinschaute.

Der Bibliothekar schnaufte. »Wo soll ich das bloß alles aufhängen?«, sagte er und zeigte auf die noch verpackten Bilder in der Ecke. »Ich kann nicht mal Löcher bohren!«

Er tat mir leid. Es war irgendwie fies, einen schielenden Bibliothekar Dutzende Bilder aufhängen zu lassen, wo es doch so wichtig ist, dass sie gerade hängen.

Er dachte nach, kniff die Augen zusammen. »Wie alt bist du?«

»Elf ... aber in einem Jahr werde ich zwölf«, sagte ich in dem Ton, in dem Mutter auf dem Fleischmarkt feilschte.

»Dann bist du erwachsen. Ja, so ist das. Das sind die Regeln. Eintritt für Erwachsene ab elf Jahren.«

Er dachte sich einfach was aus!

Ich drehte mein Portemonnaie um, und das ganze Kleingeld kullerte über den Schalter. Es hätte haargenau für die Einkäufe gereicht. Ein Kilo Orangen und ein paar neue Staubtücher, um den weißen Pfeffer aufzuwischen. Wir wischten den Staub schon die ganze Woche weg, doch der Pfeffer ließ sich nicht so leicht fangen. Sobald er mich mit einem Tuch kommen sah, flog er woandershin. Ich verfolgte ihn vom Küchenschrank bis unter den Tisch, aber die Staubbiester waren immer schneller als ich. Meine Mutter wäre fast durchgedreht, das sah ich an ihrem Dutt. In jeder Hand einen Eimer Wasser, schüttelte sie den Kopf so wild hin und her, dass ihr Dutt wackelte. Die Finger, die die Henkel umklammerten, waren vom ständigen Aufwischen der Sauerei, die ich machte, ganz ausgetrocknet, und ihr starrer Blick war der eines uralten, erschöpften Geistes, der sich im Körper einer Mama mit zarten

Wangen versteckt. Genau genommen wusste ich gar nicht, wer eigentlich meine Mutter war, die Hülle mit den zarten Wangen, in der der Geist wohnte, oder der Geist selbst. Das machte mir Angst. Meine Mutter drohte damit, die Eimer durchs Zimmer zu werfen. Ich hatte gesagt, sie bräuchte sich keine Sorgen zu machen, ich würde mehr Staubtücher kaufen, von der allerbesten Sorte.

Der Bibliothekar nahm sich Zeit fürs Geldzählen. Es war gerade genug. Auf den Cent. Er versuchte, vornehm zu tun, und gab mir eine Art Eintrittskarte, aber ich sah gleich, dass es keine echte war. Mit seinen behaarten Fingern riss er einen Streifen von einem Blatt Papier und schrieb:

1 Ticket für 1 Erwachsenen. Nur heute gültig.

Ich steckte das Ticket in die Jackentasche und ging in den hintersten Raum. Meine Füße schlitterten über den glänzenden Fußboden. Fast wie draußen, dachte ich, wie auf dem Eis. Ein Künstler, für den sie die Bücher wegräumen, dem man sogar Geld bezahlen muss, um seine Werke zu sehen.

Ich las die Schildchen unter den Bildern. Korsika, Nordafrika, Tahiti. Schnecken waren auf ihnen, Meerjungfrauen, Goldfische und Früchte. Sie kamen aus Ozeanien, aus Nizza und aus Fez. Ich wusste nicht, dass Seetang so weiß sein konnte. Wenn er in Beiahêm angespült wurde, ähnelte er eher verfaultem Grünkohl. Als ich länger hinschaute, sah ich, dass der Seetang des großen Künstlers eigentlich eine Qualle war oder eine weiße Fee, so eine wie in den Kung-Fu-Filmen, die Mama guckt, wenn sie das echte Leben vergessen will.

Auf einem Bild war ein nacktes Mädchen mit schwarzem Haar, ihre Haut schimmerte in der Sonne. Im Hintergrund Palmen und das Meer. Ich hatte noch nie etwas anderes gesehen als den stinkenden Lehmboden in Beiahêm, noch nie ein blaues Meer. Das Mädchen sah sanft aus, wie es da am Strand lag. Jemand, dem man gern seine Geheimnisse erzählen würde, anders als Mose, die immer alles gleich ausquatschte. Nein, Mose würde ich nichts erzählen, obwohl sie in der Schule meine beste Freundin war.

»Man hat ihn für verrückt erklärt«, sagte auf einmal jemand hinter mir. Ich hatte den Bibliothekar nicht kommen hören.

»So wie Herrn Mos?«, fragte ich.

Herr Mos war letzten Sommer vom Dach des Supermarkts gesprungen. Schon seit Jahren hatte er täglich im Einkaufszentrum herumerzählt, dass Gott ihn erwartete, mit Datum und allem. Und genau an dem vorhergesagten Tag war er vom Dach gesprungen.

Der Bibliothekar schüttelte den Kopf. Er las aus einem zerknitterten Heft vor: »Man erklärte ihn für verrückt, weil er sein Talent vergeudete, hieß es. Er könne so gut zeichnen und habe seine Begabung vergeudet, indem er Kunstwerke aus Papierschnipseln machte und mit Farbe um sich warf.« Er zeigte aufs Heft. »Kindisch fanden sie es«, ergänzte er, »die ganzen Schnipsel. Und wenn man mich fragt, haben sie recht. Aber mich fragt ja keiner.«

Ich folgte dem Bibliothekar zu einem riesigen Werk, es nahm eine ganze Wand ein.

»Das heißt *Der Garten*«, sagte er. »Nein, warte.« Er blätterte vor und zurück. »Oder *Die Frucht*? Weißt du was? Hier.« Er drückte mir grob das Heft in die Hand. »Mir reicht's, sollen sie doch allein klarkommen. Ich mach jetzt Kaffee.«

Jetzt, direkt davor, konnte ich es kaum glauben, ein lebendes Bild aus lauter Papierschnipseln. Blau und Rot und Gelb und Grün knallten von den Wänden, alle Farben, die ich vom Eingang aus gesehen hatte. Ja, wenn man gemein sein wollte, konnte man es mit den Schnipseleien vergleichen, die Eloy im Werkunterricht machte. Der schnitt dann wie ein Volltrottel an der Pappe rum, und man konnte nur hoffen, dass man dasselbe darin sah wie er, sonst setzte es was.

Aber ich wollte nicht gemein sein, im Gegenteil.

Im Alter, als er nicht mehr gehen konnte, schuf er sich seinen eigenen Garten. An der Wand.

So stand es in dem Heftchen.

Meine Mutter mag keine leuchtenden Farben, davon bekommt sie Kopfschmerzen. Aber mein Vater würde stehen bleiben, wie ich, es wäre ihm aufgefallen, er hätte die Blätter betrachtet, das Blau, das Rot, das Grün, die Vögel, die Ameisen. Er hätte den Wind im Gesicht gespürt und sich von der Sonne im Garten wärmen lassen. Die Äpfel wären ihm vor die Füße gefallen und die Vögel über ihn hinweggeflogen. Wir beide in diesem Garten, mein Vater und ich, und ich frage ihn, was er sieht und ob er weißen Seetang kennt. Er kneift die Augen zusammen, die Sonne scheint grell, er lacht. Sein Lachen hallt durch den Garten, bis zu den hintersten Blättern. Mein Vater zeigt auf die wilden Blumen, die wie starker Regen auf uns herunterprasseln, jetzt muss auch ich lachen. Unser Gelächter vertreibt einen Austernfischer.

Das Brodeln der Kaffeemaschine hinten in der Bibliothek schreckte mich auf. Die Bilder werden wieder weggeholt, dachte ich, wie alle schönen Dinge hier in Beiahêm. So ist das bei einem Austausch, sie werden wieder weggeholt.

In der Ecke standen die Kartons, in denen die Bilder gekommen waren. Mit Aufklebern wie FRAGILE, CAREFUL und THIS SIDE UP.

Auf jedem Karton stand:

Sender Mondoro

Die Kunstwerke hatten den ganzen weiten Weg von Mondoro nach Beiahêm zurückgelegt …

Mondoro, Mondoro.

Das klang auf einmal wunderbar. Fast wie ein Lied.

Mondoro, Mondoro.

Ich nahm einen schwarzen Stift aus dem Rucksack und strich alle Mondoros durch. Ich hatte das Gefühl, eine Ewigkeit dafür zu brauchen, so viele Mondoros gab es. Hier gab es kein Mondoro. Nur Beiahêm. Endstation Beiahêm.

3

Die Nachmittagssonne schien schwach auf den Fluss und der Schnee lastete schwer auf den Baumwipfeln. An jedem anderen Tag hätte ich den Mann wahrscheinlich nicht bemerkt, aber nachdem ich »Der Garten« in der Bibliothek gesehen hatte, wollte ich gern jemandem davon erzählen, egal wem.

»Kennst du dich hier aus?«, fragte er.

»Das hängt davon ab«, sagte ich. »Jeder kennt sich hier aus.«

Er trug einen braunen Lederhut, die von der Sonne versengte Krempe bog sich nach oben. Seine Kleidung war irgendwie komisch.

»Ist das hier Beiahêm?«, fragte er mit einer ganz eigenartigen Betonung auf »das«.

Ich starrte auf seine Kleidung, nickte. Ein Fremder am Flussufer; zur Zeit der Wikinger hätte man ins Horn geblasen, aber heute blieb alles still, es blies keiner mehr ins Horn. Der verschrumpelte Hut sah komisch aus im Schnee, und noch mehr stimmte nicht, nicht nur das, was er anhatte, sondern auch die Art, wie er dastand. Ruhig, lässig. Ich weiß nicht, warum ich zu ihm gegangen war, meine Mutter hatte mir eingeschärft, nicht mit Fremden zu reden, damit würde man sich nur Ärger einhandeln, besonders wenn man allein sei.

»Beiahêm«, sagte der Mann todernst. »Fantastisch! Das ist der Ort, den ich suche.« Wieder mit einer eigenartigen Betonung auf »das«.

»Das kann ich mir nicht vorstellen«, sagte ich. Fast hätte ich ihn ausgelacht.

»Warum nicht?«

»Es kann gar nicht der Ort sein, den Sie suchen.«

»Wenn das Beiahêm ist, bin ich hier richtig.«

»Wo kommen Sie her? Hier ist niemand richtig.« Wer so was sagt, ist ein knallharter Lügner, dachte ich.

»Da liegt mein Schiff.« Der Mann zeigte zum Fluss, wo ein Segelschiff vertäut lag. Es war etwa achtzehn Schritte lang und schaukelte leicht auf dem Wasser. An Deck sah ich eine offene Weinflasche und ein leeres Glas.

»Und was wollen Sie hier?«

»Man hat mich geschickt.«

Er sagte es in würdevollem Ton und glaubte wohl, dass er sich mit solchen kurzen, geheimnisvollen Sätzen um eine Antwort drücken konnte, aber ich war mir total sicher, dass er sich verirrt hatte und es nur nicht zugeben wollte. Leute mit Schiffen geben es nie zu, wenn sie sich täuschen.

Ich ließ nicht locker. »Kommen Sie vom anderen Ufer?«

Der Mann nahm lächelnd den Hut ab und nickte. Die tiefe Furche zwischen den Augenbrauen, die alle in Beiahêm haben, fehlte bei ihm. Seine Haut glänzte, als wäre er mit Schweinefett eingeschmiert, aber als er sich übers Gesicht fuhr, sah ich, dass sein Ärmel trocken blieb. Seine Nase war sonnengebräunt, noch brauner als der Rest des auffällig schimmernden Gesichts. Nirgends eine matte Stelle, weder an den Ohrläppchen noch in den Augen. Seine schwarzen Locken reichten bis zu den Schultern. Ich weiß nicht, aber irgendwas war mit ihm. Ob er mit Miraç verwandt wäre, fragte ich, dem einzigen Türken im Dorf. Aber von dem hatte er noch nie gehört.

Sein dünnes Leinenhemd flatterte im Wind. Ich fand alles irre, was flatterte, denn das sah man nur selten in Beiahêm. Das Laub war schon vor Monaten vor Schreck von den Bäumen gefallen, und die Frauen hatten ihre Röcke gegen wetterfeste Hosen getauscht. Es war April, aber die Sommerkleider würden noch lange auf dem Speicher bleiben müssen.

Der Neue musste von weit her kommen, es konnte nicht anders sein, hier gab es kein Leinen. Er kam aus einem Land, wo die Sonne brannte und wo es warm war. Und dabei schien er stolz zu sein, dass er es geschafft hatte. Wie er darüber redete! Dass er endlich sein Ziel erreicht hätte. Versuch du erst mal wieder wegzukommen, wollte ich sagen. Wenn er doch bloß wüsste, dass alle, die hierhergekommen waren, langsam in den Sumpf hineingesogen wurden. Ihre Füße wurden schwer, und sie kamen nie mehr fort. Außer Papa. Er war der Erste, der das Dorf je verlassen hatte.

Der Mann stand am Ufer, als hätte er nie was anderes gemacht. Obwohl der Fluss mitten durchs Dorf führte und ins Meer mündete, fuhr nie jemand ans östliche Ufer, denn die Fähre war kaputt. Das Wasser sah tief und unendlich weit aus, aber natürlich nicht so tief und unendlich weit wie das Meer. An den Tagen, an denen ich oben auf dem Deich entlangging, spähte ich immer aufs Meer hinaus, ob nicht mein Vater doch noch in Sichtweite trieb. Er fehlte mir so entsetzlich, dass ich laut nach ihm rief und hoffte, dass der Wind richtig stand. Manchmal schlugen die Wellen so hoch, dass sie mich vom Deich schubsten und ins Dorf zurücktrieben.

Jedes Mal, wenn sich die Wellen an dem Deich brachen, nahmen sie einen Bissen davon. Die See hatte schon ganze Teile von Beiahêm verschluckt, große Stücke waren bereits auf dem Meeresboden verschwunden. Das Haus von Angel, die in dieselbe Klasse ging wie Mose und ich, war letztes Jahr vom Meer verschlungen worden, und jetzt wohnte sie bei ihrer Oma bei uns um die Ecke. Jeden Tag beklagte sich Herr Lever im Unterricht darüber, dass wir immer näher zusammenrücken mussten und die Häuser immer voller wurden. Er machte sich Sorgen darum, wie es weitergehen sollte, wenn das Land ganz im Meer verschwunden war. Wohin mit uns? Und wer hatte das größte Recht zu bleiben? Wer war zuerst da gewesen? Und wem gehörte das Land eigentlich, solche Dinge. Darüber stritten sich die Leute dann jeden dritten Donnerstag im Monat bei der Dorfversammlung in der Kneipe *De Kale Biljart*.

Vielleicht hatte mein Vater diesen Neuen hergeschickt, um uns abzuholen. Das dachte ich auf einmal, als ich sah, dass er in einer Hand ein großes Stück Käse hielt und in der anderen ein Messer. Ob ich auch etwas davon wollte?

»Nein, vielen Dank.«

Er zuckte mit den Achseln, schnitt ein Stück der Länge nach ab und steckte es sich als Ganzes in den Mund. Amour hieß er. Käse zu essen hatte er unterwegs gelernt. Sein Schiff hatte er für die Überfahrt mit frischem Obst beladen. Das war unterwegs verfault, und er hatte es über Bord werfen müssen. Beim nächsten Ankerplatz an einer der tausend Inseln Polynesiens hatte er Kokosnüsse geladen, aber vergessen, ein Beil zu kaufen. Auch die getrockneten Datteln und Feigen, die er bei seinem letzten Halt in Ägypten mitgenommen hatte, waren ungenießbar gewesen – Salz und Feuchtigkeit hatten ihnen zugesetzt.

Aber Käse füllt den Magen und ist lange haltbar. Käse besteht von selbst aus Schimmel, da kann nichts schiefgehen.

»Ist hier was los?«, fragte Amour.

»Wie meinen Sie das?«

»Ein Ort, an dem man sich amüsieren kann. Was Nettes.«

Ich zuckte mit den Achseln.

»Auf dem Deich ist was los«, sagte ich. »Aber jetzt noch nicht. Erst wenn es dunkel wird.« Ich wurde rot. Ich dachte an die Fischer, die abends zu den Nutten auf dem Deich gingen. Dieser Mann war zwar kein richtiger Fischer, aber er kam doch vom Meer.

Amour sagte, ich solle meine Hand öffnen. Er legte etwas hinein, doch ich traute mich nicht hinzugucken. Bevor er in Richtung Deich ging, bedankte ich mich und winkte zum Abschied. Aber lieber hätte ich an ihm geschnuppert, an seinen Händen. Wäre unter sein Leinenhemd gekrochen. Ich wollte wissen, ob er noch nach meinem Vater roch. Als ich die Faust öffnete, sah ich, dass Amour mir eine seltsame Münze in die Hand gedrückt hatte.

Soaps

Bestimmt liegt es an den Algen, denke ich, dass im Wasser alle Erinnerungen aufleuchten.

Unterseedschungel, ich weiß nicht, ob es das Wort gibt, aber das fällt mir ein, wenn ich hinschaue, ein Regenwald unterm Meer.

Hinter einem Tangstängel tummelt sich ein Fisch, den ich im schemenhaften Licht nicht erkenne. In Erwartung starker Strömung hat sich eine Meeresschnecke mit ihrem schweren Haus auf dem Rücken daran festgesaugt. Ich sehe, wie der Tang unten in der Tiefe im dunklen Meeresboden verschwindet.

Ich liege in einem Wald von Riesentang mit meterlangen Stängeln und durchsichtigen Wedeln und muss an die vielen Soap-Operas denken, wo Frauen sich umbringen, indem sie sich die Zunge abbeißen. Immer sind es die Frauen, die von Liebeskummer gequält werden. Ihr Mann hat sie wegen einer anderen (meist jüngeren) Frau verlassen, die ihm ein Kind vom richtigen Geschlecht (immer einen Jungen) schenkt

Hat Mutter sich zu oft solche Soaps angeschaut? Das frage ich mich jetzt.

Da stürzen die Frauen mit weit offenen Augen in einem Reisfeld oder irgendeinem fürstlichen Saal zu Boden. Blut sickert ihnen aus dem Mund und färbt ihre Seidengewänder rot. Im Fall flattert ihr schwarzes Haar im Wind, und die Perlen springen ihnen vom Hals. Solche Filme habe ich einen nach dem anderen verschlungen. Danach wollte ich nichts lieber als:

genau so Selbstmord begehen.

In Ermangelung eines fürstlichen Saals stellte ich die Szene in meinem Zimmer nach. Aber das war natürlich zu der Zeit, bevor das ganze Elend anfing.

4

Es war fast dunkel, ich war froh, als ich Mose traf. Abends wurden die Antillianer bei der Snackbar nämlich laut und pfiffen einem hinterher.

»Guck mal.« Ich öffnete die Hand.

»So was habe ich noch nie gesehen, das ist ja Wahnsinn«, sagte Mose und betrachtete Amours seltsame Münze. »Darf ich sie haben?«

In der Abenddämmerung sah die Münze wieder völlig anders aus als vorhin im Nachmittagslicht. Viel größer. Rasch schloss ich die Hand.

Mose verliebte sich jede Woche in einen anderen Jungen. Ihr passierte immer was Schönes. Und sie wusste viel. Über alles Mögliche. Warum manche Frauen kleine Titten hatten und andere nicht. Warum Eloy schwarz war (hatte was mit seiner Ernährung zu tun) und warum ausgerechnet ihre Mutter Krebs gekriegt hatte. Auf der Beerdigung hatte sie ein wunderschönes Gedicht vorgelesen. In einem Kleid mit einer großen Schleife vorn. Die Leute hatten geklatscht und gesagt, wie tapfer und hübsch sie wäre. Am selben Tag schrieb ich auch ein Gedicht und hoffte, dass bald jemand, den ich kannte, Krebs kriegte.

Wir machten uns zusammen auf den Heimweg. Die Straßenlaternen sprangen an. Mose zeigte auf die Kugel oben auf dem Kirchturm, die aussah wie ein Sahneklecks. Sie hatte ein kleines Fenster.

»Das ist der Zwiebelturm der Kirche«, sagte Mose. »Wusstest du das?«

»Nein«, sagte ich. »Woher weißt du denn, dass der so heißt?«

»Keine Ahnung«, sagte Mose.

Wenn ich alles über die ganze Welt wüsste, würde ich eines Tages ein Buch schreiben. Oder sogar ein Bild malen. Und zwar an dem Tag, an dem ich sagen könnte: »Das ist der Zwiebelturm der Kirche.«

Ich wusste nicht genau, warum Mose meine beste Freundin war. So was passiert einfach. Mose kam nach den Ferien immer mit einer neuen Haarfarbe in die Schule. Erst blond, dann grün und schließlich lila. Herr Lever hatte der Klasse erklärt, dass es normal wäre in der Phase, in der wir auf Identitätssuche sind. Ich fragte mich, ob diese Phase wohl an mir vorbeiziehen würde, denn in meinem schwarzen Haar blieb kein einziges Färbemittel haften, und ob ich deswegen dazu verdammt war, auf ewig zu bleiben, wie ich war.

»Wusstest du, dass Intelligenz genetisch ist?«, fragte sie, als wir an der Kastanie vorbeikamen.

»Was heißt genetisch?«, fragte ich.

»So was wie ansteckend.«

»Wie eine Krankheit?«

»Ja, so ähnlich«, sagte Mose.

Wir hörten nur den Schnee unter unseren Gummistiefeln, sonst nichts. Moses Haus stand auf einer Anhöhe, selbstbewusst und stolz. Genauso stolz wie ihr Vater. Leute mit einem Einfamilienhaus haben es geschafft, das hatte mein Vater mir gesagt. Bestimmt hatte Mose die ganzen Sachen, die sie wusste, von ihrem Vater gelernt. Mein

Vater kannte nur ganz wenige Wörter in der Sprache, die hier gesprochen wird. In seiner eigenen Sprache war er hochintelligent und hatte auf alles eine Antwort, aber wenn er aus dem Haus ging, tat er sich schwer mit *der*, *die* und *das* und verwechselte *hier* und *dort*. Als Moses Vater auf dem Schulhof eine Rede über Abschaum und Gesindel hielt, dieselbe Rede, die er jede Woche im *Kale Biljart* hielt, sah ich, dass mein Vater nichts davon kapierte, er lächelte nur ein bisschen vor sich hin!

Aus Moses Haus fiel Licht. Auf dem Sofatisch brannten Kerzen. In der Küche schmorte Fleisch auf kleiner Flamme. Es roch nach Soße, der Geruch breitete sich in der ganzen Straße aus. Mit einem Seufzer breiteten sich hier im Dorf nicht nur Krankheiten, Geldsorgen, die Plackerei der Großeltern, der kalte Atem der Leute beim Reden aus, sondern auch Soßengeruch. Soße riecht nach Glück. Moses Vater machte die Tür auf. Ich hörte den Eintopf brutzeln. Bei uns ging es anders zu, bei uns klopfte man das Fleisch mit dem Hammer weich. Beim Essen darf man nicht zimperlich sein, findet meine Mutter.

»Bis morgen«, sagte ich.

»Ja, bis morgen.« Mose winkte mir zu, bevor sie ins Haus stürmte.

5

»Ein Mann ist im Dorf angekommen«, sagte meine Mutter. Es waren ihre ersten Worte seit Tagen. Die seltsame Münze hielt ich fest umklammert, bis ich zu Hause war.

»Ein Mann ist im Dorf angekommen. Hast du ihn gesehen?« Sie stemmte die Hände in die Seiten, ihr Dutt hüpfte wild auf und ab. Das machte sie immer, wenn sie mich bei etwas ertappte. Vor Kurzem war der Dutt vor Wut geplatzt. Ihr langes schwarzes Haar fiel über ihren Nacken, wallte den Rücken, die Hüften hinab und hörte erst knapp über dem Boden auf. Noch nie hatte ich gesehen, wie lang das Haar meiner Mutter war und wie klein sie wirkte ohne den hohen Dutt auf dem Kopf.

»Na?« Sie sah mich streng an.

Ich wusste nicht, was ich sagen sollte, und starrte zu Boden.

»Hast du ihn gesehen«, wiederholte sie, »diesen Mann? Er ist auf einem Schiff gekommen.«

Ich schüttelte den Kopf.

»Er trägt einen braunen Lederhut. Seine Haut ist auch braun«, fuhr sie fort.

»Nein, den habe ich nicht gesehen.«

»Auf den Armen hat er Haare. Er trägt ein Leinenhemd.«

»Nein, den habe ich nicht gesehen, hier gibt es kein Leinen.«

»Der Mann ist gefährlich«, sagte sie. »Komm ihm nicht zu nahe.«

Ich hörte auf, an meinem Nagelhäutchen zu knibbeln. Gefährlich? Hatte meine Mutter wirklich »gefährlich« gesagt?

»Wenn du ihn siehst, halte immer zwanzig Schritte Abstand. Wenn er einen Schritt vor geht, gehst du einen zurück. Wenn er zwei Schritte nach vorn macht, gehst du zwei zurück. Verstanden?«

Ich wollte nicken, tat es aber nicht.

»Wenn er zu dir spricht, halte den Atem an. Wenn er dich anschaut, wende den Blick ab. Der ist gemeingefährlich.«

Sie ging zur Fensterbank in der Küche und fuhr mit den Fingern durch die Kräuter, die sie dort angepflanzt hatte. Koriander. Minze. In manchen Töpfen wuchsen herzförmige, nach Seife duftende Blätter, sie schmeckten bitter und sauer und blieben einem am Gaumen kleben, aber zusammen mit Schwarte wurden sie süß auf der Zunge.

Ich wollte schreien, dass sie lügt, aber ich konnte mich nicht über sie aufregen. Jedenfalls nicht laut. Wenn auch ich sie im Stich lasse, dachte ich, plumpst sie wie ein schwaches Vögelchen zu Boden und steht nie wieder auf. Ich wusste nicht, was ich sagen sollte, sie redete leise mit den Kräutern, streichelte sie, lächelte sie an. Dass sie aber auch nicht kapierte, dass mein Vater den Mann geschickt hatte!

»Wo sind die Orangen?«, fragte sie. »Und die Staubtücher?«

»Ich hab das Geld unterwegs verloren«, log ich.

Zehntausend Kilometer weiter östlich schwebte immer noch eine Schleiereule über dem Ozean. Algen schwappten an die Felsen einer unentdeckten Insel. Die Korallen sahen aus wie weißes, durchscheinendes Moos und ragten an einer seichten Stelle vor der Küste aus dem Wasser. Eine sanfte, warme Brise umspielte die faul im Sand kriechenden Leguane. Eine Oase der Ruhe und des Glücks.

Es war ein Tagtraum. Immer öfter sah ich dieses Bild. Es zog und saugte an mir. Manchmal hätte ich es fast mit den Fingern berühren können, das alles. Wie konnte Amour gefährlich sein, es war unmöglich. Seit der Begegnung mit ihm heute Nachmittag war es, als wäre ich noch nie so nah an dem Ort mit den sanften Farben gewesen. Mit dem vielen Licht. In allen Einzelheiten sah ich einen Ort, an dem ich noch nie gewesen war.

Es war wie ein Traum von Papa. In dem er dort ist. Und ich auch. Wenn er dort war, konnte ich verstehen, dass er weggegangen war.

Wie meine Mutter da auf dem Küchenhocker saß, wäre ich am liebsten zu ihr gegangen und hätte sie umarmt. Sie zu den farbigen Bildern mitgenommen. Aber in dem Moment, als ich die Hand ausstreckte, um sie ihr auf die Schulter zu legen, wandte sie den Blick ab. Es tat mir so schrecklich leid, das mit den Orangen. Und den Staubtüchern.

6

Wir befanden uns in einem Sturmtief, eine schwere Depression, so nannte es die Wetterfrau. Ein Tiefdruckgebiet hier, ein Tiefdruckgebiet da, seit Tagen derselbe Wetterbericht. Wir hatten immer noch schulfrei. Frauen kriegten Kopfweh, weil sie sich den Schal zu fest umbanden, Männer standen aufgebracht in der Schlange vorm Versicherungsbüro wegen eines abgefrorenen Zehs, alle versuchten, den Sturm zu ignorieren, der wieder stärker geworden war, und alle befolgten nach Möglichkeit den Rat, drinnen zu bleiben. Nur ich wollte raus.

Ich sah Zebra. Auch sie war draußen.

»Nhung!«, schrie sie, als sie mich entdeckte. Wenn Wind aufkam, ließ sie immer heimlich Drachen steigen. »Hilf mir mal!«

Oben am Himmel riss der Wind ihren Drachen von einer Seite zur anderen. Er knatterte ohrenbetäubend. Ein großer, brauner Habicht mit furchterregenden Flügeln zerrte an ihr. Es war, als würde ein unsichtbarer Staubsauger sie in die Höhe ziehen. Sie kreischte. Ab und zu lösten sich ihre Füße vom Schnee. Wenn man doch nur beim Drachen-steigen-Lassen sterben könnte, dachte ich, als ich ihr zusah, wenn das doch nur ginge.

»Komm schon, hilf mir!«, schrie sie.

Es war ziemlich unwahrscheinlich, dass der Wind

Zebras enormes Gewicht forttragen würde, sie war die Dickste in der Klasse, aber heute Nachmittag war der Wind ganz schön rabiat. In der Schule waren Zebra und Angel das Duo. Eloy war der Schwarze. Und Binck war einfach nur der schöne Binck. Ich war die, die sich für alles entschuldigt. So entsprach jeder von uns den Erwartungen der anderen. Letzten Monat hatten Zebra und Angel mich im Fahrradschuppen eingesperrt. Sie sagten, ich kriege meine Fahrradschlüssel erst zurück, wenn ich mich dafür entschuldige, dass ich lebe. Zebra spielte mit dem Schlüsselbund, ließ ihn vor meiner Nase hin und her baumeln.

»Es tut mir leid, dass ich lebe.« Es war raus. In dem Moment änderte sich etwas in meinem Inneren. Manche Sachen werden wahr, wenn man sie ausspricht.

Sie kriegten sich nicht mehr ein vor Lachen. Zebra warf mir die Schlüssel vor die Füße. Als ich sie aufheben wollte, sagte Angel: »Moment mal.« Sie beugte sich vor und spuckte auf die Schlüssel.

»So, fertig«, sagte sie.

Eigentlich ist Mose dicker als Zebra. Aber während Mose sich im Sportunterricht in Shorts und T-Shirt schämt und sich nicht traut, zu rennen, ist Zebra stolz auf ihr Gewicht und hat keine Angst, ihre Fettrollen auf dem Trampolin schwabbeln zu lassen. Sie war die Einzige, bei der wabbelndes Fett so appetitlich aussah wie ein großes Stück frischer Schinken. Die Jungs leckten sich die Lippen, wenn Zebra in Zeitlupe Trampolin sprang. Binck sah ihr auch zu.

»Nhung!«, rief Zebra noch mal. Der Drachen zerrte sie in Richtung Kirchturm. Ihre Beine baumelten hilflos in der Luft. Ich tat, als ob ich sie nicht hörte, und ging entschlossen weiter.

»Was hast du vor?«, schrie sie aus den Wolken, die aussahen wie lauter Meerestiere. Wenn sie nicht aufpasst, fliegt sie gleich noch dem Pottwal ins Maul, dachte ich.

»Gar nichts!«, schrie ich, aber der Wind blies die Wörter zu mir zurück.

»Was?« Sie legte die Hand ans Ohr. »Jetzt hilf mir schon. Ich komme nicht wieder runter.«

»Keine Zeit!«

»Was? Was sagst du, ich versteh dich nicht. Ich versteh dich nie, wenn du was sagst!« Sie konnte mich nicht hören, der Wind blies in meine Richtung, aber sie tat einfach, als ob es an was ganz anderem läge. Das konnte sie gut, es auf mich schieben, wenn sie Sachen nicht kapierte oder nicht hören konnte, als ob ich eine Fremdsprache spräche.

Ich tippte mir mit dem Finger aufs Handgelenk, damit sie verstand, dass ich keine Zeit hatte. »Ich muss weiter!«, rief ich und tippte mir noch mal aufs Handgelenk, wie ein Depp, der sich nicht mit Worten verständlich machen kann. »Keine Zeit.«

Während der Drachen Zebra noch einen Meter weiterzog, drehte sie sich zu mir um, der Pottwal war inzwischen zerplatzt und hatte sich in tausend rosa Schildkröten verwandelt.

»Du dumme Kuh!«, schrie sie. »Du dumme, dumme Kuh!«

Ich wusste, dass sie es mir noch heimzahlen würde, aber es war mir egal, ich war auf dem Weg zu Amour.

7

Amour hatte sich irgendwo einen dicken Wintermantel besorgt und die Sandalen gegen schwere Lederstiefel getauscht. Er saß auf seinem Schiff und schrieb in ein großes ledergebundenes Buch. Er wirkte in sich gekehrt, in Gedanken versunken. Seit seiner Ankunft in Beiahêm hatte ich jeden Abend geträumt, dass der seltsame Mann zusammen mit Vater am Kai ein Bier trank.

Er wirkte ganz ungefährlich, wie er da auf seinem Schiff saß. In der Zeitung hatte ich mal das Foto eines Pädophilen gesehen, der hatte ein ganz komisches Auge. Aber Amours Augen funkelten. Verbrecher schreiben nichts in Bücher und tragen kein Leinenhemd. Sie kommen nicht aus Gegenden, in denen es warm ist, Verbrecher haben Schmutz an den Schuhen.

Ich musterte Amour. Seine Stiefel waren sauber und neu. Keine Spur von Schmutz. Sein Duft wehte am Fluss entlang, der Duft von Moschus und Kaminholz.

Vorsichtig ging ich weiter. *Wenn er einen Schritt vor geht, gehst du einen zurück.*

»Was ist das für ein Buch?«, fragte ich.

Amour erschrak so sehr, dass er beinahe sein Glas umstieß. Obwohl der Rotwein weit genug vom Buch entfernt stand, schlug er es rasch zu.

»Das? Nichts, einfach nur ein Buch.«

»Bist du Schriftsteller?«

Amour lächelte. »Es ist kalt hier. Das bin ich nicht gewöhnt. Dieser beißende Wind.« Er fröstelte.

Ich zuckte mit den Achseln. »Wenn man nicht von hier ist, gewöhnt man sich nie dran«, sagte ich. »Kann ich dir beim Schreiben helfen?«

Amour schüttelte den Kopf. Wenn er gewusst hätte, was ich in der Schule alles schreibe, hätte er es sich anders überlegt. Meine Geschichten sind eine Art Thriller, sehr blutrünstig, aber meistens traue ich mich nicht, sie zu Ende zu schreiben, weil mir das, was ich mir ausdenke, Angst macht. Amour zog die Handschuhe aus, einen Finger nach dem anderen, legte das Buch in eine Metallkiste, schloss sie ab und schlug mit der flachen Hand darauf. Seine Bewegungen waren alle präzise. Doch dann überlegte er es sich anders, steckte den Schlüssel ins Schloss, öffnete die Kiste wieder und nahm das Buch heraus.

»Weißt du etwas über die Leute hier?«, fragte er.

»Ich glaub schon.«

»Du bist ein kluges Mädchen, weißt du das?«

»Sie kennen mich doch gar nicht.«

»So was sehe ich auf den ersten Blick.«

Ich war es nicht gewohnt, dass mir jemand Komplimente macht, und wusste nicht, was ich sagen sollte. »Ach, geht so. Nicht so klug wie Einstein oder so. Oder Newton. Ich hab noch nie was erfunden. Oder gemacht wie …« Der große Künstler, wäre es mir fast rausgerutscht.

»Du kannst mir bei meiner Arbeit helfen«, sagte Amour. »Aber du musst dich gut konzentrieren.«

Ich nickte.

»Na dann.« Er nahm seinen Stift. »Kennst du hier jeden?«

An der rechten Hand trug er einen silbernen Ring mit

einem großen Jadestein. Der Stein war ein Drache, der sich beim Schreiben hin und her bewegte, als wäre er lebendig.

»Kannst du ein Geheimnis für dich behalten?«, fragte er.

Wieder nickte ich.

»Wenn du mir hilfst, darfst du mit niemand darüber reden.«

Dass mir so jemand ein Geheimnis anvertrauen wollte!

»Ich stelle dir ein paar Fragen, und du musst mir ganz ehrlich antworten«, fuhr er fort. »Deine Augen sind unglaublich klar, so klare Augen sieht man selten«, sagte er und schüttelte ungläubig den Kopf. »Und du hast einen messerscharfen Blick, das habe ich sofort gesehen. Ich weiß, dass du die Richtige bist, um mir zu helfen.«

Ich wusste nicht, was ich sagen sollte.

»Wie viele seid ihr bei dir zu Hause?«

Ich versuchte, mich zu konzentrieren und ihm so ehrlich wie möglich zu antworten. »Zu dritt. Momentan zu zweit, aber das ist vorübergehend.«

»Wie viele Frauen und wie viele Männer?«

»Meine Mutter. Und ich.« Ich hielt zwei Finger hoch. »Zwei Frauen also. Aber früher hatte ich noch ein Schwesterchen. Die wurde in der Kloschüssel geboren.« Ich hielt einen dritten Finger hoch. »Aber sie ist nicht mehr da. Und eigentlich darf ich nicht über sie reden.« Ich beugte den dritten Finger wieder. »Und mein Vater natürlich. Aber der ist gerade nicht da.«

Ich beobachtete ihn scharf. Hatte er reagiert, als ich meinen Vater erwähnte? Er machte sich eine Notiz, ich versuchte mitzulesen, doch er hielt das Buch von mir weg.

»Hast du das aufgeschrieben, das von meinem Vater und meiner Mutter und so?«, fragte ich. Ich versuchte, ganz normal zu klingen, aber ich wusste, dass ich die Wörter *mein Vater* zu sehr betont hatte.

»Ich registriere es nur«, antwortete er abwesend, »mach dir keine Gedanken. Wie groß ist euer Haus?«

»Ganz normal«, sagte ich. »Mittel.«

»Nein, du musst genau sein. Ich muss es ganz genau wissen. Wie sieht euer Haus aus?«

In Gedanken ging ich die Zimmer durch.

»Unser Haus steht ganz hinten«, sagte ich, »es ist das letzte in der Reihe. Niemand findet uns, der Briefträger ist so ein Feigling, dass er meistens nicht bis zum Dorfrand geht aus Angst, von der Erde zu purzeln. Im Sommer schützt uns die Linde der Nachbarn vor der Sonne, aber jetzt schaben die Äste übers Dach. Unsere Wände sind aus getrocknetem Lehm, vermischt mit Bauschutt. Wir haben eine Küche, ein Wohnzimmer, das Schlafzimmer meiner Mutter, in dem es immer finster ist, und das Arbeitszimmer meines Vaters, in dem es nach Eisen riecht. Ich habe mein eigenes Zimmer. Die Speisekammer. Ach ja, und den Dachboden. Unser Haus ist kleiner als das von Mose, aber größer als das von Herrn Lever. Der wohnt im Blockhaus seiner Eltern.«

Amour notierte sich alles sorgfältig. Mittendrin sah er auf und fragte: »Wie viele Quadratmeter?«

Ich zuckte mit den Achseln.

»Es bringt nichts, wenn ich es nicht genau weiß. Ich muss es ganz genau wissen.« Plötzlich klang er streng. Dann stand er auf, und ich dachte schon, jetzt geht er weg, aber er machte nur einen großen Schritt vor und dann einen großen Schritt zur Seite. »Siehst du, so ein Viereck ist ein Quadratmeter. Wie viele solcher Vierecke passen in euer Wohnzimmer?«

»Zehn.« Ich sagte einfach irgendwas. Ich fand es toll, so

zu reden und dass mir jemand zuhörte und auch noch alles aufschrieb.

»Wir haben einen Garten, in dem Garten ist ein Holzschuppen. Den hat mein Vater zusammen mit dem Nachbarn aus der Eiche vom Schulhof gebaut. Mein Vater hat den Baum mitten in der Nacht gefällt. Eine Woche lang hat die ganze Schule die Eiche gesucht! Ich habe so getan, als ob ich von nichts wüsste, aber ich merkte, dass alle mich anguckten. Auch Mose guckte. Ihr hatte ich erzählt, dass ich gesehen hätte, wie ein wilder Adler den Baum mitsamt Wurzeln aus der Erde gerissen hätte und mit ihm weggeflogen wäre.«

Amour lachte. Er wollte wissen, wie viele Stühle wir hätten, wie viele Gabeln, wie viele Messer. Er wollte wissen, woraus unser Tisch gemacht ist und was es mit der Speisekammer auf sich hat. Er fragte mich, wie lange wir schon dort wohnten. Ich erzählte ihm alles. Und redete so viel wie noch nie. Diese ganzen Geschichten kamen plötzlich hoch. Alles, was ich nicht wusste, ergänzte ich um Dinge, die ich irgendwann gehört, nachgeschaut oder in der Bibliothek gelesen hatte.

Neben meinem Bett lag noch ein Stapel Bücher, die ich nicht zurückbringen konnte, solange das Werk des großen Künstlers in der Bibliothek hing. Abends konnte ich an ihnen riechen und sie anfassen und mit den Fingern über die Seiten streichen, aber ansonsten konnte ich nicht viel mit ihnen anfangen. Dazu hatten wir zu wenig Licht. Wir zündeten nur wenige Kerzen an, um die unerwünschten Götter nicht zu wecken. Der Schein der Straßenlaterne und das Mondlicht drangen kaum zu uns herein. Wenn ich versuchte zu lesen, konnte ich nur ab und zu ein Wort entziffern. Und das kannte ich oft nicht mal. Dann tat mir bald der Kopf weh. Ich sehnte mich nach einem Lichtstreifen in meinem Zimmer.

Mein Vater hatte nur gestöhnt. »Strom lassen wir garantiert nicht legen.« Ich hätte ihn nicht darum bitten sollen. Um Licht. Wir schlafen, und wir essen. Wir kämpfen, und wir spielen um Geld. Selbst wenn wir eines Tages Licht bekommen sollten, was würde es ändern? Wozu wäre das viele Licht gut? Wir würden es sowieso nicht an Wörter verschwenden, an Wörter, die einen blind machen.

Mein Vater hatte gesagt, vom Lesen wird man blind. Manchmal las ich Geschichten über Häuser, in denen es jede Menge Licht gab. Da lebten total andere Leute. Nicht solche wie die, von denen ich gerade erzählte.

Amour hörte mir aufmerksam zu. Was konnte schon schiefgehen, wenn ich dem Fremden alles erzählte, was ich wusste? Ich erzählte ihm auch von diesem einen Jahr. Dem Jahr, an das Mutter nie mehr denken wollte. »Das Jahr, in dem alles schiefging, war das Jahr des Pferdes«, sagte ich zu Amour.

»Das Jahr des Pferdes?«

»Ja«, antwortete ich, »an dem Tag, als die Bombe explodiert ist.« Als wäre mir nicht eingetrichtert worden, nichts Persönliches zu erzählen, schließlich konnte man nie wissen, was die Leute mit einer Geschichte machten, wenn sie sie erst mal in den Händen hielten.

8

Einen Monat später stand auf einmal ein Päckchen bei uns vor dem Haus, mitten im Garten. Eine kleine Kiste aus Gerüstholz. Ich sah keine Spuren im Schnee, weder von Füßen noch von dem Wagen des Briefträgers. Die Kiste war ganz von einer samtweichen Schicht bedeckt, wie Puderzucker, als hätte ein unsichtbarer Engel sie kurz abgestellt, um zu verschnaufen, und sie dann vergessen. Ich schaute mich um, ob mir nicht etwa jemand einen Streich spielte. Wer weiß, vielleicht waren tote Aale drin. Wir kriegten kaum Post, in unserem Leben gab es keine Absender und keine Empfänger.

Erst als ich den Schnee von der Kiste wischte, sah ich die wild aus dem Holz ragenden Splitter. Obendrauf standen eine Adresse und ein Name. Mein Name.

»Ich hab sie aufgemacht«, hörte ich meine Mutter auf einmal sagen. Sie stand in der Tür. Es war wie damals, als ich sie dabei erwischt hatte, wie sie in meinem Tagebuch schnüffelte. Sie hatte gesagt, sie hätte Staub gewischt, und gefragt, warum Bücher immer so viel Staub anziehen. »Weil es ihre Eigenart ist, verewigt werden zu wollen«, hatte ich gesagt. Und sie hatte kein Wort verstanden. Ich auch nicht. Ich hatte einfach irgendwas gesagt, um sie einzuschüchtern. Weil ich so wütend war, dass sie mein Tagebuch angefasst hatte. Dabei stimmte es, was sie sagte, sie hatte wirklich ein Staubtuch in der Hand. Und ich wusste, dass sie kein Wort von der Sprache hier lesen konnte, aber darum ging es nicht, sie durfte einfach nicht in meinen Sachen schnüffeln! Manchmal hatte ich Angst, dass die ganze Erde in Flammen aufgehen würde, wenn ich meine Wut rausließ. So stark und heftig war sie.

»Da war etwas drin«, sagte Mutter. Sie stand wieder in der Tür, hatte rasch eine Winterjacke über ihre Küchenschürze geworfen. Sie gab mir einen kleinen Zettel.

Ich faltete ihn vorsichtig auseinander.

Ich weiß nicht, wie lange es gedauert hat, aber es muss ziemlich lange gewesen sein, denn erst beim achten Mal verstand ich, was in dem Brief stand. Erst war es, als ob jedes Wort beim Lesen zum Spaß von einer Stelle zur anderen springen würde. Schließlich bekam ich alle Wörter zu fassen. Ich klammerte mich an ihnen fest und las sie in der Reihenfolge, in die sie gehörten.

Liebe Nhung,

ich bin angekommen. Hier ist es schön und warm.
Ich komme nicht mehr zurück. Hier habe ich eine Frau, die ein Kind von mir bekommt. Ich brauche einen Jungen. Einen Sohn, damit meine Familie nicht ausstirbt. Ich bin ein Wegbereiter, weißt du. Ich gehöre nicht dahin, wo ihr seid. Eines Tages wirst du mich verstehen.
Sag du es deiner Mutter.

Papa

Ich stand da mit dem Blatt Papier in den Händen. Nach zwei Monaten die erste Nachricht von ihm. Inzwischen war sein Lieblingsmonat angebrochen. Im Mai paaren sich die Grasfrösche. Vater machte das Fenster dann immer weit auf, um ihr Brummen zu hören, es erinnerte ihn an die Grillen früher. Zum Glück konnte er nicht sehen, dass die Frösche dieses Jahr in einer dicken Eisschicht festgefroren waren.

»Was steht drin?«, fragte Mutter ungeduldig.

Meine Augen brannten, und mein Herz krampfte sich zusammen. Ich bekam kein Wort heraus.

»Los, sag schon, was steht darin?«

»Nichts«, sagte ich.

»Ich sehe doch, dass da was steht! Ich sehe die Wörter doch!«

»Dann hättest du eben lesen lernen sollen!«, brüllte ich. Ich warf ihr den Brief ins Gesicht.

Mutter zog mich am Ohr und schrie, dass ich es ihr sagen müsste.

»Er ist von deinem Vater, oder?« Sie fuchtelte mit dem Zettel herum. »Was steht drin, verdammt noch mal?«

»Du weißt überhaupt nichts! Alle anderen Mütter wissen alles, nur du weißt nichts!«

Und es stimmte. Sie wusste überhaupt nichts! »Ich bin Klassenbeste! Vor allem beim Diktat! Deswegen haben die anderen heute in meinen Becher gespuckt, und ich musste es austrinken.« Mutter wusste nicht mal, dass die Schule wieder angefangen hatte und es im Mai keine Ferien geben würde, um den ausgefallenen Unterricht nachzuholen. »Ich hasse Zebra und Angel. Herr Lever fragt, warum du nie kommst. Gestern war ich nicht zu spät, ich hatte mich nur verirrt.« Ich redete, als wäre es die letzte Chance, meiner Mutter zu erklären, wer ich bin, was ich tue. Bei jedem Wort spürte ich, wie die Tränen höher stiegen. Nur nicht weinen, dachte ich, nicht weinen. »Mose bekommt jede Woche Taschengeld. Ihr Vater frühstückt jeden Morgen mit ihr.« Nach jedem Satz musste ich nach Luft schnappen. »Ich mache nicht ins Bett, weil ich abends zu viel trinke, die Niederlande liegen neben Deutschland, und Deutschland liegt neben …«

»Was willst du eigentlich, Nhung«, unterbrach mich meine Mutter.

»Ich weiß nicht …« Ich sah zu Boden. »Dass du mich verstehst.«

Stille. Mir wurde angst und bange. Meine Mutter sah mich an, als hätte ich schmutzige Wörter gesagt.

»Ich habe dich gefragt, was du von mir willst. Sag es mir, Nhung. Was bringt es dir, wenn ich dich verstehe?«

»Papa hat geschrieben, du bist dumm und er kommt nicht mehr zurück!«, schrie ich. »Das hat er geschrieben.«

Stille.

Eine noch größere Stille als vorhin, als würde etwas in ihrem Inneren ins Kochen geraten, ganz ruhig und allmählich. Blubberndes Blut, das ihr bis hinter die Augen stieg, Adern kurz vorm Platzen. Ihre Brust hob und senkte sich heftig. Mit großen Augen starrte sie mich an, sah mich aber längst nicht mehr.

»Hast du nicht jeden Tag etwas zu essen von mir bekommen?«

»Doch, Mama«, flüsterte ich. Ich dumme Kuh, dachte ich bei mir, wieso habe ich das bloß gesagt, es ist doch egal, ob sie mich versteht oder nicht.

»Habe ich dir nicht jeden Bissen in den Hals gestopft?«

»Doch, Mama.«

»Habe ich dafür die ganzen Schmerzen ertragen, als du geboren wurdest? Ist das der Lohn?«

»Nein, Mama.«

Ihr Atem ging schwer und drohend. »Dann sag mir

doch, was du willst. Willst du meinen Tod?«, fragte Mutter.

Ich wusste nicht, was ich sagen sollte, hielt den Blick immer noch gesenkt.

»Ob du meinen Tod willst, frage ich dich.«

»Nein, Mama.«

»Warum treibst du mich dann mit aller Kraft ins Grab?« Mit großen Schritten ging sie in die Küche, zog eine Schublade auf. Ich folgte ihr. Sie kramte geräuschvoll herum, als ob sie etwas Bestimmtes suchte. Erst als sie sich zu mir umdrehte, sah ich es. Sie hatte das Hackmesser in der Hand.

»Wenn du meinen Tod willst, brauchst du es nur zu sagen.« Sie streckte das Messer hoch in die Luft und fuchtelte wild damit herum. Dort oben funkelte es und zischte scharf und bedrohlich.

»Was gibt's denn da zu weinen? Na, sag schon.«

Wieder wusste ich nicht, was ich sagen sollte.

»Was habe ich dir getan, dass du weinen musst?« Mutter brüllte und tobte, Spucke flog durch die Küche, ihre Augen schienen aus den Höhlen zu treten. Das ist nicht Mutter, dachte ich, es ist der böse uralte Geist, der in sie gefahren ist.

»Ich habe meinen Mann verloren. Und du, warum flennst du? Ein undankbares Kind habe ich zur Welt gebracht, ein Stück Dreck.«

Sie stand im Wohnzimmer, mitten vor dem Fenster. Wie in einem gerahmten Bild. Sie fuchtelte wild mit dem Messer herum. Plötzlich kam die Spitze auf mich zu. Ich konnte gerade noch ausweichen.

»Wenn ich morgen tot bin, wirst du es dein Leben lang bereuen«, sagte sie. Sie setzte das Messer an ihre Kehle. Das große Messer, mit dem sie eben noch ein Hühnerfilet in Stücke geschnitten hatte.

»Niemand würde dich aufnehmen, Nhung. Und weißt du auch, warum?«

Ich konnte mir alle möglichen Gründe vorstellen, aber ich traute mich nicht, etwas zu sagen.

»Du bist ein Stück Dreck. Hättest besser auf deine Mutter aufpassen sollen! Sag das deinem Vater.«

Wie aus dem Nichts waren da zwei Nilgänse. Hinter Mutter, im Garten. Nilgänse fallen mir nicht oft auf, sie fallen niemandem auf, aber wenn man sie zufällig doch sieht, leuchten sie. Dann sieht man alles an ihnen, jedes Detail. Die untergehende Sonne färbte ihre Schwänze rot, und der Fleck an der Seite strahlte weiß. Nilgänse sind zwar braun, aber nicht einfach nur braun, sondern alle Farben zwischen Braun und Grau. Auf ihren langen Beinen standen sie da, stolz und selbstbewusst.

Seit Herr Lever uns von den Nilgänsen erzählt hatte, hasste ich sie. »Wisst ihr, wie das ist mit den Nilgänsen?«, hatte er die Klasse gefragt. »Die wurden als Ziergänse hergeholt, glaubt nur nicht, die wären hier zu Hause. Hergeholt, weil sie hübsch sind. Um sie zu haben. Sie anzuschauen, und jetzt werden wir sie nicht mehr los. Wer hätte das gedacht, dass die paar Gänschen vom Nil sich hier so wohlfühlen.«

Von der Geschichte wurde mir ganz übel, ich weiß nicht, warum, vielleicht weil Herr Lever mich die ganze Zeit dabei anguckte. Diese Drecksgänse.

Mutter schrie. Es war ein lang anhaltender Schrei, wie bei Opernsängerinnen, die den letzten Ton nicht abbrechen lassen. Sie nahm das Messer vom Hals und stach es mit aller Kraft in den Fußboden. Es wäre schön gewesen, wenn es stecken geblieben wäre. Aber das tat es nicht. Die Spitze brach ab.

Ich rannte weinend aus dem Haus.

9

Ich rannte immer weiter. Ich hasste diese Hügel, die man kaum hochkam, die Grünanlagen, in denen man sich verirrte, die Meeresungeheuer, die aus dem Meer krochen und sich durch unsere Kanäle schlängelten. Wenn ich nicht so eine Heulsuse wäre, hätte meine Mutter nicht mit dem Messer herumgewedelt. Warum musste das Meer bei mir immer das letzte Wort haben! Warum mussten die Wasserteufel und Meeresdämonen nachts in meine Träume schleichen und mir erzählen, dass ich nicht dazugehörte?

Ich rannte an dem großen Schlammtümpel vorbei, der Schnee darauf war inzwischen schwarz geworden. Nicht mehr lange, dachte ich, dann ist hier alles überflutet, und ich freute mich darüber. »Was gibt's da zu sehen!«, schrie ich die Reiher an, die aus dem Schilf schauten.

Ich hätte meinen Vater nicht fragen sollen, warum sein Arbeitszimmer immer nach Eisen roch, ich hätte ihm nicht sagen sollen, dass ich lieber Kartoffeln aß als Reis (er hatte geschaut, als wäre ich nicht sein Kind), ich hätte ihn nicht bitten sollen, meinen Fahrradreifen zu flicken, als er so im Stress war, ich hätte ihm nicht erzählen sollen, dass Herr Lever sich Sorgen darüber machte, ob er genug Worte kennen würde. Wenn ich das alles nicht getan hätte, dann hätte mein Vater einen ganz anderen Brief geschrieben.

Ich stieg auf den Deich und rannte zu den Nutten. Eine ganze Reihe Fischerhäuser nur mit Nutten drin. Großen, weißen, fleischigen Monstern, die einen packten und zu sich reinzogen, wenn man zu nahe kam.

Die erste Nutte in der Reihe trug nur ein Höschen aus schwarzer Spitze. Ihre schweren Brüste hingen bis zum Nabel runter, sie waren so groß wie mein Kopf. Ihre weiße Haut war haarig, und sie war dick. Lauter Speckrollen, eine über der anderen. Die Nutte sah auf und brachte ihr Gesicht dicht ans Fenster. Sie lächelte und machte mit ihren roten Lippen einen Schmatzer auf die Scheibe. Der Kuss blieb auf dem Glas. Vorsichtig lächelte ich zurück und hob die Hand. Ihr Lachen schallte über den Deich.

Ich dachte an die ganzen Männer, die abends hier langgingen und einer nach dem anderen von den Frauen reingezogen wurde. Ich hatte sie schon gesehen, die Männer. In der Dämmerung gingen sie auf dem Deich hin und her. Zündeten sich eine Zigarette an und gingen noch mal hin und her. Manchmal hörte ich einen Schmerzensschrei aus einem der Häuser kommen. Ich dachte an Amour und bereute, dass ich ihm von diesem Ort erzählt hatte. Die Männer kamen alle anders raus, als sie reingegangen waren.

Ich rannte weiter, bis zum letzten Haus auf dem Deich. DIE LETZTE NUTTE IM DORF stand auf der Tür. Drinnen hörte ich einen Mann weinen. Ich lugte durchs Fenster. Sie sahen mich nicht. Der Mann hielt die Nutte mit beiden Armen kräftig fest.

Er schluchzte wie ein kleines Kind. »Ich habe solche Angst.«

»Wann legst du ab?«, fragte die Nutte.

»Morgen. Gleich bei Sonnenaufgang.«

Sie redete anders als die anderen Nutten. Und sie sah

anders aus. Nicht so dick und nicht so furchterregend. Sie war hübsch für eine Nutte, aber da war was mit ihren Augen. Ihr Blick war der eines unruhigen Geistes, ihre pechschwarzen Augen schossen ständig hin und her, und ihre Haut war so dünn wie Drachenpapier.

»Wenn ich vom Meer verschlungen werde, muss ich wissen, dass hier jemand auf mich gewartet hat«, sprach der Mann schluchzend weiter.

»Pssst, ganz ruhig«, sagte die Nutte. »Ich warte hier auf dich, geduldig wie eine Geliebte, die auf ihren Seemann wartet. Ich lebe hier auf dem Deich, am Meer, ich will jeden Tag nach dir Ausschau halten. Wie eine sehnsüchtige Geliebte.« Sie redete so schön. Fast verzaubernd.

»Versprochen?«

»Ein Versprechen gibt's nicht ohne Preis. Man muss es sich verdienen.«

»Welchen Preis?«, fragte der Mann verzweifelt. »Welchen Preis denn?«

»Die goldene Uhr da, zum Beispiel.« Die Nutte zeigte auf sein Handgelenk. »Für diese goldene Uhr will ich jeden Tag nach dir Ausschau halten.«

Gierig nahm der Mann die Uhr ab. Der Rotz war ihm inzwischen bis zum Kinn runtergelaufen. Er gab der Nutte die goldene Uhr. Da nahm sie ihn wieder in die Arme und tröstete ihn. Sanft und liebevoll. Sein ganzer Körper wurde vom Weinen geschüttelt. Sie machte nichts weiter. Strich ihm nur übers Haar. Wenn ich eine goldene Uhr gehabt hätte, wäre ich auch reingegangen und hätte mich trösten lassen von der letzten Nutte auf dem Deich.

Cam Ranh 1978

Das Elend fing an dem Tag an, als die Bombe fiel. Es schneite nicht, und es war nicht kalt. Die Sonne hing tief, und die Schneeeule, die sich noch jahrhundertelang fortpflanzen wird, landete auf dem kleinen Fischerboot. Meine Mutter, gerade neunzehn geworden, durfte nichts auf die Überfahrt mitnehmen. Sie hielt ein Mädchen fest an der Hand. Bald würde es dunkel werden. In dem Land, weit weg von hier, am Stillen Ozean, gab es Unruhen. Der Boden schwankte, und das Wasser klatschte bedrohlich an die Küste.

Das Dorf Cam Ranh, zehntausend Kilometer westlich von Beiahêm, lebte vom Sand. Cam Ranh wusste nichts von der Existenz von Beiahêm, und Beiahêm wusste nichts von der Existenz von Cam Ranh. Es war ganz von einer dicken Schicht feinem, strahlend weißem Sand bedeckt. Keiner wusste, wo er herkam, er war immer schon da gewesen. Der weiße Sand überzog die Bäume, die Dächer, die Straßen. Mit jeder Windböe wehte eine weiße Staubwelle durch die Gassen

Grell reflektierte der Sand die Sonne, und die Menschen, die direkt auf den Sand schauten, wurden geblendet. Gegen Abend wuschen sie sich im Fluss, und der Sand wurde zum Meer gespült. Sie verkauften ihn den Türken, die damit Glas bliesen.

Als die Bombe aufs Dorf gefallen war, gingen meiner Mutter all ihre Verwandten verloren. Die Dächer stürzten ein, und eine große Staubwolke hing tief über dem Dorf, sie konnte nur bis vor ihre Füße schauen, weiter nicht. Sie suchte ganze sieben Tage, fand aber nichts weiter als blutige Gliedmaßen hier und da. Der weiße Sand war schmutzig von dem vielen Blut, ihr Mund war trocken, und sie ließ das Schlucken bleiben. An den ersten Tagen blieb sie bei jedem Arm, jedem Bein, die sie im Staub sah, stehen. Um zu schauen, ob sie die Hand ihres Vaters oder das Bein ihrer Mutter erkannte.

Doch dann kickte sie die Körperteile nur noch weg und drehte sich nicht mehr nach ihnen um. Die Nachbarin, die sie in ihrer Panik nicht erkannte, klammerte sich weinend an ihr fest und legte ihr ein schreiendes Baby in die Arme. Meine Mutter gab es ihrerseits einem Mann weiter, der am Straßenrand vor sich hin stierte. Widerspruchslos nahm er das Baby an. Als ob er es nicht mal merkte. Kurz darauf ließ er es aus den Händen fallen. Doch auch das merkte er nicht.

Ein ununterbrochen weinendes Mädchen lief seit Tagen hinter meiner Mutter her und packte hin und wieder ihre Hand. Es war etwa dreizehn. Meine Mutter war zu müde, weiterzusuchen. Das Kreischen des Mädchens machte sie wahnsinnig. Sie hatte Blasen an den Füßen, und die Sonne brannte ihr den alten Schweiß als Flecken auf den Rücken. Aus dem Nichts war der Krieg ausgebrochen, und jetzt, wo er da war, schien es, als wäre immer schon Krieg gewesen.

Der Fischer, der drei Häuser weiter gewohnt hatte, zeigte auf das goldene Armband am Handgelenk meiner Mutter.

»Morgen Abend, gleich nach Sonnenuntergang, fahre ich mit dem Boot los«, sagte er und zeigte erneut aufs Armband. Seine Zähne waren schwarz vom Kautabak. Wenn er lachte, sah es aus, als würde man dem Teufel ins Maul schauen. »Im Krieg bringt es nichts, hübsch zu sein, Schätzchen. Gold hilft dir nicht weiter. Aber ich kann dich an einen Ort bringen, wo du in Sicherheit bist«, sagte der Fischer mit dem Teufelsmaul.

Zu müde, zu denken, und zu müde, weiterzusuchen, hatte sie also dagestanden, kurz bevor die Sonne im Fluss unterging. Mit dem Armband in der Hand. Sie beschloss, mitzufahren. Sie durfte nichts mitnehmen und trug nichts am Leib als ihren schmutzigen Schlafanzug. Sie betrachtete das Boot, mit dem der Fischer, bevor die Bombe fiel, jeden Morgen aufs Meer hinausgefahren war. An guten Tagen war er kurz nach Sonnenaufgang mit Netzen voller Seebarsch und Goldmakrele zurückgekehrt. Dann hatten die Leute im Dorf gejubelt und Feuer angezündet, um die Fische zu braten. Jetzt standen da hundertzwanzig Menschen in der Reihe, ihr Gold in der Hand, bereit, es abzugeben, um für die Überfahrt zu bezahlen.

»Wohin fahren wir?«, fragte sie den Fischer, als er an ihr vorbeikam.

»Weg von hier«, antwortete er kurz angebunden und kaute schmatzend seinen Tabak.

»Wo ist das, weg von hier?«, fragte sie ängstlich. Das weinende Mädchen wich ihr immer noch nicht von der Seite.

Der Mann hatte keine Zeit zu antworten. Er zählte die vielen Menschen, die langsam ungeduldig und unruhig wurden. Die, die am Wasser standen, drängten sich gegenseitig weg, wuselten durcheinander wie ein Schwarm Wespen im Wespennest.

Ich muss nicht wissen, wohin wir fahren, überlegte sie dann. Alles ist besser, als hierzubleiben. Sie wusste nicht, wie die Welt aussah. Sie wusste nicht, wie groß der Ozean war, sie hatte keine Kenntnis davon, wo was lag, all das hatte sie niemals gelernt. Sie war nie in die Schule gegangen. Dass es andere Orte gab, an denen andere Menschen wohnten, Menschen, die anders aussahen als sie, von alldem hatte sie keine Kenntnis. Ihres Wissens lag ihr Dorf am Rand der Welt, und weiter gab es nichts. Es war ihr ganz egal, wohin, sie bekam den Staub nicht mehr aus dem Mund und wollte einfach wieder schlucken können. An einen Ort, an dem sie wieder normal schlucken konnte.

»Das Mädchen kommt auch mit«, sagte meine Mutter.

»Das Armband ist nur für einen«, sagte der Fischer.

Meine Mutter schüttelte den Kopf und hielt das Mädchen gut an der Hand fest.

»Ihr seid zu viele!«, schrie der Fischer die Menschen an. »Wer kein Gold hat, muss weg!« Er schob die Menge zurück, doch die Leute machten sich nichts draus, sie drängelten sich einfach wieder vor. Meine Mutter bekam einen Ellbogen in die Brust gerammt, fast hätte sie vor Schmerzen das Mädchen losgelassen. Aus der Ferne sahen sie ein zweites Fischerboot näher kommen, es legte neben dem ersten an.

»Alle ohne Gold, zurück!« Der Fischer wurde brutaler, schüttelte eine alte Frau ab, die sich flehend an sein Bein geklammert hatte. Der Mann vom zweiten Boot befestigte ein Dutzend Wasserkanister außen an beiden Booten.

Abfahrbereit.

Die Menschen wurden auf die Boote verteilt und schoben sich an Bord. Gerade als meine Mutter einsteigen wollte, schrie der Fischer: »Das Boot ist voll!«

Meine Mutter hielt das Mädchen immer noch gut fest. Seine Hand war ganz blau geworden, aber loslassen würde sie nicht.

»Weg da! Das Boot ist voll, wir fahren los!«

Ohne zu begreifen, was sie da machte, packte meine Mutter die Frau vor ihr an den Haaren. Die Frau fiel laut platschend ins Wasser, schnappte nach Luft. Meine Mutter drängelte sich zwischen den Menschen hindurch und fand ein kleines Plätzchen auf dem Boot. Da, wo eigentlich kaum vier Personen hineinpassten, waren jetzt über sechzig. Die weißen Kanister schwammen wie ein Kranz um das Boot herum.

Sie erkannte fast niemanden. Auf der anderen Seite des Bootes sah sie den Dorfmechaniker. Er hatte kein Gold, durfte aber mit, falls der Motor unterwegs Probleme machte. Ihr gegenüber saß der Dorfarzt, er durfte mit, falls jemand krank wurde. Sie dachte daran, was ihr Vater ihr über den Arzt erzählt hatte, am Tag, bevor die Bombe fiel. Seine ganze Familie wäre erschossen worden, hatte er erzählt, aber der Arzt wäre entkommen. »Warum sind alle erschossen worden?«, fragte meine Mutter.

»Weil der Arzt zu klug ist«, antwortete ihr Vater. »Du weißt nichts, ich weiß nichts, wir dummen Menschen haben eben Glück«, hatte er dann gesagt.

Sie erkannte den Dorffleischer, der still und leise auf der anderen Seite des Bootes kauerte. Auch er hatte kein Gold, doch er hatte ein Fass Dörrfleisch dabei. Sein Beil war der einzige Besitz, der mit an Bord ging.

Die Luft über dem Meer roch salzig, und der Anblick des unendlichen Ozeans machte ihr Angst. Jeden Tag ein paar Schlucke aus dem Kanister. Und eine Handvoll Dörrfleisch. Das Fleisch war so trocken und zäh, dass sie stundenlang darauf herumkauen musste und es trotzdem kaum hinunterbekam.

Die ersten vier Tage auf dem Wasser kamen ihr vor wie eine Ewigkeit. Die Trockenheit hatte sich inzwischen ausgebreitet, von ihrer Kehle zu ihren Augen und ihrem Hirn. In ihrem Kopf war nur noch das trockene Knirschen von Sandkörnern.

Das Boot schaukelte mal mit den Wellen dahin, manchmal auch dagegen. Dann wich es ihnen abwechselnd nach links und nach rechts aus, das tat der Fischer aufs Geratewohl, denn auf dieser großen Wasserfläche schien Richtung keine Rolle zu spielen. Sein Handkompass war schon am zweiten Tag kaputtgegangen, er fuhr nach Gefühl. So weit draußen auf dem Meer war er noch nie gewesen. Auch er wusste nicht, was es noch gab außer dem Dorf. Er dachte in Doraden und in Garnelen, in Wettervorhersagen und in Meerestiefe, doch darüber, dass es so was wie andere Länder gab, hatte er noch nie nachgedacht. Er hatte gehört, nach sieben Tagen mit dem Boot gäbe es eine Inselgruppe, die steuerte er jetzt an. Und dachte darüber nach, was er alles mit dem Gold machen könnte, wenn sie irgendwo an Land gingen. Ein Haus bauen und sich eine Frau kaufen. Eine, die lieb zu ihm war und sich ab und zu für ihn auszog. Er hatte die Nase voll davon, allein zu sein.

In der Ferne sahen sie das zweite Boot, sie behielten einander gut im Blick. Manchmal riefen die Fischer einander etwas zu, dann wachten die Menschen aus ihrem Traumzustand auf und hofften, dass Land in Sicht war.

Seit der Abfahrt schlief das Mädchen die ganze Zeit auf dem Schoß meiner Mutter. Tagsüber brannte die Sonne vom Himmel herab, und nachts kroch ihnen die Kälte in die Glieder. Meiner Mutter wurde übel von den Wellen. Sie sah die Kanister von Tag zu Tag leerer werden und die Leute immer größere Schlucke nehmen. Wenn der Fischer einen dabei ertappte, knuffte er ihn in die Seite.

»Vier Schlucke für jeden, wie schwer ist das denn?«, schrie er. »Willst du uns umbringen?«

Aber auch in seinen Augen sahen die Menschen von Tag zu Tag mehr Angst und Unsicherheit, und das machte sie selber ängstlicher und unsicherer. Er versuchte zu verbergen, dass sein Kompass kaputt war und seine Berechnung falsch. Er lenkte das Boot mit unsicheren, zitternden Händen. Das Weiß in seinen Augen hatte sich gelblich verfärbt, und die Äderchen waren geplatzt. Selbst wenn er den Rückweg gekannt hätte, sie hatten nicht mehr genügend Wasser. Die einzige Möglichkeit war, weiterzufahren. Der Fleischer hielt sein Beil von Tag zu Tag fester in der Hand und drückte es nachts wie ein Kind an die Brust.

In den Nächten hörte meine Mutter das Platschen von Dingen, die über Bord geworfen wurden. Doch in ihrem Zustand zwischen Wachen und Schlafen wollte ihr nicht einfallen, was es sein konnte, schließlich hatten sie nichts mit an Bord nehmen dürfen, weil das Boot sonst zu schwer geworden wäre. Als sie am nächsten Tag durchzählte, merkte sie, dass ein paar Menschen fehlten. Sie schnappte nach Luft und tippte den Sohn des Mechanikers an. Ein kräftiger junger Mann in ihrem Alter, dem die Trockenheit und die Übelkeit offenbar nicht zusetzten. Er saß da, nur in der Badehose, und seine nackte Brust verbrannte in der Sonne.

»Wo sind die anderen hin? Es sind nicht alle da«, flüsterte meine Mutter.

»Das sind die, die eingeschlafen und nicht mehr aufgewacht sind«, antwortete der junge Mann.

»Wie meinst du das?«

»Ich habe den Arzt zum Fischer sagen hören, dass die schlafenden Leute krank sind und die anderen anstecken können und dass man sie über Bord werfen muss.«

Meine Mutter schauderte und zog das schlafende Mädchen fester an sich.

In den folgenden Nächten traute sie sich nicht, zu schlafen, sie blieb wach und hielt die Augen offen. Jede Nacht wurden ein paar Menschen über Bord geworfen. Das schwarze Wasser schluckte sie einfach, und sie verschwanden, als hätte es sie nie gegeben. Diese Menschen fehlten niemandem. In den dunklen Nächten hörte sie Gekeuche, Geschleppe und dann Platschen. Ein Platsch pro Person. An den Tagen, an denen der Mond voll war und der Himmel klar, sah sie die Silhouetten der schlafenden Menschen ins Wasser sinken.

Am sechsten Tag fragte der Mechanikersohn meine Mutter: »Warum bist du weggegangen?«

Sie sah ihn ungläubig an. Wie alle anderen auf dem Boot hatte sie nichts mehr gehabt, was sie hielt. Was war das denn für eine dumme Frage?

»Ich bin weggegangen, weil ich berühmt werden will«, sagte der Mechanikersohn.

»Das kann man überall«, sagte sie.

»Aber nicht dort, wo keiner mehr an Träume glaubt.« Seit dem

Krieg waren die Träume verschwunden, als hätten sie sich tief in den Urwald zurückgezogen, die Menschen schliefen und wachten wieder auf, dazwischen war nichts.

»Meinst du, so berühmt wie ein Sänger?«, fragte meine Mutter den Mechanikersohn.

»Nein, so nicht. Eher als Pionier, als Reisender. Berühmt wegen dem hier.« Er tippte sich mit dem Finger an den Kopf und lächelte. Es war das erste Lächeln, das sie seit Langem gesehen hatte.

Sie wandte den Blick von ihm ab und schaute zum Horizont. Dem Horizont, der seit der Abfahrt Spielchen mit ihr trieb. Der sie plagte und zum Narren hielt und ihr das letzte Restchen Verstand raubte.

In der achten Nacht wachte sie von Geschrei und Gekreische auf. Es war eine der dunklen Nächte, und sie konnte nichts erkennen. Der Lärm kam vom anderen Boot.

Am nächsten Morgen war da nur noch die unendliche Weite des Wassers. Das zweite Boot war verschwunden. Auf den Meeresgrund gesunken.

An den Tagen danach war alles verschwommen. Außer dem Schaukeln. Dem sanft wiegenden Hin und Her. Eine Urerinnerung an die Zeit, als sie noch ein Baby war und genau dieses Schaukeln gespürt hatte. Der Versuch, wach zu bleiben. Manchmal eine Welle, die ihr ins Gesicht schwappte. Noch mehr Schaukeln. Die Trockenheit. Das Knirschen der Sandkörner im Hals und zwischen den Zähnen. Das Mädchen, das auf ihrem Schoß schlief. Die Bläschen auf ihren Lippen. Der Mechanikersohn, der wie ein Weltenbummler an Bord saß. Seine nackte Brust. Sein Lächeln an diesem einen Tag. Das Sonnenlicht, das sich im Beil des Fleischers widerspiegelte. Die vier Schlucke Wasser, die ihr himmlisch sanft und süß durch die Kehle flossen. Der Arzt, der eines Morgens nicht mehr an Bord war. Noch mehr schwappende Wellen. Der Mond. Das Mondlicht. Der Horizont. Das Heulen einer alten Frau. Das Boot, das nach Holz roch. Der Himmel, der sich plötzlich unter ihr befand, und das Meer, das plötzlich über ihr war. Das verfaulende Fleisch. Salzwasser. Und noch einmal Salzwasser. Sie spürte ihre Haut, und die war trocken und zäh, ihre Haut war nicht mehr ihre Haut. Die hatte sie wie eine Schlange abgelegt, und jetzt war ihre Haut zäh und hart geworden. Sie träumte nicht mehr von einem anderen Ort. Nichts von alledem.

Während ihres Fiebers hörte sie, wie zwei Männer sich beratschlagten. Tiefe Stimmen, die des Fischers und eine andere, die sie nicht zuordnen konnte.

»Sie steckt die anderen noch an. Die wird nicht mehr gesund«, hörte sie den Fischer sagen.

»Nein«, sagte der andere Mann.

»Heute Nacht ist sie dran.«

»Ja, alles klar.« Es war der Fleischer. Jetzt hatte sie seine Stimme erkannt.

»Heute Nacht«, wiederholte der Fischer.

»Ja, heute Nacht. Und das Mädchen? Die auf ihrem Schoß?«

»Die können wir doch nicht über Bord werfen?«

»Kümmerst du dich dann um sie?«

»Okay. Das Mädchen geht auch über Bord. Okay.«

Es ging um sie! Meine Mutter versuchte mit aller Macht aufzuwachen, doch die Schwere zog sie zurück in den Schlaf. Mit letzter Kraft drückte sie das Mädchen an sich.

Eine Stunde später fuhr ein großes Frachtschiff vorbei. Ein Frachtschiff aus dem fernen Norden, voll beladen mit Kalk, um es den Asiaten zu verkaufen. Die Menschen auf dem Fischerboot winkten und schrien und sprangen mit neuer Energie auf und ab. Alle aus dem Fischerboot wurden an Bord des großen Schiffs gehievt.

Ein Mann von der Besatzung machte ein Foto. Und noch eins. Der Übermut des Mechanikersohns hatte inzwischen einen Dämpfer bekommen, aus seinen Augen sprach große Erleichterung. Er hielt die Hand meiner Mutter fest, die an Bord getragen wurde, sie war zu krank, um aus eigener Kraft zu gehen.

Nach der langen Überfahrt schauderte meine Mutter, als sie im fernen Norden den ersten Schritt an Land tat. Das sollte also ihr neues Zuhause werden. Überall nur Menschen mit weißen Gesichtern, wie Geister. So etwas hatte sie noch nie gesehen. Weiße Haut, durch die die Adern schimmerten. Blondes Haar, in dem kein Blut war. Alles war weiß. Auch die Straßen und Dächer. Weiß wie der weiße Sand in ihrem Dorf, doch als sie diesen Sand berührte, erstarrte ihr Herz, so kalt war er.

»Schnee«, sagte ein weißer Mann. Sie hatte geglaubt, einer Hölle entkommen zu sein, und war in der nächsten gelandet. Sie schaute zu den Bäumen. Ein Land voller kahler Bäume, an denen keine Blätter hingen. Bei ihr im Dorf wurden die Bäume ohne Blätter geschlagen, sie waren tot und trocken. Was war das für ein gespenstisches Land, in dem die Menschen, weiß wie Geister, überall tote Bäume stehen ließen? Sie schaute zu den nackten Ästen, die sich schwarz vom weißen Sand abhoben.

Sie nahm das Mädchen fest bei der Hand, das Mädchen, das nicht wusste, dass man es später die Spinnerin nennen würde. Und meine Mutter nahm den Mechanikersohn bei der Hand. Den Mechanikersohn, der noch nicht wusste, dass er mit ihr ein Kind namens Nhung bekommen würde. Sie betrachteten die Landschaft und sahen, dass es einerlei war. Hier oder dort. Auch hier drosch das wüste, schlaflose Meer auf das Land ein. Auch hier musste man endlos gegen das Wasser ankämpfen, damit es den Boden nicht verschluckte. Auch hier lebten die Menschen abgeschnitten von allen anderen, als stünden sie am Rand der Welt und hätten keine Chance, je wegzukommen.

Als meine Mutter im ersten Frühling den Schnee schmelzen und die Knospen an den Zweigen sprießen sah, atmete sie erleichtert auf.

10

Ich konnte nicht schlafen, in meinem Kopf war noch das Schluchzen des Fischers bei der Nutte. Ich stand auf und schob den Vorhang vor meinem Dachfenster ein Stück zur Seite. Das Mondlicht fiel auf meinen Schreibtisch.

Wo liegt Mondoro, fragte ich mich, wo die Bilder herkommen? Über wie viele Meere musste man fahren, um dort hinzukommen? Wie viele Berge lagen zwischen Beiahêm und Mondoro, wie viele sandige Ebenen, wie viele Sümpfe?

Ich hatte Angst, dass das, was ich in der Bibliothek gesehen hatte – die Farben, die Blätter, die weißen Algen –, aus meinem Kopf fliehen und in einen anderen kriechen könnte. Der Bibliothekar wusste nicht, bis wann die Bilder dablieben. Hätte ich es bezahlen können, wäre ich jeden Tag hingegangen.

Ob Mondoro vielleicht in der Nähe von Cam Ranh lag, näher an Cam Ranh als an Beiahêm?

Amour hatte sein schwarzes Buch schließlich zugeschlagen, am Nachmittag, als ich ihm von dem Tag erzählte, als die Bombe gefallen war. Er hatte alles aufgezeichnet. Ich weiß nicht genau, was er da alles aufschrieb. Nur das Nötigste, nehme ich an, denn er machte sich nur hin und wieder eine Notiz, während ich erzählte. Ich fragte mich, was er mit den Informationen anfangen wollte, die ich ihm da gab.

Ich sah mir die Furchen in seiner Handfläche an, es war, als hätten sich die Geschichten einen Weg in seine Haut gegraben, so tief waren die Linien in seiner Hand. Ich hätte gern als Geschichte in seinem Handballen gewohnt, wollte in seine Gedanken kriechen, etwas von dem Ort erfahren, wo er herkam. Wie sah es dort aus, wie roch es dort, an dem Ort, wo mein Vater jetzt war? Aber Amour hatte nicht darüber geredet. Er hatte nur sein Buch weggeräumt und gesagt, er würde eine Runde auf dem Deich drehen.

Ich nahm ein Blatt Papier aus der Schublade und fing an zu schreiben. Einen Brief an meinen Vater. Ich schrieb etwas und fing wieder von vorn an, ein Wort nach dem anderen, bis mein Arm ganz lahm geworden war.

Draußen hörte ich es rascheln und kratzen. Ich legte den Bleistift weg.

Krrr. Krrr. Krrr.

In meiner geheimen Schublade lag meine Taschenlampe, doch als ich in den Garten leuchtete, hörte ich nichts mehr. Bestimmt hatte ich es mir nur eingebildet, oder es war der erkältete Igel hinten im Garten, der seit Tagen klang wie ein alter Mann, der sich räuspert. Das konnte einen mitten in der Nacht hochschrecken lassen. Ich legte die Taschenlampe zurück in die Schublade, neben mein Tagebuch. Darauf lag eine Kastanie, die Binck mir geschenkt hatte. Ich behielt alles, was Bincks Hände berührt hatten. Rechts hinten in der Schublade lag ein Foto von meinem Vater. Mama sagte, dass sie ihn nicht mehr sehen könnte. Sie hatte alle Fotos aus dem Haus entfernt. Es war aber auch schwierig, sich jemanden anzusehen, auf den man richtig wütend war, so wie sie auch mich manchmal nicht ertragen konnte.

Das Baumwollsäckchen voller Jasminknospen auf meinem Schreibtisch verbreitete einen starken, warmen Duft, als ob hundert Frauen mit Jasminblüten im Haar im Zimmer herumspazierten. Es vertrieb den Geruch nach fauligen Blättern, der von der Tabakfabrik kam und durch die Fensterritzen hereinkroch. Ich schnüffelte ein paarmal tief an dem Duft, klebte ein paar Jasminknospen mit Klebeband auf den Brief und machte den Umschlag zu. Es war noch kein Jahr her, dass ich mit meinem Vater Jasmin gepflückt und getrocknet hatte.

Wenn mein Vater den Umschlag aufmacht, dachte ich, muss er sofort genau an diesen Sommer denken. Mein Vater liebt die Sonne. Als er einmal von der Sonne ein Lippenbläschen bekommen hatte, hörte er gar nicht mehr auf, daran zu lecken und zu zuzeln, als ob er seine eigene aufgesprungene Lippe küsste und mit der Zunge pflegte.

Wieder hörte ich es im Garten ticken. Es war nicht der Igel. Ich schlich die Treppe runter. Meine Mutter hatte ihre Schlafzimmertür offen stehen lassen, stundenlang hatte sie in ihrem Bett geheult und geschrien, aber jetzt schlief sie endlich.

Unten schwelte der Holzofen noch. Ich öffnete die Tür, eine kalte Winterbrise blies mir entgegen, die Kälte der Fliesen zog von meinen nackten Füßen zum Rücken hoch. Ich versuchte herauszufinden, wo das Geräusch herkam, aber es war zu dunkel.

Kratz. Kratz. Kratz.

Ich hockte mich hin und tastete in der Dunkelheit. Schnee. Abgebrochener Ast. Erfrorene Mauerassel. Holz. Die Holzkiste! Sie stand noch vor der Tür. Ich öffnete sie und steckte die Hände hinein, wie die Leute in der Fernsehsendung, in der sie blind in eine Kiste fassen und raten müssen, was drin ist. Wenn sie Glück hatten, war ein

Schweinedarm drin, aber manche hatten auch schon eine lebende Schlange angefasst.

Etwas Warmes bewegte sich und kribbelte an meiner Handfläche. Es fühlte sich pelzig an. Mein Vater hatte mir nicht nur den Brief geschickt, sondern noch etwas anderes!

Ich musste die Kiste mit beiden Händen hineintragen, beim Ofen öffnete ich sie wieder. Ein paar neugierige Äuglein starrten mich an. Ein kleines schwarzes Köpfchen, ein schwarzer gefiederter Körper. Der Vogel hatte sich in die Kiste gekuschelt. Er spreizte die Flügel und plusterte sich auf. Eine kleine Dohle. Mit beiden Händen hob ich sie vorsichtig heraus und legte sie mir dicht an die Brust. Ich schaute, ob an ihrem Fuß vielleicht ein Brief befestigt war. Hatte mein Vater sie mir mitgeschickt, oder war sie erst später in die Kiste geraten?

Sie wehrte sich nicht. Ihr Schwanz war beschädigt, bestimmt vom Scheuern am Holz, sie passte nur knapp in die kleine Kiste. Die Dohle war kurzatmig und sah mager aus und wie geschwächt von einer langen Reise.

»Ganz ruhig«, flüsterte ich. »Jetzt bist du in Sicherheit.« Die Dohle beruhigte sich und schmiegte sich mit ihrem Köpfchen dicht an mich. Sie ließ sich von mir streicheln. »Wo kommst du her?«, fragte ich. »Willst du ein bisschen Wasser?«

Ich setzte sie wieder ab. Zitternd stand sie auf ihren Beinen und beäugte mich aus der Kiste heraus. Sie drehte sich einmal um die eigene Achse. Darüber musste ich lachen. Wie eine hinkende Ballerina. »Du sollst Pirouette heißen und darfst ruhig eine Weile bei mir wohnen.«

Den Rest der Nacht blieb ich wach, um den Brief an meinen Vater neu zu schreiben. Pirouette und ich schauten zusammen zu den Sternen, die zum Dachfenster hereinschienen. »Wenn ich doch nur ein Stern sein könnte«, sagte ich zu ihr. Sie blinzelte ein paarmal. »An das Weltall geheftet, zusammen mit meiner ganzen Familie. Papa und Mama, die als Sterne am Himmel festgesteckt wären, und alle anderen wären meine Brüder und Schwestern. Aber wir sind eben keine Sterne. Die Sterne schauen zu uns runter. Was sie wohl über uns denken, Pirouette, wenn sie so von oben zu uns runterschauen?« Pirouette antwortete nicht. »Sie sehen unser Haus zwischen allen anderen Häusern, und ihnen ist klar, wie klein es ist. Von da oben ist es bestimmt nur ein winzig kleiner Punkt. Wir beide, du und ich, fallen ihnen bestimmt nicht mal auf, genau das denke ich.«

Pirouette flog ein Stück hoch und landete auf dem Buch über einen Mönch. Das hatte ich angefangen zu lesen, weil ich wissen wollte, wie man Mönch wird, ob man als Mönch geboren wird oder einen Kurs machen muss.

»Ab jetzt wird alles besser, Pirouette, ganz bestimmt.« Ich faltete den Brief an meinen Vater zusammen und steckte ihn in meinen Rucksack. Pirouette nickte ein paarmal. Im Mondlicht leuchteten ihre Federn blau auf. Sie war frech, das konnte man auf den ersten Blick sehen. Sie pickte ein paarmal an meinen Arm und sah mich die ganze Zeit mit diesem seltsamen Blick an, mit dem sie auch den unbekannten Gefahren der Welt entgegensah.

11

Was trieben die Menschen in Beiahêm am nächsten Tag? Die Sonne ging auf, und es wurde beschlossen, dass Montag war. Der Markt war aufgebaut, und die Bettler kamen aus ihren Löchern gekrochen. Sie strichen zwischen den Ständen umher, auf der Suche nach liegen gebliebenen Orangen oder sonst etwas Essbarem. Die Tauben flatterten ein bisschen hin und her. Die Kinder kniffen müde die Augen zusammen, gähnten und rekelten sich in ihren Betten. Ein paar Männer gingen in den Wald, Holz hacken für den Ofen. So machten die Menschen also irgendwas, unabhängig voneinander, und doch hatten sie gemeinsam beschlossen, dass Montag war. Die Antillianer standen auch nach dem Wochenende wieder mit dem Rücken an der Mauer der Snackbar und aßen Pommes. Die Chinesen inventarisierten ihren Besitz, und inzwischen sah es aus, als würde dieser Montag ein ganz normaler Montag werden.

Meine Mutter schlief, sie klebte wegen all ihrer salzigen Tränen mit der Wange am Kissen. Daran änderte ich nichts. In der Mittagspause hatten Zebra und Angel ein paar Zeichnungen von mir aus meiner Tasche genommen. Sie standen am Ufer und machten sich darüber lustig.

»Das ist dafür, dass alle Chinesen stinken«, rief Zebra mir zu. Sie warfen meine Tasche in den Fluss. Erst trieb sie noch kurz an der Wasseroberfläche, dann ging sie unter.

»Ich bin keine Chinesin.« Ich gab mir große Mühe, nicht zu weinen, das gönnte ich ihnen nicht, diesen Drecksweibern. Wenn mein Vater noch da wäre, würden sie sich hüten, mich in aller Öffentlichkeit fertigzumachen. Sie fanden meinen Vater seltsam und lachten ihn aus, aber insgeheim fürchteten sie sich vor ihm.

»Und das dafür, dass du so hässlich bist«, sagte dann Angel und warf meine Zeichnungen hinterher.

Ich schaute auf die Porträts, die ich von meinem Vater und Amour gemalt hatte. Wie Fische schwammen sie in Richtung Meer. Das strenge Gesicht meines Vaters trieb ruhig auf dem Wasser, Amours kabbelte hinterher. Als ob Amour versuchte, meinen Vater einzuholen, um ihm etwas zu sagen, vielleicht über mich. Aber noch bevor er bei meinem Vater war, hatte das Wasser sein Gesicht schon verwischt. Man konnte nur noch seine erstaunten Augenbrauen sehen. Er hatte keinen Mund mehr, um etwas zu fragen oder zu sagen. Und mein Vater hatte keine Ohren mehr, er konnte nicht mehr hören, was Amour ihm zu sagen hatte. Auch von ihm waren nur noch die Augenbrauen übrig. Wie sollte ich neue Porträts von ihm malen, wenn ich mich bald nicht mehr an sein Gesicht erinnern könnte, fragte ich mich. Zwei Paar Augenbrauen trieben auf dem Wasser in Richtung Meer. Die meines Vaters prägte ich mir tief ins Gedächtnis ein, damit ich zumindest seine Augenbrauen nie vergaß.

Ich schrak zusammen, suchte in meinen Hosentaschen, meinen Jackentaschen. Erneut in den Hosentaschen. Nichts. Wieder die Jackentaschen. Mir wurde schlecht. Schreiend rannte ich am Fluss entlang. Solche blöden Ziegen!

Binck rettete mich. Aber erst, nachdem Angel und Zebra weg waren. Er schaute schon eine ganze Weile zu, aber als ich weinen musste, nahm er meine Hand und zog mich vom Wasser weg.

»Lass sie doch«, sagte er zu mir.

»Sie haben meinen Brief!«, schrie ich ihn an. »Sie haben meinen Brief!« Ich riss mich von ihm los und durchsuchte wieder meine Hosentaschen. Wenn ich gewusst hätte, wie besonders es ist, das erste Mal mit einem Jungen Händchen zu halten, hätte ich es bestimmt anders gemacht.

»Was suchst du?«, fragte er. Aber ich hörte ihn nicht und suchte hektisch weiter. Ich fand nur eine blaue Kugel, die vor unserem Haus gelegen hatte, ein Tigerauge, die Murmel, die am meisten wert ist von allen, und Amours seltsame Münze.

»Was suchst du bloß?«, fragte Binck ungeduldig. Da spürte ich plötzlich die Ecke des Umschlags in meiner Innentasche. Zum Glück, die Bilder hatten sie in den Fluss geworfen, aber den Brief hatte ich noch. Dann erst merkte ich, dass ich Bincks Hand losgelassen hatte.

»Dann gehe ich eben«, sagte er. »Nimm's nicht so schwer.«

Der Geruch des getrockneten Jasmins kroch durch den Umschlag und umfing den Brief wie eine kleine, süße Duftwolke. Ich schnupperte daran. Eine plötzlich aufkommende Windböe blies den Duft davon. Das Jasminwölkchen schwebte über das Wasser hinweg. Am anderen Ufer saß ein alter Mann und schaute einer Taube zu. Er sah kurz auf, sog den Duft tief ein, als ob ihm plötzlich eine Erinnerung käme, die gar nicht seine eigene war, und widmete sich dann wieder seiner Beschäftigung.

12

An diesem Montag war Amour gestolpert. Oder wurde verprügelt. Oder hatte irgendeinen anderen Unfall. Ich hatte gehofft, dass Amour mich trösten könnte, nachdem Angel und Zebra mich gemobbt hatten, doch sein linker Arm war in Gips. Von der Schulter bis zum Handgelenk, seine Finger schlängelten sich wie nackte Würmer raus. Ich traute mich nicht, danach zu fragen. Außerdem war es nicht weiter ungewöhnlich. Die Antillianer liefen ständig mit einem Gipsbein herum, und die Chinesen auch. Niemand stellte noch Fragen. Das ließen die Leute irgendwann bleiben. Aber von Amours Arm konnte ich den Blick nicht abwenden. Er war keiner, der stolperte oder verprügelt wurde, fand ich.

Amour war gerade dabei, ein riesiges Feuer zu machen. »Soll ich dir beibringen, wie man ein schönes Feuer macht?«

»Gut«, sagte ich.

»Die meisten glauben, sie könnten Feuer machen, es wäre keine Kunst, aber sie verstehen nicht, dass man für ein gutes Feuer genauso viel Aufmerksamkeit und Sorgfalt braucht, wie um eine Frau zu lieben.«

Amour wusste alles. Beim letzten Mal, als ich bei ihm war, brachte er mir alles über Wellenbrecher und Wehre bei. Und davor alles über Landzungen. Gefrorene Landzungen. Jedes Mal schaffte er es, mich zum Lachen zu bringen.

»Was ist eine Landzunge?«, hatte ich ihn damals gefragt.

Amour hatte mir ein Bild davon gezeigt. Es war ein Stück Land wie eine rausgestreckte Zunge. Ich sah mich plötzlich als Riesin auf der Seite im Meer liegen, mit rausgestreckter Zunge, auf der die Menschen lebten. Auf meiner Zunge. Meiner gefrorenen Landzunge. Und es ging ihnen gut. Die Menschen waren glücklich. Sie liefen Schlittschuh und schabten das Eis von meiner gefrorenen Landzunge. Lachend vor Glück.

Amour wusste alles über unseren kalten Ort, obwohl er nicht mal von hier kam. Ein anderes Mal hatte er mir von der Anziehungskraft des Mondes erzählt, und noch ein anderes Mal davon, dass Inseln wandern können.

Amour bat mich, drinnen sein Feuerzeug zu holen. Er trug inzwischen Äste und Flusssteine zusammen. Es war komisch, Amour, der sich sonst so geschmeidig bewegte, einarmig herumstümpern zu sehen.

Obwohl Amour nie kochte, roch es in seinem Schiff nach mediterranen Kräutern. Kleine Häufchen Wüstensand lagen auf dem Boden. Solchen goldgelben Sand gab es hier nicht, der so trocken war, dass er fast sang, wenn man darauf trat. Ich zog die Schublade seines Küchenschranks auf. Darin lagen exakt eine Gabel, ein Löffel und ein Messer. Auch drei Korkenzieher fand ich, und einen Dosenöffner. Aber kein Feuerzeug.

Sein Schreibtisch war ein einziges Chaos. Ich hatte gedacht, Amour wäre ordentlich. Menschen, die sich geschmeidig bewegen, irgendwie kultiviert wirken, müssen doch einen ordentlichen Schreibtisch haben. Aber der ganze Schreibtisch lag voll Erdnussschalen, Notizzetteln, auf die Zahlen gekritzelt waren, und lauter Aufzeichnungen in einer Sprache, die ich nicht lesen konnte.

Auf einem Kassenzettel stand der Preis von einem Paar Stiefel. Seine neuen schwarzen Stiefel. Es mussten sehr gute Stiefel sein. Für dieses Geld hätte er sicher nie mehr nasse Zehen. Ich fragte mich, wie Amours Zehen aussahen. Meine waren immer runzelig, da konnte man nichts machen, in meinem Gummistiefel war ein kleines Loch. Meiner Mutter hatte ich nichts davon gesagt, sie hätte sich nur Sorgen gemacht.

Mein Blick fiel auf kleine Zettel mit Weissagungen, wie sie die Chinesen in ihre Glückskekse stecken. Es waren nur wenige, aber sie waren unverkennbar. Solche Kekse verteilten nur die Chinesen in ihren illegalen Spielcasinos. Mir lief es kalt den Rücken runter. Seit mein Vater weg war, ging meine Mutter manchmal ins Spielcasino, ganz selten nur, wenn wir ein bisschen Extra-Geld zum Einkaufen brauchten. Weil mein Sternzeichen Ratte ist und es sich nicht mit ihrem verträgt (Hahn), durfte ich sie nicht berühren, bevor sie ins Spielcasino ging, sonst hätte ich sie mit meiner negativen Energie angesteckt.

Die Kekse, die meine Mutter mitbrachte, aß ich am nächsten Morgen sofort auf. Die Zettel, die darin steckten, waren keine echten Weissagungen, eher Dinge, die die Chinesen einem mitteilen wollten. Meine Mutter hatte einmal einen bekommen, auf dem stand: *Wenn du sterben willst, höre auf zu zählen*, und ein anderes Mal: *Die längsten Wege müssen nicht die sichersten sein*. Ich hatte nicht gewusst, dass Amour die Chinesen kannte. Auf einem von Amours Zetteln stand: *Im Dunkeln wirst du den Ausweg finden*. Ich musste ihn warnen, dass es besser für ihn wäre, ihnen ja nicht allzu nahezukommen.

Auf seinem Schreibtisch lagen sein Feuerzeug und das

Buch mit dem schwarzen Lederumschlag. Manchmal, wenn ich ihm etwas erzählte, nahm er es und machte sich ruhig ein paar Notizen. Meistens räumte er das Buch nach dem Schreiben schnell wieder in seine Kiste zurück und schloss sie ab, aber jetzt lag es einfach herum. Deutlich sichtbar auf seinem Schreibtisch. Ich warf rasch einen Blick über die Schulter. Amour war immer noch mit dem Holz zugange. Ich nahm das Buch in die Hand. Als ich es aufschlug, merkte ich, dass ich plötzlich dringend pinkeln muss. Dieses Gefühl bekam ich immer, wenn ich was Verbotenes tat. Und manchmal auch beim Spielen, wenn ich im dunklen Kleiderschrank zwischen Männerhemden hockte. Mose und ich spielten oft Verstecken. Bei ihr zu Hause. Mir war es unheimlich, aber sie wollte es immer spielen. Einmal, als ich mich in die Waschmaschinentrommel gekauert hatte, hatte ich wirklich Pipi gemacht. Keiner hatte je etwas gesagt, aber seither traute ich mich nicht mehr, Moses Vater in die Augen zu sehen. Als hätte ich sie mit etwas angesteckt.

Die erste Seite war leer. Die zweite auch. Oder nein, doch nicht. Ich hielt das Buch so nah ans Gesicht, dass meine Nasenspitze das Papier berührte, dann erst konnte ich lesen, was da stand. Flüchtig blätterte ich weiter, bis ich auf Seite elf etwas stehen sah. Ich bekam einen solchen Schreck, dass ich das Buch zuschlug. Bestimmt hatte ich mich verlesen, es war gar nicht anders möglich. Auf dem Weg nach draußen versuchte ich, mir die Wörter aus dem Kopf zu schütteln.

Amour hatte ein paar Flusssteine im Kreis hingelegt und aus Ästen eine Art Gerüst in Form eines Tipis gebaut. Daran lehnte er ein bisschen trockenes Stroh. Ich gab ihm das Feuerzeug. Als er sich bückte, um das Feuer anzuzünden, sah ich auf seinem Rücken ein großes, glänzendes Messer unter seinem Gürtel stecken. Es war kein Taschenmesser für den täglichen Bedarf, nein, es war größer, aber auch wieder nicht groß genug, um Holz damit zu schneiden. Es war so ein Messer, mit dem man Schlangen den Kopf abschneidet oder verschlagene Hyänen filetiert. Warum hatte Amour so ein Messer bei sich? Hier gab es doch weder Schlangen noch falsche Hyänen. Ich musste daran denken, was ich in dem Buch gelesen hatte.

Buchhaltung. Für die Chinesen.

Das hatte dagestanden. In kleinen schwarzen Buchstaben. Als würden sich die Buchstaben auf der Seite verstecken. Als hätte er es so klein wie möglich geschrieben, damit niemand es fand. Der Rest des Buches war voller Notizen und Berechnungen. Auf einer Seite hatte ich auch meinen Namen stehen sehen. Und den meiner Mutter. Da hatte ich vor Schreck das Buch zugeschlagen. Ich traute mich nicht, Amour danach zu fragen.

»Fremde, die nicht von hier sind«, sagte er, »Fremde wie du und ich, wir müssen immer Augen im Rücken haben.« Er blies auf seine eisigen Finger, die aus dem Gips schauten. Es war, als ob er fühlte, dass ich sein Messer anstarrte. »Wir müssen immer wachsam sein.« Immer noch drehte er mir den Rücken zu. Er nahm das Messer heraus und ließ es im Sonnenlicht funkeln. Ich erschrak und ging ein paar Schritte zurück. Amour kam zu mir und setzte mir das Messer an die Kehle. »Denn was du nie vergessen darfst, Nhung, ist, dass du nicht dazugehörst.«

Ich nickte.

»Was sie auch sagen, was sie dir auch weismachen wollen. Wenn es hart auf hart kommt, gehörst du nicht dazu.«

Er kniff die Augen zusammen und drückte mir das Messer fester an die Kehle. »Hast du Angst?«

Ich ließ ihn nicht aus den Augen, damit er nicht merkte, dass ich Angst hatte.

»Soll ich dir zeigen, wie scharf das Messer ist?«

Ich schüttelte den Kopf.

»Ich habe es aus Ägypten mitgebracht. Von einer Frau bekommen. Einer sagenhaft schönen Frau. Sie hatte ein großes, breites Becken, ein Becken, dem man ansehen konnte, dass sie dafür geschaffen war, viele Kinder zu bekommen. Sie hatte dreiundzwanzig Kinder. Am Tag, als ihr jüngster Sohn im Nil ertrank, hat sie mit diesem Messer eine Ziege geschlachtet, um sie den Göttern zu opfern. Der Nil färbte sich rot, bis zum Meer. Aber ihr ältester Sohn wurde blass vor Wut, weil Gott ihm einfach seinen jüngsten Bruder genommen hatte. Er fühlte sich verraten, sein Leben lang hatte er um Regen und Wasser und die Überflutung des Nils gebetet. Er hatte das Wasser im Nil angebetet. Und er hatte den Regen angebetet. Er hatte den Schlamm angebetet. Denn weißt du, Nhung, während das Wasser hier alles tötet und überflutet, macht das Wasser dort die Erde fruchtbar und lebensfähig. Wo hier der ewige Kampf gegen das Wasser die Menschen müde im Kopf macht, treibt die Trockenheit dort die Menschen in den Wahnsinn. An dem Tag, an dem der älteste Bruder seinen jüngsten Bruder den Fluss hinuntertreiben sah, hörte er auf, an etwas zu glauben. In blinder Wut holte er in der Nacht das Messer seiner Mutter unterm Bett hervor und schnitt seinem Vater die Kehle durch. Seinem Vater, der ihn sein Leben lang angelogen hatte. Der ihm beigebracht hatte, dass der Fluss heilig ist, ein Geschenk. Die Frau mit dem schönsten Becken der Welt sah das Gemetzel, und auf meiner Durchreise bat sie mich, das Messer in

Sicherheit zu bringen. Weit weg, an einen Ort, der so weit weg war, dass sie ihn sich nicht einmal vorstellen konnte, einen Ort, an den sie nicht mal in ihrer Fantasie reisen konnte. Willst du es haben?«

Ich sah ihn an.

»Das Messer. Wenn ich es nicht mehr brauche, darfst du es haben.«

Ich schüttelte den Kopf.

»Du bist ein gutes Mädchen. Aber wenn jemand dir ein Messer anbietet, darfst du nicht ablehnen, es bringt Unglück. An dem Tag, an dem dir das Messer in die Hände fällt, wirst du schon wissen, wozu es gut ist. Hab keine Angst.«

Ein Messer. Ein funkelndes Messer, das nicht machte, was sein Besitzer wollte, sondern eigene Wege ging. Ein Messer gegen alles Unrecht. Ich schaute aufs Messer und sah mein Spiegelbild. Amour steckte es wieder in den Gürtel.

Inzwischen loderte das Feuer, und das Holz knisterte wie eine Frau, die sich ihrem liebenden Mann hingibt.

Die Frau mit dem schönsten Becken der Welt. Sie konnte sich einen Ort wie diesen hier nicht vorstellen. Dass es so etwas überhaupt gab. Dass hier auch Menschen lebten. Dass hier jemand lebte wie ich. Ich dachte an sie und fragte mich, ob sie an mich denkt. Aber natürlich tat sie es nicht, sie wusste nicht mal, dass es mich gab. Da wurde ich traurig. Bald würde mir ein lebensgefährliches Messer gehören. Kein Messer, das machte, was ich wollte, sondern eins, das machte, was es selbst wollte.

Ich schrak zusammen, weil Amours Arm plötzlich in Flammen stand. Er schlug mit dem Arm auf und ab wie mit einer Fahne aus Feuer. Die Flamme wurde nur größer. Zum Glück war es der eingegipste Arm. Ich schrie, doch

Amour blieb ganz ruhig. Er ging zum Wasser und stieg in den Fluss. Es sah merkwürdig aus. Der Geruch von verbranntem Haar und versengter Haut breitete sich ums Schiff aus. Über seinem Kopf stieg eine große Dampfwolke in die Luft. Im Wasser winkte Amour mir lachend mit seinem verkohlten Gipsarm zu, tat so, als wäre alles in Ordnung mit ihm. Doch an seinen blauen Lippen sah ich, dass er fror.

13

Pirouette wich mir nicht mehr von der Seite. Sie schlief bei mir im Bett, flatterte auf dem Weg zur Schule neben mir her. Morgens konnte ich sie als Einzige fragen, ob mein Outfit einigermaßen okay war, und ihr erzählen, dass ich Bincks Kastanie aufgehoben hatte. Ich fragte meine Mutter nicht, ob ich Pirouette behalten durfte; unsere neue Mitbewohnerin war ihr nicht mal aufgefallen. Eines Morgens, als ich mit Pirouette auf der Schulter runterkam, starrte meine Mutter nur dumpf vor sich hin. Auch als Pirouette sich kurz auf ihren Kopf setzte, reagierte sie nicht.

Meine Mutter zündete Weihrauch an und betete für mehr Sonne, wie sie auch für Glück und Reichtum betete. Es war ein trister Tag im Mai, von Juni keine Spur, die Baumwipfel versteckten sich vor lauter Elend in grauen Wolken, und frischer Schnee wirbelte ziellos über dem Marktplatz.

»Stellst du den Müll noch raus, bevor du gehst?«, fragte sie, goss ihre Kräuter auf der Fensterbank und redete ihnen gut zu. Die Minze wollte nicht recht wachsen.

»Ja, Mama.«

In den ersten Tagen war Pirouette noch scheu gewesen, doch jetzt zeigte sie sich immer öfter von ihrer frechen Seite. Sie machte sich einen Spaß draus, mich zu ärgern, aber bei ihr war es okay. In der Dusche hüpfte sie mir so vor die Füße, dass ich fast ausgerutscht wäre. Dann flog sie mir auf die Schulter und pickte zärtlich nach mir. »Ist ja gut«, sagte ich. Ich pflegte und fütterte sie gewissenhaft, ihr Schwanz war schon fast wieder heil, und sie war sogar etwas dicker geworden.

Während meine Mutter dem Koriander irgendwas zuflüsterte, flog Pirouette auf den Wasserhahn. »Komm, komm«, rief es aus der Küche. Hoch und dünn, nicht wirklich wie eine menschliche Stimme, aber doch unverkennbar »komm«. Manchmal rief sie auch: »mein Freund«. Da ich Pirouette nur schwer etwas abschlagen konnte, drehte ich den Hahn auf. Mit ausgebreiteten Flügeln planschte sie im Wasserstrahl herum.

Hätte ich doch bloß Augen auf dem Rücken, wie Amour. Zehn vor acht, gleich muss ich wieder allein den weiten Weg zur Schule gehen, dachte ich. Nur selten konnte ich die Gedanken an die Chinesen vertreiben. Die chinesische Mafia war nicht so laut und auffällig wie die der Antillianer, im Gegenteil, die Chinesen konnten sich unsichtbar machen. Wenn sie mir im Nacken saßen, war ihr Atem nicht mehr als das sanfte Rauschen der Blätter, und wenn sie mir hinterherschlichen, klang es wie der Wind, der durch die Straßen weht. Aber ich ließ mich nicht einschüchtern. Seit ich mich geweigert hatte, unseren Garten herzugeben, waren sie nicht wiedergekommen, bloß folgten sie mir unauffällig. Andere schienen sie nicht zu bemerken, aber mir machten sie nichts vor, ich hatte längst heraus, dass sie mir auf dem Schulhof auflauerten. Die meisten wussten nicht mal, dass die Chinesen mit jedem Tag mehr Besitz anhäuften. Meine Mutter hatte gesagt, dass ihnen inzwischen auch die neue Buche auf dem Schulhof gehörte, das Kruzifix in der Kirche, die

Fähre zum anderen Flussufer (die, solange ich mich erinnern konnte, nicht mehr fuhr), die zweite und dritte Bushaltestelle der Linie 6. Und seit Kurzem gehörte ihnen auch der Keller von Eloys Mutter; dort hatten sie ein zweites Spielcasino eröffnet.

Sommerferien

Ich hatte Angst, vor Langeweile zu sterben.

Kein Mensch hält es acht Wochen lang drinnen aus, und wenn es noch so viel schneit.

Jedenfalls kamen die Sommerferien total überraschend. Schon der Name klang komisch – hätte es nicht besser Winterferien oder Schneeferien heißen können, jetzt, da die Baumwipfel sich weiß gegen den Himmel abhoben?

Es fing an zu tauen, aber sehr langsam, holpernd und stolpernd, das merkte ich, als ich mit einem Fuß in den Graben trat und einbrach. Das Eis war dünn geworden, der Schnee nass.

Eloy lief übermütig ohne Jacke herum, und Zebra und Angel trugen unter dem Rock nicht mehr mehrere Strümpfe übereinander. Obwohl weder die auf- noch die untergehende Sonne stark genug war, lag gegen zwei Uhr mittags im Juli und August dieses Jahres helles Sommerlicht über dem Dorf. Ein Glück, denn ich hatte in der Zeit eine Menge zu regeln!

14

Ich hatte keine Lust, den Brief noch länger mit mir rumzutragen. Er wog in meiner Jackentasche mindestens einen Zentner. Es war an der Zeit.

»Wie ist die Adresse?«, fragte ich Amour.

Er sah mich erstaunt an. Mein Ton hatte viel härter geklungen als beabsichtigt, aber schließlich stand viel auf dem Spiel. »Der Brief ist fertig, aber ich weiß nicht, wohin ich ihn schicken soll. Wie ist die Adresse?«

»Ich habe keine Ahnung, Nhung. Was für ein Brief?«

»Ein Brief für meinen Vater.«

»Ich weiß nicht, wo dein Vater wohnt.«

Es war, als hätte ich einen Schlag in die Magengrube bekommen. Ich versuchte, mir nichts anmerken zu lassen. Seit mein Vater weggegangen war, waren meine Füße um eine Schuhgröße gewachsen, meine Haare gingen mir bis über die Schultern, und die Ärmel meiner Jacke reichten mir nicht mehr übers Handgelenk. Und inzwischen mochte ich alles Bittere, auch Chicorée und Rosenkohl. Amour musste doch wissen, wo mein Vater war, einer, der überall auf der Welt gewesen war, der von der anderen Seite der Erde kam, musste sich doch auskennen, er musste doch alle Menschen, die es gab, einmal getroffen haben?

»Vielleicht hat dein Vater keine Adresse«, sagte Amour.

»Gibt es irgendwo auf der Welt Orte ohne Adresse?«

»Ja, die gibt es.«

»Wie kriege ich raus, ob mein Vater eine Adresse hat?«

»Ich weiß nicht, Nhung.«

»Doch, du weißt es!« Ich sagte ihm, er sehe so und so aus. Er tue das und das. »Du musst ihn kennen! Du musst ihn irgendwann getroffen haben, er ist so und so.« Ich versuchte, meinen Vater mit ein paar Gebärden nachzuahmen. »Und er tut das und das.«

Doch Amour schüttelte nur den Kopf. Er würde niemanden kennen, der so und so sei. Und auch niemanden, der das und das tue.

Das konnte nicht sein, ich glaubte ihm nicht. »Er hat schwarzes Haar. Wenn er lacht, bewegen sich seine buschigen Augenbrauen auf und ab. Seine Stimme ist so laut, dass man ihn noch am anderen Ufer hört.«

Aber immer noch schüttelte Amour den Kopf. »Ich kenne niemanden mit einer lauten Stimme.«

»Er ist der kleinste Mann, den ich kenne«, fuhr ich fort, »aber immer noch größer als ich, oder jedenfalls war er das, bevor er weggegangen ist. Hinten im Nacken hat er ein Muttermal.«

Amour schüttelte weiter den Kopf. »Ich kenne niemanden, der so klein ist.«

»Wenn die Leute ihn beschimpfen, lächelt er, wenn er wütend ist, rammt er Türen ein, wenn er glücklich ist, fährt er mit uns weg. Einfach irgendwohin, ans Meer. Dann ziehen wir unsere Badeanzüge an, sogar im Herbst. Wir stehen den ganzen Nachmittag im Wasser und pflücken Austern von den Pfählen. Meine Mutter hockt auf dem Deich und fegt die Strandschnecken mit Schaufel und Besen zusammen, bis wir viele Eimer davon haben. Mein Vater kann mit den Händen Austern öffnen. Er hat mir gezeigt, wie man es macht, aber ich habe es noch nie geschafft. Mein Vater öffnet immer mehr Austern, um zu zeigen, wie stark er ist. Ich esse sie alle auf, die lebenden Austern purzeln in meinem Bauch herum. Dann nimmt mein Vater mich zu dem Bauern mit, der in ihn verliebt ist, bei ihm kauft er Enten. Der Bauer hat Diamantohrringe, seine Lippen sind rot geschminkt und heben sich seltsam von seinen Bartstoppeln ab. Papa macht komische Späße mit ihm und flüstert mir ins Ohr, dass er nur Rabatt haben will. Drei Enten für den Preis von zwei. Als wir sie in den Kofferraum stecken und nach Hause fahren, quaken sie durch die ganze Straße. Meine Mutter schneidet ihnen die Kehle durch, und unser Haus riecht wie der Bauernhof des Transvestiten. Wenn mein Vater traurig ist, bringt er Frauen mit. Jeden Tag eine neue, und eine schöner als die andere. Die Frauen zeigen auf meine Mutter und fragen, wer das ist. Mein Vater sagt, es ist seine Putzfrau, und sie sollen sie nicht weiter beachten. Dann zeigen die Frauen auf mich und fragen, wer ich bin, und er sagt, ich bin die Tochter der Putzfrau, und sie sollen mich nicht weiter beachten.«

Aber immer noch schüttelte Amour den Kopf. »So jemanden kenne ich nicht«, sagte er.

Ich ließ mich nicht abwimmeln, sondern versuchte, meinen Vater noch besser zu beschreiben.

»Meine Mutter sagt, er will ständig mit ihr schlafen. Aber ich glaube ihr nicht. Jedes Mal, wenn sie so was gesagt hat, habe ich draußen einen Igel totgetreten. Mein Vater brauchte nur zu niesen, und schon haben sich alle Ratten in ihre Löcher verkrochen. Er hat Zitronen gegessen wie Äpfel, nur um sein Durchhaltevermögen zu trainieren, und der Saft ist ihm übers Kinn gelaufen. Am Tag, als er weggegangen ist, habe ich verschlafen und ihn nicht mehr gesehen. Auch meine Mutter hat verschlafen, und auch sie hat ihn nicht mehr gesehen. Aber wir wussten ja auch nicht, dass er weggehen will. Du bist hergekommen, das ist leicht. Aber er ist weggegangen. Nur Helden haben den Mut, wegzugehen, so sehe ich das. Alle, die hierherkommen, sitzen hier für immer fest, nur er nicht. Mein Vater nicht. Bestimmt baut er irgendwo ein Haus für uns, so einer wie er kriegt so was hin.«

»Ich kann mich nicht leicht an Dinge erinnern«, sagte Amour. »Ich lebe in den Tag hinein.«

Ich schrie Amour zum ersten Mal an. »Aber du musst dich erinnern. Du musst!«

»Ich glaube nicht, dass dein Vater zurückkommt«, sagte er. »Klammere dich lieber nicht dran fest.«

»Lügner!«, schrie ich. »Ich wollte, du wärst nie hergekommen.« Ich dachte an den ältesten Sohn der Frau mit dem schönsten Becken der Welt. Ich dachte an den Fluss, der eines Tages nicht mehr derselbe gewesen war.

»Du kannst den Brief hierlassen«, sagte Amour. Das sagte er nur, um mich zu trösten. »Vielleicht fällt es mir eines Tages wieder ein, lass ihn nur hier.«

Er nahm mich in die Arme und hielt mich ganz fest. Sein Herz klopfte regelmäßig. Ruhig und gelassen. Ein Herz ohne Angst. Amour schnupperte, und ihm kam eine Erinnerung, die nicht seine eigene war. Eine Erinnerung, die der Duft vom getrockneten Jasmin im Briefumschlag geweckt hatte, das spürte ich einfach.

Bestimmt tat ich ihm leid, so wie er mich an sich drückte. Aber ich wollte nicht getröstet werden. Mir ging es dreckig, weil ich meinen Vater so schlecht kannte, dass ich ihn nicht besser beschreiben konnte. Hätte ich ihn mir doch nur besser angesehen, ihm besser zugehört. Wenn ich gewusst hätte, dass er eines Tages weggehen würde, hätte ich mir jedes einzelne Detail eingeprägt. Amours Pulli kitzelte mich im Nacken, so hatte Vater mich nie in den Arm genommen.

Ich beschloss, den Brief bei Amour zu lassen, es würde ihm schon noch einfallen, morgen oder spätestens übermorgen, und dann könnte er ihn in den Briefkasten werfen.

Schluchzend lag ich an Amours Brust. Dabei dachte ich an meinen Vater, wie er bis zu den Knöcheln im Wasser gestanden hatte, in jeder Hand eine Auster, als ob er dem Meer die Stirn bieten wollte. Die Austerntage waren meine allerglücklichste Zeit gewesen. Wenn meine Mutter oben auf dem Deich in die Ferne schaute und sich nicht näher ans Wasser traute. Ihr Blick ging dann immer weit übers endlose Meer, zum Horizont und noch weiter, sie spähte über den Rand der Welt und noch weiter, ihr Blick ging über das Nördliche Eismeer in Richtung Grönland, vorbei an der Antarktis, über die unzähligen Eisschollen, bis zum Stillen Ozean. Sie fühlte sich krank, hatte die gemeinste aller Krankheiten, Heimweh. Einmal hatte sie mich gebeten, den Arzt zu fragen, ob es Tabletten dagegen gäbe.

Meine Mutter dachte an den weißen Sand, der ihr Dorf bedeckte. Den weißen Sand, aus dem die Türken Glas bliesen. Aber gegen ihr Heimweh gab es keine Tabletten, der Arzt meinte, dass sie sich öfter die Landschaft hier ansehen solle. Dass sie zu viel an die Kokospalmen und Obstbäume denke, die die Nachbarsjungen so geschickt hochklettern konnten. Ich sah meine Mutter an, da oben auf dem Deich, und über ihr zogen Wolken wie schwere Frachtschiffe vorüber. Dann hatte in der Nähe der Wagen mit frischem Hering und paniertem Kabeljau gehupt, bevor er sich zu seinem nächsten Ziel aufmachte.

15

In der zweiten Hälfte der Winterferien, also eigentlich der Sommerferien, schickte der Arzt mich wieder weg, weil ich nicht über die Empfangstheke gucken konnte. Ich war ohne Termin hingegangen. Die Arzthelferin blätterte in einer Zeitschrift. Sie schüttelte den Kopf und sagte, wenn man nicht über die Theke gucken kann, dann kann sie nichts für einen tun. Meine Mutter müsste schon selbst herkommen.

Ich erklärte ihr, dass meine Mutter sich nicht verständigen kann. Und dass sie schon die ganzen Ferien über nicht aus dem Haus ging. Genau deswegen wäre ich hier, und wenn sie selber kommen könnte, dann gäbe es gar kein Problem mehr und sie bräuchte gar nicht zu kommen. Ich musste etwas unternehmen, denn meine Mutter hatte schon seit drei Wochen kein Wort mehr mit der Minze und dem Koriander gesprochen. Im Wohnzimmer lagen Haufen von Wäsche. Das Salz ihrer Tränen trocknete am Waschbecken fest.

»Trotzdem muss sie schon selber kommen«, wiederholte die Arzthelferin.

»Warum denn?«, fragte ich.

»So sind die Regeln. Und Regeln sind Regeln.«

»Aber warum sind sie so?«

Auf meine Frage bekam ich keine Antwort; sie holte schließlich doch noch den Arzt.

In seinem großen weißen Kittel stand er vor mir.

»Der Patient kann nicht selber kommen.« Das sagte ich, um gleich mit der Tür ins Haus zu fallen. »Sie müssen sich also mit mir abfinden.«

»Stell dich mal an die Empfangstheke«, sagte der Arzt.

Das tat ich, hielt aber einen großen Schritt Abstand. Bei Mose hatte ich ein Buch über den Ames-Raum gelesen. So ein Raum, in dem Dinge größer oder kleiner wirken, als sie sind. Darin sah eine Frau, die neben einem Mann stand, fast wie eine Riesin aus. Durch den Abstand zur Theke hoffte ich, ebenfalls größer zu wirken. Aber es reichte immer noch nicht, in den vergangenen zehn Minuten war ich kein bisschen gewachsen. Wie lange würde es wohl noch dauern? Der Sommer war schon fast vorbei, ohne dass es richtig Sommer geworden war, in ein paar Wochen fing die Schule wieder an, und immer noch behaupteten sie, ich wäre zu klein.

»Ich kann auch noch ein bisschen warten«, sagte ich zu dem Arzt. »Vielleicht bin ich in einer halben Stunde größer geworden oder in einer Stunde. Wenn Sie mir eine Stunde Zeit geben, stelle ich mich noch mal an die Empfangstheke.«

Der Arzt sagte, ich sollte nach Hause gehen. Ein Kind wie ich dürfte an einem Mittwochnachmittag nicht in einer Arztpraxis rumhängen, ich sollte lieber auf der Straße Fußball spielen. Regeln wären nun mal Regeln. Ich musste fast weinen, ich wollte verdammt noch mal nicht auf der Straße Fußball spielen. In dem Schneematsch würde sowieso kein Ball aufspringen.

Der Koriander wird von Tag zu Tag schlaffer, meine Mutter verkümmert genauso schnell, und keiner macht sich was draus, dachte ich wütend, während ich den Platz überquerte. Eine ganze Weile trabte ich ziellos vor mich hin, bis ich plötzlich am Ende des Dorfes angelangt war. Im Garten des letzten Hauses von Beiahêm stand eine Holztafel mit der Aufschrift: Tut was weh? Ich kann helfen. So kam ich also zum Doktor am Dorfrand, dem mit dem dicken Bauch, ich kannte ihn schon. Nicht persönlich, ich hatte nur von ihm gehört. Die Leute in der Nachbarschaft nannten ihn einen Quacksalber. Ich wusste nicht genau, was das heißen sollte, wahrscheinlich war es so was wie sein Spezialgebiet.

In seinem Haus roch es komisch, als wäre seit Jahren nicht gelüftet worden, die Mauern sahen brüchig aus, Risse gingen quer über die Wände. Seine Empfangstheke war so niedrig, dass er jeden anhörte – sie reichte mir nur bis zum Nabel.

Der Doktor machte sich Notizen.

»Ich glaube, meine Mutter wird zu Stein«, sagte ich.

»Warum glaubst du das?«, fragte der Doktor. Er war klein, alles an ihm war klein, nur sein großer, dicker Bauch war so kugelig wie bei einer hochschwangeren Frau, und er musste sich die ganze Zeit zurücklehnen, um nicht vornüber zu fallen.

»Die Knie tun ihr weh, ihre Finger sind steif«, sagte ich. »Alles fällt ihr aus den Händen. Wenn sie ihre Kräuter gießt, knacken und knirschen ihre Finger. Wenn sie die Treppe raufgeht, schnarren und knacksen ihre Knie.«

Manchmal starrte sie über eine Stunde vor sich hin, ohne zu blinzeln. Oder sie schlug stundenlang den Kopf gegen die Wand. Dann schaltete ich auf Discovery Channel. Tiger, die sich gegenseitig den Kopf abbeißen, das war das Einzige, was mir half. Dann hörte sie kurz auf und hob den Kopf, aber seit drei Wochen hatte sie das Haus nicht mehr verlassen.

»Aber das ist doch kein Grund, zu glauben, dass deine Mutter zu Stein wird«, sagte der Doktor.

»Ja, aber … ihre Wörter sind es schon«, entgegnete ich. »Wenn Mama schreit, treffen mich ihre Wörter wie kleine, scharfe Kieselsteine. Wenn sie wütend ist, feuert sie spitze und harte Wörter auf mich ab, sie piksen in meine Haut, meinen Bauch, meinen Kopf. Selbst wenn ich im Bett liege, fühle ich noch, wie sie mir im Gehirn stecken. Egal, wie sehr ich mich anstrenge, sie gehen nicht wieder raus.« Ich hatte einen Kloß im Hals, versuchte aber, den Schluchzer in meiner Stimme zu unterdrücken. »Ich habe Angst, dass es nicht mehr lange dauert, bis auch ihr Herz zu Stein wird.«

Der Doktor sah mich an, als hätte ich was Falsches gesagt. Ich hatte aber nicht vor, mich wieder wegschicken zu lassen. So unauffällig wie möglich stellte ich mich auf die Zehenspitzen.

»Dagegen hätte ich schon was«, sagte er nach langem Schweigen. Er ging in die Küche, in der er seine Hausapotheke hatte. Ich beobachtete ihn genau. Jeden Schritt, jede Bewegung. Ich wollte mich nicht wieder abwimmeln lassen. Und während ich jeden seiner seltsamen Schritte verfolgte, musste ich an die beiden Enten in der Grünanlage denken, die manchmal die Straße überquerten und dabei genauso watschelten. Schlapp, schlapp. Von einem Fuß auf den anderen.

Der Arzt füllte etwas in ein Fläschchen, nicht größer als mein Zeigefinger, und gab es mir. Das Glas fühlte sich dünn und zerbrechlich an, plötzlich drängte es mich, ordentlich zuzudrücken. In Chemie hatten wir mal bei einem Verdampfungsexperiment zehn Reagenzgläser mit Regenwasser gefüllt. Herr Lever hatte sie neben der Tafel aufgehängt und täglich notiert, wie viel Regen noch drin war. In der Pause hielt Eloy manchmal heimlich sein Feuerzeug drunter, einfach nur, um zu sehen, ob die Gläser dann platzten.

Ich stellte das Fläschchen auf den Kopf, betrachtete es von allen Seiten, schüttelte es ein paarmal. Aber das änderte nichts. Das Fläschchen war leer.

»Das macht deine Mutter wieder gesund«, sagte der Doktor. »Nimm morgens den Verschluss ab, stell dich hinter deine Mutter und reibe ihr eine Minute lang den Rücken damit ein. Dasselbe noch mal vorm Schlafengehen.«

Ich konnte das Mittel nicht sehen, konnte es nicht anfassen.

»Es ist Luft«, sagte ich.

»Ja«, entgegnete der Doktor freundlich, »so könnte man sagen. Aber man kann nicht alles, was es gibt, sehen oder anfassen. Auf der Welt gibt es viele sehr wichtige Dinge, die man weder sehen noch anfassen kann und mit denen man sehr vorsichtig umgehen muss.«

»Was zum Beispiel?«

»Liebe. Inspiration. Achtung.« Das sagte er mit tiefer Stimme, wie um seinen Worten Nachdruck zu verleihen.

»Bei uns zu Hause ist nur das wichtig, was man anfassen kann«, sagte ich.

Der Doktor zog einen goldenen Stift aus der Brusttasche, schrieb etwas auf einen Zettel und schob ihn über den Tisch. Ich sah einen Betrag und verstand sofort, dass es hier nicht üblich war, laut über Geld zu reden. Nicht wie bei uns zu Hause. Ich nahm einen Stift und schrieb unter den Betrag:

Viel Geld für kleines Fläschchen.

Und schob den Zettel zurück. Mit angehaltenem Atem beobachtete ich, ob er sich auf eine Verhandlung einlassen würde.

Fläschchen klein – ja – aber Inhalt unendlich. Du wirst sehen, schrieb er zurück.

Ich nahm den Stift und antwortete: *Ich kann nicht kaufen. Sozialhilfe, verstehen Sie.*

Ich spürte, wie mir die Tränen kamen, meine Brust fing leicht zu zittern an. Dieses Mittel war das Einzige, was meine Mutter retten konnte, der Doktor hatte gesagt, davon würde sie wieder gesund. Ich traute mich nicht, ihn zu bitten, mir Rabatt zu geben oder mich in Raten zahlen zu lassen, wie mein Vater das bei der Waschmaschine gemacht hatte, notfalls mit Zinsen.

»Du wirst sehen, dass es deiner Mutter bald wieder besser geht«, wiederholte der Doktor. »Wenn du das Fläschchen nimmst, darfst du es zurückbringen, wenn es leer ist, dann fülle ich es dir gratis nach.«

Bitte helfen Sie mir, schrieb ich. Die Wörter blieben mir im Hals stecken, und ich war froh, dass wir uns gerade schrieben. Auf dem Papier sah es vielleicht etwas zu verzweifelt aus, aber ich wusste nicht, was ich sonst aufschreiben sollte.

Der Doktor schrieb seine letzten Worte:

Nicht gut, Geld zurück.

Wie um es zu betonen, unterstrich er es.

Nicht gut, Geld zurück.

Mit leeren Händen stand ich wieder draußen. Sein Holzschild Tut was weh? Ich kann helfen klapperte im Wind.

Wo bleiben schlechte Mütter nach ihrem Tod?

Irren sie einsam in vereisten Landstrichen umher?

Werden sie an einen kahlen Baum gefesselt, einen toten Säugling an der Brust?

Oder kehren sie in einem nächsten Leben ganz unten in der Nahrungskette zurück, als Regenwurm oder Laus oder Mücke?

Winter II

(September – Oktober – November – Dezember – Mitte Januar)

16

Ich hatte die Schreie meiner Mutter nicht gehört, Pirouette hatte mich geweckt. Meine Mutter schrie eigentlich immer, egal, was passierte. So oft, dass ich einfach weitergeschlafen hatte, in dieser vierten Nacht des Monats September, als die maskierten Männer uns überfielen.

Das Zimmer war nur von einer kleinen Schirmlampe erleuchtet. Mein Wollpyjama kratzte unter den Achseln, ich hatte kalte Füße. Ganz hinten im Schlafzimmer, neben dem Tresor, sah ich meine Mutter sitzen, sie war am Ofen festgebunden.

»Ausgeschlafen, du Drecksgöre?« Meine Mutter weinte untröstlich wie ein verwundeter Fuchs. »Seit einer Stunde rufe ich nach dir, du Drecksgöre. Ruf die Polizei.«

Wenn Mama wütend war, schrie sie. Sie schrie, wenn sie Angst hatte. Sie schrie, wenn sie glücklich war. Sie schrie, als die Spinnertante auf der Suche nach Geld unser Haus stürmte. Vielleicht lag es ja in der Familie, denn die Spinnerin schrie genauso laut zurück. Erst als das Geschirr durch die Luft flog und auf dem Küchenboden in Stücke ging, hörten beide kurz auf zu schreien. Meine Mutter schrie, als das Fleisch anbrannte. Sie schrie, als der oberste Knopf ihrer Bluse absprang. Sie schrie, als ich ein Glas

Apfelsaft umwarf. Damals schrie sie so laut, dass ich weinen musste. Sie schrie, sie würde von einer Brücke springen. Sie schrie, die Polizei würde sie morgen im Fluss finden. Sie schrie, dass das eben davon käme, wenn ich ein Glas Apfelsaft umwerfe. Sie schrie wie am Spieß. So hatte sie auch in jener Nacht im September geschrien.

Gegen Abend hatte meine Mutter die Kerzen ausgeblasen. Ich lag schon ein paar Stunden im Bett; im Ofen, den meine Mutter nach dem kleinen Wärmeausbruch in den Winterferien doch wieder angezündet hatte, schwelte noch Glut. Das Tauwetter hatte uns reingelegt, und die Übermütigen, wie Eloy, fingen sich eine Lungenentzündung ein. In den Ferien hatten die Leute ihre warmen Mäntel auf den Speicher gebracht und die Sommerkleider wieder rausgeholt, aber der Winter ließ uns spüren, dass er mit uns noch lange nicht fertig war. Der Frost drang tief in den Boden ein.

Meine Mutter hatte sich die Zähne geputzt und dabei in den Spiegel geguckt. Wie sie wohl als junges Mädchen ausgesehen hatte? Nie war ein Foto von ihr gemacht worden. Nie hatte jemand zu ihr gesagt, stell dich doch mal neben die Rosen da, damit du später deinen Kindern ein Foto von dir zeigen kannst. Manchmal sagte sie, dass sie das schlimm fände, aber wenn ich ihr dann vorschlug, ein Foto von ihr zu machen, sagte sie, das wäre doch etwas anderes als ein Foto von früher. »Aber später wird das Foto doch auch ein Foto von früher«, sagte ich, doch sie blieb bei ihrer Meinung.

Meine Mutter hatte die letzten Reste Zahnpasta ausgespült, als es klingelte. Normalerweise machte sie im Dunkeln nicht mehr auf, aber diesmal war sie so in Gedanken, dass sie zur Tür ging und öffnete, erzählte sie später.

Ein harter Schlag auf den Kopf. Jemand zog sie an den Haaren die Treppe hoch. Aus den Augenwinkeln sah sie zwei Männer mit Sturmhauben. Bei einem verschob sich die Mütze etwas, darunter wurde ein bisschen Haut am Hals sichtbar. Sie sah ledern aus, wie bei einer Schlange. Hätte ich nicht so fest geschlafen, dann wäre ihr Rücken nicht am Ofen festgeklebt.

Das Problem war der Tresor. Von Anfang an.

Wir haben nur das, was wir haben, mehr nicht. Deshalb müssen wir manchmal mit Dingen angeben, die wir nicht besitzen. Fand mein Vater. Mit einem Haus, das uns nicht gehört, einem Auto, das uns nicht gehört. Mein Vater sagte immer, wenn wir Dinge besäßen, würden die Leute mehr Respekt vor uns haben. Und wenn wir nichts besäßen, müssten wir eben so tun als ob. Wenn wir wertvolle Sachen hätten, würde auch unser Wert steigen.

Ich kapierte nicht viel von dem, was mein Vater sagte, aber wenn Leute über Wert und Besitz sprechen, klingt es immer so ernst.

Also gaben meine Eltern ihr ganzes Geld für einen Tresor aus, und danach war das Geld weg, und sie hatten nichts mehr, was sie in den Tresor legen konnten.

Mein Vater ging ins Dorf und erzählte herum, dass wir einen Tresor besäßen. Einen großen Tresor aus Stahl, so groß wie ein Fernseher, in den mehr als zwanzig Goldklumpen passten. Selbst wenn das ganze Dorf abbrannte, würde der Tresor intakt bleiben, so stabil und stark sei er. Selbst wenn es überflutet wurde, würde der Tresor an Ort und Stelle stehen bleiben. So schwer und fest sei er. Ich sah die Blicke der Leute und war stolz darauf, einen Vater zu haben, der so sprechen konnte.

Mein Vater erzählte dem Metzger, dass er einen Tresor

in seinem Schlafzimmer hätte. »So groß wie ein Fernseher.«

»Was, so groß wie ein Fernseher?«, wiederholte der Metzger ungläubig.

»Ja, genauso groß«, antwortete Vater. Manchmal zeigte er, wie groß der Tresor war, indem er die Arme ausbreitete.

Der Metzger erzählte dem Tabakhändler, dass mein Vater einen Tresor besäße. Dabei breitete er die Arme aus.

Der Tabakhändler schnaufte. »So groß wie eine Pferdebox?«, fragte er voll Bewunderung.

»Ja, so groß wie ein Pferdestall«, antwortete der Metzger. Als mein Vater längst weg war, erzählte der Tabakhändler dem Bibliothekar, nur um ein bisschen zu quatschen, wie groß der Tresor meines Vaters war. Der Bibliothekar konnte es nicht glauben.

Der Bibliothekar wiederum erzählte es eines Sonntagnachmittags beim Bier, das er sich nur einmal die Woche gönnte, im *Kale Biljart* weiter. Er hatte zwar selbst kein Alkoholproblem, aber aus nächster Nähe mit angesehen, was Alkohol mit Menschen macht. Mit seinem Vater, um genau zu sein. Eines Samstagmorgens hatte er seinen Vater in Denkerhaltung erfroren vor dem Haus gefunden. In der Schule wurde damals über nichts anderes mehr geredet. Der Vater des Bibliothekars hatte ordentlich gezecht und auf dem Heimweg seine Hausschlüssel nicht finden können. Er hatte sich wohl kurz zum Nachdenken hingesetzt, obwohl jeder Depp weiß, dass der Wind in Beiahêm eisig ist und es nachts plötzlich frieren kann. Und so war der Mann in Denkerhaltung erfroren. Eloy hatte ihm noch eine Mohrrübe in die Nase gesteckt, damit er einem Schneemann ähnelte, ein Schneemann ist nicht so traurig wie ein toter Vater.

Als Japi, der Wirt des *Kale Biljart*, vom Bibliothekar gehört hatte, wie groß der Tresor war, dauerte es nicht lange, bis es auch der Antillianer mit dem Goldzahn erfuhr, und das Gerücht, das inzwischen die Erinnerung an meinen Vater überlagert hatte, verbreitete sich weiter, bis es bei den Chinesen anlangte, die sich beim Roulette den Kopf darüber zerbrachen, wie so etwas möglich sei. Dass jemand in einem Ort wie Beiahêm einen Tresor besaß. Noch am selben Tag, dem 4. September, schmiedeten sie einen Plan.

Meine Mutter fasste sich an den Kopf. Er fühlte sich ganz weich und eklig an, wie ein weich gekochtes Ei. Und als sie ihre Finger anschaute, waren die ganz rot vom Blut. Meine Mutter konnte kein Blut sehen. Menschenblut meine ich, Tierblut war kein Problem.

Die Männer banden sie mit den Händen auf dem Rücken am Ofen fest. Man hörte das Zischen von versengtem Fleisch.

Dann versuchten sie, den Tresor zu öffnen. Sie stemmten und zogen und drückten, bekamen ihn aber nicht auf. Genau wie mein Vater gesagt hatte.

Stabil und stark.

Schwer und fest.

Mein Vater log nie.

Auf der Fensterbank fanden die Männer einen Hammer. Nicht so einen, mit dem man Nägel in die Wand schlägt, um Bilder aufzuhängen, sondern einen, mit dem man Fleisch zart klopft. Dafür benutzte meine Mutter einen Hammer, der auf der einen Seite scharfe Zinken hatte, auf der anderen ein eisernes Beil. Große Mengen Schweinerippchen und Entenköpfe waren ihm schon zum Opfer gefallen.

Der eine Mann hackte mit dem Beil auf den Tresor ein. Doch der andere meinte, dass das nicht die richtige Strategie wäre. Dass das ein Tresor wäre, der sowohl Feuer wie Flut überlebe. Er zeigte auf meine Mutter. Der mit dem Beil hörte auf zu hacken und nickte. Er ging zu meiner Mutter.

»Wie ist der Code?«

Meiner Mutter drehte sich alles im Kopf. Durch einen Spalt im Vorhang konnte sie den Himmel sehen. Wo war nur ihr Mann, warum beschützte ihre Tochter sie jetzt nicht? Ein Schlag ins Gesicht brachte sie in die Wirklichkeit zurück. »Ich frage noch einmal, du Schlampe, wie ist der Code?«

Meine Mutter wusste es nicht, sie wusste gar nichts mehr. Das Einzige, was sie wusste, war, dass die Männer sie besser gleich umbringen sollten, dann wäre alles vorbei. Das sollte Nhungs Vater eine Lehre sein, wenn er zurückkam. Das würde Nhung eine Lehre sein! Genau so hat sie es mir am nächsten Tag gesagt, mit genau diesen Worten. Dass niemand ohne sie auskommen kann. Niemand. Dass die Leute an dem Tag, an dem es sie nicht mehr gäbe, erst richtig merken würden, was sie wert gewesen sei. Niemand auf der Welt könnte jemals eine bessere Mutter sein als sie. Als Mutter durchhalten, wenn man vom Unglück verfolgt wurde. Das machte ihr so leicht keiner nach.

Der Mann hob das Beil und schnitt in ihre rechte Hand. Ein Blutstrahl lief ihr über die Finger. Jetzt bekam es meine Mutter erst richtig mit der Angst zu tun, sie wollte nicht sterben, merkte sie. Ihr fielen die Tiger auf Discovery Channel ein, die sich gegenseitig den Kopf abreißen, und sie begann instinktiv zu kreischen. Vor Schreck ließ der Mann das Beil fallen, und beide Männer rannten davon.

Vielleicht aus Angst, erwischt zu werden, vielleicht, weil das Geräusch so schrecklich war und es ihnen in die Knochen fuhr – das hohe Kreischen, das sie von sich gab. Doch bevor sie die Treppe runterstürmten, drehte der eine sich noch einmal um und sagte: »Wir gehen nicht weg. Wir gehen runter und lauern euch in einer dunklen Ecke auf – die Erste von euch, die runterkommt, stechen wir ab.«

Ich bin nur wegen Pirouette aufgewacht, sie pickte mich an die Stirn, stellte sich mir auf die Brust, hampelte neben meinem Ohr herum, aber im Schlaf hatte ich sie immer wieder weggeschoben. Doch als ich jetzt die Augen öffnete, hörte ich meine Mutter laut kreischen.

17

Es sah seltsam aus, wie meine Mutter mit den Händen auf dem Rücken am Ofen festgebunden war. Um ihre Brust war ein Stück schwarzer Baumwolle gewickelt, und ihre Beine lagen schlaff wie Gummibärchen vor ihr auf dem Boden.

»Ist dir nicht warm?«, fragte ich ganz benommen.

Sie weinte. »Sie haben mich geschnitten. Und geschlagen.«

Ich stand immer noch in der Tür. »Warum haben sie dich am Ofen festgebunden?«

»Was für eine Nu…«, vor lauter Weinen musste sie hicksen, »Nu… Numm… Nummer hat die Polizei?«

»Soll ich dich losbinden?« Ich wollte zu ihr gehen, aber meine Füße blieben einfach stehen. Ich kam mir vor wie in einem schlechten Film.

Sie schluchzte. »Sie haben mich gedemütigt. Mir gedroht. Wo ist dein Vater, wo ist dein Vater?«

Mein Blick fiel auf das Beil zu ihren Füßen. An der Klinge war Blut. Es war nicht das erste Mal, dass ich ein blutiges Beil sah. Wenn meine Mutter die Hühner zerhackte, gaben die Knochen beim Brechen eine Art jaulendes Geräusch von sich. Jetzt lag das Beil einfach so da. Vor den Füßen meiner Mutter. Hatte sie mitten in der Nacht ein Huhn geschlachtet? Mein Bauch zitterte, als ob ich gleich lachen müsste. Alles war völlig unlogisch.

Mir fiel auf, dass meine Mutter die Vorhänge nicht richtig zugezogen hatte. Durch den Spalt schien der Vollmond rein, groß und verschwommen. Fast so, als ob er auf uns zukäme. Der Gartenzwerg der Nachbarn leuchtete im Licht der Straßenlaternen auf. Ich fragte mich, warum die Geräusche, die sonst vom Schnee gedämpft wurden, jetzt so laut und deutlich klangen, die Schritte da draußen. Wo gingen die Leute um diese Uhrzeit hin? Dann fragte ich mich auf einmal, warum es überhaupt Jahreszeiten gab, wenn man sich nicht darauf verlassen konnte. Warum weinte ein Mann manchmal, und warum eine Frau? Und warum weinte meine Mutter sonst nie und schrie immer nur, weinte aber heute Nacht?

»Ich weiß nicht, was die Polizei für eine Nummer hat«, hörte ich mich sagen.

Vor lauter Frust kickte meine Mutter das Beil in meine Richtung. »Geh runter und hol das Telefonbuch.«

Ich hob das Beil auf. Es war schwer und kalt. Das Blut war schon ein bisschen angetrocknet. Ich sah Mama dasitzen, in ihrem Zimmer, am Ofen festgebunden, wie sie stöhnte vor Schmerzen. Trotzdem traute ich mich immer noch nicht, sie loszubinden, zerbrach mir nur den Kopf, was ich gegen ihre Schmerzen tun könnte. In der Schule hatte Mose mal erzählt, sie hätten ihre kranke Stute einschläfern lassen.

»Was ist das, einschläfern lassen?«, hatte ich sie gefragt.

»Sie von ihren Schmerzen erlösen«, antwortete Mose mit Tränen in den Augen.

»Wie macht man das?«

»Sie hat einfach eine Spritze gekriegt. Papa hat gesagt, dass sie dann in den Himmel kommt und keine Schmerzen mehr hat. Dass es das Beste ist.«

»Dass was das Beste ist?«, fragte ich.

»Dass es sie nicht mehr gibt und ihr deswegen nichts mehr wehtun kann.«

»Haben sie sie totgemacht?«

»Nein, sie haben sie erlöst«, hatte Mose genervt gesagt. »Das habe ich dir doch gerade erklärt. Du weißt schon, was der Himmel ist, oder?«

Ich fragte mich, ob meine Mutter im Himmel, wenn es dort keine Schmerzen gab, glücklicher wäre. Ob jede und jeder wohl an einen bestimmten Ort gehört? Und ob der Himmel vielleicht für sie der richtige Ort ist?

Ich ging zu ihr, aber es fühlte sich nicht so an, als ob ich selber die Schritte machte. Ich sah mich den Arm heben. Ich sah das Beil, das so an die Kehle meiner Mutter gedrückt war, wie Amour mir das Messer an die Kehle gedrückt hatte. Meine Mutter weinte immer noch so sehr, dass sie mich gar nicht sah und auch nichts merkte. Vielleicht war es ja besser so.

»Warst du schon mal im Himmel, Mama? Da ist es angeblich ganz schön und ganz ruhig«, sagte ich zu ihr. Aber sie hörte immer noch nichts. Ich drückte ihr das Beil so dicht an die Kehle, dass ich ihren Atem am Gesicht spürte. Ihr Kopf wackelte ein bisschen, und ihre Lippen zitterten leicht.

Ich presste meine Brust an ihr Ohr, damit sie mein Herz hören konnte. Vielleicht würde sie davon ja auch ruhiger werden, wie ich bei Amours Herzschlag. Doch sie schubste mich mit ihrem Kopf weg, fragte, was ich da eigentlich machte.

»Nichts, Mama«, sagte ich. »'tschuldigung.« Ich schaute auf meine Hände und ließ vor Schreck das Beil fallen. Wie konnte ich nur auf diese Idee kommen? Schließlich gab es nicht mal Beweise dafür, dass der Himmel überhaupt existierte.

»Geh runter und hole das Telefonbuch.«

Ich drehte mich um und schaute zur Treppe. Ich konnte die ersten Stufen sehen, der Rest verschwand in einem dunklen Loch. Dann sah ich das Blut. Mit dem Blick folgte ich der Spur dunkelroter Blutstropfen die Treppe hinunter. Es war nur Blut, Mamas Blut, nichts, vor dem man Angst haben müsste, trotzdem traute ich mich nicht in dieses dunkle Loch.

»Warum bist du nicht früher aufgewacht, Nhung? Dann wäre das alles nicht passiert. Was stehst du so rum? Ich krepiere hier noch am Ofen«, hörte ich meine Mutter flüstern. Das war bestimmt die süße Rache der Spinnerin, garantiert steckte sie dahinter, mit hundertprozentiger Sicherheit. Wenn ich unseren Garten weggegeben hätte, dann wäre das alles nicht passiert.

Mit nackten Füßen trat ich auf die erste Stufe. Das Blut blieb mir unterm großen Zeh kleben. Aber Blut hin oder her, das Telefonbuch lag unten.

»Die Männer lauern dir unten auf und stechen dich ab«, sagte meine Mutter weinend. »Das haben sie gesagt, als sie weggegangen sind. Dass sie dir im Dunkeln auflauern wollen und dich abstechen.«

Ein dicker Ast brach ab und knallte ans Küchenfenster. Wenn ich nicht eingeschlafen wäre, dann wäre das alles nicht passiert. Der Wind ächzte und schnaubte, und den ganzen Rest vom Wochenende hämmerte er wie ein ungebetener Gast an die Türen.

18

Am Montag schnalzte Herr Lever mit der Zunge und schüttelte den Kopf. »So ein Sturm aber auch. Schrecklich.« Zebra hatte den Artikel auf der Titelseite mitgebracht.

Ich hatte schließlich die Polizei angerufen, sie hatten meine Mutter befreit, und der Arzt war auch gekommen, er musste das Loch in ihrem Kopf mit einem schwarzen Faden nähen. Um ihre Hand wickelte er einen Verband.

»Der Schnitt in der Hand wird bestimmt zu einer Narbe«, sagte der Arzt zu mir, und ob ich es für meine Mutter übersetzen könnte. Vom Rest des Wochenendes weiß ich nur wenig. Ich erinnere mich vage, dass der Ast ans Fenster geknallt hat und ich mitten im Sturm zum Supermarkt gegangen bin, aber dass drei Häuser vom Meer verschlungen worden waren, hatte ich nicht mitbekommen. Sie standen zu dicht am Wasser. Die Wellen hatten die Häuser zerbröckelt, und dann waren sie ins Meer abgerutscht. Die Zeitung war voll davon.

»Es ist wirklich schrecklich, all die Häuser, all die Menschen, wo sollen sie nur hin«, sagte Herr Lever.

»Prima, Zebra. Das hast du wirklich gut gemacht. Du hast einen sehr guten Artikel mitgebracht.« Zebra strahlte vor Stolz. Sie hob den Kopf. Die anderen klatschten Beifall.

»Wollen wir doch mal sehen, was der Rest der Klasse mitgebracht hat«, sagte Herr Lever und sah sich um. Er freute sich, rieb sich die Hände. »Wer will, wer will, wer hat noch nicht?«

Ich machte mich ganz klein, unsichtbar. Mich unsichtbar machen konnte ich gut. Das hatte ich in einer Doku über den Guerillakrieg in Vietnam gesehen. Die Guerillakämpfer konnten eins werden mit der Umgebung, eins mit dem Dschungel, eins mit dem Regen und den Pflanzen; dann waren sie für den Feind unsichtbar und konnten zuschlagen, wann immer sie wollten. Sie brauchten nicht zu warten, bis es dunkel war, sie sprangen einfach am helllichten Tag aus dem Farn auf und schnitten dem Feind die Kehle durch. Ich hatte lange geübt und konnte jetzt also jederzeit die Farbe der Tapete annehmen.

»Wer will, wer will, wer hat noch nicht?«, fragte Herr Lever noch einmal. Herr Lever hatte das ganze Wochenende in der Kneipe *De Kale Biljart* diskutiert, er war heiser, und seine Augen sahen müde aus. Die Opfer des Sturms hatten alles zurücklassen müssen, sie hatten sich ihre Kinder auf den Rücken gebunden, waren von einem Haus zum nächsten gegangen und hatten um einen Schlafplatz gebeten. Eine Eilversammlung war abgehalten worden, bei der es um Boden und um Recht ging.

»Wer hat einen Artikel für uns?«, fragte Herr Lever.

Ganz hinten, auf der letzten Seite, neben der Werbeanzeige einer Sterbegeldversicherung, hatte ich an diesem Morgen einen kurzen Artikel über den Überfall gefunden. Zusammen mit einem Foto vom Ofen. Ich hatte den Artikel herausgerissen und in den Papierkorb geworfen. Jetzt, wo ich mit leeren Händen im Kreis saß, hoffte ich, dass er mich bloß nicht drannehmen würde. Wir bekamen das kostenlose Gemeindeblatt. Jeden Montag und Donnerstag fiel es leise durch unseren Briefschlitz. Vor einem Jahr hatte ich mir zu meinem Geburtstag eine Zeitung gewünscht, für die man bezahlen musste. In ihr standen lauter Artikel über alles, was in der Welt passierte, über andere Länder, Musik und berühmte Menschen. Einmal hatte ich darin ein Foto von einem Bildhauer gesehen, der eine Riesenlibelle aus Gold gemacht und in einen Baum gehängt hatte.

»Warum sollte man sich jeden Tag was kaufen, das man gleich wieder wegwirft?«, hatte mein Vater nur gesagt. »Kannst du dir nicht was anderes zum Geburtstag wünschen?« Es war mein letzter Geburtstag, bevor er wegging.

»Ja, Papa. Aber, es ist nur so ... so, dass ... dass alle, die die Zeitung haben, die was kostet, genau wissen, was in der Welt passiert. Sie sind so schlau und wissen alles.«

»Findest du es nicht schade drum, Nhung? Ist es nicht eine riesige Verschwendung, hast du denn nichts von uns gelernt?« Mein Vater krempelte seinen Ärmel hoch.

»Siehst du die Schuppen, Nhung?«

Hier und da waren tatsächlich Schuppen auf seinem Unterarm.

»Das Wasser, das hat uns geprägt«, sagte er. »Deshalb sind wir so hart geworden, zäh wie Leder. Was hat man schon davon, schlau zu sein, was hat man davon, alles zu wissen?« Sein Unterarm war trocken und schuppig, so wie er sagte.

»Vergiss das nie, Nhung. Wir sind Fleischfresser. Wir essen Fleisch. Am liebsten mit Knochen und allem Drum und Dran. Wir brauchen was zum Nagen. Zum Kauen. Zähes Fleisch ist besser als zartes. Sehnen, Muskeln, Adern – alles gut. Zartem Fleisch kann man nicht trauen, hörst du, Nhung? Zartem Fleisch kann man nicht trauen. Die Zeitung ist so was wie zartes Fleisch.«

Es war das Liebevollste, was er je zu mir gesagt hat. Obwohl ich es nicht ganz verstanden hatte.

»So sind wir.« Er zeigte auf die Schuppe innen an seinem Handgelenk. Das Meer hätte ihn rau und zäh gemacht, das sagte er öfter, wenn er etwas deutlich machen wollte. In Beiahêm wäre es immer nass und kalt, aber nicht die Nässe und Kälte hätten ihn abgehärtet, sondern das offene Meer. Die Fahrt aus Fernost übers Meer.

»Und jetzt sag mir, willst du die Zeitung immer noch haben?«, fragte mein Vater.

Ich hatte den Kopf geschüttelt und zum elften Geburtstag einen Mini-Roulettetisch bekommen. Damit ich für später üben konnte.

Herr Lever zeigte auf mich. »Was hast du uns mitgebracht?«

»Ich?«, fragte ich und sah mich dabei um.

»Ja, du. Was hast du mitgebracht?« Herr Lever lachte nie, weil er etwas witzig fand, er lachte aus anderen Gründen. Zum Beispiel, wenn einer hingefallen war oder jemand sich versprochen hatte. Und er weinte nie, weil er etwas traurig fand, nein, dann lachte er. Als Binck erzählte, dass sein Vater pleitegegangen war, hatte Herr Lever laut gelacht.

Vor lauter Nervosität nahm ich eine Serviette aus der Tasche. Ich hielt sie erst in einer Hand, dann in der anderen. Eigentlich wollte ich ihm und den anderen erzählen, was am Wochenende bei uns los gewesen war, die Sache mit dem Überfall, ich wollte Herrn Lever fragen, was ich tun sollte, wenn so was passiert.

»Oder hast du nichts mitgebracht?«, fragte Herr Lever. »Hast du deine Hausaufgaben nicht gemacht?« Er lachte. Der Rest der Klasse fing an zu kichern.

»Doch, doch …«, antwortete ich und sah auf die Serviette. Die ganze Klasse starrte mich an.

Beiß die Zähne zusammen, dachte ich, das passiert nicht zum ersten Mal. Und du bist nie dran gestorben. Jedenfalls nicht in *echt*, sagte ich mir.

»Zeig uns doch mal, was du da in den Händen hast«, sagte Herr Lever.

Rasch hielt ich die Serviette hoch, wedelte ein bisschen damit rum und ließ sie wieder sinken, so, dass die anderen in der Klasse es nicht richtig sehen konnten. Mein Blick schoss im Bruchteil einer Sekunde hin und her, ich checkte die Lage. Ein Glück, sie hatten nichts gemerkt. Sie glaubten, dass es ein Zeitungsartikel war.

»Und was ist das für ein Artikel diese Woche?« Herr Lever sagte, es wäre besser für mich, wenn ich mir nach meinem Beitrag von vergangener Woche mal richtig Mühe gäbe. Da hatte ich eine Todesanzeige mitgebracht, und in der Woche davor ein Foto vom Straßenmarkt in unserem Stadtteil, und noch davor die Wochenangebote der Metzgerei. Im Gemeindeblatt war nie ein Artikel, der Herrn Lever zufriedenstellte. Also schnitt ich das aus, was mich zum Weinen gebracht hatte, wie die Todesanzeige von K. de Kleermaker.

»Wird's noch?«, fragte Herr Lever.

Eloy rutschte auf seinem Stuhl herum. Mose zupfte an ihrem Pulli. Zebra leckte sich die Lippen.

»Also …«, sagte ich leise, »diese Woche habe ich was ganz anderes mitgebracht.«

»Ja?« Herr Lever sah mich mit großen Augen an.

»In dem Artikel geht es um …« Ich dachte an den Tresor, den Ofen, meine Mutter, die lange nach Sonnenuntergang die Tür doch noch aufgemacht hatte. »In dem Artikel geht es um den Dichter.« Es rutschte mir einfach raus.

»Um den Dichter?«, fragte Herr Lever. Ich sah, dass er sich wunderte. Er schüttelte kurz den Kopf, als hätte er mich nicht verstanden.

»Den Dichter, ja. Oder eigentlich … Eigentlich geht es um einen Fluss. Und Männer mit Hackmessern. Richtig, ja, Entschuldigung, darum geht es eigentlich, um Männer mit Hackmessern.« Ich wusste nicht, woher die Worte kamen, aber ob mit oder ohne Zeitung, ich würde ihnen verdammt noch mal zeigen, dass ich genauso viel über die Welt wusste wie sie, und dann würde ich eine so gute Note bekommen, dass ich sie Mama zeigen konnte. Das würde sie aufmuntern, eine gute Note. Und dann könnte sie die Brandwunde an ihrem Rücken vergessen.

»Von was für Hackmessern sprichst du denn, Nhung?«, fragte Herr Lever. »Gestern in der Kneipe gab es eine Abstimmung, alle waren dafür, den Dorfbewohnern ihre Hackmesser und Fleischerbeile wegzunehmen.« Herr Lever blinzelte ein paarmal müde. »Dann bekommen nur noch ausgebildete Fleischer eine Genehmigung dafür. Die Menschen machen sich große Sorgen wegen der Hackbeile, die solche Leute wie ihr zu Hause haben, verstehst du, Nhung? Schweinerippchen sollten nicht von jedem x-Beliebigen klein gehackt werden.«

»Das verstehe ich«, sagte ich, »aber das hier ist ein ganz anderer Artikel. Er geht um den Dichter. Den Dichter, der haufenweise Kinder hatte. Er hörte gar nicht mehr auf, Kinder zu machen.«

Zebra kicherte.

Ungerührt erzählte ich weiter. »Seine erste Frau, die er nie offiziell geheiratet hat, hatte ihm drei Töchter geschenkt. Zur Inspiration reiste er in andere Städte. Zwischendurch kam der Dichter immer wieder nach Hause, seine Frau und die drei Töchter wussten es nicht, und irgendwann haben sie es dann rausgefunden.«

»Was wussten sie nicht, und was haben sie rausgefunden?«, fragte Mose ungeduldig. Nach den Winterferien war sie mit rosa Haaren in die Schule zurückgekommen.

»Na, dass der Mann schon seit Jahren ein Doppelleben führte«, sagte ich. »Heimlich hatte der Dichter nämlich in allen anderen Orten Dutzende Kinder mit verschiedenen Frauen. Und an einem ganz besonderen Ort hatte er sogar eine andere Frau geheiratet. Dann war es vorbei, sollte man denken, aber das war es nicht. Der Dichter ist regelmäßig zu seiner ersten Frau zurückgekehrt.« Die Serviette hatte ich inzwischen zu einem kleinen Ball zusammengeknüllt. Wenn sie danach fragen, dachte ich, stecke ich sie einfach in den Mund. »Und seine erste Frau«, fuhr ich fort, »machte sich ganz besonders schön. Jedes Mal, wenn sie ihren Mann erwartete, machte sie sich schöner denn je. Sie stand stundenlang vor dem Kleiderschrank, holte ihren Lippenstift aus einer alten Schachtel. Und die mittlere Tochter kannte ihren Vater allmählich immer weniger, weil die Pausen zwischen seinen Besuchen immer länger wurden. Sie wollte ihm etwas schenken, was er brauchte. Von ihrem letzten Ersparten kaufte sie in der Drogerie ein Stück Milchseife. Als ihr Vater kam, war er aber müde von der Reise. Erwartungsvoll schaute sie auf die verpackte Seife, aber ihr Vater musste verschnaufen. Stundenlang, tagelang verschnaufte er immer nur. Sie fand nicht den richtigen Moment, ihm das Geschenk zu geben. Also lag die Seife immer noch verpackt auf dem Esstisch, als ihr Vater wieder wegfuhr. Eines Tages hörten sie dann, dass er das Opfer eines Attentats geworden war.« Ja, ich würde die Serviette in den Mund stecken und runterschlucken, wenn mich jemand nach dem Artikel fragte.

»Warum hat es ein Attentat auf den Dichter gegeben?«, fragte Mose.

»Also«, sagte ich, »nach der Scheidung von seiner zweiten Frau wollte er seine ganzen Sachen zurückhaben, auch seine Gedichte. Der Richter hat dem Dichter die Gedichte zugesprochen, aber die Frau wollte es nicht dabei bewenden lassen, eines Abends hat sie dann sechs Männer mit Hackmessern in einen Minibus geladen. Der Dichter flüchtete sich ins oberste Stockwerk eines Hotels, die Männer mit den Hackmessern hinterher. Zum Glück hatte das Hotel nur zwei Stockwerke, sonst wäre die Geschichte ganz anders ausgegangen. Der Dichter ist runtergesprungen. Er hat sich das Bein zerschmettert und den untersten Wirbel im Rücken gebrochen. Die erste Frau war froh. Er war nicht tot und sein Gehirn noch in Ordnung. Er konnte immer noch dichten. Zwei Tage später hat er ein Wachtelei gegessen. Ein normales Ei wäre zu groß gewesen, weil er wegen der ganzen Sache nicht mehr so viel Appetit hatte. Und jetzt sollte man wissen«, sagte ich und hob den Finger, »dass er vom Sprung sowieso schon ein bisschen kurzatmig geworden war. Stress, hatte der Arzt gesagt. Und als er das Wachtelei aß, hat er sich verschluckt und ist daran gestorben. Seine drei Töchter zündeten eine Kerze für ihn an und ließen sie den Fluss runtertreiben, den Fluss, der auch eine Göttin war, die die Seelen dorthin bringt, wo sie hingehören. Die mittlere Tochter hatte dem Fluss auch das Stück Milchseife gegeben. Sie war traurig, dass ihr Vater gestorben war, aber auch froh, weil der Fluss ihn an einen besseren Ort bringen würde.«

Nach dem letzten Satz sah ich die Klasse lange an, um die Spannung zu halten. Alle hingen an meinen Lippen. Dann holte ich tief Luft und sagte: »Vielen Dank. Vielen Dank für eure Aufmerksamkeit.«

Es blieb still. Die ganze Klasse schaute zu Herrn Lever. Auch ich, gespannt wartete ich auf meine Note. Ich war stolz. Es sah aus, als ob Herr Lever nachdenken müsste, bevor er schließlich sagte: »Wir wollen kurz über Fantasie sprechen. Was denkt ihr, ist der Unterschied zwischen Fantasie und einer Lüge?«

Es blieb immer noch still. Keiner wusste die Antwort. Schüchtern meldete ich mich.

»Du nicht, Nhung, ich habe die Klasse gefragt«, sagte Herr Lever. Ich ließ den Arm wieder sinken und wartete, dass jemand etwas sagte.

»Was ist der Unterschied zwischen Fantasie und einer Lüge?«, wiederholte Herr Lever.

Weil sich niemand meldete, antwortete er einfach selbst: »Der Unterschied zwischen Fantasie und einer Lüge ist, dass es keinen Unterschied gibt. Versteht ihr? Eis ist kalt und Schnee ist weiß, daran gibt es keinen Zweifel. Minibusse voller Männer mit Hackmessern gibt es nicht, und Flüsse, die auch Göttinnen sind, schon gar nicht, auch daran gibt es keinen Zweifel. Tote Menschen sind tot und werden nicht von irgendjemandem oder irgendetwas irgendwohin gebracht.« Herr Lever räusperte sich. »Was heißt das, Nhung? Heißt das, dass du uns eine Lüge aufgetischt hast?«

Ich schüttelte den Kopf.

»Heißt das, dass du uns hier einfach anlügst und glaubst, damit durchzukommen? Dass du eine Geschichte erzählst, die du dir selber ausgedacht hast, um uns reinzulegen? Hast du dir das so vorgestellt?«

Immer noch schüttelte ich den Kopf.

»Solche Dinge nehme ich nicht auf die leichte Schulter«, sagte Herr Lever. Er kam zu mir und baute sich vor mir auf: »Fantasie ist Gift. Was meint ihr, was ist die richtige Strafe für einen Lügner? Was ist die richtige Strafe für einen, der hier mit Gift gespritzt hat, um uns krank zu machen?«

Zebra und Angel meldeten sich begeistert. Angel fand, dass ein Lügner sich ausziehen und nackt in den Schnee legen muss, bis sich ihm die Brandwunden ins Fleisch fressen. Zebra fand, dass ein Lügner sein Tagebuch öffentlich vorlesen soll. Das fand der Rest der Klasse gut.

Aber Herr Lever war anderer Meinung. Er fand, dass man Lügner an die Decke kleben muss.

»Dann kannst du dir die Wirklichkeit von oben ansehen und darüber nachdenken«, erklärte er, »verstehst du das, Nhung?«

Ich nickte.

»Das soll allen eine Lehre sein«, sagte er.

Und so wurde ich für den Rest der Stunde an die Decke geklebt. Sie nahmen alles Klebeband, das es in der Schule gab, und klebten mich an einem Heizungsrohr an der Decke fest. Alle Schüler halfen mit, und zum Schluss pappte Herr Lever mir einen Zettel an die Stirn, auf dem stand: DIE UNVERMEIDLICHEN FOLGEN DER FANTASIE.

19

Von oben schaute ich zu ihnen allen runter. Der Unterricht ging einfach weiter, und ich hörte Eloy zu. »Mein Artikel heißt: ›Chinesin an den Ofen gefesselt‹«, sagte er.

Wenn mir das Klebeband nicht die Brust eingeschnürt hätte, wäre mein Herz vor Aufregung rausgehüpft. Also hatte doch jemand den Artikel gelesen! Ich wollte zu Eloy runterrufen, dass er ihn nicht vorlesen soll, aber jedes Mal, wenn ich versuchte, etwas zu sagen, kam nur Luft aus meinem Mund.

Im Artikel wurden keine Namen genannt, aber es gab ein Foto vom Ofen. Auch meine Mutter war zu sehen, aber das Foto war zu dunkel, um sie zu erkennen. Der Artikel ging von einer Hand zur anderen, während Eloy erzählte. Er hatte die Vorhänge zugezogen und hielt sich eine Taschenlampe unters Kinn. Die Klasse sah ihn mit großen Augen an. Und Mose machte sich vor lauter Angst ganz klein in ihrem weiten Pulli. Eloy hatte ein gutes Gespür für Drama.

»Eine Frau. Eine Tochter. Zwei Männer mit Sturmhauben. Ein Blutbad. Und das … hier in Beiahêm.«

Mose schrie auf.

»Nur zwei Straßen von hier entfernt. Die beiden Männer mit den Sturmhauben überwältigten die Frau und banden sie am Ofen fest. Der Ofen war heiß – der Ofen kannte kein Mitleid. Sie schnitten ihr mit dem Beil in die Hand. Die Frau weinte – die Frau flehte. Unerklärlicherweise rannten die Männer weg. Das Gerücht geht um, dass die Frau sie verflucht hat. Die Tochter hat das Telefonbuch von unten geholt. Da war so viel Blut, dass es unaufhörlich von einer Stufe auf die nächste floss. Die Polizei traf das Mädchen bis zu den Knöcheln im Blut stehend an. Die Frau traf sie ohnmächtig beim Ofen an. Die Polizei konnte die Mutter nur schwer befreien. Ihr Rücken klebte am Ofen. Sie mussten die Haut nach und nach mit dem Teppichmesser abschaben, und das Mädchen musste ihnen dabei helfen, erst nach Sonnenaufgang waren sie fertig. Im ganzen Haus roch es nach verbranntem Fleisch.«

Während ich Eloy zuhörte, spürte ich noch einen Hautfetzen meiner Mutter unter meinem Zeigefingernagel. Meine Tränen tropften wie sanfter Regen nach unten, aber weil es in Beiahêm so oft regnet und die Dächer undicht sind, merkte niemand, dass es meine Tränen waren. Manche wischten die Tropfen weg, aber die meisten ließen sie einfach über die Wangen runterlaufen. Niemand schaute zu mir hoch.

Als Eloy fertig war, klatschte Herr Lever in die Hände.

»Na bitte, das sind doch mal Neuigkeiten. Eine wahre Begebenheit.« Herr Lever holte tief Luft und sah zu mir hoch. »Daran könntest du dir ein Beispiel nehmen, Nhung.«

Ich wusste nicht, was ich sagen sollte.

»Sobald deine ganze Fantasie aus dir herausgesickert ist, darfst du wieder runter.«

»Ich glaube, dass in meiner Geschichte mehr Wahrheit ist als in der von Eloy«, sagte ich zu Herrn Lever.

»Du bist ganz schön stur. Bleib ruhig noch eine Weile da oben. Und ihr anderen, husch, auf eure Plätze. Wir schreiben ein Diktat.«

20

Da oben an der Decke dachte ich über die Menschen nach, die ich kannte, wer mein Freund war und mit wem ich nie mehr was zu tun haben wollte. Ich sah den Hinterkopf von Herrn Lever, die gefärbten Haare von Mose, dachte an Amour, an Papa und an Mama. Was hatten sie gemeinsam, warum waren genau diese Menschen in meinem Leben, war es reiner Zufall, oder hatten Engel uns zu einem höheren Zweck zusammengebracht? Weil ich so keine Antwort auf meine Fragen fand, machte ich im Kopf eine Liste dieser Menschen.

Herr Lever weint, wenn er lacht, und lacht, wenn er weint.
Moses Vater hat ausgestopfte Tiere an der Wand hängen. Er ist bei den Versammlungen in der Kneipe aktiv, wo es um Neuankömmlinge geht, und sagt lauter kluge Dinge darüber.
Die Spinnerin hat eine Afrofrisur (Achtung, sie ist auf Rache aus).
Mose ist meine beste Freundin.
Binck ist schön.
Eloy ist schwarz.
Amour riecht nach Papa.
Mama weiß das zwar nicht, aber sie hat ein Loch im Herzen.

Papa ist ein Pionier, ein Glückssucher und hat einen kräftigen Magen.

Pirouette ist kein Mensch.

Draußen fielen die Schneeflocken wie weiche, flauschige Wattebällchen aus den Wolken, aber auf dem Boden zogen sie sich vor lauter Elend zu harten, dicken Eiskristallen zusammen. Wäre alles anders, wenn ich an einem anderen Ort geboren worden wäre? Wenn nicht gerade ein Frachtschiff aus dem Norden meine Eltern aus dem Meer gefischt hätte, sondern beispielsweise ein amerikanisches Schiff? Was, wenn ich in der Großstadt geboren worden wäre? Wäre ich dort nicht viel glücklicher geworden und hätte als Dichterin oder Malerin gelebt? Auf dem Klo bei Mose hing ein Poster von New York, darauf hatten alle Leute ein Lächeln im Gesicht. Mich würden sie auch anlächeln und mir die Hand geben wollen. Ich würde dort mit meinem Vater und meiner Mutter leben. Aber ich glaube nicht, dass meine Mutter wüsste, was man macht, wenn man ihr winkt, ihr zulächelt. In der Großstadt würde sie kaputtgehen. Die Hochhäuser würden ihr auf die Brust drücken, sie würde auf den glatten, gut begehbaren Straßen ausrutschen, sich zwischen allen Träumen verirren. Ich sah sie vor lauter Elend von der Brücke springen. Nein, es wäre nicht besser. Ich wollte sie doch retten und nicht umbringen.

Und was, wenn sie nie aus Fernost abgereist wären? Wenn damals, als die Bombe gefallen war, kein Fischerboot aus Cam Ranh abgefahren wäre und sie nie einen Fuß auf den kalten und nassen Boden von Beiahêm gesetzt hätten? Dann wären sie dortgeblieben. In der warmen Sonne, im Hafen des Fischerdörfchens, den Mund voller Staub und Sand, und sie wären nie aufs Wasser gegangen und hätten sich nie bei der Überfahrt auf dem Boot kennengelernt.

Moment.

Sie hätten sich nie kennengelernt ... Dann wäre ich als verschrumpeltes, unbefruchtetes Ei irgendwo im Klo gelandet. Es musste doch möglich sein, sich eine Geschichte mit einem besseren Ende auszudenken. Irgendeine! Während die Stifte meiner Klassenkameraden übers Papier kratzten, suchte ich krampfhaft nach einem besseren Szenario.

Und was, wenn der ganze Krieg nie stattgefunden hätte? Dann hätte sich meine Mutter in einen der Türken verliebt, die jedes Jahr nach Cam Ranh kamen, um den weißen Sand zu kaufen, mit dem sie Glas bliesen. Der Türke hätte sie als seine Braut in die Türkei mitgenommen, wo ich unter Orangenbäumen aufgewachsen wäre und am Wochenende gelernt hätte, wie man Glas bläst. Genau, so wäre das gewesen ...

Meine ersten Versuche wären misslungen, keiner hätte irgendeine Form darin erkannt. Meine Mutter hätte mir über den Kopf gestrichen und über meine verunstalteten Vasen gelacht. Aber ich hätte wieder von vorn angefangen, jeden Tag von Neuem, und mit viel Geduld hätte ich an einem Sonntag meine erste Vase geblasen.

»Schau mal, Papa, schau!«, hätte ich aufgeregt gerufen.

Und er hätte gesagt: »Ab jetzt kannst du alles machen.«

Ich wäre mit meinem Vater durch die ganze Welt gereist, um unser mundgeblasenes Glas zu verkaufen. Wir reisten mit dem Schiff und ab und zu, wenn wir es uns leisten konnten, auch mit dem Flugzeug. Von dort, hoch oben in der Luft, während die Wolken uns an ferne Orte brachten und das verpackte Glas in den Kisten klapperte, sahen wir auf die Erde runter.

Mein Vater brachte mir den Unterschied zwischen Ebbe und Flut bei, zwischen Gut und Böse, Arm und Reich, Sachen eben, die Väter ihren Töchtern beibringen. Wir machten einen Zwischenstopp in Mesopotamien und trafen den Alten, der vor dreitausendfünfhundert Jahren aus Versehen das erste Stück Glas geschaffen und einen Beruf daraus gemacht hatte. Der verhutzelte Mann erzählte, die Glasbläserei sei im alten Ägypten untergegangen, in Syrien aber wieder aufgeblüht. Atemlos lauschten wir ihm, mein Vater und ich.

»Meine Söhne und deren Söhne und die Söhne ihrer Söhne sind Männer mit Talent und Geduld, Generation für Generation«, fuhr der Alte fort. »Als Glasbläser braucht man nichts anderes, nur Talent und Geduld. Und genau deswegen haben die Römer sie entführt, damit sie Glas für sie blasen.«

Ich würde den verhutzelten Mann aus Mesopotamien betrachten, dessen Söhne alle nach Venedig entführt worden waren. Das Glas, das seine Söhne und deren Söhne und die Söhne ihrer Söhne dann für die Römer bliesen, trug noch alle Merkmale ihrer Heimat, die Farben und Formen von Mesopotamien. Alles Glas wurde in der Gestalt des Körpers ihres Vaters, Urgroßvaters und Ururgroßvaters geblasen. Manchmal stellten sie auch Dinge her, die sie vermissten, wie zum Beispiel Trauben aus blaugrünem Glas oder rötlich-violett glühende Feigen. Der älteste Sohn des verhutzelten Mannes arbeitete den Rest seines Lebens daran, einen solchen Sonnenaufgang zu blasen, wie er ihn von zu Hause kannte, doch es gelang ihm nicht. Aber nicht, weil es technisch unmöglich war, sondern weil er so lange dafür brauchte, dass die Erinnerung an den Sonnenaufgang in Mesopotamien mehr und mehr verblasste. An dem Tag, als er letzte Hand an sein Kunstwerk legen wollte, wusste er nicht mehr, wie der Sonnenaufgang dort ausgesehen hatte, und ihm blieb nichts anderes übrig, als den Sonnenaufgang seiner neuen Heimat zu blasen.

Die Glasbläser bekamen haufenweise Kinder, doch keiner von ihnen heiratete, sie hatten Heimweh und träumten davon, irgendwann wieder nach Hause zurückzukönnen und dort eine Frau zu finden – sie sollte aus dem Sand geschaffen sein, in dem sie ihre ersten Schritte gemacht hatten. Aber sie hörten, dass man mit dem Glasblasen im Norden viel Geld verdienen konnte. Sie gaben die Idee, nach Hause zurückzukehren, um eine Frau zu finden, auf und entschieden sich für das Geld. Eines Tages bekam der verhutzelte Mann ein gläsernes Kunstwerk aus Antwerpen geschickt, es war sein Standbild, von seinen Söhnen gefertigt. *Der Mann aus Glas*, hieß es. Der tattrige Alte brachte meinen Vater und mich in sein Schlafzimmer, wo das Kunstwerk auf einem Sockel neben seinem Bett stand. Es sah genauso aus wie er. Der verhutzelte Mann aus Glas war alt und zerbrechlich, und ich hoffte nur, dass mein Vater nie so aussehen würde.

Ich sah dieses Leben vor mir und versuchte, mich an das Gesicht meines Vaters zu erinnern, bis mir einfiel, dass mein Vater dann ja gar nicht mein Vater wäre. Mein Vater wäre ein Türke, der kein bisschen wie mein Vater aussehen würde. Dann wäre ich ja gar nicht ich, ich würde nicht nur ganz anders aussehen, es hätte mich gar nicht gegeben.

Ich zerriss die Liste, die ich gemacht hatte, und spuckte drauf. Die Liste war zwar nur in meinem Kopf, aber ich spuckte trotzdem drauf. Ich war wütend. Wir steckten hier im Wasser fest, basta. Und warteten nur darauf, vom Rest der Welt vergessen zu werden.

Ich ergänzte die zerrissene Liste um meinen Namen.

Nhung ist eine Vollidiotin – keine Garantie für ein Happy End.

Und ich spuckte noch mal drauf.

Wenn die Erde an diesem Tag meine Wut gespürt hätte, hätte sie gebebt und sich geschüttelt. Doch das passierte nicht. Nichts passierte. Ich war zu klein, als dass die Erde sich um mich gekümmert hätte. Ich klebte einfach nur an der Decke.

Als ich wieder festen Boden unter den Füßen hatte, schüttelte ich mich erst mal, ich war ganz steif geworden.

»Na, ist die Lügnerin geheilt?«, fragte Herr Lever. »Dir ist doch klar, dass ich ein Exempel statuieren musste, Nhung, das ist dir doch wohl klar?«

»Ja«, sagte ich. Zum Glück haben wir einen guten Lehrer, der immer nur unser Bestes will, dachte ich, und der genauso streng ist wie mein Vater. Die Stunde an der Decke fühlte sich an wie ein Fiebertraum. Ich wischte mir den Schweiß von der Stirn und hoffte, dass ich restlos von meiner Fantasie geheilt war. Fantasie bringt sowieso nur Unglück.

21

Jemand packte mich am Oberarm, genau an der Stelle, wo Eloy beim Sport draufgeballert hatte. Sobald Eloy einen Basketball in die Hände bekam, dribbelte er immer alle wie ein Irrer an. Als ich aufschaute, sah ich, dass es Moses Vater war.

»Hallo, Herr Blauw.«

»War es nicht heiß?«, fragte er.

Der Schulhof füllte sich mit Eltern und Kindern. Moses Vater lehnte an der frisch gepflanzten Buche. Die stand schief und machte einen niedergeschlagenen Eindruck, als hätte sie keine Lust mehr. Ich zog einen Rest schwarzes Klebeband aus meinem Haar und schüttelte Arme und Beine, denn nach der langen Zeit an der Decke musste das Blut da erst wieder rein.

»War es nicht sehr heiß für deine Mutter?«, fragte Moses Vater. Er hielt den Zeitungsartikel hoch und tippte mit seinem knöchrigen Zeigefinger auf den Titel »Chinesin an den Ofen gefesselt«.

Das konnte er aber unmöglich wissen, das Foto war viel zu dunkel, um etwas zu erkennen, außerdem hatte er meine Mutter noch nie gesehen.

»Nein«, log ich, »das sind wir nicht.«

»Erzähl es mir ruhig, dann kann ich euch helfen. Dafür bin ich doch da«, sagte Moses Vater.

Seine Stimme klang so warm und verständnisvoll. Einen Moment überlegte ich, ob ich ihm nicht doch alles erzählen sollte. Genau so, wie es passiert war. Aber dann würde er mir ins Gesicht lachen und mir vorwerfen, dass wir Ausländer hier krumme Geschäfte machen und uns alles selbst eingebrockt haben, oder? Um Leute wie uns machte er immer einen großen Bogen, und zu Mose hatte er gesagt, sie solle es auch tun. »Leuten, die zu sehr nach Langeweile riechen, sollte man besser aus dem Weg gehen«, hatte er ihr beigebracht.

Ich wusste nicht, wer uns überfallen hatte, aber es mussten Chinesen gewesen sein, da war ich mir sicher, der ganze Besitz musste ja umverteilt werden, weil wir angeblich einen Tresor hatten. Aber genauso gut hätte die Spinnerin sie uns auf den Hals geschickt haben können, schließlich wollte sie sich rächen, weil ich unseren Garten nicht hergegeben hatte. Sie lauerte uns immer noch in einer dunklen Ecke auf, um den richtigen Zeitpunkt für den Angriff abzupassen. Vielleicht waren es aber auch die Antillianer gewesen oder die Junkies, die sich im Dorf herumtrieben? Wie sicher war sich meine Mutter, dass ein Stückchen Schlangenhaut unter der Sturmhaube hervorgeschaut hatte?

Ich sah Moses Vater an. Es hätte jeder sein können! Herr Blauw kannte sich mit solchen Geschichten nicht aus. Ihm würde so etwas nie passieren.

»Das waren wir nicht.« Ich wollte den Zeitungsartikel nicht mehr sehen.

»Erzähl es mir doch, Nhung, dann können wir dafür sorgen, dass es nie wieder passiert – und dass die Verbrecher erwischt werden.« Er legte mir die Hand auf die Schulter. Leise und geduldig sagte er: »Es muss grauenhaft gewesen sein.« Dabei betonte er das Wort »grauenhaft«

ganz besonders. »*Grauenhaft*, wenn mir so was passieren würde. Und ich darf gar nicht dran denken, wie *grauenhaft* es wäre, wenn Mose so etwas zustoßen würde.«

Mose hatte schon geweint, als ihr Meerschweinchen gestorben war. Es war eines Tages einfach tot umgefallen. Einfach so umgefallen und nicht wieder aufgestanden. Allerdings hatte Mose zugegeben, dass es immer schon ein bisschen komisch gewesen war, es schielte und torkelte beim Gehen wie betrunken hin und her, trotzdem weinte sie in der Woche danach ununterbrochen, vom Morgenkreis bis zur Sportstunde jammerte sie, sie wäre der unglücklichste Mensch der Welt. Ich wusste nicht so recht, wie ich sie trösten sollte. Also sagte ich ihr, dass Meerschweinchen nicht so viel hermachten und in manchen Kulturen sogar als Delikatesse galten (das hatte ich aus dem Stegreif erfunden).

»Ein Kind«, sagte Moses Vater, »im Artikel steht, dass die Tochter noch jung ist, und dann schon in so was *Grauenhaftes* verwickelt.«

»Wir haben echt nichts damit zu tun. Das waren wir nicht«, sagte ich.

»Ich würde die Einbrecher verfolgen und ausfindig machen. Und wenn ich sie dann habe« – dabei streckte er seinen knöchrigen Zeigefinger in die Luft –, »binde ich sie mir an die Stoßstange und schleife sie durchs Dorf, bis die Haut in Fetzen abfliegt. Ich spieße sie auf einen dicken Holzpfahl mitten auf dem Platz, damit alle sie sehen können. Damit alle wissen, wie solches Pack eigentlich aussieht. Wir lassen uns so was nicht gefallen, von niemandem. Wenn Fremde meinen, sie können ihre barbarischen Gewohnheiten hier bei uns praktizieren, können sie gleich wieder einpacken. Sollen sie doch ihre Gesetze befolgen, wo sie herkommen, aber nicht hier. Nicht hier.«

Von Weitem sah ich Eloy winken. Er hielt den Daumen hoch. Keine Ahnung, warum.

»Tut mir leid, aber ich weiß nichts davon«, sagte ich leise zu Moses Vater. Mir war etwas mulmig zumute. »Die Männer waren maskiert«, sagte ich, »keiner weiß, wer sie sind. Vielleicht hatten sie Hunger. Vielleicht ... vielleicht waren es ja Menschen wie ...« *Wie Sie*, wollte ich sagen, aber da wurde mir klar, dass ich dann für diejenigen Partei ergriffen hätte, die uns überfallen hatten, und ich machte den Mund wieder zu. Es war sehr lieb von Moses Vater, dass er mir helfen wollte, er legte mir sogar die Hand auf die Schulter.

»Na gut«, sagte er, als würde er sich zufriedengeben, aber seine ganze Haltung strahlte etwas anderes aus. Er wollte unbedingt etwas unternehmen. Eingreifen.

»Ich sehe dich öfter bei dem Typen mit dem Schiff rumhängen«, sagte er plötzlich.

Ich sah ihn an. Er redete mit mir, als hätte ich etwas Schlimmes angestellt.

»Die Leute reden darüber.« Moses Vater blies sich in die Hände. »Ein Kind ganz allein bei so einem Mann ... Tu mir den Gefallen und geh da nicht mehr hin, sei so gut. Der Mann ist gefährlich. Eine Sturmhaube, darunter kann sich doch jeder verstecken. Jeder, verstehst du?«

Ich nickte.

»Menschen, die nicht wissen, wo sie herkommen, sind zu allem imstande. Die Herumtreiber, die sind am allergefährlichsten.«

Da kam Mose zu uns. Sie trug eine Wollmütze in allen Farben des Regenbogens und Fäustlinge im gleichen Muster. Immer passten all ihre Sachen zusammen.

»Gehen wir, Papa? Ich will nach Hause.« Sie lächelte mich an, wandte sich ihrem Vater zu. »Worüber redet ihr?« Dann, quengelig: »Gehen wir jetzt endlich?«

Mit mir redete sie so nie. Mit mir sprach sie immer mit kräftiger, deutlicher Stimme, die überlegen klang, und jedes Mal fiel ich drauf rein. Mit dieser Stimme wollte sie mir weismachen, dass es in der Antarktis warm ist, dass der Weihnachtsmann immer ganz oben in dem Kran auf dem brachliegenden Gelände wohnt, außer im Dezember, und dass Tomatensuppe aus der Dose von Griechen mit behaarten Füßen gemacht wird, die die Tomaten in Holzfässern zerstampfen.

»Ja, Schatz, wir gehen. Es ist kalt, komm, mach den Reißverschluss zu«, sagte ihr Vater.

Mose zog den Reißverschluss ihrer Jacke hoch. Ihr Vater strich mir über den Kopf und zwinkerte mir zu. Er verflocht seine knöchrigen Finger mit denen von Mose. Hand in Hand verließen sie den Schulhof.

Ich blieb stehen, sah ihnen nach. Sie redeten lebhaft miteinander. Erst musste er lachen, dann sie. Kurz bevor sie die Straße überquerten, drehte Mose sich noch mal um und winkte fröhlich. Ich hob die Hand und winkte zurück, war mir aber nicht sicher, ob sie es noch gesehen hatte.

Es war kalt. Der Schulhof hatte sich geleert. Ich betrachtete die Buche, die, so stolz sie war, doch unter dem Sturm gelitten hatte. Ich musste daran denken, was Moses Vater gesagt hatte. Menschen, die nicht wissen, wo sie herkommen, Herumtreiber, sind gefährlich.

22

Der Tag, an dem Amour blau anlief, war sehr enttäuschend für mich. Hatte er etwa von dem Überfall gehört, war er vor Schreck blau angelaufen? Wie ich ihn kannte, nahm er sich alles, was unrecht war, zu Herzen, und deshalb war ich froh, dass ich zu ihm gegangen war, er würde Rat wissen. Aber er war bloß blau vor Kälte. Das große Feuer, das er am Ufer angezündet hatte, brachte gar nichts. Als er mich kommen sah, versuchte er zu lächeln, aber kaum hatte er den Mund aufgemacht, begannen seine Zähne laut zu klappern. Da machte er den Mund schnell wieder zu und beschloss offenbar, das Lächeln bleiben zu lassen. Er hatte sich in eine große Wolldecke gewickelt, aber die war pitschenass. Er war durchweicht bis auf die Haut und wrang die Finger aus wie ein Geschirrtuch.

»Ist das Meerwasser?«, fragte ich und zeigte auf seine tropfenden Fingerspitzen.

»Nein«, sagte er.

»Warum bist du so nass?«

Sein Schiff sah ganz anders aus, obwohl ich nicht genau hätte sagen können, wie es vorher ausgesehen hatte. Es schien in einer einzigen Nacht verwittert zu sein. Das Deck stand unter Wasser, und das Holz hatte Risse bekommen.

»Warum ist dein Schiff so nass?«

»Es hat geregnet«, antwortete er kurz angebunden.

»Es hat nicht geregnet«, sagte ich, »geschneit hat es, aber nicht geregnet.«

Amour sah niedergeschlagen aus, fast so schlimm wie meine Mutter. Traurig und düster. Sein Blick, der sonst auf den Horizont gerichtet war, lastete jetzt schwer auf dem Boden. Seine Lippen waren wie das übrige Gesicht bläulich aufgedunsen, seine Wimpern voller Eiskristalle, an seinen Ohren hingen Eiszapfen wie kleine Diamanten. Vielleicht hatte die ewige Kälte ihn erschöpft. Hatte auch ihn erwischt. Der Winter hörte einfach nicht auf, dabei war es schon Oktober. Keiner achtete mehr auf den Schnee, manche machten sich nicht mal mehr die Mühe, den Weg freizuschaufeln, und keiner hatte mehr Lust, sich die gefrorenen Schneeflocken aus dem Haar zu kämmen, es machte alle verrückt.

»Was ist passiert?«, fragte ich ihn.

»Gar nichts. Ich habe nichts verbrochen. Glaubst du etwa, ich hätte etwas verbrochen?«, sagte er genervt. »So sitz ich hier schon den ganzen Vormittag. Ich finde es wunderbar, das Wasser, den Wind, die Kälte, das Feuer. Den Elementen nahe, so wie es sein soll. Sag's ruhig, wenn du das komisch findest.«

Ich schüttelte den Kopf.

»Denn genau so möchte ich heute dasitzen.« Jedes Mal, wenn er ausatmete, stieg ein Dampfwölkchen ins Weltall auf. Er ließ die Schultern hängen, und sein Kopf war wohl so schwer, dass er ihn kaum tragen konnte.

»Eines Tages gehe ich hier weg, das sag ich dir. Bis jetzt finde ich es hier super, aber eines Tages bin ich einfach weg.«

Schon der Gedanke daran, dass Amour eines Tages nicht mehr da sein würde, war schrecklich. Am liebsten hätte ich ihn gefragt, ob er mich mitnimmt, ob er dann bitte nicht vergisst, mich mitzunehmen.

»Ich kann jederzeit verschwinden«, sagte er leise. Es war, als würde er ein Selbstgespräch führen. Noch nie war mir aufgefallen, dass er in den Augenbrauen ein paar graue Haare hatte. Auch seine Augenbrauen waren heute offenbar so schwer, dass er sie nicht hochhalten konnte. Das erste Anzeichen einer Falte zeigte sich auf seiner Stirn. Jetzt, wo er so düster war, erzählte ich ihm besser nichts von dem Überfall.

»Erzähl mir doch noch mal von deiner Überfahrt«, bat ich ihn. Dann musste er nämlich immer lachen und gestikulierte ständig mit den Armen. »Von der Ladung Kokosnüsse. Von deiner Liebe am Nil. Wie du zu deinem Messer gekommen bist. Von deinen Abenteuern in der Wüste.« Ich legte mich richtig ins Zeug, um ihn aufzumuntern. Ich hatte keine Ahnung, warum Amour heute blau war vor Kälte. Warum er so mit den Zähnen klapperte, als wäre etwas furchtbar schiefgegangen.

Ich versuchte es noch mal. »Ich kann dir erzählen, wie es hier im Frühling aussieht«, sagte ich. »So was hast du noch nie erlebt. Der Frühling ist hier sehr, sehr schön, Amour. Mit dem Wiesenkerbel am Fluss und dem Bärenklau auf den Böschungen. Hast du schon mal knallgelben Raps gesehen? Der bringt jeden zum Lachen, sogar den ewig miesepetrigen Herrn Lever. Auch du müsstest lachen. Oder wenn die Sonne auf dem Wasser tanzt und Tausende Funken aufblitzen. Oder nachts. Dann hat keiner mehr Angst im Dunkeln, weil es so nach frischen Blumen duftet, dass es einem alle Sorgen aus dem Kopf bläst. Geh nicht weg, Amour«, sagte ich leise, »warte auf den Frühling. Dann kannst du es selber sehen. Bitte.«

Aber Amour reagierte nicht.

»Wenn du weggehst …«, fragte ich, »gehst du dann … gehst du dann dahin, wo du hergekommen bist?«

»Ich komme von überall her«, sagte er.

»Das geht doch nicht.«

»Ich bestehe aus allen Orten, an denen ich je gewesen bin. Meine Hautfarbe habe ich von dem Ort, an dem ich geboren bin. Diese Falten hier habe ich von dem Ort, an dem ich zum ersten Mal eine Frau geliebt habe. Und meine grauen Haare«, er zeigte darauf, »die sind von hier.«

»Aber du weißt doch bestimmt, wo du herkommst. Wo du geboren bist.«

»Warum ist das so wichtig?«

Das wusste ich auch nicht. »Weil man das auf alle Formulare schreiben muss«, sagte ich auf gut Glück.

»Und wozu?«

»Weiß ich nicht. Damit die anderen wissen, was man für Gene hat?«

»Ich komme von überall und nirgends. Für mich zählt nur der Boden, der heute unter meinen Füßen ist.«

»Aber da, wo du hergekommen bist, ist es warm, das ist doch besser als die Kälte hier.«

»Ich hänge an nichts, und ich vermisse nichts. Genauso wenig wie ich mich auf irgendwas freue oder mich nach etwas sehne. Ich kann jeden Moment weg.« Abfällig schüttelte er den Kopf. »Schau mal zum Horizont.«

Jetzt zeigte Amour aufs Meer, wo eine Welle die andere verdrängte. Das Meer war zu klein für das viele Wasser.

»Siehst du den vielen Raum hinterm Horizont?«, fragte er.

Ich schüttelte den Kopf. »Natürlich nicht, ich kann doch nicht dahintergucken.«

»Meine Liebe zu einer Frau ist wie meine Liebe zum

Horizont. Manchmal habe ich fünf Frauen gleichzeitig geliebt. Keine mehr als irgendeine andere, für mich war da kein Unterschied, genauso wenig wie zwischen der Schönheit des Sonnenaufgangs und der des Sonnenuntergangs.«

Amour leckte an seinem Zeigefinger, als würde er ihn in ein Tintenfass tunken, und tat dann etwas, das mich sehr beeindruckte. Er schrieb mit dem Finger etwas in die Luft. Mit großen, geschwungenen Buchstaben. In einer Sprache, die ich nicht lesen konnte. Ab und zu setzte er ein Komma. Und dann wischte er plötzlich die letzten Sätze, die er geschrieben hatte, wieder aus. »Ach, was soll's«, murmelte er. »Ich bin heute zu müde.«

»Was schreibst du da?«

»Nur so ein paar Gedanken und Ideen.«

»Was für Ideen? Schreibst du ein Buch? Und dein schwarzes Buch, was ist damit? Was hast du mit den Geschichten gemacht, die ich dir erzählt habe? Von unserem Haus und so.«

Amour antwortete nicht. Er starrte auf das Loch in der Luft, als täte es ihm leid, dass er seine gerade geschriebenen Sätze wieder ausgewischt hatte.

»Ich wusste nicht, dass du Schriftsteller bist«, sagte ich leise, um ihn nicht zu stören. Als er nicht reagierte, versuchte ich es noch mal: »Darf ich es lesen?«

Er starrte unbeirrt in die Luft, auf seinen Text, und schrieb dann wie besessen weiter. Dann las er das Ganze noch mal, hier und da änderte er ein Wort oder stellte einen Absatz um. Ich wollte wissen, was in ihm vorging. Er schrieb in die Luft. Ein Buch, von dem nur er wusste, was drinstand, und das nur für ihn bestimmt war. Ein Buch, das nie in einer Bibliothek stehen würde, sondern für immer in die Luft eingraviert war.

Auf einmal musste ich weinen. Ich fühlte mich wie das große, unendliche Meer, das zu klein war für das viele Wasser. Am liebsten hätte ich Amour umarmt und ihm erzählt, was passiert war.

Wenn ich da schon gewusst hätte, was ich später erfuhr, hätte ich meiner Mutter gehorcht und keinen Fuß mehr auf sein Schiff gesetzt. Jetzt aber wusste ich nur eins: Wenn ich meinen Vater finden wollte, musste ich hier weg, aber ich war doch erst elf, und außerdem kam sowieso nie jemand weg.

Zu Hause hatte meine Mutter alles Blut aufgewischt, und wir sprachen nicht mehr von dem Überfall am Wochenende. Beim Aufwischen hatte sie eine Stelle übersehen. Einen Blutspritzer auf der fünften Stufe, der einem nur auffiel, wenn man klein genug war. Ich hatte versucht, ihn wegzuschrubben, aber er wollte einfach nicht verschwinden. Also ließ ich es sein. Wenn ich über die fünfte Stufe hinausgewachsen wäre, würde ich ihn nicht mehr sehen.

Ich weinte so laut, dass ich kein vernünftiges Wort herausbrachte. Ich beneidete Amour, weil er ein Buch in die Luft schreiben konnte. Weil er ein Schiff hatte. Weil er so frei war. Alle lieben konnte, ohne sich nach etwas zu sehnen oder etwas zu vermissen. Ich hätte ihn gern gefragt, ob er mich lieb hat. Aber der Rotz lief mir bis aufs Kinn, und durch die Tränen sah ich alles verschwommen. Aus meinem Mund kamen nur unzusammenhängende Wörter: »Ofen – kalt – Mama – Telefonbuch – hilf – mir.«

Aber Amour war so sehr ins Schreiben vertieft, dass er mich weder sah noch hörte.

»Wenn ich weggehe, nehme ich dich mit«, sagte er plötzlich.

Ich blickte auf, wischte mir die Tränen von den Wangen.

»Morgen, vielleicht übermorgen«, sagte er.

Mir stockte der Atem. Amour würde mich mitnehmen. »Ist das dein Ernst?«, fragte ich. Ich konnte es kaum glauben, aber ich wusste auch, dass Amour nichts einfach so sagte, er wählte seine Worte immer sorgfältig.

»Am besten, du holst deinen Rucksack«, sagte er. »Es kann jeden Moment losgehen. Wenn du noch nicht gepackt hast, warte ich nicht. Weg ist weg. Weg aus dieser Gegend, wo der Winter nie aufhört. Verdammt, hier bleibt anscheinend alles für immer öde und kahl. Wenn man die Äste auswringen würde, wäre alles überflutet, so durchtränkt ist das ganze Dorf.«

So hatte Amour noch nie geredet, er mochte die Natur, ganz egal, wie sie war. Die Trockenheit der Sonne hatte in seinen Augen einen anderen Reiz als das Schneiden des Windes, er liebte diese Gegensätze. Ihm war nie kalt. Ihm war nie heiß. Es war, wie es war. Wir müssen keinen Unterschied machen, hatte er mir beigebracht, wir müssen die Dinge nur annehmen, wie sie sind.

»Morgen, vielleicht übermorgen«, murmelte er vor sich hin.

Ich nickte.

»Einen Rucksack, mehr nicht.«

Wieder nickte ich.

»Mehr brauchst du nicht. Triff deine Vorkehrungen!«

Fast hätte ich wieder genickt, ließ es aber bleiben. Ich musste aufpassen, nicht allzu begierig zu wirken.

Ich küsste Amour auf die Wange. Für einen Moment hinterließen meine Lippen einen weißen Abdruck, aber schon war sein Gesicht wieder genauso bläulich wie davor.

So schnell mich meine Beine trugen, rannte ich nach Hause. Mein Herz klopfte wie verrückt. Einen Rucksack nur. Mehr nicht. Was sollte ich bloß alles mitnehmen? Ob Pirouette mitkommen würde? Ja, sie musste mit. Im Kopf machte ich eine Liste mit meinen Lieblingssachen. Alles, was in einen Rucksack passte.

Kurz bevor ich die Haustür öffnete, hörte ich einen schrillen Ton von drinnen kommen. Vor Schreck tat ich einen Schritt zurück. Obwohl ich die Stimme kannte, kam sie mir völlig fremd vor.

Meine Mutter stand im Wohnzimmer. Sie starrte in die Luft. Obwohl sie allein war, lachte sie sich grundlos kaputt. Das klang so fürchterlich, dass ich fast in Tränen ausgebrochen wäre. Ich hatte sie noch nie lachen hören. Sie stirbt, dachte ich. Es klang grauenhaft. Sie schaute zum Fenster raus. Offenbar blendete die Sonne sie nicht mehr, denn an diesem Vormittag waren sogar die Vorhänge zurückgezogen.

23

Wären die Seehunde zu Dutzenden an den Kiesstrand geschwemmt worden, oder hätten die Brombeersträucher mitten in dem langen Winter Früchte getragen, es hätte mich nicht mehr erstaunt als die Tatsache, dass meine Mutter plötzlich auflebte.

Wahrscheinlich hatte ihr Schrei bei dem Überfall alle ihre Lebensgeister wachgerüttelt. So in etwa musste es gewesen sein. Seither sah sie den Himmel. Seither sah sie die Sonne. Sogar die Wärme des Ofens spürte sie und sah die Schönheit der Flammen.

Ich rannte an Mama vorbei nach oben. Ihr Gelächter war so gruselig und so laut, dass es bis in mein Zimmer drang. Da wäre sie besser so traurig geblieben, wie ich sie kannte.

Am liebsten hätte ich mein ganzes Zimmer eingepackt. Ich sah zu Lisa, die in all den Nächten, als ich noch ins Bett gemacht hatte, bei mir gewesen war. Lisa war oben ein Bär und unten ein Krokodil. Ihr Kopf war weich und ihre Schnauze feucht, und ihr fehlte ein Auge. Mein Vater hatte einmal vor Wut alle meine Stofftiere zerrissen. Meine Mutter hatte sie wieder zusammengeflickt. Ich hatte mich nicht getraut, ihr zu sagen, dass etwas nicht stimmte, dass es Krokodilbären nicht gab. Oben ein Bär, unten ein Krokodil. Ich sah auf das Glas mit den klaren blaugrünen

Murmeln, das Glas, in dem das ganze Weltall steckte, in das ich stundenlang starren konnte. Nachts im Mondschein wurden die Murmeln durchsichtig, jede schwebte in ihrer eigenen Milchstraße, als wollten sie Kontakt zu anderen Planeten aufnehmen. Und das abgewetzte Laufrad, auf dem ich fallen gelernt hatte: aufstehen, fallen, aufstehen, fallen und noch mal fallen. Überall lagen Bücher aus der Bibliothek herum. Die Geschichten, Figuren, Landschaften aus den Büchern gehörten zu mir, sie waren meine Freunde, meine Papas, meine Mamas, und jetzt stapelten sich die vielen Bücher und purzelten durcheinander. Mein Zimmer war eine Rumpelkammer, in der ich mich wohlfühlte, es legte sich wie ein warmer Pulli um mich.

Während ich packte, saß Pirouette geduldig auf dem Bett, wie sie es auch tat, wenn ich mich für die Schule fertig machte. Ich packte ein Paar Socken ein, meinen dicken Pyjama, meine Zahnbürste und einen Kamm. Bald war mein Rucksack voll.

»Was meinst du, Pirouette, wenn du nur ein Buch mitnehmen dürftest, welches würdest du nehmen?«

Sie sah mich mit großen Augen an, als würde sie mich nicht verstehen, aber ich kannte sie ja, sie stellte sich einfach dumm, wenn es ihr passte. Als ich darauf beharrte, dass sie sich eins zum Mitnehmen aussuchte, flog sie zum höchsten Punkt meines Zimmers, bis zum Dachfenster, wo ein Buch an einem verdorrten Kaktus lehnte. Es war so weit oben, dass ich nicht sehen konnte, was es war. Selbst als ich mich auf die Zehenspitzen stellte, konnte ich es nicht erkennen.

»Und was hältst du von dem hier?«, fragte ich. Ich nahm das Wörterbuch, das auf meinem Schreibtisch lag, den *Dikke Van Dale*. »Wir wissen nicht, wo es hingeht, und wollen doch nicht, dass uns die Leute dort für dumm halten, oder? Sie drücken sich bestimmt gewählt aus. Denn so sind die Leute, Pirouette! Dort, wo alles besser ist, drücken sie sich gewählt aus.« Ich schob die drei Bände des *Dikke Van Dale* in meinen Rucksack. »So, das war's dann«, sagte ich stolz.

Ich betrachtete die vielen Bücher unterm Bett, den Umschlag von Don Quichotte. »Tut mir leid«, sagte ich zu ihm. »Aber ich musste mich entscheiden.« Seine improvisierte Ritterrüstung stand ihm merkwürdigerweise sogar ganz gut. Bei mir würde es lächerlich aussehen, wenn ich mit einem Papierhelm auf dem Kopf das Unrecht bekämpfte. Matilda legte ich neben die unglückliche Sonja und daneben die Geschichte von Onkel Fred, der das ganze Haus voller fleischfressender Pflanzen hatte. Solchen riesengroßen Fleischfressern, die einfach so in Beiahêm am Fluss standen, oder mitten im Klassenzimmer, wenn man in der Nacht immer weitergelesen hatte. Ich verstand nicht alles, was ich las, und wenn ich müde wurde, fingen die Sätze an zu tanzen und die Figuren lösten sich vom Papier. Dann standen sie plötzlich bei mir im Zimmer. Drei Abende davor hatte ich Holdens kleine Schwester gesehen, ich hatte das Buch nicht zu Ende gelesen, nur die Teile, in denen er so lieb über Phoebe sprach. Wie wahnsinnig sie war, und hübsch, und klug, und dass sie gut tanzen konnte und so. Davon konnte ich nicht genug kriegen, und dann stellte ich mir vor, dass jemand solche Sachen über mich sagte.

Ich zog die Bücher unterm Bett hervor und legte sie in einen Kreis. Dann wären sie nicht so allein. Wenn sie miteinander reden könnten, hätten sie eine Menge zu besprechen, dachte ich mir.

Ich suchte den Brief, den ich meinem Vater geschrieben

hatte, aber da fiel mir ein, dass ich ihn ja bei Amour gelassen hatte. Ich rannte runter. Amour durfte nicht ohne mich wegfahren.

Unten stand Mama immer noch im Wohnzimmer und lachte. Genauso wie vorhin. Nur die Sonne hatte sich verändert, sie stand tiefer, aber ansonsten war alles gleich geblieben. Kurz bevor ich bei der Tür war, hörte meine Mutter auf zu lachen und rief mich zurück.

Der Rucksack mit dem *Dikke Van Dale* drückte schwer auf meine Schultern. Auf einmal wurde mir etwas bewusst: Ich hatte Mama vergessen.

24

Ich dachte, ich hätte alles Wichtige in den Rucksack gesteckt, aber Mama war nicht drin.

Ich hatte sie einfach vergessen.

»Guck mal, Nhung.« Sie führte mich in die Küche zu dem Koriander und dem anderen Grünzeug.

»Schau mal, wie grün das Gras ist«, sagte sie verwundert, »so ein unglaublich helles Grün.«

Sie sagte es in einem Atemzug, nicht wie sonst in zwei oder drei gestammelten Wörtern, nein, diesen Satz sprach sie in einem Atemzug aus. Plötzlich sah sie das alles. Ich schaute zum Fenster raus. Mutter sah anscheinend ganz andere Dinge als ich. Ich hätte sie gern geschüttelt, damit sie die Dinge sah, wie sie wirklich waren. Nirgends war es grün. Wovon redete sie, es lag doch überall nur Schnee?

»Wie üppig alles gedeiht, nicht?«, sagte sie und strich zärtlich über die Blätter. Wie glücklich sie auf einmal aussah. »Das hier sind meine Kinder.« Sie hatte die trockenen Blätter abgerupft, die Erde gedüngt und die Pflanzen, die zu groß geworden waren, umgetopft. Alle Tische bei uns standen voller Töpfe. Die Art und Weise, wie sie die Hand zärtlich über die Kräuter gleiten ließ und mit ihnen redete, machte mich eifersüchtig, aber ich schüttelte das Gefühl schnell wieder ab. Es war lächerlich, auf Ingwer eifersüchtig zu sein! Alles wucherte wie verrückt. Die Ableger mancher Kräuter und Pflanzen hatte sie in den Garten gestellt, und anscheinend machte ihnen der Frost nichts aus. Unser Garten roch in jenem Winter fernöstlich nach frischer Minze und scharfem rotem Pfeffer.

»Pass auf, Mama, dass die nicht neidisch werden, nachher klopft die Spinnerin wieder bei uns an und will den Garten haben«, warnte ich sie. Aber sie schien keine Angst zu haben.

»Dein Vater wird schon sehen, was wir aus unserem Leben gemacht haben«, sagte sie leise. »Er wird sehen, dass wir etwas Schönes daraus gemacht haben. Wir zwei beide.«

Auf ihrem Rücken und ihren Armen war der Abdruck des Ofens sichtbar. Sie redete mit den Pflanzen, die ihr nie antworten würden, egal, wie viel Liebe sie ihnen schenkte.

»Ich habe gehört, dass es einen Ort gibt …«, sagte sie leise zu mir. Sie pflückte ein Basilikumblatt und roch daran.

»Ach ja? Was für einen Ort denn?«

»Dort ist das Wasser glasklar. So hellblau, dass man sogar an der tiefsten Stelle den Grund noch sieht. Rochen schwimmen dicht an der Küste, und es gibt dort so viele Fische, dass man sie mit den Händen fangen kann. Sie schwimmen dort so friedlich dicht an der Küste, dass man sich einfach einen nach dem anderen aus dem Wasser holen kann.«

»So was gibt's nicht, Mama. Wie soll der Ort denn heißen?« Es machte mich wahnsinnig, wie sie redete.

»Ich weiß nicht genau«, sagte sie. Sie schaute in die Luft, suchte nach dem Namen. »Wie heißt dieser Ort noch mal, die Leute haben von … von … ja, jetzt weiß ich's wieder, die Leute haben von Kalifornien geredet!«

Ich hätte ihr gern gesagt, dass es so einen Ort nicht gibt.

Es gibt keinen Ort, an dem man Fische mit den Händen fängt. Ich hätte ihr gern gesagt, dass sie sich nicht so dumm anstellen, dass sie sich die Weltkarte mal gut anschauen soll. Dass sie sich nichts weismachen lassen soll von Leuten, die noch weniger wissen als wir, dass sie sich einkriegen soll und die Dinge so sehen, wie sie sind. Warum musste sie ausgerechnet jetzt, wo ich meinen Rucksack gepackt hatte und losgehen wollte, ihren Ingwer und ihren Koriander so liebevoll anschauen und überall das Grün sehen? Ich packte die Minze auf der Fensterbank und riss sie aus dem Topf.

Mit Tränen in den Augen sah meine Mutter mich an. Sie flennt um Minze, dachte ich, während mein Herz wie rasend klopfte, aber um mich hat sie noch nie geweint.

»Vor meinem Tod will ich gar nicht unbedingt noch mal nach Hause«, sagte sie, »aber dorthin will ich. Nimmst du mich mal dorthin mit, Nhung? Zu den Rochen?«

Die Sonne hing gerade noch über dem Horizont, aber der Horizont zerrte schon an ihr, weil die Menschen auf der anderen Seite der Welt auch aufwachen und den Tag beginnen wollten. Denn es gab immer so viel zu tun, viel mehr, als man in einem einzigen Leben schaffen konnte, das sagten immer alle. Und ich wusste das alles schon, dass die Sonne bald zur anderen Seite aufbrechen musste, weil sie sich nicht gern beeilt. Und was auch passierte in einem Menschenleben, die Sonne kam immer rechtzeitig, auch das wusste ich. Ich sah meine Mutter an, die auf einmal so zerbrechlich und alt aussah, dann sah ich auf die Minze in meiner Hand.

»Ja, Mama. Ich nehme dich mit zu den Rochen«, sagte ich.

»Versprochen?«

»Versprochen.« Das Letzte, was ich zu meiner Mutter

sage, ist eine Lüge, dachte ich. Ich wollte noch etwas hinzufügen, dass ich sie lieb habe oder so, aber ich wusste selber, dass es blöd klingen würde. »Hier«, sagte ich und drückte ihr die ausgerissene Minze in die Hand.

Ich zog die Tür hinter mir zu. Im Winter verschwand der Mond nie ganz, sondern blieb hell am Himmel stehen und passte gut auf, ich müsste Amour mal fragen, warum. Tagsüber stand er neben der Sonne und nachts war er einsam und groß. Heute Abend war es, als würde der Mond mich verfolgen, als würde er mich verurteilen, weil ich meine Mutter zurückließ. Bei jedem meiner Schritte knirschte der Schnee unter meinen Füßen wie eine alte, kranke Frau. Ich fand es gemein, dass der Mond mir ein schlechtes Gewissen machte.

»Hau ab«, rief ich. »Hau ab, Mond!« Ich rannte los, aber der Scheißmond wurde auch schneller. Pirouette flog neben mir her, sie schlug schneller mit den Flügeln, um mitzukommen. Es roch nach Rost und Schlamm. Niemand weiß, wie es hinter dem Horizont aussieht, aber ich würde es demnächst erfahren. Amour und ich, wir würden es bald erfahren.

Wärst du doch ein Junge

Man sollte meinen, dass es hier im Wasser kalt ist, aber das stimmt nicht. Mitten im Riesentang habe ich plötzlich unendlich viel Zeit.

Mein Vater wäre nicht weggegangen, wenn ich ein Junge gewesen wäre.

Im Winter reißen die Sturmböen das alte Laub von den Wipfeln oder so, denn ich sehe, wie sich ein Blatt vom Boden löst, frei schwebt, dann treibt es Richtung Oberfläche, bis es irgendwo an einen Strand oder in warmes Wasser gerät. Warum hat uns Herr Lever nie erzählt, dass vor der Küste ein riesiger Tangwald wächst?

Wie weit unter dem Meeresspiegel bin ich denn, frage ich mich, jedenfalls bin ich dort, wo der Riesentang alles zurückgibt und ich meinen Vater und meine Mutter an einem Abend sehe, als noch kein Schnee lag.

»Aber wir haben nichts«, sagte meine Mutter. »Da gibt es nichts zu vererben.«

»Das wird sich ändern«, sagte mein Vater, »morgen habe ich Geld. Oder übermorgen.«

Ich stand oben an der Treppe und lauschte heimlich. Auf dem Treppenabsatz war es kalt, meine Eltern klangen bedrückt.

»Wie soll das gehen?«, fragte meine Mutter. »Wo willst du morgen auf einmal Geld hernehmen?«

»Ich denke mir was aus«, sagte mein Vater. »Ich bin doch nicht umsonst hierhergekommen. Und wer soll meinen Besitz erben, wenn ich keinen Sohn habe?«

Ein Mädchen ist ein Mädchen. Und ein Junge ein Junge. So ist das, da kann man nichts machen.

Mein Vater wäre bestimmt nicht weggegangen, wenn ich ein Junge wäre.

25

Ich rannte zum Schiff, mein Rucksack hüpfte auf und ab. Ich kannte jeden Winkel von Beiahêm. Jeden Tümpel, jeden Strauch, jeden Pfad, aber meine Lieblingsstelle war die, wo das Schiff lag.

»Nhung!«, hörte ich eine Männerstimme rufen. »Nhung! Warte doch mal!« Moses Vater konnte einem wahnsinnig dramatisch hinterherrufen.

»Hast du es mitbekommen?«, fragte er keuchend.

Ich wusste nicht, wovon er sprach. »Entschuldigung … Ich muss …« Ich zeigte auf meinen Rucksack, der *Dikke Van Dale* lugte heraus. Ich traute mich nicht, ihm zu sagen, weshalb ich meinen Rucksack gepackt hatte, dass ich auf dem Weg zu Amour war und er ohne mich ablegen würde, wenn ich zu spät käme.

»Hast du gesehen, was mit dem Fremden passiert ist!«, rief Moses Vater.

Meinte er *Amour*? So, wie er »Fremder« aussprach, war es kaum anders möglich. Ich schüttelte den Kopf.

»Er ist heute blau angelaufen.«

»Davon weiß ich nichts«, log ich.

»Heute Morgen kurz nach Sonnenaufgang hat er alles wieder eingeladen«, sagte Moses Vater. »Hat die Kisten, die am Ufer standen, wieder zum Schiff getragen. Er hat das Zelt abgebaut, das Feuer von der Nacht, das noch schwelte, ordentlich mit Flusswasser gelöscht. Dann ist er ins Schiff gestiegen, hat noch einmal Richtung Beiahêm geschaut, den Anker gelichtet und abgelegt. Ganz ungeniert hat er ein halbes Jahr auf unserem Grund und Boden gelebt, sich von unseren Vorräten ernährt, sich in unserem Wasser gewaschen und sich eingebildet, sang- und klanglos abhauen zu können.« Herr Blauw lachte. »Aber da kennt er die Gesetze von Beiahêm nicht. Manchmal hat das Wasser hier was ganz anderes mit den Menschen vor, als wir uns das vorstellen«, sagte er. »Hier werden keine Pläne gemacht, wir lassen uns in der Strömung treiben. Und Gott bestraft diejenigen, die glauben, davon profitieren zu können. Die unser Wasser verschmutzen und glauben, ungestraft davonzukommen. Er war noch keine hundert Meter von der Küste entfernt, als der Wind ihm ein Loch ins Segel gerissen hat. Ich stand am Ufer und habe ihn vor Angst schreien hören. Wie ein Urschrei klang das. Die Wellen brachen von rechts und links über ihm zusammen. Ein großer Brecher hätte sein Schiff fast zum Kentern gebracht. Er konnte gar nicht anders, als kehrtzumachen. Ich habe ihn auf dem Meer zappeln sehen wie eine ängstliche Maus. Was war da noch vom großen Helden übrig? Niemand kann einfach so aus Beiahêm weg. Was hatte der sich eingebildet! Hätten die Wellen ihn nicht gekriegt, dann wären es die Piraten auf dem Meer gewesen. So geht es allen, die versuchen, von hier wegzukommen. Als er wieder angelegt hat, war er ganz blau vor Kälte. Ich habe ihm eine Wolldecke zugeworfen, ich bin ja nicht so.«

Herr Blauw sah mich weiterhin an, es gab kein Anzeichen dafür, dass er einen Scherz machte. Amour war heute Morgen wirklich ein bisschen blau gewesen, das stimmte. Und nass war er gewesen und hatte gefroren. Aber Amour war doch heute Morgen nicht weggefahren … Amour hatte mir gesagt, dass die Gesetze von Beiahêm für ihn nicht galten ... Dass er jederzeit wegkonnte ... Und dass er nicht ohne mich gehen würde ... Er hatte sogar gesagt, ich soll meinen Rucksack packen!

Dann ging es mir auf.

Ich kam mir vor wie ein Trottel mit meinem schwer bepackten Rucksack auf dem Rücken.

»Ich kann dir helfen«, sagte Moses Vater.

Amour hatte mir ins Gesicht gelogen. Er hatte gesagt, wir könnten gleich aufs Meer fahren. Und ich hatte ihm geglaubt. Aber natürlich konnte auch er nirgendwohin, auch er saß hier für immer und ewig fest. Auch der Grund, aus dem seine Finger vom Wasser ganz aufgeweicht waren, war eine Lüge.

»Ich weiß schon, dass du dir deine Herkunft nicht ausgesucht hast«, plapperte Moses Vater unbeirrt weiter. »Du bist ein gutes Mädchen, das sehe ich aus einem Kilometer Entfernung. Du brauchst nicht so zu leben, wie es deiner Abstammung entspricht, verstehst du? Abschaum bleibt Abschaum. Aber du bist anders, Nhung. Du hast Talent. Du hast Möglichkeiten. Lass dir doch helfen, Kleine.«

Ich hörte ihm schon nicht mehr zu, konnte an nichts anderes denken als an Amours Lüge. Er hatte mich angelogen, aber nicht nur das, wegen ihm hatte ich meine Mutter angelogen! Ich hatte mich von ihr verabschiedet. Wie sollte ich jetzt wieder nach Hause zurück?

Moses Vater hielt einen Zeitungsartikel in die Luft. »Schau dir das mal an, das war bei dir in der Gegend, fast neben euch.«

»Ich weiß von nichts ...«, murmelte ich.

»Der Voodoo-Mord«, sagte Moses Vater.

Ich schüttelte den Kopf.

»Eine Mutter ist auf ihr Kind gesprungen«, sagte er noch lauter als davor, »in einem Mietshaus. Abschaum. Der Kleine war erst anderthalb. Sie glaubte, er wäre vom Teufel besessen. Ganze acht Mal ist sie auf ihn drauf, bevor er tot war. Ich dachte, du weißt davon. Weil es ja bei euch um die Ecke war.«

»Nein, ich weiß von nichts.«

»Die Mutter ist so fest draufgesprungen, dass ihm das Blut aus der Nase gespritzt ist und seine Eingeweide aus allen Körperöffnungen rauskamen. Du musst doch etwas davon mitbekommen haben.«

Ich schüttelte den Kopf.

»Eine blutige Angelegenheit«, sagte er. »Die Polizisten haben draußen vor der Tür gekotzt, so schlecht war ihnen. Es waren solche Leute wie ihr ... Genau wie ihr, nicht von hier, meine ich. Ach, du weißt schon, was ich meine.«

»Nein, tut mir leid, Herr Blauw. Ich habe noch nie von einem Voodoo-Mord gehört, davon habe ich wirklich keine Ahnung ... Ich muss jetzt los ...«

Ohne mich umzudrehen, rannte ich davon, am Fluss entlang, zu Amours Schiff.

Wüst wirbelten mir die Tränen von den Wangen. Ich dachte: Der Schnee wird ewig unter meinen Stiefeln, in meinem Kopf, in meinem Herzen kleben bleiben. Natürlich hatte er gelogen. Nicht mal mein Vater hatte mich mitgenommen, wieso sollte es also ein Fremder tun, einfach so, auch wenn ich glaubte, dass er mein Freund war.

Weiter hinten sah ich Eloy am Ufer sitzen. Er biss in einen Donut, seine Nase war voller Zucker. Die Donut-Schachtel lag offen neben ihm, und er musste immer wieder die Möwen vertreiben.

Die konnten mich alle mal, alle, die mich angelogen

hatten, alle, die mich verraten hatten, aber auch alle, die nichts damit zu tun hatten.

»Hilfst du deinem Vater?«, schrie ich zu ihm rüber.

Eloy hielt eine Plastiktüte voller Zahnpastatuben hoch.

»Wenn die Tüte noch so voll ist, läuft das Geschäft nicht gerade gut«, sagte ich, »du bist ein Trottel.«

Eloy kam auf mich zugerannt. Er schubste mich so fest, dass ich hinfiel. Ich sprang auf und schubste ihn noch fester zurück.

»Du hältst dich aus unseren Geschäften raus!«, schrie er mit dem Mund voller Schnee.

Seltsame Geschäfte machte sie, die Familie von Eloy. Als ich es das erste Mal mitgekriegt hatte, war mein Vater noch zu Hause gewesen. Ein großer schwarzer Mann hatte vor der Tür gestanden. Er hatte ein sagenhaft schönes Lächeln, seine Zähne hoben sich strahlend weiß von seinem rosa Zahnfleisch und der schwarzen Haut ab. So was, einen so schwarzen Mann, hatten die Leute in Beiahêm noch nie gesehen. Eloys Vater hatte einen Afro bis unter die Decke und klapperte ganz Beiahêm ab, um Zahnpasta zu verkaufen. Wenn er sie anlächelte, kippten die Leute vor Staunen aus den Latschen. Solche weißen Zähne. Es musste eine sehr gute Zahnpasta sein. Reihenweise kauften sie ihm die Zahnpasta ab. Alle wollten solche weißen Zähne haben. Aber inzwischen hatten sie gemerkt, dass es gar nicht an der Zahnpasta lag, sondern nur daran, dass Eloys Vater schwarz war und sonst nichts, und sie verlangten ihr Geld zurück. Eloy musste das Dorf abklappern, um Zahnpasta zu verkaufen und die Leute, wenn nötig, zu beruhigen. Seine Mutter hatte ihm aufgetragen, unbedingt traurig dreinzuschauen. Ich wusste, dass er diesen Blick vor dem Spiegel in der Jungsumkleide der Schule üben musste, bevor er losdurfte.

Ich wischte mir den Schnee aus den Haaren und vom Gesicht, die eisigen weißen Flocken bissen mir in die Wangen.

»Hast du das von dem Fremden schon gehört?«, fragte Eloy.

»Nein. Ich kenne keinen Fremden«, sagte ich kurz angebunden.

»Der eine mit dem Schiff. Der war heute ganz blau im Gesicht.«

»Davon weiß ich nichts, lass mich in Ruhe.« Ich zupfte meine Jacke zurecht und ging weiter.

»Er hat sich verliebt!«, schrie Eloy mir hinterher.

Ich drehte mich um. *Verliebt?*

»Aber die Frau wollte ihn nicht, weil sie einen anderen liebt«, sagte Eloy. »Meine Mutter ist ihnen auf dem Rückweg vom Markt begegnet. Sie hat alles gesehen. Da ist er vor Eifersucht blau geworden. So kam das. Aus Eifersucht. Und man kann ja nie wissen, wie Fremde auf so was reagieren. Anscheinend laufen sie blau an.«

Wer wird schon blau vor Eifersucht, dachte ich. Jeder wusste, dass Eloy nicht besonders schlau ist, aber was er da sagte, war der größte Quatsch. Amour war vor Kälte blau angelaufen, das hatte mir Moses Vater gerade gesagt. Als ich länger darüber nachdachte, wusste ich nicht, was ich schlimmer fand, Amour, der mich anlog, oder Amour, der mir nicht erzählte, dass er verliebt war. Dabei redete er doch nur mit mir. Na ja, manchmal ging er zu den Nutten auf dem Deich. Ob er sich in eine Nutte verliebt hatte? Er machte Feuer, schrubbte sein Schiff, schrieb ein Buch in die Luft, aber Liebe? Hier in Beiahêm? Darüber hatte er kein Wort verloren. Einmal hatte er sogar gesagt, er könnte nie mehr eine Frau lieben, weil ihn solche Dinge ablenkten und ihm den Kopf verdrehten. Er wollte seinen

Spaß mit Frauen haben, aber lieben wollte er sie nicht mehr. Dafür wäre er zu alt.

»Bist du sicher?«, fragte ich Eloy.

»Ich schwöre es bei den Zähnen meines Vaters«, sagte er und spuckte aus. »Der Mann ist vor Eifersucht blau geworden.«

»Ich muss los.« Jeder konnte alles Mögliche behaupten, aber nur einer konnte mir wirklich erzählen, was los war. »Weißt du was, Eloy?«, sagte ich und sah ihm dabei in die Augen. »Ich glaube, wenn du weiß wärst, könntest du viel mehr verkaufen. Dein trauriger Blick hilft kein bisschen. Du bist ein Trottel.«

Eloy wollte mir seinen letzten Donut an den Kopf werfen, traf aber nicht. Die Möwen stürzten sich darauf.

»An deiner Stelle wäre ich vorsichtig!«, schrie er mir hinterher. »Wer weiß, was eifersüchtige Männer alles fertigbringen!«

Schnell drehte ich mich weg, ich gönnte ihm nicht, mich weinen zu sehen.

26

Amour tat so, als wäre alles wie immer, ich kam mir total lächerlich vor, wie ich da mit Sack und Pack vor ihm stand.

»Das soll ich alles gesagt haben?«, fragte Amour überrascht. Er saß immer noch genauso da. Die Sonne hing tiefer über dem Horizont, und der Mond sah größer aus, aber ansonsten war alles beim Alten. Als hätte ich mich nicht in der Zwischenzeit von meiner Mutter verabschiedet, nicht meinen Rucksack gepackt. Amours Wangen waren blau. Die gefrorene Decke lag ihm immer noch um die Schultern.

»Du hast mich angelogen!«, sagte ich. »Und mich dazu gebracht, meine Mutter anzulügen.« Ich warf ihm den Rucksack vor die Füße. Amour sah den ersten Band des *Dikke Van Dale* herausschauen.

»Das ist ein schönes Wörterbuch«, sagte er.

»Warum hast du gesagt, dass du weggehst! Warum hast du mir gesagt, dass du mich mitnimmst!«

»Habe ich das gesagt?« Er lachte. »Dann habe ich es nicht so gemeint. Du musst gut hinhören, Nhung. Wenn die Leute mit dir reden, musst du gut hinhören, was sie *meinen*.«

»Du hast gesagt, dass du mich mitnimmst!«

»Aber Süße, ich habe doch nicht gemeint, dass wir zusammen weggehen, es war nur so dahingesagt, und du hast es wörtlich genommen. Du solltest es nicht wörtlich nehmen, du sollst nichts wörtlich nehmen, was ich sage. Eigentlich bei keinem.«

Ich ging das Gespräch noch einmal im Kopf durch, er hatte doch klipp und klar gesagt, dass er ablegen würde und wir zusammen einen Blick hinter den Horizont werfen könnten, an den Ort, wo mein Vater war. Das konnte man doch gar nicht falsch verstehen.

»Eloy sagt, du hast dich verliebt«, sagte ich.

Amour sah mich an, als hätte ich einen Witz gemacht. »Ich kenne keinen Eloy. Du weißt doch, Nhung, dass ich mit Liebe nichts am Hut habe«, sagte er. »Wie gesagt, Nhung, du sollst nicht alles so wörtlich nehmen. Und wenn ich wegfahre, fahre ich allein.«

Der Kloß in meiner Kehle hinderte mich daran, auch nur ein Wort zu sagen.

»Hier.« Amour hielt mir sein Messer hin. »Ich glaube, jetzt ist der richtige Moment.« Er drehte das Messer um, damit ich es am Knauf fassen konnte. »Tut mir leid«, sagte er beschwichtigend.

Ich war mir sicher gewesen, dass ich nie ein Messer besitzen wollte, damit handelte man sich nur Ärger ein, aber an diesem Nachmittag, dem Nachmittag, an dem der Mond die Sonne ungeduldig verdrängte, nahm ich Amours Messer ohne jeden Skrupel an.

Wäre der Kloß in meiner Kehle nicht immer größer und größer geworden, hätte ich Amour, als ich vom Schiff wegrannte, hinterhergeschrien, dass ich ihn nie mehr sehen will. Ich stampfte auf dem Nachhauseweg so schnell und so fest auf dem Boden auf, dass der verdammte Schnee meine Wut gespürt haben muss.

Als Amour außer Sichtweite war, holte ich den *Dikke Van Dale* aus meinem Rucksack, säbelte mit dem Messer die Seiten aus dem Einband und warf alle Wörter, die man in diesem Dreckskaff benutzte, in den Fluss. Sollte doch das Wasser damit machen, was es wollte, ich machte nicht mehr mit.

27

An diesem Abend fing ich plötzlich an, untenrum wie wahnsinnig zu bluten. So was hatte ich noch nie erlebt. Mit zitternden Händen packte ich Klopapier zu einem dicken Stapel zusammen und stopfte es mir in die Unterhose. In der Kloschüssel vermischten sich Blutstropfen mit Wasser.

»Wenn ich das Geld morgen nicht habe, hacken sie mir die Hand ab«, hörte ich meine Mutter im Wohnzimmer schreien.

Mit dem Blut an den Händen wusste ich nicht, was ich tun sollte. Und dann hatte meine Mutter auch noch einen Brief von der Spinnerin bekommen. Ärger bringt nur noch mehr Ärger, dachte ich mir, während ich das Blut in der Kloschüssel betrachtete.

»Sie hacken mir noch die Hand ab! Nhung, sieh dir das doch an, was sie uns da in den Briefkasten geworfen haben! Was sollen wir jetzt tun? Was macht man mit so einem Drohbrief? Deine Tante hätte sich kein Geld von ihnen leihen dürfen«, schluchzte meine Mutter. »Was kann man noch ohne Hände anfangen? Wo soll ich das Geld hernehmen, ach, sollen sie mir doch die Hände abhacken, dann haben wir es hinter uns!«

Ich sollte Amour mal die chinesische Mafia auf den Hals hetzen, dachte ich, dann spuckt er andere Töne. Und Eloy mit seiner großen Klappe. Und Angel und Zebra.

Dann werden wir ja sehen, wie groß sie dann noch tun. Und wenn die Chinesen sie alle niedermetzeln, ich würde keine Träne um sie vergießen.

»Nhung! Komm aus dem Klo!«, schrie meine Mutter. Ich erschreckte mich so sehr, dass ich sofort rauskam.

»Was hattest du so lange da zu suchen?«, fragte meine Mutter.

»Nichts.«

Der Blick meiner Mutter blieb an meinen blutigen Fingern hängen. Sie wurde blass.

»Was ist mit dir los?«, schrie sie hysterisch. »Was ist überhaupt los?«

Ich wollte meiner Mutter antworten, musste aber so sehr weinen, dass ich keinen Ton rausbrachte.

»Wasch dir die Hände«, schrie sie, »wenn die Chinesen die abhacken, hast du nichts mehr zum Waschen.«

Ich wollte meine Mutter fragen, wo das viele Blut herkam. Ob es damit zu tun hatte, dass jemand sich einen fiesen Scherz mit mir erlaubt hatte, dass Amour mich so erschreckt hatte? Und dann hatte mein Körper auf der Stelle angefangen zu bluten? Oder lag es daran, dass ich meine Mutter zurückgelassen hatte, und das Blut war die Strafe der Götter? Aber Blut ist nur Blut. Meine Mutter hatte so schon genug Sorgen, es war besser, wenn ich sie nicht auch noch mit solchen Fragen quälte. Sie warf den Drohbrief weg und seufzte. Bestimmt war der Seufzer noch auf dem Deich zu hören, so lange dauerte er.

Ich rannte in mein Zimmer. Dieses Blut bringt Ärger mit sich, dachte ich. Ich wollte meine Mutter später fragen, wo das viele Blut herkam und was ich damit anfangen sollte. Später, wenn sie nicht mehr schrie. Während ich auf meinem Bett saß, mit einem dicken durchnässten Stapel Klopapier in der Unterhose, und an Amours Lüge dachte, war ich mir sicher, dass es das Schlimmste war, was mir passieren konnte. Aber einen Monat später wurde mir klar, dass das Blut nur ein Vorzeichen von etwas noch viel Schrecklicherem gewesen war. Ich hätte meiner Mutter alle Fragen stellen sollen, die ich ihr stellen wollte, denn später konnte sie mir nicht mehr antworten.

28

An diesem Morgen im November lag meine Mutter im Bett wie jeden Morgen. Sie hatte sich freigestrampelt, auch das war nichts Besonderes. Ich trat näher heran. Nichts Steifes, nichts blau Angelaufenes. Auch keine Maden. Ich holte tief Luft. Und noch einmal.

Doch dann roch ich etwas Scharfes, Schreckliches. Ich hätte es mir denken können, ich hätte es mir verdammt noch mal denken können, und obwohl ich an alles gedacht hatte, um es zu verhindern, war es trotzdem passiert.

Der Wahrsager hatte es vergangene Woche vorhergesagt. Alles stand in den Sternen. Meine Mutter würde sterben. Am 11. November, genau genommen.

Der Wahrsager war ein schlaksiger, dünner Vietnamese. Für eine Fünf- und eine Eincentmünze fiel er in Trance, und einer unserer Ahnen oder ein anderer Geist, der zufällig gerade in der Nähe war, fuhr in ihn. Er wirkte zu jung, um ein Wahrsager zu sein, war es aber anscheinend trotzdem. Seine Berufung hatte nichts mit seinem Geschlecht, dem Alter oder der Herkunft zu tun, hatte mir meine Mutter erklärt.

Meine Mutter warf eine Münze von fünf Cent und eine von einem Cent in eine weiße Porzellanschale, der Wahrsager sagte ein paar Sprüche auf, zündete drei Räucherstäbchen an. Ich sah der langen, gekräuselten Rauchfahne hinterher, als wäre sie etwas Lebendes, eine Seele, ein Geist, der zum Himmel aufstieg. Auch der Wahrsager und meine Mutter sahen dem aufsteigenden Rauch nach. Der Duft von Jasmin und Sandelholz legte sich wie eine warme Decke um uns.

Meine Mutter hielt gespannt den Atem an, für einen Moment vergaß auch ich zu atmen. Der Wahrsager starrte vor sich hin, sonst passierte nichts. Meine Mutter und ich knieten dem Wahrsager genau gegenüber, der Fußboden unterm Dach hätte längst abgeschliffen werden sollen. Während wir jetzt auf irgendeine Erlösung warteten, bohrten sich die rauen Holzsplitter direkt in mein Schienbein.

Plötzlich verfinsterte sich das Gesicht des Wahrsagers. Seine Augen rollten wild hin und her und drehten sich dann nach innen. Es sah irre aus. Genau, jetzt überkommt ihn der Geist, dachte ich. Pirouette, die uns neugierig gefolgt war, flog aufgeschreckt davon. Jeden Moment würde etwas passieren. Als könnte sie etwas spüren, was ich nicht wahrnahm. Negative Energie oder so. Ich betete im Stillen, dass wir keinen bösen Geist beschworen hatten.

Der Wahrsager beriet Menschen mit Problemen. Er war ein Mann, der die Wahrheit über Vergangenheit und Zukunft sehen konnte. Man konnte ihn dafür bezahlen, dass er einem die Wahrheit sagte, oder dafür, dass er einen segnete. Die Wahrheit war billiger, trotzdem entschieden sich die meisten Leute dafür, sich fürs Glücksspiel segnen zu lassen. Meine Mutter fühlte sich schon ein paar Wochen schlecht, als könnte ihr das Herz jeden Moment aus der Brust springen, so sagte sie. Mir war aufgefallen, dass ihr Blut nicht mehr gleichmäßig strömte, sie wurde abwechselnd rot vor Wut oder leichenblass. Bestimmt konnte uns der Wahrsager einen guten Rat geben und uns verraten, wer sie verflucht hatte. Am Anfang der Woche hatte meine Mutter wie rasend ihr Kopfkissen aufgerissen, sie war überzeugt, ihr Blut würde nicht ohne Grund so stark durch ihren Körper strömen. Daunen wirbelten durchs ganze Zimmer, und inzwischen holte sie kleine genähte Beutel mit giftigen Kräutern aus dem Kissenbezug. Wer hatte sie da reingesteckt? Wer wünschte ihr so viel Böses?

Die Pupillen des Wahrsagers waren verschwunden, man sah nur noch das Weiß seiner Augen. Ein schwarzer Geist übernahm von innen die Kontrolle über ihn, seine Adern schwollen an, seine Gliedmaßen wurden steif, und sein Gesicht wurde ganz blass. Er schien in eine Art Trance zu geraten. Als er dann anfing zu sprechen, war seine Stimme dumpf und tief. Von seiner eben noch schwachen, neurotischen Stimme war nichts mehr übrig. Ängstlich versteckte ich mich hinter meiner Mutter. Ich hatte noch nie einen Geist gesehen.

»Ich bin Ho, Onkel Ho«, stammelte der Wahrsager. »Weshalb hast du mich gerufen?« Ich sah meine Mutter an. Ihre Unterlippe fing an zu zittern.

»Warum hast du meine Ruhe gestört. Warum hast du mich in dieses irdische Leben gelockt.«

»Tja«, sagte meine Mutter, »es ist so …« Sie legte die Hände aneinander und verbeugte sich vor Onkel Ho. »Danke, dass Sie zu uns gekommen sind. Ich bin nur klein und nichtig, mein Leben ist schwer und hart. Ich habe Sie heute gerufen. Ich bitte Sie um etwas mehr Glück in meinem Leben. Mein Mann hat mich verlassen, und ich habe das Kind am Bein. Niemand kümmert sich um uns. Jemand hat mich verflucht, ich bin verzweifelt.« Meine Mutter heulte und fing zwischendurch an zu schreien.

»Dein Vater sagt, dass du ihn täglich verehrst«, sagte

der Geist, »dass du Räucherstäbchen für ihn anzündest und ihm frisches Wasser gibst.« Der Geist von Onkel Ho sprach durch den Wahrsager.

Auf dem Dachboden stand das Porträt eines mir unbekannten Mannes, es ruhte auf einem schmalen Brett an der Wand. Darauf standen auch zwei Kerzen, eine Schale mit gekochtem Reis, in die meine Mutter die Räucherstäbchen steckte, und zwei Gläser Wasser. Zu besonderen Anlässen füllte sie die Gläser mit Bier und stellte eine Obstschale daneben. Ich habe immer nach Ähnlichkeiten zwischen meiner Mutter und dem Mann, den sie ihren Vater nennt, gesucht. Der Mann auf dem Schwarz-Weiß-Porträt sah mich eindringlich an und folgte mir mit dem Blick, egal aus welcher Ecke des Raums ich zu ihm sah. Es war ganz schön gruselig, was er noch nach dem Tod mit seinen Augen anstellte.

»Ja, ich bin nur klein und nichtig. Ich tue, was ich kann. Aber können Sie mir sagen, wer mich verflucht hat?«, hörte ich meine Mutter fragen.

Der besessene Wahrsager ging nicht darauf ein. »Dein Vater sagt, dass er keine Mandarinen mag«, sagte er, »er findet sie furchtbar sauer und bitter, du musst besser für ihn sorgen. An Feiertagen will er kein Bier, sondern Wein. Rotwein. Den Cabernet Sauvignon aus der örtlichen Weinhandlung.«

Ich sah meine Mutter ungläubig an. Wahnsinn, dachte ich, Opa weiß sogar im Tod noch genau, was er will. Er mochte auch keine Mandarinen, wie ich. Was man mochte oder nicht, hatte anscheinend mit den Genen zu tun.

»Am 11. November musst du besonders vorsichtig sein«, fuhr der Geist fort. »Sieben Tage nachdem der Fremde im Dorf sein wahres Gesicht gezeigt hat. Dann wirst du sterben. Zu Hause.«

Die Luft verdichtete sich zu einem dickflüssigen, sirupartigen Etwas, das man kaum in die Lunge bekam. Ich musste mich sogar daran erinnern, weiterzuatmen. Ich dachte an Amour. Daran, dass ich bereit gewesen war, mit ihm wegzufahren, und Mama angelogen hatte. Ob der Wahrsager das auch alles sah?

»Sterben? Meinen Sie um... um... um... umkommen?«, stotterte meine Mutter.

Der Geist sagte nichts.

»Sind Sie sicher?«, fragte meine Mutter. Sie schrie etwas lauter. Einen Moment sah es aus, als würde der Rauch im Rhythmus ihrer Stimme wabern. »Sterben?«

Der Geist sagte immer noch nichts. Wir hatten den Wahrsager gerufen, damit meine Mutter sich besser fühlte. Aber jetzt überbrachte er noch schlechtere Neuigkeiten. Der Mann gab sich eine Ohrfeige, rülpste ein paarmal, bis der Geist seinen Körper verlassen hatte, und sah dann auf, als ob er sich mit einem Mal in seltsamer Gesellschaft befand. Der Wahrsager war zurück.

»Was ist passiert?«, fragte er. »Was ist passiert?« Beim Aufstehen schwankte er von einem Bein aufs andere, weil ihm schwindlig war. Wir mussten ihn mit aller Kraft stützen. Ich kam mir vor wie in einem merkwürdigen Theaterstück.

Meine Mutter rannte in die Küche, warf sämtliche Messer in den Mülleimer und schloss sich in der Speisekammer ein.

Der Wahrsager nahm die beiden Münzen aus der Schale, steckte sie ein und machte sich ohne ein Wort zur Tür auf. Kurz davor drehte er sich noch zu mir um und sagte: »Richte deiner Mutter aus, dass sie aufpassen soll. Niemand kommt ungeschoren davon. Alles steht in den Sternen.«

»Vielen Dank«, sagte ich verstört.

»Und noch was«, fügte er hinzu, »die Rechnung werfe ich euch morgen in den Briefkasten. Vergiss nicht, ihr habt einen guten Preis bekommen. Ich habe euch die Wahrheit gegeben, und die ist viel günstiger.«

Seine Weissagung hing noch in der Luft und schlich sich danach in meinen Kopf, in mein Herz. Ich wollte ihn noch so viel fragen. Wie sie sterben würde. Was es für Möglichkeiten gab. Würde ihr Herz plötzlich beim Kochen aufhören zu schlagen, oder würde sie unter der Dusche in Ohnmacht fallen und mit dem Kopf gegen die Wand knallen? Gäbe es bald eine Naturkatastrophe, oder würde ein Meteorit auf unser Haus fallen? Ich geriet in Panik, als ich an all die Arten zu sterben dachte. Ich dachte an alle Menschen in Beiahêm. An die Chinesen. Ob sie ihre Drohung wahr machen und sie rankriegen würden. Ob das der Grund wäre. Am 11. November, genau in einer Woche! Ich musste versuchen herauszufinden, wie sie sterben würde, ich musste einen Weg finden, das zu verhindern, wer sollte es sonst tun außer mir, dachte ich, während ich einen alten Pulli von meinem Vater über dem Treppengeländer hängen sah. Am besten ließ ich meine Mutter bis zum 11. November nicht aus dem Haus und bat sie, niemandem die Tür aufzumachen. Ja, das wäre am besten.

Wahrsager wissen alles. Wahrsager sagen die Wahrheit. Immer. Sonst hätte man sie doch nicht Wahrsager genannt.

29

Nach dem Besuch des Wahrsagers traf ich alle möglichen Vorkehrungen. Ich machte den Mord an meiner Mutter unmöglich. Ich ließ zusätzliche Schlösser an die vordere und hintere Eingangstür anbringen. Ich verbot ihr, aus dem Haus zu gehen, erledigte alle Einkäufe selbst. Sämtliche Vorhänge blieben Tag und Nacht geschlossen. Die Kurzwahltaste belegte ich mit der Nummer der Polizei.

Doch in der Woche nach der Weissagung ging mir etwas auf, und ich schlug mir an den Kopf, weil ich nicht vorher draufgekommen war! Man würde sie nicht ermorden, sie würde ganz anders umkommen.

Das wurde mir klar, als ich in jenen Tagen bemerkte, dass ihr jedes Mal das Messer aus der Hand fiel, wenn sie versuchte, sich ein Brot zu schmieren. Inzwischen hatte ich alles Besteck durch Plastikbesteck ersetzt. Bestimmt starb sie, weil ihr ständig alles aus der Hand fiel.

Nach der Weissagung wurde sie von Tag zu Tag schwächer. Schlaff hingen ihre Arme herunter. Wenn sie Möhren schälte, glitten sie ihr wie Wasser durch die Finger und fielen zu Boden. Ich hob sie auf und legte sie wieder auf die Arbeitsplatte, als wäre das ganz normal. Doch die Möhren rutschten ihr weiterhin lautlos aus den Händen. Bei jedem Schritt, den sie machte, knickte meine Mutter ein, als wäre der Fußboden eine elende Schlammpfütze.

Drei Tage nach dem Besuch des Wahrsagers sackte sie mitten in der Küche zusammen und blieb einfach sitzen. Ich packte ihre Füße und stellte sie wieder auf den Boden. Ihre Knöchel stellte ich darauf. Ihre Waden knetete ich über ihre Knöchel, die Knie wiederum über die Waden, und auch ihren Rücken richtete ich auf, als ob ich gerade einen hohen Turm baute. Die Schultern stellte ich obendrauf, auch ihren Hals, und schließlich nahm ich ihren Kopf und platzierte ihn wieder dort, wo er hingehörte. Als sie wieder stand, sah sie mich mit einem derart leeren Blick an, dass sie gar nicht bemerkte, dass ich weinte. Sie spülte weiter ab und sagte, ich soll den Müll rausbringen.

So fertig, wie sie war, hielt ich einen Selbstmord für die einzig mögliche Todesart. Nur Menschen, die nicht mehr weiterwissen, rutschen Lebensmittel so lautlos aus den Händen.

Ich stellte das ganze Haus auf den Kopf. Im Schuppen fand ich ein Seil. Hinten in der Ecke fand ich die Werkzeugkiste meines Vaters. Sie war voller Hammer und Schraubenzieher unterschiedlicher Größen. Das große Beil fand ich in der Küche. Der Fleischklopfer, mit dem mein Vater und meine Mutter die Ente für mein Geburtstagsessen geschlachtet hatten, lag in der Schublade. Ich warf alles weg. Auch alles, was aus Glas war. Unsere Gläser ersetzte ich durch Plastikbecher. Sämtliche Streichhölzer und Feuerzeuge warf ich zum Fenster raus. Das Blutverdünnungsmittel zur Tür raus. Unseren Gasherd stellte ich zum Sperrmüll. Weil ich es nicht übers Herz brachte, die beiden Krawatten meines Vaters wegzuwerfen, legte ich sie zusammen mit meinem Gürtel in einen Müllbeutel und versteckte ihn auf dem Dachboden.

Im Haus baute ich alles ab, woran man etwas aufhängen konnte. Alle Stangen und Regale. Das rostige Rasiermesser im Badezimmer warf ich weg, und den Badezimmerspiegel gab ich Eloys Mutter. Sie hatte zu Hause keinen und behauptete, sie hätte sich schon seit Jahren nicht mehr im Spiegel betrachtet. An den darauffolgenden Tagen ging sie aufgedonnert auf die Straße. Mit roten Lippen, als ob wir auf einem Filmset lebten. »Wie schön ich bin!«, tönte sie herum. »Hätte ich in den letzten Jahren doch nur gewusst, wie schön ich bin!«

Wo ist mein Vater, dachte ich, wo ist er jetzt? Schwimmt er zwischen weißen Algenbüscheln, tanzt er mit so sanften und lieben Frauen wie die auf den Bildern, blickt er auf ein blaues Meer, ein so klares, blaues Meer, dass er sich nicht mehr an das graue Meer hier erinnern kann?

Wo bist du, Papa?

In der Nacht vor dem Tag, den der Wahrsager genannt hatte, packte mich meine Mutter beim Arm und zog mich ins Schlafzimmer.

»Das ist der Tresor«, sagte sie.

Sie zeigte mir alles.

»Der Tresor«, sagte sie. Sie tat so, als ob ich ihn zum ersten Mal sehen würde. Der Tresor, der immer schon dagestanden hatte und immer dort stehen würde. Der auch dann noch genau dort stehen würde, wenn die Welt unterging. Der Tresor, der jeden Überfall überstand.

»Hier ist die Zahlenkombination«, fuhr sie fort.

Hunderte Male war ich daran vorbeigegangen, doch ich wusste nicht, was im Tresor war. Meine Mutter gab mir den Zettel mit der Zahlenkombination. Nichts als eine Reihe von Nullen.

»Du machst mir Angst, Mama.« Doch sie ließ sich nicht beirren und sprach weiter.

»Im Tresor liegt ein Buch. In dem Buch steht, wer wem

was schuldet.« Sie nahm das Buch in die Hand. »Buch« war ein großes Wort, es war eins meiner alten Schulhefte. Die Seiten mit den Verbkonjugationen hatte sie herausgerissen. Jetzt stand da eine Liste mit Beträgen, Daten und anderen Details. Rechts in der Ecke der Seite war der Rest einer Schulaufgabe stehen geblieben: *gingen – gegangen. Wir radelten – wir sind geradelt.*

»Du musst alles miteinander verrechnen und dir zurückholen, was uns gehört. Wenn es mich nicht mehr gibt, musst du alles ordentlich abwickeln. Die Dinge gehören dem, dem sie gehören, das muss ganz klar sein, hast du mich verstanden? Die Dinge gehören dem, dem sie gehören.«

»So darfst du nicht reden, Mama. Du wirst nicht sterben.« Sie sprach mit eisiger Kälte und strahlte dadurch die Gewissheit aus, dass sie sterben würde und dass das die letzten Dinge waren, die noch geregelt werden mussten. Wenn sie doch nur schrie oder kreischte, dann hätte ich gewusst, dass alles in Ordnung war, doch da war nur die eisige Kälte.

»Das ist eine Liste von allem, was wir uns noch zurückholen müssen, und von allem, was wir noch bezahlen müssen«, sagte sie. »Die Dinge gehören dem, dem sie gehören. Die Goldkette habe ich von deinem Cousin als Pfand bekommen. Zweiundzwanzig Karat. Wenn er mit dem Geld kommt, gibst du ihm die Kette. Wenn nicht, behältst du sie. Hast du verstanden? Einmal die Woche putzt du sie mit deiner Zahnbürste und etwas Seife, damit sie ihren Glanz nicht verliert. Mit einer Zahnbürste und Seife, hast du mich gehört? So behält sie ihren Wert.«

»Ja, Mama.«

»Deine Tante hat einen Goldklumpen, der *uns* gehört. Sieh zu, dass du ihn zurückbekommst. So groß wie meine

Faust hier.« Meine Mutter ballte die Faust, um es mir zu zeigen. »Wenn er kleiner ist, haut sie dich übers Ohr. Sieh dir meine Faust an«, sagte sie laut. Ich sah mir die Faust an. Meine Mutter fing an, schwer zu atmen, und einen Moment lang dachte ich, sie würde an Ort und Stelle tot umfallen.

»Sieh dir meine Faust an«, wiederholte sie.

Ich schauderte bei der Vorstellung, dass ich versuchen sollte, der Spinnertante den Goldklumpen abspenstig zu machen. Wie denn? Wie stellte meine Mutter sich das vor? Die Spinnerin, die mit den Chinesen unter einer Decke steckte. Bei ihnen gab es nur die Möglichkeit, ihnen Dinge zu *bringen*, nicht, sich etwas *zurückzuholen*.

Anschließend betete meine Mutter zu allen Göttern, die wir im Haus hatten, zu einem nach dem anderen, damit die Weissagung nicht eintrat. Ich lag im Bett und hörte sie reden, aber mit wem sie redete oder was sie genau besprach, konnte ich nicht hören. Ich hatte Angst, einzuschlafen, und gab mir große Mühe, die Augen offen zu halten und die ganze Nacht über sie zu wachen.

Du darfst nicht sterben, Mama, dachte ich. Das darfst du einfach nicht. Wir wissen nicht, wie es dort aussieht, wo du nach dem Tod hinkommst, ob die Leute da nett zu dir sind. Wo soll ich denn hin, wenn es dich nicht mehr gibt. Stirb-nicht. Diese Sätze wiederholte ich wie ein Gebet, wie ein Mantra, bis ich einschlief. Wir wissen nicht, wie es dort aussieht, Mama. Stirb nicht.

30

Trotz aller Vorkehrungen ging es schief. Am 11. November, morgens, lag meine Mutter auf der rechten Seite des Doppelbetts, dort, wo sie immer lag, als könnte mein Vater mitten in der Nacht einfach zu ihr schlüpfen.

Ich hatte immer geglaubt, dass Leichen steif und blau angelaufen sind. Ich holte tief Luft und sog einen Geruch ein, der nicht zu meiner Mutter gehörte. Den Gestank von faulen Eiern oder verdorbenem Fisch. Ich blieb stehen und versuchte zu erkennen, ob ihr Brustkorb sich auf und ab bewegte. Ich führte das Gesicht dicht an Mund und Nase heran und hielt die Luft an, um zu spüren, ob sie noch atmete.

Mama hat es gemacht, dachte ich, sie hat es wirklich gemacht.

In meiner Brust war ein seltsames Klopfen, und eine seltsame, dicke Wolke schlich sich in meinen Kopf. Die versuchte ich wieder rauszuschütteln, aber es ging nicht. Ich spürte etwas in meinen Augen, als ob Sandkörner in meinen Tränenwegen steckten. Der Abschiedsbrief lag auf dem Nachttisch, neben einem leeren Glas.

Meine Mutter schrieb nie. Weil sie es schade ums Papier fand. Und weil sie nicht gut schreiben konnte. Sie hatte ein paar Wörter auf Klopapier gekritzelt. Es war seltsam, die Schrift meiner Mutter zu sehen.

Ich bin weg.

Das stand da. Für eine Mutter mit einem Hang zum Drama war das der undramatischste Abschiedsbrief überhaupt. Zuerst erkannte ich ihn gar nicht als Abschiedsbrief. Man schreibt keine Briefe auf Klopapier, und Mütter schreiben keine Abschiedsbriefe. Aber wenn, dann doch sicher nicht mit diesen Worten? Es musste ein Scherz sein. Aber ich wusste auch, dass es hier im Haus keine Scherzbolde gab.

Mein Blick ging vom Nachttisch zu meiner Mutter, die im Bett lag, und wieder zurück. Als wäre es ein schwieriges Puzzle. Doch das war es nicht, es war die eindeutigste Situation, die man sich denken konnte. Erstens: leere Tablettenpackungen auf dem Nachttisch. Zweitens: meine Mutter mit getrockneten Spuckebläschen um den Mund in einem stinkenden Bett.

Ich hatte an alles gedacht: das Seil, die Krawatten, das Glas, den Gasherd. Alles hatte ich weggeräumt, nur die dämlichen Tabletten nicht. Die dämlichen Schlaftabletten waren ein Wundermittel, sie konnten die ewige Schlaflosigkeit von Menschen wie meiner Mutter wegpusten wie eine Krankheit, vielleicht hatte ich deshalb nicht daran gedacht.

In einem der Blister auf dem Nachttisch waren noch vier Tabletten. Warum hat sie die nicht auch genommen, fragte ich mich. Warum hat sie alle Tabletten genommen, diese vier aber nicht?

Mir war kalt. Ich durfte nicht vergessen, den Ofen anzumachen. Und heute kam die Müllabfuhr. Wenn ich das vergaß, standen die Müllsäcke eine Woche lang auf dem Bürgersteig. Einmal hatte eine Fischkarkasse herausgeguckt, das rieben mir Zebra und Angel dann eine Woche lang unter die Nase. Was für ein schmuddeliges Mädchen ich sei. Ich packte meine Mutter bei den Schultern, schüttelte sie ein paarmal.

»Mama? Mama … Wach auf, sonst komme ich zu spät zum Unterricht. Mama … Wach doch auf, Herr Lever mag es nicht, wenn man zu spät kommt.« Ich stelle mich ganz schön an, dachte ich, mache ein Riesentheater wegen so einem Stück Klopapier, aber gleich muss ich Herrn Lever erklären, wieso ich zu spät komme. Bestimmt sagt er, ich hätte es wissen müssen, man würde keine Abschiedsbriefe auf Klopapier schreiben, und hängt mich an die Decke, damit ich über meine überbordende Fantasie nachdenke.

Ich sah meine Hand zum Telefon greifen, wer die Bewegung in Gang setzte, war mir vollkommen unklar. Meine Finger tippten Zahlen ein. Wenn ich doch nur gewusst hätte, wen ich in einer solchen Situation anrufen konnte!

Es ist schon seltsam, wie ruhig ich bin, dachte ich. Meine Hände waren kalt, das schon. Und ich konnte nicht aufhören zu zittern, aber ansonsten war ich ruhig. Trotz Heizung begannen die Bewohner von Beiahêm mehr und mehr, an den Winter zu glauben. Sie begannen zu glauben, dass es nie anders gewesen war und nie mehr anders sein würde, und dass der Winter sie nach und nach zu Stein erstarren lassen würde. »Wenn der Wind dir in den Geist kriecht und die Kälte in die Seele, ist es ganz schön schwer zu glauben, dass es die Sonne noch gibt.« Das sagte Herr Lever in einer poetischen Anwandlung. Er sagte, wir sollten trotz allem nicht an die Dunkelheit, die kurzen Tage glauben.

Es ist Montag früh, heute machen wir den Freischwimmer, dachte ich. Im Schwimmbad gab es eine neue Rutsche, mit Timer. Einen großen roten Knopf, auf den man drückte, sobald man unten war, um zu schauen, wer am schnellsten war. Es war der Wahnsinn. Wenn ich den Badeanzug in die Poritze schob, war ich die Schnellste von allen in dem ganzen verdammten Schwimmbad. Von allen. Warum konnte heute nicht so ein Tag sein, an dem ich die ganze Zeit nur die Rutsche hinunterrutschte, mit dem Badeanzug in der Poritze. Warum musste ich mir Gedanken über Leichen machen, über Maden und über Dinge, die steif und blau werden. Meine Gedanken widerten mich an. Es war ekelhaft, so zu denken.

»Hier die Hausarztpraxis Prélude. Einen Moment, bitte«, hörte ich plötzlich eine Stimme am anderen Ende der Leitung. Auf der Anzeige sah ich, dass ich den Hausarzt angerufen hatte.

»Gut«, sagte ich abwesend.

Dann hörte ich klassische Musik. Eine Opernsängerin. Sie klang traurig. Sie sang, dass sie am Ufer saß. Die Nacht war hereingebrochen, ihr Vater als Wassergeist aus dem Wasser aufgestiegen. Die Stimme bebte durch den Hörer. Eine hohe Note drang mir ins Ohr. Im Menü konnte man sich auch ein anderes Stück aussuchen. Ich drückte auf die Zwei. Eine Aufnahme schreiender Möwen. Schon besser. Erleichtert atmete ich auf. Das hörte sich zumindest so an, als ob ich am Strand liege. Da war was mit der Stimme der Opernsängerin, sie brachte mich fast zum Weinen, aber mir fiel nicht ein, woran es lag. Nach einem langen Spaziergang mit schreienden Möwen kam die Arzthelferin wieder ans Telefon.

»Danke, dass Sie gewartet haben, was kann ich für Sie tun?« Es war die Frau vom Empfang, die gesagt hatte, dass ich zu klein bin, die dumme Kuh. Das erkannte ich sofort. Ich gab mir Mühe, meine Stimme erwachsen klingen zu lassen. Eine Stimme, die zu einem Körper gehört, der größer ist als jede Empfangstheke.

»Sie müssen mir helfen«, sagte ich. Ja, das klang wichtig genug. Am anderen Ende der Leitung hörte ich sie tippen.

»Einen Moment«, sagte sie. »Entschuldigung, können Sie das bitte wiederholen?«

»Ich glaube, dass Sie mir helfen müssen.«

»Geht es Ihnen nicht gut?«

»Ja … äh, nein, nicht wirklich. Überhaupt nicht, eigentlich.«

»Können Sie mir Ihre Beschwerden beschreiben?«

Wie sollte ich ihr erklären, was passiert war, und dass es außerdem nicht um mich ging, sondern um meine Mutter? Und nicht einmal das stimmte. Es ging um alles, um meinen Vater, um Amour, um das Meer, um den ganzen Scheißort, an dem ich wohnte, aber das konnte ich ihr nicht alles sagen.

»Ich fürchte, dass meine Mutter stirbt, ich kann nicht erkennen, ob sie noch atmet.«

Am anderen Ende der Leitung blieb es still. Zur Sicherheit sagte ich es noch einmal: »Ich kann nicht erkennen, ob sie noch atmet.«

»Gut, ich spreche mit dem Arzt, und der ruft Sie so bald wie möglich zurück. Sind Sie unter der Nummer zu erreichen, von der aus Sie anrufen?« Sie sagte es in gehetztem Ton, als würden noch zehn andere warten.

»Ja«, sagte ich.

Ich legte auf, hielt das Telefon fest umklammert und wartete auf den Rückruf.

31

Ein paar Minuten später klingelte das Telefon. Es war der Arzt. Er fragte mich, was los sei. Darauf konnte ich ihm keine vernünftige Antwort geben.

»Sie liegt so still da«, sagte ich. Das Wort, das ich im Kopf hatte – *Selbstmordversuch* –, brachte ich nicht über die Lippen und versuchte, so knapp wie möglich zu antworten, um nicht gleich loszuschluchzen. Der Arzt würde mich nicht ernst nehmen und sicher nach meinem Vater oder einem anderen Erwachsenen fragen, wenn er merkte, dass er es mit einem heulenden Kind zu tun hatte.

»Wie meinen Sie das, sie liegt so still da?«, fragte er.

Einen Augenblick blieb es still in der Leitung, es rauschte leise zwischen dem Arzt und mir. Sag was, Dummkopf, sagte ich mir, sag dem Arzt etwas, bevor er auflegt. Aber irgendwie wollten sich meine Lippen nicht voneinander lösen.

»Weswegen liegt sie so still da?«, versuchte er es wieder.

Ich holte tief Luft und sagte: »Sie hat … Sie hat … Meine Mutter hat Tabletten genommen.«

»Was für Tabletten?«

»Äh, Schlaftabletten.«

»Konnte sie nicht schlafen?«

»Ich glaube. Sie hat unter ewiger Schlaflosigkeit gelitten.«

»Aha.« Er schien nachzudenken. »Wie lange litt Ihre Mutter schon unter ewiger Schlaflosigkeit?«

»So lange ich mich erinnern kann.«

»Ach so. Verstehe. Und jetzt schläft sie also?«

»Es ist alles meine Schuld.« Mein Schluchzen war jetzt deutlich zu hören. Ich erzählte ihm, dass ich besser auf sie hätte aufpassen sollen, dass ich mir große Mühe gegeben hatte, wach zu bleiben, mir das aber nicht gelungen war. »Es wird wieder gut, oder?«, fragte ich leise, aber der Arzt antwortete mir nicht. Er fragte mich, wie viele Tabletten sie genommen hatte.

Ich schaute zum Nachttisch, nahm die leeren Verpackungen in die Hand. Ich zählte. In jedem Blister waren vierzehn Tabletten. Fünf Blister lagen da. »Vierzehn mal fünf, das ist ... Entschuldigung, das ist ... Sie hat vierzehn mal fünf Tabletten genommen«, sagte ich, »minus vier.«

»Atmet sie noch?«

»Ich glaube schon.« Ich legte ihr meine Hand auf die Brust. »Ja, sie atmet noch.«

»Hören Sie zu.«

Ich nickte, obwohl ich wusste, dass er mich nicht sehen konnte.

»Wir warten noch eine Weile, einverstanden? Wenn die Menschen noch atmen, erst recht in so einem Fall, kommen sie oft einfach wieder zu sich, und alles ist gut. Menschen, die so viele Schlaftabletten genommen haben, müssen einfach ihren Rausch ausschlafen, oft passiert dann nicht so viel.«

»Ach, zum Glück«, sagte ich.

»Ich bekomme am laufenden Band solche Anrufe, dann hat sich wieder jemand auf die Schienen geworfen, obwohl seit Menschengedenken kein Zug mehr durch den Ort fährt, oder jemand hat versucht, sich in der Badewanne zu ertränken, aber man kann sich gar nicht selbst ertränken, das lässt der Instinkt nicht zu. Dafür ist unser Lebenswille doch zu stark, auch wenn wir manchmal anderer Meinung sind. Es liegt am Wind und an dem Schnee, der seit Monaten liegen bleibt, die Menschen geraten in Panik, mach dir keine Sorgen.«

Ich traute mich nicht, dem Arzt zu erzählen, dass es an meinem Vater lag. Dass der Schnee liegen blieb, seit mein Vater im März weggegangen war.

»Warte ruhig noch eine Weile. Rufe uns wieder an, wenn sie in ein paar Stunden noch nicht aufgewacht ist.«

»Vielen Dank.« Ich fühlte mich schon viel besser, jetzt, wo der Arzt mitdachte.

»Gern geschehen. Wir hören voneinander.«

Dann müsste ich mir wieder die Opernsängerin in der Warteschleife anhören. Die Wassernymphe, die sich beim Mond beklagte. Sie wollte ein Mensch sein. Dann könnte sie dem Mann folgen, den sie gerade am Ufer gesehen hatte. Sie war anders als ihre Schwestern, die unbekümmert und fröhlich um ihren Vater herumtanzten. Tief im Wald. Aber die schöne Rusalka wollte ein Mensch sein. Da war was mit der Stimme der Sängerin, das Vibrato. Es brachte mich zum Weinen. Ich hatte Angst, dass ich nie mehr aufhören könnte zu weinen, wenn ich es mir weiter anhörte. Wie gut, dass ich dem Arzt alles in Ruhe erklärt hatte, ohne mich aufzuregen, der Arzt tat es anscheinend auch nicht.

Die Uhr schlug neun. Das Haus fühlte sich groß und kalt an. Ich hörte das Ticken des Sekundenzeigers, noch nie war mir bewusst gewesen, dass unsere Uhr einen ohrenbetäubenden Sekundenzeiger hat. Eloy und Binck und Zebra und Angel, sie alle saßen jetzt zusammen im Kreis.

Alle mit einem Zeitungsartikel über die letzten Neuigkeiten aus Beiahêm. Herr Lever nahm einen nach dem anderen dran, bis alle Überschwemmungen und Morde besprochen waren, alle Schandtaten ans Licht gekommen und alle Obdachlosen verhöhnt waren.

Ich sah zu meiner Mutter, zu ihren geschlossenen Augen, ihren trockenen Lippen, ihrem schwarzen Haar, auch im Bett trug sie einen Dutt. Hätte ich doch nur besser aufgepasst, hätte ich doch das Haus gründlicher durchsucht, hätte ich meinen Mund nur gehalten, meinen dummen Mund, aus dem immer mehr Wörter kamen, als gut für mich war. Im Lauf der Woche hatte ich meine Mutter gefragt, wo die Menschen nach ihrem Tod hinkommen. Ich hatte Angst davor, wo sie hinkäme, wenn die Weissagung des Wahrsagers stimmte. Herr Lever hatte in der Schule von den Katholiken erzählt. Dass die Katholiken nach dem Tod in die Hölle oder in den Himmel kommen. Und dass bei den Ungläubigen wie Eloy – er hielt es für nötig, Eloy während seiner Erklärung vor die Klasse zu holen – alles nach dem Tod einfach aufhören würde, dann gab es da einfach nichts mehr. Und dass die Buddhisten, Menschen wie wir – jetzt war ich an der Reihe, mich als Beispiel vor die Klasse zu stellen –, dass Menschen wie ich an einen unbekannten Ort geraten.

Aber was für ein Ort denn? Welcher Ort denn? Warum gab es für unterschiedliche Menschen unterschiedliche Orte nach dem Tod? Es war mir ein Rätsel.

Gestern Nacht noch hatte ich gebetet, dass sie nie einschlief, jetzt rief ich die Götter verzweifelt an, sie zu wecken. Wenn sie nicht mehr aufwachte, würde ich die Erde abfackeln, würde alle meine Bücher ins Meer werfen, ich würde sie rächen. Während mir die Tränen über die Wangen kullerten, wusste ich, dass ich meine Mutter rächen musste, aber an wem oder was? Wer oder was war daran schuld, dass der Schlaf versuchte, sie in das ewige schwarze Loch hineinzuziehen? Alles schoss mir durch den Kopf. Mein Vater. Amour. Die Spinnertante. Voller Abscheu dachte ich an sie. Ja, die Spinnertante hatte gestern noch im Garten gestanden und geschrien. Durch den Briefschlitz hatten sie sich verständigt. Meine Mutter und die Spinnerin. Es muss lange nach Mitternacht gewesen sein. Ich lag schon ein paar Stunden im Bett, konnte aber nicht schlafen. Ich hörte, wie jedes Wort der Spinnerin wie Gift zum Briefschlitz hereinsickerte. Denn nach Sonnenuntergang machte meine Mutter, wie wir es nach dem Besuch des Wahrsagers vereinbart hatten, die Tür nicht mehr auf.

32

»Hau ab«, hatte meine Mutter gerufen.

»Dein Blut ist auch meins«, hatte die Spinnertante im Garten geschrien. »Was dir gehört, gehört auch mir, vergiss das nie! Ich hole mir nur, was mir gehört. Heute Abend hole ich mir zurück, worauf ich ein Anrecht habe. Was sich deine Tochter mir gegenüber erlaubt hat! Glaub bloß nicht, dass ich ihr das durchgehen lasse.«

»Du bist ein Monster«, sagte meine Mutter.

»Da warst du mal anderer Meinung, damals, als du mir deinen Mann geschickt hast.« Die Spinnertante war verdammt schlecht drauf, sie war auf Streit aus. »Als du mich weinend angefleht hast, dir aus der Klemme zu helfen. Mit deinem Mann zu schlafen, damit es ein Junge wird, weil du keinen bekommen konntest. Weil du deine Scheißtochter am Bein hattest. Besser ich. Besser ich als irgendein unbekanntes Flittchen. Besser eine Verwandte als eine Fremde. Das hast du doch gesagt? Damals hat dir Verwandtschaft noch was bedeutet. Und was ist jetzt davon übrig? Die Leute reden über dich. Was du für eine Lusche bist. Wer macht denn so was? Wer schickt seinen Mann zu seiner eigenen Schwester? Schämst du dich nicht? Wenn du dich im Dorf blicken lässt, zeigen die Leute mit dem Finger auf dich, tuscheln hinter deinem Rücken. Du hast dein Gesicht verloren und merkst es nicht mal!«

Es wäre besser gewesen, meine Mutter hätte die Tür aufgemacht und der Spinnertante in die Augen gesehen, um ihr zu zeigen, dass sie sich nicht einfach zur Schnecke machen ließ. Aber sie tat es nicht. Wer sein Gesicht verloren hat, kann es nicht mehr zeigen. Und hat man es erst einmal verloren, und es hat sich rumgesprochen, ist es so gut wie unmöglich, es je wiederzukriegen. Die Leute spielen damit, lassen es von Hand zu Hand gehen und spucken darauf, und inzwischen setzt man alles dran, es zurückzugewinnen. Mama hat mir eingebläut, dass man sein Gesicht nie verlieren darf, weil man sonst alles verliert.

»Das ganze Dorf lacht dich aus«, schrie die Spinnertante. Die Briefkastenklappe klapperte wie verrückt. »Aber du lässt dich zur Schnecke machen. Ich habe es gemacht. Ich habe deinen Mann an mich rangelassen. Er hat sich in meinen Armen gewunden. Familie ist schließlich Familie, nicht wahr?«

Meine Mutter weinte. »Womit habe ich das verdient?«, sagte sie. »Dass du so mit mir redest. Willst du meinen Tod?«

»Ohne dich wäre die Welt garantiert besser dran. Wetten? Du bist Gift für die Menschheit, jeder deiner Atemzüge ist einer zu viel. Es würde doch keinen kümmern! Keiner würde sich wundern, wenn du morgen tot wärst.«

Mama weinte lauter. Aber die Spinnertante ließ sich nicht beeindrucken. »Die Leute würden aufwachen und merken, dass es egal ist. Ob es dich gibt oder nicht. Sie würden Kaffee kochen und zur Tagesordnung übergehen. Wenn du jetzt nicht deine Tochter rufst, trete ich die Tür ein. Böses Blut kann nichts anderes hervorbringen als böses Blut. Damit muss jetzt Schluss sein!«

Und während die Nacht die Seufzer der Schlafenden

dämpfte, sickerte langsam Gift in den Geist meiner Mutter. Zusammen mit den Wörtern, die durch den Briefschlitz drangen, bahnte es sich einen Weg in ihr Ohr, von dort in ihr Gehirn, geradewegs in den Hypothalamus – der giftige Gedanke, dass die Menschheit ohne sie besser dran wäre, so in etwa muss es gewesen sein. Die Spinnertante sollte ihren Willen bekommen.

»Sie hat mich mit dem Messer bedroht«, schrie sie durch den Briefschlitz. »Hast du ihr das eingeflüstert?«

»Mit dem Messer bedroht?« Erstaunt wich meine Mutter einen großen Schritt zurück. »Nhung?«

»Sie hat sich in meine Wohnung geschlichen und ist mit dem Messer auf mich losgegangen. Und jetzt rechne ich mit ihr ab.«

Die Spinnertante log! Seit Amour mir das Messer gegeben hatte, schaute ich es stundenlang nachts im Bett an, die glänzende Spitze, den Knauf, aber ich hatte es nie jemandem gezeigt, sie konnte unmöglich wissen, dass ich ein Messer hatte.

»Was für ein Messer …«, flüsterte meine Mutter, »wie meinst du das … dass sie … nein, so was tut meine Tochter nicht. Du lügst! So was tut sie nicht. Meine Tochter hat kein Messer. Wir essen mit Plastikbesteck. Seit der Wahrsager da war, haben wir Plastikgabeln und Plastikmesser. Meine Tochter weiß nicht mal, wie man ein Messer in der Hand hält.«

»Sie ist ein schlechter Mensch«, sagte die Spinnertante, »ein Teufel. Was bildet die Schlampe sich ein, mich so zu bedrohen! Sie hat deinen Namen, das letzte bisschen Würde, das noch an ihm heftete, besudelt. Sie hat dich bloßgestellt und zum Gespött gemacht. Wenn ich so eine Tochter hätte, wäre ich auch lieber tot.«

»Ich glaube dir nicht«, sagte meine Mutter weinend.

»Du meinst gar nicht meine Tochter. Du meinst gar nicht meinen Mann.«

»Wetten? Und wetten, dass die Menschheit kein bisschen schlechter dran ist, wenn du tot bist?«

Das waren die letzten Worte der Spinnerin.

Meine Mutter ging nach oben. Sie hatte den Briefschlitz zugeklebt und schlich sich in mein Zimmer. Sie suchte etwas, irgendeinen Beweis dafür, dass ihre Tochter kein kleiner Teufel war. Da sah sie auf meinem Schreibtisch etwas, das ihr den Atem verschlug. Es lag da und starrte sie an, eine Kohlezeichnung, ein Porträt von ihr. Und darüber das Wort *Mama*.

Ich hatte meine Mutter mit düsterem Blick gezeichnet. Es war eindeutig ein Porträt von ihr, und trotzdem erkannte sie sich nicht. Sie erschrak nur. Das merkte ich daran, dass sie sich das Knie am Tischbein stieß. Dann trat sie zu mir ans Bett und hob die Bettdecke vorsichtig hoch. Ich tat, als würde ich tief schlafen.

Wenn ich gewusst hätte, dass sie das tun würde, hätte ich das Messer woanders versteckt, ich Idiotin.

Meine Mutter zog mir die Bettdecke weg. Da lag Amours Messer, ich hielt es fest umklammert. Das funkelnde Messer, das nicht tat, was sein Besitzer wollte, sondern das, was es selber wollte. Das Messer der Frau mit dem breitesten Becken der Welt kroch jeden Abend in meine Hand. Ich spürte die Schwere des vielen Bluts, das es vergossen hatte, dieses Messer aus einem anderen Leben, es hatte einen geraden Rücken und ein kunstvoll gearbeitetes Heft aus einem Yakknochen. Obwohl es zu klein wirkte, um auch nur seinen Besitzer zu schützen, war es doch eindeutig zum Stoßen und Stechen bestimmt. Die kleine Klinge war dazu da, große Tiere zu häuten und in Stücke zu schneiden. Jedenfalls Blut fließen zu lassen.

»Woher hast du das Messer?«, flüsterte meine Mutter mir so leise ins Ohr, als wollte sie mich gar nicht wecken. Ich hielt die Augen fest geschlossen und gab keinen Mucks von mir. Wie sollte ich ihr erklären, dass ich das Messer von dem Fremden bekommen hatte. Dann würde sie der Spinnerin glauben, dass ich wirklich ein kleiner Teufel war.

»Was hast du damit vor?« Ihr Atem strich über meine Stirn.

33

Nach meinem Anruf bei der Arztpraxis Prélude blieb ich einfach bei Mama im Schlafzimmer. Ich würde tun, was der Arzt mir geraten hatte, und bis zum Nachmittag warten. Wenn meine Mutter dann noch nicht aufgewacht war, würde ich noch mal anrufen.

Inzwischen hörte ich die Glocke zehn Uhr läuten. Jetzt war der Morgenkreis in der Klasse vorbei, und Herr Lever kündigte an, dass es Zeit war fürs Diktat. Ich dachte an alle Wörter, die ich heute verpassen würde. Alle Wörter, die ich nicht lernen würde. Aber an die Wörter selbst konnte ich natürlich nicht denken, die kannte ich ja noch gar nicht!

Ich wartete. Jede Minute dauerte mindestens zwei Minuten, und zwei Minuten mindestens hundert, fast eine Ewigkeit. Ich behielt meine Mutter genau im Auge, um nur kein Lebenszeichen von ihr zu verpassen. Wenn sie aufwacht, finde ich nichts mehr schlimm. Gar nichts. Wenn sie nur aufwacht, dachte ich.

Vier nach zehn.

Fünf nach zehn.

Fast sechs nach zehn.

Ich durfte den Arzt erst am Nachmittag anrufen. Was, wenn meine Mutter nicht aufwacht … was, wenn sie nie mehr aufwacht? Ich dachte an meinen Vater, aber der war nicht da, nirgends, er riss keine Austern von den Pfählen an der Küste, er wischte sich nicht in seinem Arbeitszimmer das Schmieröl von den Händen, er bestellte keinen Hasen beim Metzger. Die Kälte fraß sich ihren Weg in mein Herz. Ich bibberte. Es musste doch irgendjemanden geben, der mir weiterhelfen, mir versichern konnte, dass ich keine Angst zu haben brauchte. Ich ging nach unten. Zog die Jacke an. Setzte mir die Mütze auf. Meine Handschuhe waren noch nass.

Amour. Er hatte mich zwar angelogen, das stimmte, aber übers offene Meer und die schneebedeckte Moorlandschaft kamen böse Geister zu mir, und sie würden erst haltmachen, nachdem sie alles und alle zerstört hätten, sie machten mir Angst, schreckliche Angst. Zitternd stieg ich in meine Stiefel und warf die Tür mit einem Knall hinter mir zu. Amour weiß sicher, was zu tun ist, einer, der sich mit Landzungen und Wehren auskennt, weiß, wie man sich in so einer Situation verhält. Er wird sagen, es gibt keinen Grund zur Sorge, ja, bestimmt sitzt er auf seinem Schiff, wartet auf mich und fragt, wo ich die ganze Zeit geblieben bin.

34

Das Schiff schaukelte, obwohl das Meer ganz ruhig war. Blesshühner schwammen vorbei und guckten zur Luke rein, es war irgendwie unheimlich. Alles war heute Morgen so still, dass ich sogar hören konnte, wie im Schiff eine Socke auf den Boden fiel und das Gummi eines Höschens riss. Und dann hörte ich jemanden stöhnen, der unerträgliche Schmerzen haben musste, es war eine Stimme, die ich nicht erkannte.

Offenbar war Amour nicht allein. Ich stieg aufs Schiff. Der Nebel hatte sich nicht nur auf die Erde gelegt, sondern auch auf mein Gemüt, und trübte meine Sicht.

Das Schiff wogte so heftig auf und ab, dass ich mich an der Reling festhalten musste. Ich bückte mich und schaute durchs Fenster. Amours Kajüte sah immer noch genauso chaotisch aus, lauter Zeug lag auf dem Fußboden herum, hier und da immer noch kleine Sandhäufchen. Mein Blick wanderte zum Bett.

Ein Ringkampf. Das war das Erste, was mir einfiel. Ein Kampf um Leben und Tod.

Aber nein.

Als ich genauer hinschaute, erkannte ich, was es war.

Ich habe alles gesehen.

Ich stand da wie festgenagelt, wegen diesem *alles*, was ich da sah.

Wie zwei wilde Tiere stießen sie zu und wanden sich.

Er schrie, stöhnte laut auf.

Sie grub ihre Nägel in seinen Rücken und zerkratzte ihn.

Ich habe alles gesehen.

»Ich liebe dich!«, schrie er.

Feuerstürme rasten durch mich hindurch, ich sah alles, Blitze sah ich, Tsunamis.

Ich sah, wie Amour mit der Spinnertante bumste.

Sah, wie alles verbrannte. Sah, wie alles überflutet wurde.

Sah, wie Amour mit der Spinnertante bumste.

Fleisch klatschte auf Fleisch. Gliedmaßen wurden weit gespreizt. Die Tiger vom Discovery Channel waren nichts dagegen. Er tauchte mit dem Kopf zwischen ihre Beine, ihr Schamhaar ging ihm bis in die Nasenlöcher, er kaute und leckte und knabberte, als würde er ein zähes Stück Fleisch verputzen.

Nebenan lag der Brief an meinen Vater auf dem Schreibtisch. Der Brief, den Amour für mich einwerfen sollte! Er war geöffnet. Ich sah vor mir, wie die beiden meinen Brief lasen und sich über mich lustig machten. *Das arme Kind, kapiert auch gar nichts.* Solche Sachen hatten sie bestimmt gesagt, während sie sich über mich lustig machten. Amour wusste nicht, wo mein Vater war, er wusste überhaupt nichts.

Das also ist Liebe. Zu sagen, dass man nie wieder eine Frau lieben wird, und sich dann wie ein geiler Bock auf alles stürzen, was einem über den Weg läuft. Zupacken, nach dem Fleisch grapschen.

Packeis

Die Menschen bewegen sich so langsam, fast wie Packeis. Es kostet so viel Zeit, unserer Geschichte eine andere Wendung zu geben. Und trotzdem, trotzdem habe ich keine Ahnung, ob ich es richtig mache, ob ich die richtige Richtung eingeschlagen habe, um den Lauf der Dinge umzukehren, vielleicht drehe ich mich ja im Kreis.

Solche blöden Gedanken schossen mir durch den Kopf, als Herr Lever durch die Klasse rannte. Weil die halbe Klasse in seinem Geschichtsunterricht einschlief, hatte sich Herr Lever etwas ausgedacht. Er tat so, als wäre er eine Bombe, eine menschliche Bombe, die im Zweiten Weltkrieg über Europa flog. Mit gestreckten Armen rauschte er zwischen den Tischen durch, an Mose vorbei, an Binck. Er brummte und schmiss hier und da einen Tisch um.

Bumm, Bumm, schrie er dabei.

Zebra brüllte vor Lachen. »Ich finde den Zweiten Weltkrieg toll«, kreischte sie. »Das Tollste überhaupt!« Auch Angel fiel fast vom Stuhl vor Lachen.

Ich frage mich, ob mir jeder Kampf, den meine Vorfahren ausgefochten haben, jeder Weg, den sie gegangen sind, genauso im Blut steckt, wie die Vergangenheit in Schichten unter der Erde lagert. Dass mein Vater mal eine verirrte Schneeeule hoch oben über dem Fluss zu einem Hafen 12 098 Kilometer östlich von Beiahêm hat fliegen sehen, steckt das auch in mir? Warum vertrage ich Hitze (Lagerfeuer bei Amour) besser als Kälte (Hagel, der mir vom Himmel auf den Kopf fällt)? Warum regt es mich auf, wenn mich jemand anlügt? Ich kann mir noch so viel Mühe geben, die Spuren meiner Vorfahren kann ich nicht leugnen, obwohl ich nichts von ihnen weiß.

Es gibt einen Ort, wo ich nie war, an den ich mich aber so gern erinnern möchte, einen Ort, den meine Eltern nur zu gut kennen und den sie krampfhaft versuchen zu vergessen. Das Fischerdorf am Meer im Fernen Osten. An diesem Ort, in Cam Ranh, genau in dem Augenblick, da ich hier mitten im Riesentang treibe, zwischen all den riesigen durchsichtigen Wedeln, tritt das Wasser über die Ufer, und ein alter Mann ertrinkt. Er hat nichts mit dieser Geschichte zu tun, rein gar nichts. Aber ich finde sie ganz schlimm, die Sache mit dem alten Mann, denn auch das steckt mir im Blut.

35

Amour und die Spinnerin. Ich hätte reingehen sollen und ihnen das Messer an die Kehle setzen, stattdessen ging ich vom Schiff runter und nach Hause. Das Geschrei der Spinnerin hallte über den Fluss.

Im Wohnzimmer angekommen, hörte ich oben Gepolter. Pirouette konnte es nicht sein, die hockte auf dem Sofa und schlief. Noch mehr Lärm. Ich rannte die Treppe rauf und sah jemanden durch den Gang ins Bad stolpern.

Vor Erleichterung schrie ich laut: »Mama!« Ich rannte hinter ihr her. »Mama! Du bist aufgewacht!« Doch als sie sich umdrehte, sah ich, dass es gar nicht meine Mutter war. Sie hatte die Hülle meiner Mutter, sie trug den Körper meiner Mutter, aber nichts wies darauf hin, dass sie meine Mutter war. Die Frau mit den wilden schwarzen Haaren sah mich mit blutunterlaufenen Augen an. Ein Schauer lief mir den Rücken runter. Ihre Haut war gelblich und ihr Blick leer. Mit seltsamer, heiserer Stimme stammelte sie: »Wie ist es nur möglich, dass ich nicht tot bin? Nach so vielen Tabletten. Wie ist das nur möglich?«

Sie durchsuchte alle Behälter im Bad, riss den Arzneischrank auf, warf mich dabei fast um. »Wo sind die restlichen Tabletten geblieben, wo sind sie?« Sie sah mich gar nicht, schaute durch mich durch, auf etwas, was hinter mir stand.

»Da ist nichts!«, schrie ich. »Sieh mich an, Mama. Was machst du bloß!« Ich zog sie an den Armen. Hängte mich an ihre Beine. Ich versuchte, sie wieder ins Bett zurückzubringen, aber sie war nicht von der Stelle zu kriegen. Als ob sie ihre ganze Kraft ihr Leben lang für diesen einen Augenblick aufgespart hätte. Um einen allerletzten Endspurt hinzulegen.

»Verdammt, warum bin ich nicht tot?«, sagte sie nur. Um ihre Lippen war angetrockneter Schaum. Und dann lächelte sie plötzlich leise. Sie wurde ganz ruhig, sah mich herausfordernd an. Und wie in Zeitlupe brachte sie die Hand zum Mund und nahm die restlichen vier Tabletten. Krampfhaft schluckte sie sie runter, ich konnte sehen, wie ihr die Tabletten durch die Kehle hinunterrutschen. Sie sackte in der Dusche zusammen. Ich versuchte sie hochzuheben, aber sie war zu schwer.

Den Arzt durfte ich erst am Nachmittag anrufen, und jetzt war es erst halb zwölf. Ich ging zum Pinkeln nach unten. Auf dem Klo stützte ich die Ellbogen auf die Knie, ließ den Kopf hängen und weinte bitterlich, weil die Zeit so langsam verstrich, weil meine Mutter so schwer war, dass ich sie nicht ins Bett kriegte, wegen dem, was die Spinnerin gesagt hatte. Konnte es sein, dass ich wirklich ein kleiner Teufel war? Meine Mutter hatte mal gedacht, dass ich immer nur Unglück bringe, aber das mit dem Teufel hatte sie nie geglaubt. Nicht mal, nachdem sie mich einmal ins Spielcasino mitgenommen hatte, um sich davon zu überzeugen, dass ich kein Unglück bringe. Da war ich vier. Ich sollte einen Zehner in der Hand halten, und den hat sie dann am Roulettetisch auf Rot gesetzt.

Die Kugel fiel auf Schwarz. Das hätte noch Zufall sein können. Um das auszuschließen, machte sie noch ein bisschen weiter mit dem Experiment, und jetzt musste ich sie berühren, bevor sie auf Schwarz setzte. Die Kugel fiel auf Rot. Sie machte weiter, bis ihr letztes Geld weg war, und jedes Mal bestätigte sich der Verdacht, dass mein Unglück ansteckend war. Jedes Mal fiel die Kugel auf die falsche Farbe.

Die anderen Leute im Spielcasino durchschauten uns ziemlich schnell und zeigten auf uns. Sie schnalzten missbilligend. Als Mama ihren allerletzten Schein auf Rot setzte, setzten alle anderen auf Schwarz. Die Kugel fiel auf die Null. Wir wurden aus dem Spielcasino geschmissen. Zu Hause musste ich Papa erzählen, wir wären im Spielzeugladen gewesen, ich hätte aber nichts haben wollen. Das alles sah ich plötzlich ganz deutlich vor mir, wie ich da auf dem Klo saß und heulte.

Ich schnäuzte mich, machte den Fernseher an, damit es nicht so still war, aber außer Wiederholungen von Soap-Serien und Quizshows gab es nichts. Die hochblonde Moderatorin mit dem tiefen Dekolleté forderte die Zuschauer auf, den fehlenden Buchstaben im Wort Re.ressalien telefonisch durchzugeben. Als Preis winkte ein Keramik-Lockenstab. So einer, mit dem man sich Locken machen kann, ohne sich das Haar zu versengen.

Das P. Der Buchstabe P fehlte.

Ein Anruf kostete siebzig Cent, aber der Lockenstab war natürlich viel mehr wert. Ich schaltete auf einen anderen Sender um.

Genau in dem Moment, während das Meer ein paar Hundert Meter weiter einen Schwarm Sandaale ins Netz des Fischers aus dem Dorf trieb und eine einzelne Schneeflocke auf dem Schnabel eines Strandläufers landete, genau in dem Moment sagte im Fernseher jemand, Debra Windsor hätte sich das Leben genommen. Sie hätte die Wanne vollllaufen lassen und sich reingesetzt, den Föhn angemacht und ins Wasser fallen lassen. Kenneth McDean hätte seine steif und schwarz gewordene Geliebte gefunden und sofort den Krankenwagen gerufen.

An diesem Tag hatte ich schon mal darüber nachgedacht, was das genau ist, eine Notsituation, und wann man davon sprechen kann. Meine Mutter hatte so still dagelegen, als ich sie im Bett fand. So totenstill. Als wäre auch die Welt draußen stehen geblieben und würde die Luft anhalten.

Nicht den Hausarzt, den Notruf hätte ich anrufen sollen!

Innerhalb von zehn Minuten stand der Krankenwagen vor der Tür. Die Männer sagten, es wäre zu spät, ihr den Magen auszupumpen, sie müssten sie mitnehmen. Ob ich bitte die Zimmerpflanze und den Esstisch auf die Seite schieben könnte, damit sie mit der Trage durchkommen. Der eine Pfleger sagte zum anderen, dass er seit seinem Bandscheibenvorfall eine andere Stelle suchte, das hier würde eines Tages noch seinen Tod bedeuten, ständig die ganzen Leute rumzuschleppen. Ob ich mitkäme, um die Formulare auszufüllen. Ich hatte abwesend genickt und war ein bisschen beleidigt gewesen, dass der Krankenwagen ohne Sirene durchs Dorf fuhr. Ganz ohne Tamtam. Es fühlte sich an, als wäre ihr Leben nichts wert, als wäre sie nicht wichtig genug, um mit großem Trara im Krankenhaus vorzufahren.

36

Die Dohle ist eines der erstaunlichsten Tiere überhaupt. Wenn sie erschrickt oder aufgeregt ist, steckt sie den Kopf zwischen die Beine. Ihr Orientierungssinn ist außergewöhnlich gut entwickelt, und sie ist sich, egal wo sie sich befindet, ihrer Umgebung deutlich bewusst und kann daher über Tausende Kilometer Entfernung in ihre Heimat zurückfinden, auch wenn sie dort nur wenige Minuten um das Nest, in dem sie geschlüpft ist, herumgeflogen ist. Verirren tut sie sich nicht. Sie überquert Gebirge und Meere. Ihr kleines Gehirn bringt es fertig, eine Weltkarte zu produzieren. Sie kann eine Dachrinne von der anderen unterscheiden und die Linde in Nachbars Garten vom Kastanienbaum im eigenen.

Dohlen sind monogam. Andere monogame Tierarten sind unter anderem Schwäne, Gänse, Füchse, Seeteufel und Seepferdchen. Wenn Dohlen einmal einen Partner gefunden haben, bleiben sie ihm ihr Leben lang treu. Wenn das Männchen sich verliebt hat, weicht es der Geliebten nicht mehr von der Seite. Es macht ihr so lange den Hof und spielt mit ihr, bis sie bereit ist, sich mit ihm zu paaren, und dann bleibt er für immer bei seiner Frau. Am Himmel fliegen sie als Paar, schweben Seite an Seite über Dächer und Parks. Wenn sie sich auf einen Ast setzen, kuscheln sie sich eng aneinander. Nach dem Verlust ihres

Partners sind sie unendlich traurig und legen täglich weite Strecken zurück, in der Hoffnung, den anderen wiederzufinden. Es ist ein Irrtum zu glauben, dass Dohlen gefühllos und nicht intelligent sind, im Gegenteil, sie haben Gefühle wie wir Menschen, denn ihr Nervensystem ist vergleichbar mit unserem. Manche Menschen geben der Dohle, die in ihrer Dachrinne nistet, einen Namen: Fira, Hinkie, Bali, Schubert, Robert, Adrenalin, Eros, Sphinx, Mistvieh und so weiter.

Das hatte ich mindestens hundert Mal geübt, außer dem Mistvieh, solche Sachen durften wir in der Klasse nicht sagen.

Der gefrorene Schnee reflektierte das Blaulicht. Pirouette starrte mit leuchtenden Augen darauf, streckte Kopf und Brust vor. Morgen wollte ich sie als Anschauungsexemplar für mein Referat mit in die Schule nehmen, seit Wochen freute sie sich darauf. Mose wollte ihr neues Meerschweinchen mitbringen und Eloy die abgeschnittenen Dreadlocks seines Opas, aber jetzt musste ich Pirouette in dem rüttelnden Krankenwagen sagen, dass ich morgen wahrscheinlich gar nicht zur Schule gehen konnte.

37

Der Arzt im Krankenhaus trug keinen weißen Kittel, hatte kein Stethoskop um den Hals. Im ersten Moment dachte ich, der ist gar kein Arzt, sondern Geschäftsmann. Er strahlte Unnahbarkeit aus. Ich füllte ein Formular aus und beantwortete ein paar Fragen. Der Arzt beugte sich über meine Mutter, leuchtete ihr gründlich in die Augen und sagte schließlich: »Wir behalten deine Mutter zwei Tage hier, damit sie sich ein bisschen erholt. Möglicherweise bleibt etwas zurück, aber es ist noch zu früh, um das zu sagen. In zwei Tagen kann sie wieder nach Hause.«

»Wann wacht sie wieder auf?«, wollte ich wissen.

»Es kann jeden Moment so weit sein. Aber in welchem Zustand sie dann ist«, fügte er warnend hinzu, »kann ich nicht vorhersagen. Die Folgen sind noch nicht abzusehen.«

Ich musste an die blutunterlaufenen Augen der Frau denken, die in die Hülle meiner Mutter geschlüpft und wie ein verwundeter Tiger im Bad rumgestolpert war. Ich hatte alles weggeworfen, aber es war immer noch nicht genug gewesen. Ich hatte auf sie aufpassen wollen und versagt.

»Ich will nicht, dass sie mit mir nach Hause geht«, sagte ich.

»Du willst es nicht?«

»Nein.«

»Gut«, sagte er. »Dann muss sie für längere Zeit aufgenommen werden. Am anderen Ende des Dorfs ist die Kzt.«

»Die Kzt?«

»Dort können wir sie aufnehmen lassen.«

»Was ist die Kzt?«

»Das ist, wie soll ich sagen, eine Einrichtung, in der man ihr weiterhelfen kann. Da sind die besten Spezialisten.«

»Kann sie nicht hierbleiben?«

»Hier können wir nichts mehr für sie tun. Außerdem haben es jetzt schon viele Leute auf ihr Bett abgesehen.«

Mir wurde ganz mulmig zumute. »Solche, die mit Sirene ins Krankenhaus gebracht werden?«, fragte ich.

Der Arzt sah mich an. »Ja, solche Leute. Leute, die nicht sterben wollen, verstehst du? Eigentlich ist ein Krankenhaus für Leute da, die nicht sterben wollen. Die, die sterben wollen, verweisen wir meistens weiter an die Kzt.« Er schob mir ein zweites Formular unter die Nase. »Hier, du brauchst nur das Zutreffende anzukreuzen. Und unterschreiben, natürlich.«

Oben auf dem Formular stand »Anmeldung Kzt«, unten links stand »Offene Abteilung« und unten rechts »Geschlossene Abteilung«.

»Was ist der Unterschied?«, fragte ich.

»In der offenen Abteilung kann sie machen, was sie will; sie kann die Einrichtung jederzeit verlassen. In der geschlossenen Abteilung gibst du der Einrichtung eine Vollmacht, und die Ärzte dürfen bestimmen, wann sie gehen darf.«

Im Fernsehen hatte ich mal gesehen, wie sie einer Frau einen Metallstab ins Auge steckten und im Gehirn herumstocherten. Das taten sie, um die kranken Teile des Gehirns zu behandeln. Die Frau versuchte, die Ärzte davon zu überzeugen, dass sie nicht dorthin gehörte, dass sie nicht krank war. Am Ende des Films war nichts mehr von ihr übrig, sie war ein Geist geworden, mit so durchsichtiger Haut, dass die Adern durchschimmerten. Ein Geist, der Tag und Nacht schrie und an den Wänden kratzte, bis ihr die Fingernägel abfielen. Und die Ärzte hatten gesagt: »Na bitte. Immer schon verrückt gewesen, das haben wir gleich richtig eingeschätzt.«

Meine Hand wanderte zum linken Kästchen. »Tun Sie sie in die offene Abteilung«, sagte ich zum Arzt.

»Gut. Machen wir.« Er packte seine Sachen ein. »Du musst dir aber im Klaren sein, dass sie jeden Moment gehen kann.«

»Ja«, antwortete ich.

»Dass sie jeden Moment zur nächsten Drogerie gehen und Paracetamol oder sonst was kaufen kann.«

Ich setzte den Kuli noch nicht ab. »Wie meinen Sie das?«

»Wenn sie tun und lassen kann, was sie will, kann sie die Einrichtung jederzeit verlassen und nach Hause gehen. Oder von der Brücke springen. Oder zur nächsten Drogerie gehen und Paracetamol kaufen.«

Ich wusste nicht, was ich tun sollte. In Quizshows können die Kandidaten wenigstens noch einen Telefonjoker anrufen. Ich war froh, dass es im richtigen Leben nicht so zuging wie im Fernsehen. Es wäre mir furchtbar peinlich gewesen, dem Moderator sagen zu müssen, dass ich niemanden hatte, den ich anrufen konnte. Dass ich keine Joker kannte. Nein, und wenn einer dafür infrage gekommen wäre, dann Amour, aber der fiel jetzt aus. Sie hatten meinen Brief gelesen und sich über mich lustig gemacht, die beiden.

»Sie hat Glück gehabt«, sagte der Arzt, kurz bevor er ging. »Sie hat Schlafmittel genommen, wenn es Paracetamol gewesen wäre, hätte sie es nicht überlebt.« Und in einem Ton, als würde er mir einen sagenhaften Tipp geben: »Das wissen die allerwenigsten.« Er steckte die Papiere in seine Mappe und stand auf.

In der Mappe steckte das Formular mit dem Kreuz auf der rechten Seite, geschlossene Abteilung, und der Vollmacht an die KZT. Ich wusste zwar nicht, wofür die Abkürzung stand, vermutete aber, dass es so viel hieß wie Haus der Toten.

38

Kalt und leer war es im Haus ohne meine Mutter, seit drei Wochen war sie schon hinter der neunten Tür der Psychiatrie. Ich machte das Schlafzimmer für die Rückkehr meines Vaters bereit, er konnte nicht mehr lange wegbleiben. Es gab überhaupt keinen Grund, das zu denken, aber es konnte schließlich nicht für immer Winter bleiben, so viel wusste ich. Elend bleibt nicht für immer.

Man durfte keine Haustiere in die Psychiatrie mitnehmen, aber Pirouette wollte doch gern wissen, wie das neue Heim meiner Mutter aussah. Als ich zum Eingang kam, erwartete sie mich schon auf der Statue von Herrn Freud. Ich steckte mir Pirouette unter die Jacke.

Inzwischen hatte ich herausgefunden, wofür die Buchstaben Kzt standen.

Für Kurzzeittherapie.

Wenn Mama nicht dort wäre, hätte mir das Wort bestimmt richtig gut gefallen.

Der Gang war lang und schmal, er schien in einem unendlichen, dunklen Loch zu münden. An der Decke hing ein Schild, auf dem Unruhe stand. Meine Mutter lag in der Abteilung Unruhe. Zu beiden Seiten des Gangs waren alle drei Meter lachsfarbene Türen. Hinter jeder Tür wartete jemand darauf, wieder Sehnsucht nach dem Leben zu bekommen. Saß da und wartete. Dachte nach und suchte. So was wie eine Strafarbeit, zu grübeln, wie die angeborene Lebenskraft verloren gegangen war. Mama hatte nichts falsch gemacht, und außerdem, fand ich, sollten Erwachsene keine Strafarbeiten bekommen, aber trotzdem musste sie sich jeden Tag hinter der Tür den Kopf darüber zerbrechen, wo sie ihre Lebenslust verloren hatte. Vielleicht wanderte sie ja aus dem Grund im Gang umher, auf der Suche nach dieser Stelle. Es ging darum, exakt die Stelle zu finden, an der sie ihre Lebensfreude zurückgelassen hatte. Ich ging jeden Tag hin, um ihr beim Suchen zu helfen, weil ich wusste, dass einem die Lebensfreude genauso leicht aus der Seele fällt wie Kleingeld aus einer kaputten Hosentasche. Die von Mama konnte überall in Beiahêm liegen und vor sich hin gammeln. Aber in der Grünanlage oder an der Küste durfte sie nicht suchen, sie musste hier mit ihrem unsichtbaren Lebensdetektor durch die Gänge tappen.

Ich zählte siebenundsiebzig Türen.

Ein großer Mann ging an mir vorbei, die Ringe unter seinen Augen waren matt und dunkel, doch auf seiner Stirn standen dicke Schweißtropfen. »Große Männer heulen nicht, denen treten die Tränen auf die Stirn«, hatte Eloy einmal gesagt. Ich kannte den Mann aus dem Dorf, da hatte er mal auf einem hohen Gerüst gestanden und die Kirche sauber gespritzt. Er hatte einen dicken Verband um den Hals, hinten im Nacken lief ihm Blut ins Hemd.

»Keine Ursache«, sagte er zu mir.

Die Tür des achten Zimmers stand offen. Eine Frau saß auf dem Bett, sie freute sich offenbar, mich zu sehen. Ihre Arme baumelten schlaff hinab, beide Handgelenke waren dick einbandagiert. Sie hob einen Arm und winkte mir zu.

»Keine Ursache«, sagte sie.

Auch der Mann auf der anderen Seite des Gangs rief

»keine Ursache«. Alle, an denen ich vorbeikam, sagten »keine Ursache« zu mir. Sie sind alle völlig durchgedreht, dachte ich. Meine Mutter hat hier nichts zu suchen! Bei all den Halbtoten, den Gespenstern, die hier herumspuken, hat sie nichts zu suchen.

An der Tür zum Zimmer meiner Mutter, der neunten Tür auf der linken Seite des Gangs, klebte ein Zettel. Ich hatte einen großen Teddy für sie dabei. Den hatte ich im Schaufenster der Bäckerei gesehen, zwischen dem Honigkuchen und dem Roggenbrot. Für den gesamten Inhalt der Haushaltskasse hatte ihn mir der Bäcker mitgegeben. Meine Mutter würde es bestimmt sehr viel besser gehen, wenn sie in der KZT einen flauschigen Freund an ihrer Seite hatte. Sie durfte dem Teddy sogar einen Namen geben, hatte ich beschlossen.

Bevor ich den Zettel an der Tür lesen konnte, stand die Frau mit den bandagierten Handgelenken neben mir.

»Wir haben sie gerettet«, sagte sie.

»Wie meinen Sie das?« Sie verströmte den Geruch von Desinfektionsmitteln.

»Wir haben sie gerettet. Sie braucht nicht mehr zu leiden.«

»Wie meinen Sie das ...«

»Wir haben sie gesehen. Deine Mutter. Und wir haben gesehen, wie schlimm sie gelitten hat. Das ist aber ein schöner Bär.«

Ich verstand nicht, wovon die Frau sprach. Mit einer Geisteskranken kann man nicht reden.

»Aus dem Weg, dumme Irre«, sagte ich.

»Sie hat mehr gelitten als wir alle zusammen. Wir können hier nichts für uns selber tun, also haben wir etwas für sie getan, alle zusammen, weil wir nichts für uns tun können.«

»Aus dem Weg!«, schrie ich. Ich wollte zu meiner Mutter. Ich wollte sie warm anziehen und mit nach Hause nehmen, ihr sagen, dass das alles ein Missverständnis war, dass ich einen Fehler gemacht hatte. Dass wir in aller Ruhe auf die Rückkehr meines Vaters warten sollten. Ich wollte die Vollmacht für die KZT zerreißen. Dann würde ich ihr den Teddy und sie ihm einen Namen geben, und wir könnten untergehakt zusammen raus. Wenn wir uns beeilen, erwischen wir sogar noch den Bus, der in acht Minuten vor dem Eingang hält.

»Sie ist nicht mehr da«, sagte die Frau und hob die Hände mit den bandagierten Handgelenken. Sie kratzte sich am Kopf.

Ich zählte. Die neunte Tür auf der linken Seite.

»Wie gesagt, wir haben was für sie getan. Wir haben sie gesehen und ihren Schmerz gespürt. Alle zusammen. *Allein* hätte ich es nicht geschafft. *Allein* bin ich nichts, verstehst du? *Allein* sind wir alle nichts. Wir haben ihr alle zusammen unser tägliches Paracetamol geschenkt, und sie hat es gern genommen. Nur Jan von Zimmer zweiundzwanzig hat nicht mitgemacht, der ist knauserig und hatte selber gerade Bauchschmerzen. Aber alle anderen haben mitgemacht. Und deine Mutter hat alle sechsundzwanzig Tabletten von uns allen gern genommen. Sie leidet nicht mehr. Wir haben was für sie getan, was wir gern für uns selber getan hätten. Das ist aber ein schöner Bär, den du da hast, den hätte sie richtig schön gefunden. In den letzten Tagen hat sie sich fest an ihr Kissen geklammert, sie hat sich bestimmt nach etwas Weichem und Warmem gesehnt. Sie hat uns noch letzte Worte zugeflüstert, bevor sie … bevor sie … Du weißt schon, aber nur in ihrer eigenen komischen Sprache. Keiner hat sie verstanden. Aber bestimmt hat sie gesagt, dass sie dich ganz doll liebt, solche Dinge sagt eine Mutter bestimmt, bevor sie stirbt.«

Ich hob den Blick zum Zettel an ihrer Tür: *R. I. P. 3. Dezember.*

Der Bus kam und fuhr wieder ab. Es saß nur eine alte Frau drin, die gerade auf dem Markt ein paar Kartoffeln gekauft hatte. Das schoss mir plötzlich durch den Kopf, obwohl ich es nicht wissen konnte, genauso wenig wie ich wissen konnte, dass am Abend ihr Enkel zu Besuch kommen würde, der so gern Kartoffelsuppe aß. Ich dachte an die Decke im Klassenzimmer. Wenn Herr Lever gewusst hätte, dass ich allein wohne, hätte er mich von der Schule genommen und in ein Heim gesteckt. Dann hätten Zebra und Angel mich ausgelacht und mich als Obdachlose beschimpft.

Ich betrachtete den Zettel an der Tür. *R. I. P.* Der Teddy wog schwer in meinen Händen. Ich ging unter in Kummer. Wenn mir doch nur jemand beigebracht hätte, woran man sich in so einem Fall festhält, aber in der Schule lernte man nur das große Einmaleins und wie man »Funktionär« buchstabiert. Am liebsten hätte ich eine Vase umgeworfen, ein Fahrrad ins Wasser gepfeffert, die Zeichnungen an der Schultafel in Brand gesteckt. Ich wollte jemandem eine runterhauen, aber nicht dieser mit Beruhigungsmitteln vollgepumpten Irren, sondern jemandem, der es wirklich merkt.

39

Der große Teddy fiel mir aus den Händen und in den Gang, genau vor die neunte Tür auf der linken Seite. Die Frau mit den bandagierten Handgelenken fragte, ob sie ihn haben darf. Ich nickte abwesend.

Unter meiner Jacke wurde Pirouette unruhig. Ich versuchte, sie fester an mich zu pressen, doch sie schlug mit den Flügeln. Ich machte die Jacke auf und ließ sie frei. Sie flog durch den Gang der KZT nach draußen. Im Wegfliegen plapperte sie mit denen, die in ihren Zimmern saßen. Die, die sie verstanden, antworteten ihr, die anderen hoben nur die Hand und winkten ihr hinterher.

Als ich die Tür öffnete, wurde ich von einem starken Licht geblendet. Wie eine Waffe war die Schreibtischlampe auf die Tür gerichtet. Ich war auf ein leeres Zimmer gefasst gewesen, worauf sonst bei einem Zettel mit *R. I. P.* an der Tür? Auf zusammengelegte Kleidung auf dem Bett, die ich mit nach Hause nehmen konnte, so was in der Richtung.

Ich schaltete die Lampe aus. Langsam schälte sich die Silhouette meiner Mutter heraus, sie saß auf dem Bett und starrte auf die Backsteinmauer vor dem Fenster. Sie wirkte ruhig. Meine Mutter war nicht tot. Ich rannte zu der Frau mit den bandagierten Handgelenken, die sich immer noch im Gang rumtrieb.

Ich packte sie bei den Handgelenken. Erstaunt sah sie mich an. Ich drückte kräftig zu. Die Frau gab keinen Mucks von sich, offenbar spürte sie nichts, keine Schmerzen, kein Stechen, gar nichts. Vielleicht lag es daran, dass ich schon alle Schmerzen der Welt aufgesogen und nichts für die anderen übrig gelassen hatte. Sie sollte spüren, was ich spürte, sie sollte bluten, wie ich es tat. Ich drückte ihr so lange auf die Handgelenke, bis Blut durch den Verband sickerte. Dann erst fing sie an zu weinen.

»Es war nur ein kleiner Scherz«, rief sie, »nur ein kleiner Scherz, ein Scherz.«

Ich ließ sie los.

»Der Bär ist für meine Mutter«, sagte ich.

Im Zimmer drückte ich meiner Mutter einen Kuss auf die Wange und rannte wieder weg, bevor sie meine Tränen sehen konnte.

40

Ich schlug einen Bogen, um auf dem Heimweg keinem zu begegnen. An der Kirche saß Binck. Er würde verstehen, wie ich mich fühlte, auch Binck weinte manchmal. Einmal hatte ich ihn hinter der Schule schluchzen sehen. Ich hatte ihm nie erzählt, dass ich ihn gesehen hatte, aber sicher spürte auch er, dass uns seither insgeheim etwas verband.

Binck lachte mich an und zeigte mir seine neue Kreation auf der Kirchenmauer. Eine Art Totenschädel. Er sah seltsam aus, es war ein nicht gruseliger Totenschädel. Die Umrisse waren misslungen, die Zähne stimmten nicht, und die Augenhöhlen waren unterschiedlich groß. Ich lachte zurück.

»Schön«, sagte ich.

Damit wir uns nicht im Nebel verirrten, gingen wir zusammen nach Hause. Binck und ich. In dem langen Winter schien sich das Mitternachtsgefühl immer früher einzustellen. In diesem Teil von Beiahêm konnte die Nacht noch vor dem Abendessen hereinbrechen. Und an den dunkelsten Tagen sogar vor dem Frühstück. Da sah man den Himmel pechschwarz werden, wenn man nach oben schaute. Dann vergaß ich meinen Hunger und wollte zurück ins Bett, obwohl ich gerade aufgestanden war. Die Leute ließen auf ihrem Herd die Schafsmilch überkochen und die Erbsensuppe verdampfen. Sehnsüchtig schauten sie durchs Fenster nach draußen, zu dem kleinen Stück von der Hitze aufgerissenem Asphalt, und dachten: Wie lange ist dieser extrem heiße Sommer schon wieder her.

Ich versuchte, mir das Bild von Amour, der auf einem zähen Stück Rindfleisch kaut, aus dem Kopf zu schlagen, doch es kam immer wieder unangekündigt zurück. Was gibt es denn da zu fressen, zwischen den Schamlippen der Spinnertante.

»Ich frage mich, warum es in meinem Kopf so zugeht«, sagte ich zu Binck. »Als ob da eine Art Sturm tobt.«

»Wie meinst du das?« Ich konnte sehen, dass er es bescheuert fand, wenn ich so redete. In Sätzen, die ich manchmal versehentlich aus Büchern zitierte. Das viele Lesen wirkte sich auf meinen Wortschatz aus wie eine schleichende, ansteckende Krankheit. Ab und zu fiel es mir schwer, mich normal auszudrücken, wie Binck, wie alle anderen hier. Ich hatte Angst, anders als meine Freunde hier zu werden, ein Alien. Ich suchte nach den richtigen Wörtern, doch alles, was mir einfiel, klang in meinen Ohren so bescheuert.

»Immer vergesse ich Gesichter«, sagte ich leise, »ich vergesse die Form der Häuser. Ich vergesse den Namen des Flusses. Ich vergesse alles, was ich sehe. Alles, worüber die Leute so reden, verstehst du? Fast so, als ob mein Kopf sich nur andere Dinge merkt.« Ich zeigte auf die Eiche, an der wir gerade vorbeigingen. »Das ist kein Baum«, sagte ich zu ihm. Er fing an zu lachen.

»Ist schon gut«, sagte ich.

»Nein, nein.« Meine Reaktion hatte ihn erschreckt. »Entschuldigung, was ist er dann?«, fragte er plötzlich todernst.

»Na ja«, sagte ich, »die ganze Welt, sozusagen.«

Unter der Eiche sah ich ihre Wurzeln, und unter den

Wurzeln verbarg sich die Geschichte, und unter der Geschichte verbarg sich die Zeit. Die Zeit, auf die wir manchmal einen Blick erhaschen, wenn die Sonnenstrahlen auf den nassen Blättern funkeln wie kleine Diamanten, so scharf und klar, dass sie Kratzer auf meiner Seele hinterlassen. Ich fragte mich, ob Sonnenuntergänge überall gleich sind. Ich kannte nur unsere nördlichen Sonnenauf- und Sonnenuntergänge. Seit meiner Geburt waren es achttausendfünfhundertneunundsechzig (es dauerte einen Moment, bis ich das ausgerechnet hatte). Und obwohl ich nie einen anderen Sonnenaufgang gesehen hatte, erinnerte ich mich, als steckte es mir im Blut, an südliche Sonnenaufgänge aus ferner Vorzeit, bei denen mich eine starke Sonne früh weckte und sich der Wind einen Moment legte, um der Sonne Platz zu machen für ihren Auftritt. Eine Sonne, die sich stolz über einen großen Garten mit Palmen und Magnolien erhob. Davon fühlte ich mich ganz einsam im Kopf. Von solchen Gedanken. Das hast du davon, dachte ich, eines Tages treiben dich die Bücher noch in den Wahnsinn.

Er, Binck, ging weiter neben mir her, sagte nichts und kickte eine leere Bierdose weg. Die Biersorte, die Papa auch trank.

Binck sah gut aus. Er war nett. Er war klug. Jede andere hätte davon geträumt, ihn später zu heiraten. Ich hatte mal Zebra und Angel über ihn tuscheln hören. Dass sie Kinder von ihm wollten. Damit noch mehr von ihrer Sorte herumliefen. Sie hatten schon ein Heiratsbuch angelegt mit den Namen, die sie sich für ihre Kinder ausgedacht hatten. Scheroonimoo fand ich lächerlich. Und bei Chieltje musste ich an den sabbernden Dorfdeppen in seinem Rollstuhl denken.

»Manchmal fühlt es sich an, als ob das ganze Weltall in

meinem Körper steckt«, erklärte ich ihm. »Es trudelt und dreht sich im Kreis. Das macht mich ganz wahnsinnig. Es ist zu groß, verstehst du, zu groß für meinen Körper. Mein Körper ist doch nur so klein.« Mit den Händen deutete ich an, wie klein mein Körper war. »Mein Körper ist doch nur so klein«, schloss ich leise.

»Quatsch, du hast einen ziemlich schönen Körper«, antwortete er.

Er nahm meinen Kopf, steckte mir die Zunge in den Mund und drehte sie ein bisschen im Kreis. Es war mein erster Kuss. Ich kam mir vor wie der einsamste Mensch der Welt. Ist es nicht viel zu spät, wenn man erst mit elf seinen ersten Kuss bekommt? Ich war elf Jahre alt und jetzt schon nicht mehr auf dem Laufenden.

Ich schubste ihn weg und trat nach ihm. Binck zuckte zurück.

»Ihr wollt doch alle nur bumsen. Und tut so, als wäre es Liebe«, schrie ich. »Aber ihr lügt alle. Ich habe ihm vertraut, ich habe ihm meinen Brief gegeben!« Ich konnte gar nicht mehr aufhören zu schreien. »Sie ist eine Hexe, und ich habe ihm vertraut. Sie haben meinen Brief gelesen und mich ausgelacht! Ihr wollt doch alle nur bumsen. Ihr lügt alle!«

Überrascht starrte Binck mich an, er verstand kein Wort. In den vergangenen Monaten waren die Stürme immer heftiger geworden; wenn der Schnee müde wurde, löste der Regen ihn ab. Wenn das Meer Landesgrenzen verschieben konnte, warum sollten wir Menschen es nicht können?

»Eines Tages haue ich von hier ab«, sagte ich, während ich meine Tränen trocknete. Ich sah, wie erleichtert er war, dass ich das Thema gewechselt hatte.

»Klar doch! Und was schwebt dir so vor?«, fragte er.

»Ich weiß nicht.«

»Mir gefällt es hier«, sagte er und spuckte einen dicken Schleimklumpen einen Meter hoch in die Luft. »Es ist sowieso überall dasselbe.«

»Gar nicht wahr«, sagte ich.

»Wie kann es denn an einem anderen Ort anders sein als hier? Da sind doch auch nur Menschen.«

Ich zeigte ihm das Messer.

»Wo hast du das her?«, fragte er. Ich sah, dass es ihn erschreckte. »Läufst du einfach so damit rum?«

»Ja.« Ich wischte mir den Rotz vom Kinn.

»Ist es ein Khukuri?«

»Was ist das?«

»Ein Khukuri ist ein nepalesisches Buschmesser«, sagte Binck. »Der schwarze Mann hat es mir einmal in einem Buch gezeigt.«

»Meinst du Eloys Vater?«

»Ja, das ist doch der schwarze Mann?« Binck lachte.

»Ja.«

»Na also. Mit einem Khukuri kann man Holz hacken und Tiere schlachten.«

»Das wusste ich nicht«, sagte ich. »Ich habe keine Tiere zum Schlachten.«

»Wofür hast du es?«

Ich musste an Amour und die Spinnertante denken. An das ganze schwappende Fleisch.

»Das weiß ich noch nicht«, log ich, »mal sehen. Außerdem glaube ich nicht, dass es ein Khukuri ist. Es ist einfach nur ein Buschmesser.«

41

Vierundfünfzig Mal hatte ich mir abends allein die Zähne geputzt, vierundfünfzig Mal war ich morgens aus Gewohnheit ins Schlafzimmer meiner Mutter gegangen, obwohl ich wusste, dass sie nicht da war. Jeden Tag ging ich auf den Dachboden, obwohl mich die Götter zu Tode erschreckten. Treu zündete ich drei Räucherstäbchen an, erweckte die Schemen zum Leben und brachte die Götter zum Lachen. Ich tauschte ihr Trinkwasser aus, sobald es anfing, schal zu riechen, und opferte Haribo-Pfirsiche. Ich zündete Zigaretten für den Kahlen, den Weisen und den Reichen an. Die drei Götter, die immer nebeneinandersaßen und qualmten. Ich zündete auch meinem Opa eine Zigarette an, wusste aber gar nicht, ob er rauchte. Zum Jahreswechsel, vor gerade einmal vier Tagen, hatte ich ihnen bei der örtlichen Weinhandlung einen Cabernet Sauvignon gekauft und fragte mich jetzt, wie lange sich Wein hielt. Manchmal konnte ich das Dämmerlicht auf dem Dachboden nicht mehr ertragen und legte die Hand auf den Lichtschalter, kurz davor, alle Geister und Toten zu verjagen, aber nie brachte ich den Mut auf.

Ich trug die Abwesenheit meiner Mutter wie ein Geheimnis mit mir herum. Jetzt, wo die Wasserbehörde die Leute aus ihren Häusern vertrieb, gäbe es garantiert eine Umverteilung, wenn sie wüssten, dass nur ein Mensch hier wohnte. In letzter Zeit wurden sie immer aktiver, immer öfter wurden Versammlungen organisiert, bei denen über Besitz und Recht gesprochen wurde. Im *Kale Biljart* wurden alle möglichen Fragen gestellt, die Herr Lever in der Klasse für uns wiederholte: »Wer war als Erstes hier? Was gehört wem, und wer hat das Recht, hier zu sein? Was sind die Regeln, und gelten die Regeln für alle? Was, wenn demnächst nur noch die Hälfte aller Häuser bewohnbar ist, was machen wir dann? Was machen wir mit den Leuten, die keinen Boden mehr unter den Füßen haben, kein Dach mehr über dem Kopf? Wir müssen auf einem immer kleiner werdenden Stück Land leben, die Stimmung wird grimmiger und feindseliger, passt auf, wo ihr langgeht«, hatte er uns gewarnt.

Ich machte die Glühbirne im Schlafzimmer meiner Mutter an, es war sechs Uhr abends. Das tat ich jeden Abend etwa um diese Zeit, und dann, wenn sie sich sonst schlafen legte (um Viertel nach neun), machte ich sie aus. Ich ließ eine vietnamesische CD laufen, obwohl ich die Musik nicht ausstehen konnte. Drei Stücke lang blieb ich auf der Bettkante sitzen. Ich schaute auf die Wand, die vor lauter Kälte geschrumpft war, hier und da zog sich ein kleiner Riss wie ein mäandernder Fluss durchs Mauerwerk. An manchen Abenden schlug ich mit dem Hammer gegen die Wand, wie meine Mutter manchmal den Kopf gegen die Wand geschlagen hatte. Der Nachbar durfte auf gar keinen Fall auf die Idee kommen, dass meine Mutter nicht da war.

Während die vietnamesische Sängerin von ihrer verlorenen Liebe sang, dachte ich an den großen Künstler. Ich dachte an den weißen Seetang. An die Äpfel im Garten. An das Gelb, das Grün und das Blau. Wenn wir auch so einen Garten gehabt hätten, wäre mein Vater niemals weggegangen. Es war merkwürdig, dass ich in der Bibliothek beim Anblick der Bilder so was wie Heimweh bekommen hatte, es war eine Art Wiedererkennen, obwohl ich noch nie auf einer exotischen Insel gewesen war. Warum mussten sich Menschen mit dem Ort abfinden, wo sie geboren wurden, als würden sie vom ersten Tag an dort festkleben, während Bilder frei reisen durften? Wie waren die überhaupt hergekommen? Warum hatte das Meer sie nicht verschlungen, warum galten für sie andere Gesetze?

Als ich gegen zehn ins Bett ging, stand Pirouette auf dem Kissen und sah mich an. Sie wich mir keinen Moment mehr von der Seite und ließ sich immer öfter streicheln. Manchmal erzählte ich ihr einen Witz, und sie lachte darüber. Ich kannte einen richtig guten über einen Elefanten, der sich ein Tampon reinsteckt, und einen darüber, warum Mäuse keinen Alkohol trinken. Den über den Grund, weshalb Schnecken nicht verreisen, fand ich am allerbesten. Aber meistens baute ich die Witze am Anfang so gut wie möglich auf, um die Pointe dann doch zu vermasseln.

Ich schaute vom Bett aus durchs Dachfenster ins Weltall, als wäre da nicht ein unendlicher Raum, sondern eine große, durchsichtige Glaskuppel. Es war still, und meine Bettdecke fühlte sich kälter an als sonst. Das Einzige, was sich in der Kuppel bewegte, waren die zwinkernden Augen von Pirouette. Ich hörte keine Grillen, keine Frösche, keine Mäuse draußen. Die waren alle unter der dicken Schneeschicht erfroren, und auch die Fische hörte ich nicht, die schwammen im Graben unter einer Decke aus Eis. Es gab keine aufmüpfigen Nachtigallen, die wussten Bescheid und waren woandershin geflogen. Einen Moment blieb ich still liegen. Ich schaute zum Himmel, der aussah, als hätte ihn die brutale Gewalt von Mamas Nicht-mehr-leben-Wollen verwüstet, die Sterne waren dumpf und grau wie angelaufenes Tafelsilber, das dringend geputzt werden musste. Ich fühlte mich dem Verstreichen der tiefen, endlosen Nacht ausgeliefert. Ich dachte an meine Mutter, an ihr Leben, ihre Einsamkeit, an die scheußlichen Kakerlaken, die sich über ihren Geist hermachten.

Niemals Ruhe.

Niemals Ruhe.

Ich fragte mich, ob es die Engel überhaupt gab, mit denen ich seit elf Jahren und zehn Monaten redete. Und da, die Bettdecke bis unters Kinn gezogen und während Pirouette still zwinkerte, musste ich leise weinen.

Ich fragte mich, wie unser Haus wohl aussah, wenn es brannte.

Ich fragte mich, wie der Mond wohl aussah, wenn er brannte.

Ich fragte mich, wie Amours Schiff wohl aussah, wenn es brannte.

Ich fragte mich, wie Zebra und Angel wohl aussahen, wenn sie brannten.

Ich fragte mich, wie die Antillianer wohl aussahen, wenn sie brannten.

Ich bekam Lust, einfach so Dinge umzutreten. Und allen ins Gesicht zu spucken.

Als ich am nächsten Tag um kurz nach zwölf bei Mose klingelte, gab sie mir eine Nachricht.

Nhung. Komm in die Kneipe. Schnell.

»Von wem ist das?«, fragte ich sie. Von ihrem Vater, erzählte sie mir. Ich hätte es wissen können, Moses Vater drückte sich gern kurz und bündig aus, am liebsten in der Befehlsform, wie man zum Beispiel am Zettel auf ihrer Toilette erkennen konnte, auf dem erklärt wurde, wie man sich die Hände wäscht.

Ich fragte sie, warum ich zur Kneipe kommen sollte. Sie zuckte mit den Achseln.

»An deiner Stelle würde ich hingehen«, sagte sie.

Mose und ich wollten am Nachmittag eigentlich das Dorf nach verlorenen Münzen durchkämmen. Wir fanden sie meistens auf der Straße oder im Zigarettenautomaten, und manchmal auch unter den Schuhen des schlafenden Obdachlosen. Manchmal lag eine verlorene Münze im Springbrunnen auf dem Schulhof. Wir kauften uns davon Lakritze.

Ich hatte keine Ahnung, warum ich zur Kneipe kommen sollte. Ich wollte nicht unter Menschen sein, aber auch nicht zurück ins leere Haus. Tief in Gedanken versunken, ging ich in Richtung Kneipe. Woran ich genau dachte, weiß ich nicht mehr, aber ich weiß noch, dass mein Herz unruhig in meiner Brust klopfte, als wollte es mich warnen, den Menschen nicht blind zu gehorchen.

42

»Schau doch mal hin, wo du stehst!«, schrie der Mann. Es war der Bulldoggenzüchter. »Schau, wo du stehst!« Der Bulldoggenzüchter hatte einen dichten Bart und breite Schultern, er war der Älteste im Dorf. Der Torfmann, so nannten wir ihn manchmal.

Ich hatte den kürzesten Weg zur Kneipe genommen: quer durchs Dorf, bei Eloy vorbei, über den Markt, vorbei an der Bibliothek, über die Weide, dann über den breiten Graben, vorbei an der Fledermausplage, und jetzt schrie mir der Mann ins Ohr: »Du darfst hier nicht stehen, verrrdammt noch mal.«

Ich wusste genau, dass das Land und das Wasser den Menschen gehörten, die sie entdeckt hatten. In dem Jahr, als mein Vater und meine Mutter herkamen, war alles schon entdeckt und verteilt. Seit Generationen hatten die Chinesen eine eigene Parzellierung und eigene Landverzeichnisse, und die ursprünglichen Bewohner führten seit Jahrhunderten ein Grundbuch. Wir sind dazu verdammt, jedes Mal über anderer Leute Boden zu gehen, hatte mein Vater immer wieder geflucht. Der Boden hatte ihn ausgespuckt, und die Einheimischen hatten ihn verjagt, und jetzt war er irgendwo in weiter Ferne auf der Suche nach einem Fleckchen Erde, wo noch keine jahrhundertealte Geschichte eingelagert war, nach einem Stück Boden, das er sich als Erster aneignen konnte.

»Hau ab, sonst hetze ich dir die Hunde auf den Hals!«, schrie der Bulldoggenzüchter. »Schau erst mal ins Grundbuch, was von dir und was von mir ist, bevor du drauftrittst! So geht das hier.«

Die ganze Klasse fürchtete sich vor ihm. Außer Binck, aber das war Angeberei, denn auch Binck fürchtete sich vor dem Bulldoggenzüchter. Wir fürchteten uns vor seiner Haut, die aussah, als wäre sie aus Pappe, trocken und rissig, und wir fürchteten uns vor seinem starren Blick.

Der Torfmann musste sich anstrengen, um den Hund zurückzuhalten, mit ihrem kräftigen breiten Kiefer stand die Bulldogge bellend hinter ihrem Herrchen. Wenn die Hundeleine riss, würde sie sich auf mich stürzen. Ich hatte gesehen, wie eine Gruppe von Bulldoggen bei den jährlichen Kämpfen in Beiahêm auf eine Kuh losgelassen worden war. Die Hunde bissen sich an ihren Flanken fest, um die Kuh zu Boden zu zwingen. Moses Vater jubelte bei den Kämpfen, Wetten wurden gewonnen und verloren, Geld ging von einer Hand zur anderen.

»Ich gehe nicht weg«, sagte ich. »Ich muss zur Kneipe.« Das Land gehörte den Göttern, so sah ich das, und es gehörte den Nilgänsen und den Kaninchen, dem Wasser und der Sonne.

Der Mann zog an der Hundeleine. »Von mir aus darfst du sie dir schnappen, Wimpie«, sagte er zu seiner Bulldogge, »wenn sie noch länger dasteht, lasse ich dich los.«

Der Torfmann war dafür bekannt, sagenhaft gute Hunde zu züchten. Sie hatten einen breiten, kräftigen Kiefer und eine kurze Nase. Die Bulldoggenkämpfe an den Feiertagen waren immer eine blutige Angelegenheit. Vor vier Jahren hatte mich mein Vater zum ersten Mal mitgenommen, um meinen Magen zu trainieren. Nicht mal in der Hitze des Gefechts durfte ich den Blick abwenden. Er zwang mich, mir das Blut und das Reißen des Fleischs anzusehen, bis es irgendwie anfing, mir zu gefallen.

Der Hund knurrte mich aggressiv an. Ich wich ein paar Schritte zurück.

»Wir haben hier Grenzen, und wenn es dir nicht passt, hau doch ab, dahin, wo … wo …« Ihm fiel das Land nicht ein, oder er war sich nicht sicher, um welches Land es sich handelte. »Wo du herkommst«, sagte er schließlich. Er spuckte ein paarmal auf sein Land.

Wenn ich ein Stück Land hätte, würde ich nie draufspucken, dachte ich, niemals.

»Und jetzt mach, dass du wegkommst! Bloß weil es das gibt, denkt ihr, dass es euch gehört, dass ihr es platt trampeln dürft.« Der Torfmann tat so, als ob er die Hundeleine losmachen wollte. Ich schrie und rannte das ganze verdammte Stück wieder zurück, vorbei an der Fledermausplage, über den breiten Graben und die Weide.

»Schau doch im Grundbuch nach!«, hörte ich ihn noch rufen. »Da steht alles drin!«

43

Die Stimmung im *Kale Biljart* war gedrückt. Es wimmelte von Menschen, und alle versuchten, einen Platz zu ergattern, von wo aus sie den Redner sehen konnten. Moses Vater stand auf einem kleinen Podest neben dem Einarmigen Banditen und schrie in ein Mikrofon. Ich wagte kaum, mich irgendwo anzulehnen, so schmutzig war es. Bierdunst stieg vom jahrhundertealten Holzboden auf. Der Billardtisch war voller Flecken, vergilbte Fotos aller ehemaligen Kneipenbesitzer hingen an der Wand, und Frittierfett triefte von der niedrigen Decke.

In der Rede ging es um Pioniere.

»Wir waren die Ersten auf diesem Boden«, schrie Moses Vater. »Wer hat hier die ersten Schritte gesetzt? Alle, die Entbehrungen auf sich nehmen mussten, um dieses Stück Land zu dem werden zu lassen, was es heute ist.« Die Menschen jubelten und johlten und schütteten in ihrer Begeisterung ihr Bier in die Luft. Die Männer wischten sich über die schweißnasse Stirn, die Frauen ließen sich das Bier ins Dekolleté rinnen. Die ganze Kneipe war schmuddelig, die Theke, die Vorhänge, die Tische, die Stühle, das Bier.

Die Menge heizte Moses Vater ein, und er wurde immer lauter.

»Unsere Vorfahren waren die Ersten, die sich hier in

Beiahêm niedergelassen haben. Jetzt, wo das Meer den Boden verschlingt, haben wir die Pflicht, das Heft zu ergreifen! Wir sind geboren, um zu überleben, um Kälte und Regen zu trotzen, um das Wasser zu bekämpfen, das alles haben wir gelernt. Wir haben dem sumpfigen Niemandsland, dieser instabilen Schlammpfütze Sinn und Zweck gegeben! Und deshalb steht es uns zu, den Boden umzuverteilen.«

Die Leute rasteten aus. Sie rempelten sich gegenseitig über den Haufen. Ich musste mich ordentlich wehren, um nicht erdrückt zu werden.

Hier war keiner, den ich kannte. Eloys Vater klapperte zu dieser Zeit die Häuser ab, um Zahnpasta zu verkaufen, Herr Lever war zu Besuch bei seiner kranken Mutter, und Amour, wo mochte der sein? Bestimmt am Ringen mit der Spinnerin. Bei dem Gedanken wurde mir gleich schlecht, und trotzdem fehlte mir der Spaziergang zu seinem Schiff. Es fehlte mir, ihm zuzusehen, wie er ein Feuer machte oder das Deck schrubbte. Mir fehlten seine Geschichten über ferne Orte. Ich fragte mich, was aus der Frau mit dem breitesten Becken der Welt geworden war. Ich fragte mich, ob er sein Buch in der Luft fertig geschrieben hatte. Aber ich hatte keine Ahnung, wie ich ihn das alles noch fragen könnte. Sie hatten meinen Brief aufgemacht und mich ausgelacht. Mir war beigebracht worden, dass man nie das Gesicht verlieren darf. So habe ich es von meiner Mutter gelernt. Stolz und Würde sind unser einziger Besitz, sagte mein Vater immer, und wenn sich die Leute daran vergreifen, muss man zurückschlagen.

Moses Vater kam zum Abschluss seiner Rede. Ich wurde in eine Ecke gedrängt. Da stand der Obdachlose aus dem Dorf im Dunkeln und schaute still vor sich hin. Als ich ihm aus Versehen auf den Fuß trat, warf er mir einen düsteren, unheimlichen Blick zu. Ich fürchtete mich nicht vor dem, was Moses Vater sagte, auch vor der Menschenmenge, die wie eine Viehherde auf den Boden stampfte, hatte ich keine große Angst, aber ich fürchtete mich vor dem Blick des Obdachlosen, der mich leise durchbohrte. Plötzlich sah ich in seinen Augen seinen Vater und den Vater seines Vaters und dessen Vater wiederum. Und ich sah, wie er hier als Erster eine Ufermatte auf den Deich geworfen hatte. Von diesen Männern sprach Moses Vater. Jemand war hier einmal der Erste gewesen, aber nicht ich. Ich dachte an Papa, ich dachte an Mama. Wir waren nicht die Ersten, nicht einmal die Zweiten oder die Dritten, wir waren nichts. Unsere Linie war irgendwo in der Ferne durchtrennt und hier angedockt worden, aber wir hatten keine Wurzeln geschlagen, um dem Sturm zu trotzen.

Ich holte das Messer aus der Jacke und zeigte es dem Obdachlosen. Er kniff die Augen zusammen.

»Wenn du Geld hättest, könntest du es mir abkaufen«, flüsterte ich ihm zu. »Aber du bist nur ein Obdachloser, ohne Wohnung, ohne Geld. Vergiss das nicht, du stinkender Vagabund.«

Als er mir eine langen wollte, konnte ich gerade noch ausweichen. Ich zwängte mich durch die Menschen hindurch zum Ausgang, vorbei am Podest. Da sah mich Moses Vater. Meine Ankunft hatte er verpasst, aber jetzt sah er mich.

»Wen haben wir denn da! Komm nur aufs Podium«, rief er ins Mikrofon.

Vor Schreck hielt ich die Luft an. Die Menge hatte mich auch bemerkt. »Nein, danke«, sagte ich entschuldigend, »ich muss nach Hause.«

»Nach Hause! Die Kleine spricht davon, dass sie nach Hause muss!« Moses Vater bückte sich und zog mich am

Arm auf das Podest. Die Leute sahen amüsiert zu, gespannt, wie es weiterging.

»Die Kleine«, fuhr Moses Vater fort, »ist ein gutes Mädchen. Sie geht mit meiner Tochter in dieselbe Klasse, schreibt die besten Noten, in Mathe, in Geschichte, in Niederländisch und bei Diktaten. Ja, genau, bei *Diktaten*, liebe Leute. Sie will ja. Sie will. Sie arbeitet hart, um uns näherzukommen. Was kann sie schon dafür, wo sie herkommt? Kann sie etwas dafür, dass sie von Menschen abstammt, die gekommen sind, weil sie auf dem Boden leben wollen, den wir eingesät haben, und die uns die Früchte wegnehmen, die wir geerntet haben?«

Die Leute schüttelten den Kopf. Einen Moment lang sahen sie mich teilnahmsvoll an.

»Sag du es den Menschen mal, Nhung, sprich ins Mikrofon und sag den Menschen laut und deutlich, dass du das alles auch nicht willst. Du willst doch auch nicht neben einer Frau wohnen, die ihr Kind tottrampelt, neben Leuten, die die ganze Nachbarschaft mit ihren Spielhöllen terrorisieren, willst nicht das Kind von Leuten sein, die, man kann es drehen und wenden, wie man will, nicht in der Lage sind, ihren Teil zur Gesellschaft beizutragen. Sag es ins Mikrofon, Nhung. Sag, dass du das auch alles nicht willst, jetzt, wo sich der Boden unter unseren Füßen zurückzieht.«

Ich versuchte, mich aus den Armen von Moses Vater zu winden. Er ließ mich los, das schon, doch die Augen der Menschen hielten mich gefangen, sie fesselten mich mit ihren Blicken an das Podium, und währenddessen hielt man mir ein Mikrofon unter die Nase.

»Sag es, Nhung, du willst das doch auch alles nicht?«

»Natürlich nicht!«, schrie eine Frau in der Menge.

»Sag es, Nhung.« Die Stimme von Moses Vater klang plötzlich sanft und beruhigend. »Du musst es höchstpersönlich ins Mikrofon sagen. Ich bin da, um dir zu helfen, siehst du all die Menschen hier, du brauchst es nicht allein zu tun. Wenn du es sagst, werden sie dich in die Arme schließen und sich um dich kümmern wie eine echte Familie. Was passiert, ist alles nicht so einfach, nicht wahr?«

Tränen liefen mir über die Wangen.

Ich nickte.

»Du hast doch auch Angst, oder, Nhung?«

Ich nickte.

»Ich auch. Wir alle.« Seine Stimme nahm einen anderen Tonfall an: Er flüsterte beinah, sprach zu uns wie ein fürsorglicher Vater. Er sprach leiser, aber nicht weniger kämpferisch.

»Das Meer kennt kein Mitleid. Es hat kein Herz, nichts. Mit roher Gewalt entreißt es uns im Nullkommanichts die Hälfte unseres Bodens, und was wird aus uns? Was wird aus uns …«

Ich wusste nicht, was ich sagen sollte. Ruhiger fuhr Moses Vater fort: »Und sag nicht, dass wir intolerant sind, denn das sind wir nicht, wir haben auch Angst, wir wollen dir helfen, vergiss das nicht, mit allem, was in uns steckt, wollen wir helfen, dir weiterhelfen, dir helfen, wie du dir selbst mit deinen Diktaten, deinen guten Noten hilfst. Wir wollen dir Bildung beibringen, wir sind bereit, dir alles beizubringen, was wir wissen, aber dazu muss man sich lösen von allem, was einen zurückhält. Allen Menschen, die einen zurückhalten. Allen, die nicht bereit sind, ihren Teil zur Gesellschaft beizutragen. Du willst doch auch die Wärme einer Familie spüren, du willst doch auch nicht mehr allein sein? Sag es, Nhung. Sag es in dieses Mikrofon hier, damit alle, die heute hier versammelt sind, es mit eigenen Ohren hören und dir helfen können. Du willst doch auch dazugehören, zu uns? Sag es ruhig.«

»Ja«, flüsterte ich ins Mikrofon.

»Du willst doch auch, dass wir dich in unsere Arme schließen und uns um dich kümmern, damit du dich losreißen kannst von deiner Herkunft? Von der ganzen Misere. Du willst doch auch eine Familie haben?«

»Ja, sehr gern«, sagte ich weinend.

»Wir können dir alles beibringen. Liebe, Wissen, wir können dir Bildung und Manieren beibringen.«

Jetzt strömten mir die Tränen ohne Unterlass über die Wangen, einen Moment lang sah ich nichts mehr, ich spürte nur noch das metallene Mikrofon an den Lippen: »Ich habe solche Angst. Ich ... Ich ...«, stammelte ich, »ich will nicht mehr allein sein. Meine Mutter fehlt mir. Mein Vater.«

Die Menge klatschte und jubelte los. Die Leute stampften mit den Füßen und riefen.

»Wir lieben dich!«, rief ein Mann.

»Wir sind deine Mutter, wir sind dein Vater«, sagte Moses Vater.

»Du gehörst zu uns!«, rief ein Dritter. Ich wischte mir die Tränen weg.

»Solltest du nicht den Menschen etwas sagen, die dich mit offenen Armen aufnehmen, die dich aufnehmen, als wärst du ihr eigen Fleisch und Blut?«, sagte Moses Vater. Ich verstand nicht, was er meinte. Moses Vater half mir auf die Sprünge. »Wenn einer etwas für den anderen tut, was sagen wir dann ...«

»Ach ja. Vielen Dank«, sagte ich. »Vielen Dank, euch allen.«

Ich rannte aus der Kneipe. Hinter mir hörte ich die Menschen schreien und lachen. Einige traten vor lauter Adrenalin den Einarmigen Banditen kaputt. Die Antillianer, die draußen vor der Kneipe standen, versuchten mich mit hundert Armen gleichzeitig zu packen und festzuhalten. »Was hast du gemacht?«, riefen sie. »O mein Gott, was hast du da drinnen nur gemacht!« Ich ignorierte sie, riss mich los und rannte davon.

Nach allem, was ich auf dem Podium gesagt hatte, fühlte es sich an, als hätte mir jemand das Herz aus dem Leib gerissen. Die Leute bringen einem zwar bei, was man im Leben alles bekommen kann, ein Auto oder ein Grundstück oder Lakritze, aber sie sollten einem auch beibringen, dass es Dinge gibt, die man hegen und pflegen muss, weil man sie sonst verlieren könnte.

Beiahêm II (und Zehenfragen)

An einem Ende des Dorfes tritt der drängende Fluss fast über die Ufer, am anderen Ende bändigen die Dorfbewohner das ungeduldige Meer, das im Anmarsch ist. Das ewige Pumpen, nur um nicht den Boden unter den Füßen zu verlieren und keine nassen Zehen zu kriegen. Wie es wohl mit den Füßen der Leute 12 098 Kilometer weiter östlich aussieht? Oder der Leute, die vor tausend Jahren gelebt haben, wie haben ihre Zehen wohl ausgesehen? Waren sie von der ständigen Nässe genauso durchweicht und runzlig? Konnte man die auch wie ein nasses Handtuch über dem Waschbecken auswringen? Ich bin traurig, weil ich schon mein ganzes Leben an einem Ort wohne, den es eigentlich nicht gibt, einem Ort tief unter dem Meeresspiegel und ohne jede Daseinsberechtigung.

44

»Und was machen wir jetzt?«, fragte ich Moses Vater in der Mittagspause.

»Warten«, sagte er.

»Worauf?«

»Bis das Eis dick genug ist.«

Am Vormittag hatte Mose mich im Unterricht am Ärmel gezupft und gefragt, ob ich in der Mittagspause bei ihr Tee trinken wolle. Vor nicht mal einer Woche hatte ich auf dem Podium in der Kneipe gesagt, was ich gesagt hatte, und Moses Vater hatte mir Liebe und eine Familie versprochen.

Ich spielte mit dem Keks, der auf der Untertasse lag. Moses Vater hatte einen Schuss Milch in den Schwarztee gegeben, und der schwamm wie eine komische Wolke in meiner Tasse rum. Ich mochte keine Milch. Keiner aus meiner Familie mochte Milch. Das hatte bestimmt was mit unseren Genen zu tun. Oder mit der Angst, dass wir sonst genauso kalkweiß wurden wie zum Beispiel Zebra und Angel. Die tranken nämlich ganz schön viel Milch am Tag und waren ganz schön weiß. »Eins plus eins ist zwei«, sagte Papa immer.

Das hatte ich auch zu Moses Vater gesagt, nicht das von den kalkweißen Leuten, denn das war er ja auch, aber dass ich keine Milch mochte. »Von Milch bekommst du starke

Knochen«, hatte er geantwortet, »Milch macht dich groß und stark. Sonst bleibst du immer so klein und mickerig, trink sie aus, dann wirst du ein starkes Mädchen und kannst in die große weite Welt hinaus.«

»Warum warten wir, bis das Eis dick genug ist?«, fragte ich ihn. Mose saß am großen Esstisch, legte ein Puzzle und schien sich nicht für uns zu interessieren. Das viele Reden langweilte sie.

»Wenn das Eis dick genug ist, gehen wir weg«, sagte er. »Wir mögen dazu verdammt sein, ewig hierzubleiben, aber wir machen uns einfach nichts daraus, wir müssen die Elemente austricksen.« Er wurde lauter und klang furchtbar stolz. Er sprach so, als würde ihm eine große Menschenmenge zuhören. Als ob er sich nachts im Bett Sätze ausdachte und sie dann aufschrieb, um sie den Leuten tagsüber sagen zu können.

»Wenn wir überleben wollen, dann müssen wir schlauer sein als die Elemente. Übers Wasser gehen können wir nicht, das konnte nur Jesus, wir sind ja keine Götter, keine Auserwählten, aber wir sind geborene Überlebenskünstler. Wir warten, bis das Eis dick genug ist. Wir sitzen nicht so lange herum, bis das Wasser unsere Häuser verschluckt und uns auslöscht. So dumm sind wir nicht. Es hat keinen Sinn, das Land ständig umzuverteilen, wenn die Pläne jede Woche neu gezeichnet werden müssen. Wir müssen Beiahêm verlassen. Eine andere Möglichkeit gibt es nicht.«

»Amour hat auch mal gesagt, er kann hier weg«, sagte ich. »Er hat es versucht und kam blau im Gesicht zurück. Aber, meinen Sie damit ... wir sollen ... *über*s Eis gehen?«

»Was ist denn deiner Meinung nach das Problem, Nhung?«

»Ich weiß nicht, was Sie meinen«, flüsterte ich, aus Angst, etwas Falsches zu sagen.

»Ich frage dich, was deiner Meinung nach das Problem ist.« Er sah mich durchdringend an. »Warum versteckt ihr euch immer, hast du darüber schon mal nachgedacht? Menschen wie der Fremde, der Fremde, den du Amour nennst, verhalten sich still, und ihr versteckt euch.«

»Wir verstecken uns nicht.« Wenn er so redete, wusste ich nie, wen er mit *ihr* meinte. Aber ich wollte nicht dumm wirken, sonst hätte ich ihn schon gefragt, wer das sein soll, »ihr«.

»Geräuschlos wie die Ratten wuselt ihr im Untergrund«, sagte er. »Meinst du, ich habe das unterirdische Spielcasino der Chinesen nicht gesehen? Glaub nur nicht, dass ich nicht weiß, was die Leute da treiben.«

Ich trank einen Schluck Tee, aber er schmeckte ziemlich ranzig. Ich starrte auf die Milch, die sich einfach nicht mit dem Tee vermischen wollte.

»Triff deine Vorkehrungen und sorge dafür, dass du reisefertig bist. Es kann jederzeit losgehen. Es friert schon vierzig Wochen am Stück. Wir gehen übers Eis.« Mose tickte mit dem kleinen Finger an ihr Teeglas.

Kling-kling-kling.

»Du machst das Glas noch kaputt«, sagte Moses Vater. Mose nahm den Finger weg.

Wie eine ansteckende Krankheit breitete sich die Versteinerung unter den Menschen aus. Genauso wie bei Mama. Jetzt fiel es mir auch bei Mose auf, es fing mit einem winzigen Steinchen beim kleinen Finger an und breitete sich langsam bis zu ihrem Herzen aus. Die Leute machten alles langsamer. Sie sagten, es läge am langen, dunklen Winter, aber ich wusste genau, es lag an diesem Ort. Das macht so ein Ort mit den Menschen. Das hatte der Arzt am Dorfrand gesagt. Aber nicht mit mir, nein, mir würde das nicht passieren! Jeden Abend vor dem

Schlafengehen dachte ich an die Farben des großen Künstlers, das half noch besser als das Heilwasser meiner Mutter. Die Bilder von exotischen Stränden, Kokosnüssen und Meeresalgen. Dann spürte ich ein Prickeln im Kopf und in der Brust, meine Finger wurden warm, und ich wusste, mein Herz würde nicht versteinern.

»Schau mal.« Moses Vater machte die Tür zur Speisekammer auf. »Ich bin schon fast so weit. Ich habe alles Nötige eingepackt und zugeschweißt.«

Ein dicker Schwall Kreuzkümmel und Bockshornklee kam mir entgegen. Und der Geruch von Plastik. Sehr viel Plastik. Seine Speisekammer sah total anders aus als die bei uns zu Hause.

Moses Vater hatte eine Menge Sachen mit Schnüren und Frischhaltefolie zu einem riesengroßen, unförmigen Paket zusammengebunden. Es passte gerade so in die Kammer. Ein geballtes Stück Besitz. Eine Bratpfanne, ein Kissen, Zahnbürsten, ein Schreibtischstuhl, ein Fotoalbum, eine Schublade. Oben lugte die Kufenspitze eines Schlittschuhs durch die Folie und hinten ein Schlitten.

Moses Vater wandte dem gewaltigen Paket den Rücken zu, ging ein wenig in die Knie und steckte die Arme durch zwei Schlaufen. Auf einmal erkannte ich, dass er das Paket mit Absicht so gepackt hatte, es war ein riesiger Rucksack! Ein ganzes Leben zu einem einzigen Paket zusammengebunden, damit man es auf dem Rücken tragen konnte. Auf einmal sah er klein aus. Er musste sich vorbeugen, um nicht das Gleichgewicht zu verlieren. Rechts unten im Paket sah ich ein Glas.

»Was ist in dem Glas?«, fragte ich.

»Welchem Glas?« Als er sich umdrehte, um zu schauen, welches Glas ich meinte, blieb der Rucksack in der Speisekammer stecken.

»Das unten drin«, antwortete ich und tat einen Schritt zurück, damit er nicht mit seinem ganzen Leben auf mich drauffiel.

»Ach, ein paar Samen von hier«, sagte Moses Vater. »Wir wissen nicht, wo wir hinkommen, aber wir müssen Samen mitnehmen, damit wir an dem neuen Ort die Samen unserer Geschichte säen können. Es sind ein paar Wacholderbeeren und die Knolle einer Erdbirne. Stell dir vor, unsere Kinder würden keinen echten Wacholderschnaps mehr kennenlernen!«

Moses Vater konnte so klar und überzeugend klingen. Samen von hier!

»Sind Erdbirne und Wacholderbeeren von hier?«, fragte ich.

»Klar«, sagte Moses Vater. »Es gibt Dinge und Menschen, die nicht von hier sind, deine Eltern beispielsweise, und Dinge, die hier ihren Ursprung haben, etwa der Fluss, der Lehm und die Erdbirne. Für diese herrlichen Dinge müssen wir gut sorgen.«

Er sprach mit einer Bestimmtheit, als hätten sich die Bewohner von Beiahêm die Erdbirne *nicht* unrechtmäßig angeeignet, wie die Menschen es mit so vielen schönen Dingen tun. Natürlich wuchs die Erdbirne hier, angebaut und geerntet von den Händen der Menschen aus Beiahêm, aber er tat so, als käme sie nicht ursprünglich aus Nordamerika. Das brauchte man doch nur nachzulesen!

»Jetzt musst du dir überlegen, was *du* auf den Rücken nimmst, Nhung«, sagte Moses Vater und klopfte auf seinen riesengroßen Rucksack. »Es wird nicht mehr lange dauern, und nimm nur Sachen mit, die du selber tragen kannst. Wir gehen bestimmt ziemlich weit über das Eis, bis wir Land finden. Ich habe meine Samen, ich habe meine Sachen, ich habe alles eingepackt. Und was nimmst du mit?«

Ich musste an den *Dikke Van Dale* denken, den ich erst eingepackt und dann weggeworfen hatte. Vielleicht ist es wieder gelogen, dachte ich. Vielleicht packe ich wieder meinen Rucksack, und es ist wieder umsonst gewesen. Mir kamen schon die Tränen, wenn ich nur dran dachte.

Aber nein, so durfte ich nicht denken. Wenn ich solche negativen Gedanken zuließ, würde nie was Gutes passieren. Jeden Abend zündete ich Weihrauch an, und jeden Abend betete ich um ein Wunder. Die Götter würden wütend auf mich werden, wenn sie sich umsonst für mich angestrengt hätten. Natürlich würden wir gehen.

Ich dachte an meine Mutter. In der Klinik war sie ganz still geworden. So still und schlapp wie die Küchenkräuter, die ohne sie auf der Fensterbank verkümmerten. Meine Mutter saß den ganzen Tag in ihrem Zimmer, sagte nicht mehr viel, und nach ihrer Lebenslust suchten wir vergeblich in der KZT, wir hatten alle Ecken gründlich durchforstet, sie lag wohl irgendwo anders und verschrumpelte. Nach der Schule brachte ich ihr ein bisschen gekochten Reis und Tangsuppe, das war das Einzige, was ich kochen konnte, aber es schmeckte immer noch besser als das Essen in der KZT. Die große Reistonne in der Speisekammer war schon fast leer, und der getrocknete Seetang war wegen eines Wasserschadens faulig geworden. Jeden Abend hatte ich vor dem Schlafengehen Lust auf Marzipan und den Geschmack von zerlassener Butter, aber solche Dinge gab es nicht in der Speisekammer. Im Tiefkühlfach fand ich zwei komplette Gänse, die hätte ich zerhacken können, aber ich traute mich nicht, mit dem Beil zu experimentieren.

Wenn wir übers Eis gehen, suche ich meinen Vater, dachte ich. So groß kann die Welt am anderen Ufer doch gar nicht sein? Mein Vater wäre stolz auf mich, weil ich den Weg übers Eis gemacht, weil ich allen Elementen getrotzt hatte. Ich dachte an den Kahlen, den Weisen und den Reichen. Zum Dank wollte ich ihnen so viele Zigaretten hinlegen, dass sie es in ihrem ganzen Götterleben nicht schaffen würden, sie alle aufzurauchen. Und ich wollte ihnen so viele Gummibärchen kaufen, dass sie Zahnweh davon kriegten.

Moses Vater warf mir ein paar Rollen Frischhaltefolie zu. »Die habe ich noch übrig, darfst du mitnehmen. Hast du wieder was gespart.«

Ich steckte sie in meinen Rucksack. Wie könnte ich Moses Vater je für alles danken, was er für mich tat? Er war so nett zu mir, viel netter als Amour je gewesen war. Jetzt stellte sich Moses Vater mit dem gewaltigen Ding auf dem Rücken zu mir. Er packte mich sanft an den Schultern, sah mich an und flüsterte: »Alles wird gut, Nhung. Bleib bei uns, dann wird alles gut.«

Ich nickte.

»Und wir sind nicht allein. Die ganze Familie geht mit. Alle gehen. Nur die Häuser bleiben zurück. Leere Hüllen. Soll das Meer mit ihnen machen, was es will. Dann werden sie im Frühling eins nach dem anderen vom Boden losgerissen und aufs offene Meer rausgeschleift. Aber bis dahin sind wir längst in Sicherheit. Wenn das Eis schmilzt, sind wir längst am neuen Ort. Triff deine Vorkehrungen.«

»Meinen Sie, dass ich meinen Rucksack packen soll?«

Moses Vater lachte, sein Blick war warm, ganz anders als der von Amour, als er mich angelogen hatte. »Ja, packe deinen Rucksack. An dem neuen Ort werden wir eine Menge brauchen, um uns eine Existenz aufzubauen.«

»Geld zum Beispiel?«

»Wo denkst du hin, Kindchen. Einen Haufen Gold müssen wir mitnehmen, wenn wir dort drüben ein neues

Dorf aus dem Boden stampfen wollen. Triff deine Vorkehrungen. Wer keinen Beitrag leistet, den können wir nicht mitnehmen.« Er strich mir zärtlich über den Kopf, mein Haar war statisch aufgeladen und blieb an seinen Fingerspitzen kleben, auch nachdem er sie vom Kopf weggenommen hatte.

Triff deine Vorkehrungen.

Ein gut gepackter Rucksack, hieß das also, und ein Haufen Gold. Dann kann mir am neuen Ort niemand dumm kommen. Weil ich einen Haufen Gold bei mir habe.

Die Erdbirne

Die Indianermänner hatten Haare wie Hahnenkämme. Vor Hunderten von Jahren, so zu der Zeit, als die französischen Siedler kamen, bauten die Véntun-Indianer außer Mais und Sonnenblumen auch Erdbirnen an. Und sie handelten mit Biberpelzen. Mit weichen, glänzenden Pelzen. (Zebras Mutter hat so einen Mantel, sie tappt wie ein Riesenbiber durch die Straßen von Beiahêm.)

Die Geschäfte gingen so gut, dass die Véntun in einen Biberkrieg mit einem Nachbarstamm im Süden verwickelt wurden. Sie schlachteten einander ab, um die Konkurrenz auszuschalten. Ein Großteil der Véntun ging dabei drauf. Genauso blutig wie bei den Bulldoggenkämpfen an Weihnachten ging es zu. Die überlebenden Véntun wurden beim feindlichen Stamm aufgenommen. Alle Kinder mussten die neue Sprache lernen, die Frauen wurden mit einem Mann aus dem anderen Stamm verkuppelt, alle mussten ihre Identität aufgeben und die neue annehmen. So was würde mir nie passieren. Nie im Leben heirate ich einen Fremden, aber die Sprache eines Feindes lernen zu müssen schien mir noch schlimmer als alles andere.

Der Franzose Samuel de Champlain war nervös, als er mit dem Schiff nach Nordamerika fuhr. Er war stolz darauf, Forschungsreisender zu sein und Kartograf (das ist jemand, der Karten für Atlanten macht, stand im Wörterbuch).

Auf dem Schiff dachte Samuel an Frankreich und dass dort

schon alle Straßen und alle Flüsse eingetragen waren und die Menschen daher wussten, was wo war, und wo was. An dem neuen Ort, an den er kommen würde, warteten noch unentdeckte Gewässer darauf, von ihm eingetragen zu werden.

An dem breiten, tosenden Fluss am Fuß des gewaltigen Königsbergs hackte Samuel so lange, bis eine offene Stelle entstanden war, und baute dort eine Festung.

Er begegnete einem Indianer, dem Häuptling der Véntun. Den wenigen Véntun-Indianern, die noch nicht in Gefangenschaft geraten waren, sah er beim Bisonhäuten zu und wie sie ihre Wettläufe veranstalteten, damit die Pflanzen besser wuchsen; er erlernte das Speerwerfen von ihnen und sah, wie sie Pelze und Felle über den Schultern trugen. Als die schönste Frau des Stammes ihm eines Morgens die Brust bemalte, beschloss er, ihnen zu helfen.

Sie fuhren den Strom hinauf. An einem See versteckten sie ihre Kanus und gingen zu Fuß weiter. Nach einem langen Marsch gelangten sie zur Festung des Feindes. Es kam zu einem blutigen Kampf. Sie kämpften drei Stunden, Samuel bekam zwei Pfeile ins Bein, er zog sie mit einem Ruck wieder raus. Der Angriff war misslungen, aber sie konnten fliehen. Samuel hinterließ eine Blutspur am Fluss; er dachte an Frankreich, an seinen Vater, seine Mutter, an die Flüsse in der Heimat, aber er musste noch den ganzen Winter bei den Véntun ausharren, bis er wieder gesund war.

Als Moses Vater an dem Nachmittag mit seinem riesigen Rucksack auf dem Rücken in der Speisekammer stand und über Samen und Knollen sprach, über das, was uns gehört und uns eigen ist, da klang seine Stimme so bestimmt, so selbstsicher und überzeugt. Er tat so, als ob es nicht stimmte, als ob das alles nicht stimmte, dass nämlich genau dieser Samuel de Champlain der Erste gewesen war, der die Knolle, das Gewächs, das Ding unten im Glas in dem riesengroßen Rucksack, die Erdbirne, in einem seiner Reiseberichte erwähnt hatte. Die Erdbirne war ursprünglich von den Véntun-Indianern, von der anderen Seite des Ozeans hergekommen, vor vielen, vielen Jahren. Und Moses Vater tat so, als ob sie von seinem Boden käme, von Beiahêm! Aber das traute ich mich ihm an diesem Nachmittag alles nicht zu sagen.

Winter Winter

(ab Mitte Januar)

45

In den Tagen danach klopfte mein Herz wie wild, als würde ein Specht unermüdlich darauf rumhacken. Ich kämmte mir sorgfältig die Haare, gab mir Mühe, mich hübsch anzuziehen, wenn ich zur Schule ging, und fühlte mich sogar wohl in den selbst genähten Kleidern. Über jede Kleinigkeit musste ich lachen. Einmal vergaß ich meine Fäustlinge und spürte erst an der Schule, dass kein Blut mehr in meine Fingerspitzen floss. Es war mir egal, dass mir der sabbernde Idiot vor dem Einkaufszentrum nachpfiff und der Antillianer auf dem Scooter mir die Pommestüte aus den Händen riss. Und völlig egal, dass der Wind den Geruch des rostigen Elektrizitätswerks ins Dorf blies und ihn, zu Anfang des neuen Jahrs, tief über den Häusern hängen ließ.

Ein neuer Ort … dorthin aufzubrechen, wo mein Vater war! Ich konnte an nichts anderes mehr denken. Moses Vater hatte seine Wacholderbeeren und die Erdbirne schon eingepackt, und auch Schlittschuhe und Schlitten, aber woher wusste er, dass es dort, wo wir hingingen, Eis und Schnee gab? Woher wusste er, ob es dort Erde gab und Schlamm, um Erdbirnen anzubauen? Hier ziehen die Menschen mühsam Furchen in den Schlamm, kämpfen gegen den Winter, hacken das Eis weg, pflanzen immer wieder vergeblich Blumenzwiebeln in den gefrorenen

Boden, beten um Sonne. Gibt es eigentlich auf der Welt auch noch Orte, wo das anders ist, wo die Jahreszeiten von selbst aufeinanderfolgen? Wo der Frühling mühelos den Winter ablöst und dann wie von selbst in den Sommer übergeht? Wenn ich etwas nicht sehe, heißt das doch noch lange nicht, dass es das nicht gibt. Raubvögel sehen doch auch Farben, die für uns unsichtbar sind, das hat mir Binck mal erklärt, gibt es die Farben dann etwa nicht?

Ich malte mir aus, dass der Boden dort weich und fruchtbar war und das Wasser die helle Farbe *Sminz* hatte, der Himmel war *papel*, die Männer hatten eine *brunz*-glänzende Haut und die Frauen eine samtene in der Farbe *Lalet*. Die selbst erfundenen Farben brachten mich zum Lachen.

Ich fühlte mich wie ein Pionier. Wie Samuel aus Frankreich. Wie mein Vater. Ich war kurz davor, alles hinter mir zu lassen und ins Unbekannte aufzubrechen. Etwas in mir schwoll an, mit einem großen Flimmern, einem Leuchten. Die neue Welt wäre ganz anders als alles, was ich kannte, nicht mal wie das, was in allen Büchern beschrieben war, sie wäre viel mehr. Wo ich hinging, war alles größer. Ein Ort, wo die Edelsteine atmen und die Blumen eine Seele haben.

Beim letzten Mal hatte ich mich dumm angestellt. Ich hatte meinen Rucksack rasch und unüberlegt gepackt, ganz kopflos! Diesmal aber nicht. Das Risiko, dass ein Aufbruch auch beim zweiten Mal schiefgeht, dachte ich, ist doch sehr klein, die Engel geben mir keine zweite Chance, damit es wieder schiefgeht, das wäre doch wirklich sadistisch. Diesmal muss alles glatt gehen, und das fängt beim Packen an. Wirklich, diesmal muss ich mich klüger anstellen, Schluss mit den Wörterbüchern.

Ich stand in meinem Zimmer und sah mir mein altes Spielzeug an. Lisa, meinen Krokodilbären. Das Glas mit Murmeln. Das Laufrad. Am liebsten hätte ich alles mitgenommen, aber es würde nie in meinen Rucksack passen.

Ich seufzte. Praktische Erwachsenensachen waren wichtiger. Kleider. Unterwäsche. Zahnbürste. Pirouette. Geld. Das war das Wichtigste: Geld. Einen Haufen Gold, hatte er gesagt. Ohne eigenen Beitrag müsste ich hierbleiben. Das hatte Moses Vater ganz deutlich gesagt, mit Geld kann man alles kaufen, ein Haus, ein Bett und Selbstvertrauen.

Am Mittwoch ging ich zur Grünanlage. In genau zwei Monaten hatte ich Geburtstag. Fast ist es so weit, dachte ich, am 15. März werde ich zwölf. Obwohl mein Vater noch kein Jahr weg war, fühlte es sich wie eine Ewigkeit an. Ich versuchte mir vorzustellen, was er mir beim Wiedersehen schenken würde. Neue Stifte in allen Farben des Regenbogens, wie die von Angel. Oder eine Flasche Spiritus, um die toten Frösche aus dem Garten zu konservieren.

Da, wo beim Wassergraben ein Pfad war, hackte ich mit Amours Messer eine Bärlauchzwiebel aus dem Boden. Der Boden war gefroren, es dauerte ein bisschen, bis ich die Erde mit der Messerspitze gelockert hatte. Ich musste eine Zwiebel oder ein paar Samen finden, etwas von hier. Moses Vater hatte gesagt, wir müssen Samen von hier mitnehmen, damit unsere Geschichte wieder Wurzeln schlagen kann. Ich wusste nicht, ob Bärlauch von hier war, aber ich musste ihm zeigen, dass ich bereit war mitzudenken, meinen Teil zum Erhalt unserer Kultur beizusteuern, dass ich den Ort, wo wir herkamen, respektierte. Ich konnte mir keine Zwiebel vorstellen, die das alles enthielt, aber Bärlauch roch gut, und am neuen Ort würden die dunkelgrünen Blätter sich toll machen.

Die Zwiebel fest in der Hand, ging ich gegen sechs nach Hause zurück. Von Weitem sah ich, wie sich die schneebedeckten Wipfel der Pappeln über Beiahêm beugten, als ob ein starker Südwestwind wehte. Im Dorf gingen die Lichter an, und ich war stolz darauf, dass ich meinen Teil zum neuen Ort würde beitragen können.

Jetzt noch das Geld. Das Geld, das Geld, sagte ich vor mich hin, sonst war alles umsonst.

46

Am nächsten Tag lag er plötzlich da. Ich weiß nicht, irgendetwas schwante mir. Er versprach nichts Gutes. Ein großer weißer Umschlag auf der Fußmatte. Jetzt, wo der Wasserstand immer weiter stieg, erzählte uns Herr Lever, was er so in der Kneipe aufschnappte. Die ersten Häuser im Deichvorland, die nah am Wasser standen, mussten evakuiert werden. Die Bewohner bekamen einen Brief mit der Aufforderung zu gehen. »Zu ihrer eigenen Sicherheit«, so drückte sich Herr Lever aus. Ich brauchte mir keine Sorgen zu machen, andere Häuser waren dem Wasser viel näher, aber trotzdem hatte es eine heftige Diskussion gegeben, ob die zuletzt angekommenen Bewohner von Beiahêm nicht als Erste wegsollten.

Beunruhigt ging ich mit dem Brief durchs Wohnzimmer, und mir fiel keine andere Stelle ein, wo ich ihn hätte hinlegen können, als unter den undichten Blumentopf. Nicht mehr dran denken. Vielleicht hat das Wasser ja morgen die Wörter verwischt. Im Moment hatte ich Wichtigeres zu tun.

Pack deine Sachen. Triff deine Vorkehrungen.

War es nicht witzig, dass Leute, die kurz davor waren wegzugehen, alle genau dasselbe sagten? So hatte Amour es gesagt und Moses Vater auch. Aber diesmal ließ ich mich nicht reinlegen, keiner konnte mich am Weggehen hindern. Fehlte nur noch das Geld. Ein Riesenhaufen Gold, ein ganzer Berg. Ich fragte mich, wann etwas ein Berg ist, wie hoch es sein muss, damit es diesen Namen verdient. Muss es so hoch sein wie der Hügel hinterm Schulhof, wo Eloy versuchte, Mädchen zu küssen, oder verdiente es den Namen erst, wenn es stolz in den Himmel stach wie der Zwiebelturm der Kirche? Und wie viel Geld war das, ein Berg Gold? Wievielmal unsere Haushaltskasse, wie viele Tonnen Reis, wie viel Lakritze?

Ich nahm meinen Notizblock und schrieb auf, was wir so alles besaßen.

Erstens: vier Esszimmerstühle. Von Papa gemacht. Eigenhändig aus der Eiche gehackt. Aus Holz. Schwer.

Zweitens: der Esstisch. Aus Kirschholz. (In der rechten Ecke der Tischplatte ist eine Fliege auf dem feuchten Lack gelandet. Die kann man noch sehen.)

Drittens: das Ledersofa.

Nachdem ich mir alles notiert hatte, klingelte ich bei den Nachbarn. Lässig an den Türpfosten gelehnt, fragte die Nachbarin, was ich wollte. Egal, was passiert, sagte ich mir, du darfst sie nicht zum Lachen bringen. Ihre Zähne waren nämlich schwarz vom Zucker, es sah gruselig aus, so was wünschte man niemandem.

»Ja, die Esszimmerstühle würde ich nehmen«, sagte sie. »Und den Tisch aus Kirschholz auch.«

Ich sah sie erstaunt an. Ich dachte, ich müsste sie davon überzeugen, wie schön unsere Sachen sind, doch sie sagte einfach, sie wolle sie haben.

»Wie viel?«, fragte sie.

»Fünfzig.«

Die Frau runzelte die Stirn und lachte los. Mir war, als

würde ich die Würmer in ihrem Mund rumkriechen sehen, und ich schaute weg.

»Vier kannst du haben«, sagte sie, »und dann schleife ich die Fliege selber ab.«

Wie sollte ich das Geld je zusammenkriegen, wenn ich die Sachen für so wenig verkaufte! Ich schüttelte den Kopf.

»Sie kosten fünfzig«, sagte ich.

Die Nachbarin knallte mir die Tür vor der Nase zu. Ich sah mich um. Es war still. Niemand auf der Straße, alle Vorhänge zu. Ich hörte nur das Rieseln des Schnees, der meine Fußstapfen in dem fremden Garten leise zudeckte. Mein Finger wanderte zur Klingel. Keine Reaktion. Ich wartete ein bisschen, sonst war es unhöflich, dreiundzwanzig, vierundzwanzig, und klingelte noch mal. Sie machte auf.

»Vier ist okay«, sagte ich.

Ich feuchtete die Finger an und zählte das Geld zwei Mal nach, in der Hoffnung, dass sie doch was dazugetan hatte. Ich sah, dass es sie beeindruckte, wie ich das Geld zählte. Schnell und sachkundig. Von meiner Mutter gelernt. Ich faltete die Scheine zusammen und steckte sie hinter den Gummizug meiner Unterhose. Sie verfolgte jede meiner Bewegungen.

Vier, sagte ich mir, aber was bringt mir das?

Am nächsten Tag verkaufte ich unser Ledersofa. Der Antillianer an der Bushaltestelle suchte was, um in seinem Videozimmer drauf zu chillen. Er holte das Sofa mit Freunden ab. Wenn Mama gewusst hätte, dass vier Antillianer im Wohnzimmer standen, wäre sie vor Schreck an ihrer eigenen Spucke erstickt. Die schneebedeckten Dreadlocks der Männer schlenkerten hin und her, als sie das Sofa durch die Tür zu bugsieren versuchten, es sah schön aus. Sie ließen das Sofa stehen und kamen mit einer Säge zurück. Drei Stunden später war das Sofa entzwei. Der Antillianer warf die Arme in die Luft und rief, jetzt sei das Sofa kaputt. Er forderte Rabatt.

»Ich gebe dir den halben Preis«, sagte er.

»Nein«, antwortete ich. »Um den Preis wird nicht gefeilscht.«

»Aber das Sofa ist kaputt! Es ist entzwei. Wie soll ich das machen, wenn ich mal ein Mädchen zu mir mitnehme?«, rief der Antillianer. »Na? Wie soll ich das machen? Soll sich etwa jeder auf eine Hälfte setzen?«

»Um den Preis wird nicht gefeilscht«, wiederholte ich.

Seine Freunde spuckten auf den Boden, und der Antillianer hob die Säge hoch in die Luft, er wollte mir wohl etwas klarmachen.

Wir müssen die Dinge nach und nach hinkriegen, hatte Amour mal zu mir gesagt, im Leben geht nichts von alleine oder auf Anhieb. Wir müssen den Berg Schritt für Schritt erklimmen, ohne den Blick zu oft auf den Gipfel zu richten.

Ich bekam nicht viel dafür, aber ich musste jedes Angebot annehmen. Ich gab dem Antillianer fünfzig Prozent Rabatt.

In derselben Woche verkaufte ich auch die Perlmuttvase, die Glühbirne aus der Diele, einen Küchenschrank, mein Kopfkissen, den Fernseher und schließlich auch einen Teil von unserem Plastikbesteck.

Jetzt, wo ich ohne Stühle auf dem Fußboden aß und ohne Tisch meine Hausaufgaben auf der Arbeitsplatte machte, fragte ich mich, wozu wir je Stühle gebraucht hatten, warum irgendjemand je geglaubt hatte, dass er einen Stuhl brauchte. Ich fragte mich, ob es den Urmenschen, als sie noch keine Stühle hatten, besser oder schlechter gegangen war. Und ob die Erfindung des Stuhls sie besser oder schlechter gemacht hatte.

Ich zählte das Geld noch zehn Mal nach, ich mochte das Gefühl der Scheine zwischen den Fingern. Den Umschlag unter dem Blumentopf versuchte ich zu ignorieren. Innerhalb einer Woche hatte ich einen kleinen Packen Geldscheine verdient. Keine großen, aber trotzdem waren sie zu dick, um sie unter den Gummizug meiner Unterhose zu klemmen. Ich versteckte sie unter einem Stein hinten im Garten. Wenn die Chinesen uns überfallen, ist der Stein im Garten der sicherste Ort, dachte ich. Und wenn die Spinnertante Geld eintreiben will, findet sie nichts. Wer schaut schon unter einen Stein? Und wie Pirouette geguckt hat, als ich ihr das ganze Geld zeigte! Ich war froh, dass ich eine so gute Freundin hatte.

Ich verkaufte immer weiter und sah, wie der Stein im Garten Tag für Tag in die Höhe wuchs von dem ganzen Geld, das darunter wucherte. Ich konnte nicht mehr schlafen, wegen allem, weil ich so viel verkauft hatte, weil es bald losgehen würde. Der wachsende Stein im Garten kümmerte sich nicht um meine Aufregung, er lag ruhig da wie eine jahrhundertealte Schildkröte mit einem moosbewachsenen Panzer.

47

Als ich wach wurde, lag ich in einem nassen Bett. Ich bohrte den Finger in die Matratze, die sich matschig und kalt anfühlte. Sie war von meinem Pipi durchweicht. Ich schaute unters Bett. Zum Glück war es da nicht nass, wie in meinem Traum. Auch der Schreibtisch war nicht weggespült, mein Zimmer stand nicht unter Wasser, und Pirouette war nicht ertrunken, sie schaute gemütlich zum Fenster raus.

Der Moment war gekommen, den Brief von der Wasserbehörde zu öffnen, es ließ sich nicht mehr aufschieben. Schon eine Woche versuchte ich, ihn zu ignorieren. Ich trank einen Schluck Tee aus dem Becher, der neben meinem Bett stand, er war kalt und bitter. Mit dem Pyjamaärmel rieb ich mir über die Zunge. Stell dich nicht so an, sagte ich mir, als ich den Blumentopf hochhob. Ein Brief kann dir doch nichts Böses antun. Es sind nur Wörter. Wörter können dir nichts antun.

Das Briefpapier war dünn und zart, beinahe durchsichtig. Jetzt sah ich, dass es kein Brief von der Wasserbehörde war, sondern ein Brief für meine Mutter. Briefe für sie hatten meistens eine lange Reise hinter sich, manchmal irrten sie jahrelang umher, bevor die Stimmen aus ihrer Vergangenheit zu ihr drangen. Vielleicht reisten Briefe von weit her ja durch die Luft und blieben, so stellte ich es mir vor, am Bestimmungsort angekommen, dann in den Baumwipfeln hängen. Erst wenn die Zeit reif war, fielen sie herunter und wehten ins Dorf.

Ich las, was in dem Brief stand.

Sie kommen – sorg dafür, dass du das Geld parat hast.

Manche Dinge vergisst man nicht so leicht. Außer Bincks Mutter, die hatte eine Krankheit, bei der sie alles vergaß, nicht nur Dinge, sondern auch Menschen, sie vergaß sogar, dass Binck ihr Sohn war. Er musste sich seiner Mutter jeden Tag von Neuem vorstellen. Aber jetzt vergaß ich glatt, Luft zu holen.

Mein durchnässter Schlafanzug fühlte sich klamm und schmuddelig an. Ich darf den Kopf nicht verlieren. Das sagte ich mir. Mir keine Angst machen lassen. Genauso wenig, wie wenn ich im Unterricht alle Flüsse aufsagen muss.

Ich wusste nicht, ob der Brief eine Warnung oder eine Drohung sein sollte, von wem der Brief war, wer zu uns käme, ob die Chinesen oder vielleicht die Spinnertante, aber auf gar keinen Fall würde ich jemandem etwas abgeben! Ich brauchte das Geld, um von hier wegzukommen, Moses Vater hatte sehr deutlich gemacht, dass ich selbst dafür verantwortlich war, mich gut auf die Expedition vorzubereiten. Der Stapel Scheine war noch lange nicht hoch genug, ganz bestimmt nicht so viel wert wie ein Berg Gold, und den sollte ich jetzt abgeben! Der Brief strahlte Gelassenheit und Schlichtheit aus, er musste von den Chinesen kommen, denen, die in der Abenddämmerung ohne Falten auf der Stirn oder Unruhe in der Brust durchs Dorf spazierten. Die Gelassenheit der Chinesen versetzte mich in Angst und Schrecken, und genau deswegen, wegen ihrer furchterregenden Beherrschtheit, hielten sie die Glücksspieler in Schach. Ihretwegen brachen sich die Leute ein Bein, wurde Boden verteilt und wieder umverteilt, wurden Häuser ausgeräumt und Bushaltestellen beim Glücksspiel eingesetzt, und trotzdem ließen sie sich keine einzige Regung anmerken. Die konnten mich mal. Es war bald Zeit für den Aufbruch, das hatte Moses Vater gesagt.

Ich sah die Jacke meiner Mutter an der Garderobe hängen, jetzt waren ihre Umrisse rausgefallen, und die Jacke war seelenlos. Mir wäre es lieber gewesen, Mama nach der Schule an irgendeinem seltsamen Ort vorzufinden, zusammengekauert im Wäschekorb oder unter dem Esstisch, als bei der Kzt. Doch sosehr sich die Sonne anstrengte, die Eisschicht um ihr Herz war kaum geschmolzen.

Ich sah durchs Dachfenster in den Garten. Zu dem Stein. Wie viel Geld musste man mitnehmen, wenn man an einen neuen Ort ging? Hundert, vielleicht sogar zweihundert Goldmünzen, mindestens. Der Stein im Garten wuchs längst nicht schnell genug. »Die Kirmes«, sagte ich leise. Mein Atem machte einen Kreis auf die Scheibe.

Gebrauchsanweisung für Glück und Unglück – Khong Nen

Zieh dir niemals eine Unterhose über den Kopf, es zerfrisst das Gehirn (man wird dumm davon).

Iss viele Fischköpfe (man wird schlau davon).

Beim Reisessen nicht heulen (zumindest, wenn man nicht mäusearm werden will).

Abends nicht die Haare kämmen. Abends nicht in den Spiegel schauen. Im Haus keinen Regenschirm öffnen (bringt Unglück, Grund: unbekannt).

Nicht mit Stäbchen klopfen (beschwört Geister herauf).

Weiß ist die Farbe der Trauer, Rot die Farbe des Glücks.

Die 4 ist eine Unglückszahl (bedeutet dasselbe wie der Tod).

Die 888 ist eine Glückszahl.

Die 9 steht für lang anhaltendes Glück.

Die 7 heißt: aus und vorbei. Nach einem Begräbnis 7 Gerichte servieren (Vorsicht: nicht an einem normalen Tag, wenn niemand gestorben ist).

Für mein Vorhaben brauchte ich alles Glück der Welt. Um sämtliche Engel günstig zu stimmen, musste ich alle Regeln sorgfältig befolgen. Ich brauchte nicht nur alles Glück der Welt, auch alle meine Gehirnzellen mussten in Topform sein. Keine Unterhosen über den Kopf ziehen also – nicht mal zum Spaß. Und viele Fischköpfe essen – um klar im Kopf zu bleiben.

48

Ich hatte meine schönsten Sachen angezogen. Ein gelbes Sommerkleid mit lauter Marienkäfern auf den Schultern. Das Kleid war dünn, aber wenn man kurz davor war, etwas Wichtiges zu tun, musste man seine schönsten Sachen anziehen. Auf dem Markt hatte mein Vater es mir gezeigt und gesagt, ich wäre genauso hübsch wie die Marienkäfer auf dem Kleid.

Als ich ankam, war die Kirmes schon in vollem Gang. Ich sah Kinder mit Zuckerwatte rumrennen. Süß und warm roch sie, die magische Zuckerwatte, verdammt lecker. Ich hatte das Geld unter dem Stein herausgenommen und in meinen Rucksack gesteckt. Die meisten Scheine rollten sich von der Feuchtigkeit und dem Schimmel zusammen und waren genauso widerspenstig wie Angels wilde Locken.

Wenn meine Mutter noch zu Hause gewesen wäre, hätte sie mich nicht mit nassen Haaren rausgehen lassen. Dann friert dir das Gehirn ein, hätte sie gesagt. Noch bevor ich den Garten durchquert hatte, waren lauter Eiszapfen in meinen schwarzen Strähnen.

Eine Weile betrachtete ich den Münzschieber, schaute zu, wie die Fünfcentmünzen in den Schlitz geworfen wurden. Sie fielen auf einen großen Berg anderer Münzen, die schon in dem Automaten waren. Solange man immer weiter Geld einwarf, wurde der Berg immer größer. Ein Schieber schob die Münzen hin und her. Wenn man Glück hatte, fiel der ganze Berg Münzen aus dem Automaten, und dann war man reich.

Der Obdachlose trat dagegen. Er hoffte, dass einfach so etwas rausfallen würde. Der Trottel, Geld fiel einem nie *einfach so* in den Schoß. Aber das wissen Obdachlose natürlich nicht. Ab und zu hörte er auf und sah sich das viele Geld an, und dann fing er wieder an zu treten. Spots waren auf das Geld gerichtet, und die Fünfcentmünzen leuchteten alle auf. Der Obdachlose beschimpfte den Automaten. Ich musste größer denken, größer als in Fünfcentmünzen.

Ich wusste nicht, dass ich kurz davor war, mein ganzes Geld zu verlieren. Hätte ich in Ruhe nachgedacht, wäre ich mit dem Rucksack nach Hause zurückgegangen, aber in der Ferne sah ich Binck. Er stand bei einer blauen Bude. Der Lärm der Blechblasinstrumente und Trommeln konnte das Geschrei kaum übertönen. Eine Gruppe aufgeregter Menschen mit Kindern und Haustieren drängelte sich um den Eingang. Zebra und Angel versuchten, sich durchzukämpfen. Auch Herrn Lever sah ich in der unordentlichen Menge stehen. Im Sportunterricht sagte er immer, wir sollten uns ordentlich in die Reihe stellen und warten, bis wir drankamen und den Ball schießen durften. Aber diese Regeln galten anscheinend nicht, wenn man etwas sehr gern haben wollte.

»Nhung!«, rief Binck.

Ich zupfte meine Jacke zurecht, strich mir übers Kleid und fuhr mir mit den Fingern durchs Haar. Dann hob ich die Hand und winkte ihm zu. Beim Eingang sah ich ein Plakat von fünf starken Männern auf glitzernden Motorrädern.

»Was gibt es da?«, fragte ich ihn.

Seine Augen leuchteten auf. Binck erzählte mir, da drinnen wäre eine Art riesiger Luftballon, und die Männer würden mit ihren Motorrädern da reinfahren.

»Wie meinst du das, ›da reinfahren‹?«

»Genauso, wie ich es sage«, sagte er. »Unglaublich! Diese Männer fahren mit ihren Motorrädern in dem Ballon rum. Von unten nach oben.« Er machte komische Bewegungen mit den Armen, um es mir zu verdeutlichen, aber das machte es nicht besser. »Kopfüber fahren sie da und so.« In seiner Hand hielt er das Portemonnaie seiner Mutter. Das hatte er öfter mal dabei. Eigentlich immer, wenn irgendwas verboten war, zum Beispiel, als er mit Eloy zusammen Zigaretten gekauft hatte oder als sie, angeblich für seinen Vater, in der Videothek Schmuddelfilme ausleihen sollten und danach alle Mädchen in der Klasse fragten, ob sie auch so eine labberige Muschi hätten. Bestimmt glaubte er, dass seine demente Mutter es nicht merkte. Und falls doch, dann war es bestimmt wieder vergessen, bis sein Vater nach Hause kam.

Ich sah mir die blaue Bude an. Binck konnte sich gar nicht einkriegen.

»Die Männer auf den Motorrädern rasen wie verrückt«, sagte er. »Das müssen sie auch, weißt du, sonst stürzen sie nämlich runter, wenn sie oben ankommen. Die Nummer machen sie mit bis zu fünf Männern gleichzeitig. Fünf Männer, die zusammen mit ihren Motorrädern in diesem Ballon rumfahren!« Jetzt vergaß auch Binck, Luft zu holen.

»Sie fahren durcheinander und kopfüber und so. Echt irre. Mein Vater hat es auch gesehen. Er hat gesagt, es ist noch besser, als zehn Nutten gleichzeitig zu vögeln.« Binck musste über seine eigenen Worte kichern. Stattdessen hätte er sich lieber entschuldigen sollen, wer sagt schon laut *vögeln* zu einem Mädchen?

»Cooles Kleid.«

Das sagte er einfach so. Mittendrin. *Cooles Kleid.* Ich spürte, wie die Marienkäfer über mein Kleid krabbelten, so toll fühlte sich sein Kompliment an.

»Kommst du mit?«, fragte er.

Ich sah ihn überrascht an.

»Fände ich klasse, wenn du mitkommst. Dir die Nummer ansehen.«

Eine Frau kam johlend wieder raus. »Der Hammer!«, schrie sie. »Echt der Hammer!« Binck strahlte. Die Menschen in der Schlange wurden ungeduldig und schubsten sich gegenseitig.

»Komm, Nhung.« Binck zwängte sich zwischen die Menschen und machte mir Platz. Er griff nach meiner Hand.

»Hast du Geld dabei?«, fragte er.

Bei seinen Worten spürte ich plötzlich, wie schwer der Rucksack auf meinen Schultern war, der Rucksack mit dem ganzen mühsam verdienten Geld. Die Stühle, auf denen wir gesessen hatten, der Tisch, den mein Vater eigenhändig gebaut hatte, die prachtvolle Vase aus Perlmutt, die wir uns so gern angesehen hatten. Vom rechten Stuhl aus konnte man beim Essen sehen, wie wir uns alle drei in der Vase spiegelten. Was dachte ich mir nur! Ich war nicht hier, um mir mit einem Jungen einen dämlichen Ballon anzusehen. Ich war geschäftlich hier, um Geld zu verdienen. Du gehörst nicht zu ihnen, sagte ich mir, es sieht so aus, als wären sie deine Freunde, aber du gehörst nicht dazu. Du gehörst nicht zu Binck, nicht zu Zebra, nicht zu Angel. Nicht mal zu Mose. Du bist nicht hier, um Zuckerwatte zu essen, und schon gar nicht, um mit einem Jungen in eine dämliche Bude zu gehen und dir Männer anzusehen, die der Schwerkraft trotzen. Vielleicht hatte ich nicht genug Fischköpfe gegessen, wenn ich mich so leicht ablenken ließ.

»Willst du nicht?«, schrie Binck, der sich in der Zwischenzeit bis zum Eingang durchbugsiert hatte.

»Doch«, sagte ich, »aber …«

»Dann komm doch! Hast du Geld?«

Ich schüttelte den Kopf und ging mit großen Schritten davon. Die Marienkäfer fielen tot von meinem Kleid runter.

49

»Einmal Kugeln, bitte«, sagte ich zu dem Jungen. »Und ein Gewehr.«

Der Junge sah von seiner Zeitschrift auf. Er hatte eine Zigarre im Mund, als wäre er schon richtig groß.

»Mein Vater ist gleich wieder da«, sagte er. Er zeigte auf die Kirmesbude. Sie waren gerade dabei, sie neu zu streichen, dunkelrot. Die Farbe von Blut, fleckig, als hätte man eine Ladung frisch geschlachteter Schweine dagegengeworfen.

»Er holt gerade Farbe, gleich kommt er mit dem Wechselgeld zurück«, sagte der Junge. Er nuckelte seltsam an seiner Zigarre, mir war gar nicht klar, was er damit erreichen wollte.

»Ich will nicht auf deinen Vater warten«, sagte ich. »Ich will jetzt schießen.« Der Junge kniff die Augen zusammen, als müsste er über etwas besonders Schwieriges nachdenken. Er drückte die Zigarre auf der Theke aus, alles wahnsinnig übertrieben.

Die Schießbude war der einzige Stand auf der Kirmes, wo man seinen Einsatz verdoppeln konnte. Wenn man Marilyn Monroe abschoss, bekam man einen Trostpreis. Wenn man zwei Menschen in Folge abschoss, konnte man den Elefanten mit dem meterlangen Rüssel gewinnen, der oben in der Bude hing. Er war fast so groß wie ich. Aber wenn man beim dritten Schuss den schwarzen Mann traf (ich weiß nicht, wer es war, er hieß Nelson), gewann man doppelt so viel, wie man eingesetzt hatte.

In der Ferne erklang Geschrei und Gejubel, um die blaue Bude herum wurde das Chaos immer größer, es erschütterte den ganzen Marktplatz. Den Gedanken, dass ich jetzt mit Binck in der tollen Bude sein könnte, schlug ich mir aus dem Kopf.

»Kannst du mit einem Gewehr umgehen?«, fragte der Junge.

»Ja«, log ich. Ich öffnete den Reißverschluss und zeigte ihm den Inhalt meines Rucksacks. Er schnupperte einmal und dann noch einmal, als hätte das Geld in einer Badewanne voll berauschend duftendem Wasser gelegen. Das benebelte ihm den Kopf, sein Blick wurde verschwommen. Er streckte den Arm aus und griff nach dem Rucksack, doch ich konnte ihn gerade noch rechtzeitig zurückziehen.

»Erst die Kugeln«, sagte ich.

Er lachte ein bisschen, als hätte ich etwas Komisches gesagt, und versuchte seine Zigarre wieder anzuzünden, doch es wollte ihm nicht gelingen, sie fing nur an zu stinken und schwarz anzulaufen.

»Klar«, sagte er, »aber nur, wenn du den ganzen Rucksack einsetzt.«

Der Junge drückte mir eine kleine schwarze Schachtel mit Kugeln und ein Gewehr in die Hände. Es fiel mir schwer, das Gewehr ruhig zu halten, weil meine Arme so zitterten. Ich wusste, dass ich mich entspannen musste, aber ich bekam das Visier einfach nicht aufs Schwarze gerichtet.

Hol tief Luft, du kannst das, sagte ich mir. Ich versuchte zu zielen, einen kleinen Kreis um das Schwarze zu drehen. Ich versuchte, gerade am Lauf entlangzuschauen und gut zu zielen. Langsam drückte ich ab.

Peng.

Ich musste ein paarmal blinzeln, bevor ich mir sicher war, dass ich es wirklich richtig gesehen hatte. Eine Kugel mitten in Marilyn Monroes rechtem Nasenloch.

Ich machte Luftsprünge, warf die Arme hoch und fühlte mich so, wie Eloy sich gefühlt haben musste, als er wie ein Bekloppter durchs Klassenzimmer gerannt war, weil er eine Wette gegen Binck gewonnen hatte (er hatte es geschafft, eine Zigarette innerhalb von dreißig Sekunden zu Ende zu rauchen).

Der zweite Schuss war weniger zielsicher, aber immerhin traf ich das Auge der Kuh.

Dunkelheit brach über den Platz herein, ein unangekündigter Regenschauer zerstreute die aufmüpfige Menge beim blauen Stand. Noch bevor die Leute ihre Kinder und Tiere erfolgreich unters Schutzdach des Gewürzhändlers verfrachtet hatten, war es schon wieder vorbei. Versuchten die Engel, mir ein Zeichen zu geben? Es konnte doch kein Zufall sein. Zeichen von oben waren meistens ziemlich geheimnisvoll. Zum Beispiel, als Zebras Opa starb. An dem Tag hatte es ununterbrochen kleine Nebeltropfen geregnet. Keiner hatte es bemerkt, nur ich. Ich hatte alles gesehen. Oder das eine Mal, als ich in einem Buch heimlich eine Passage über Sex las und der Wasserkocher in der Küche explodiert war. Mama seufzte, die Sicherungen wären wieder mal rausgeflogen, aber ich sah nach oben und zwinkerte den Engeln zu, weil ich sie total durchschaut hatte. Aber so heftig wie jetzt hatten die Engel noch nie versucht, mir was klarzumachen. Mit einem lokalen Regenschauer.

»Hier, versuch es mal mit dem«, sagte der Junge, als ich mich gerade auf den dritten Schuss konzentrierte. »Es ist unser bestes Gewehr, da kann gar nichts schiefgehen.« Er nahm mir das rostige alte Gewehr ab und tauschte es gegen ein glänzendes, neues. »Damit ist der Torfmann reich geworden«, sagte er.

Alle wussten, dass der Torfmann in der Schießbude eine Menge Geld gewonnen hatte. Von dem Geld hatte er sein Bulldoggenbusiness aufgezogen.

»Echt?«, fragte ich. »Darf ich es echt benutzen?«

»Klar«, sagte der Junge. »Aber kein Wort zu meinem Vater.«

Dieses Gewehr fühlte sich ein ganzes Stück schwerer an. Ich bekam ein schlechtes Gewissen, weil ich gedacht hatte, dass der Junge ganz schön großtat, aber vielleicht war er doch nicht so unsympathisch.

»Okay«, sagte ich. »Danke.«

Mit dem letzten Schuss würde ich so viel Geld gewinnen, dass Moses Vater mir stolz auf die Schulter klopfen würde, weil er sah, dass ich bereit war, meinen Teil beizutragen, Verantwortung zu übernehmen für den Aufbruch, und keine war, die zu sehr nach Langeweile roch.

Ich zielte auf Herrn Nelsons Augenbraue, konzentrierte mich und schoss. Die Kugel flog am Schild vorbei und bohrte sich in die Wand.

Nicht mal knapp daneben.

Zuerst dachte ich, ich hätte noch gar nicht geschossen. Ich kontrollierte, ob die Kugel noch im Gewehr war. War sie nicht. Dann schaute ich zu Nelson, aber der war noch heil. Nasenlöcher, Augenbrauen, Lippen, alles dran. Betrug war es, es musste Betrug sein. Beim dritten Schuss hatte ich genau dasselbe gemacht wie bei den ersten beiden.

Ein Paar neue Schuhe wurden vor mich auf die Theke gestellt. Ich sah sie an, verstand aber nicht, was das sollte.

»Mensch, echt schade«, sagte der Junge vom Schießstand. »Fast hättest du es geschafft. Aber wenigstens hast du zweimal ins Schwarze getroffen. Herzlichen Glückwunsch zu deinem Preis.«

»Aber das sind Männerschuhe.«

»Ja, so gut wie neu. Echtes Leder. Findet man nur noch selten. So hochwertige Schuhe. Die stehen dir bestimmt gut.«

»Sie sind zu groß.«

Der Junge nahm mir den Rucksack weg. Er machte den Reißverschluss auf und füllte das ganze Geld hinter der Theke in ein Glas. Die zusammengerollten Scheine wirbelten gleich wieder raus.

Ich strich über den Gewehrlauf. Er war leicht gebogen … Mein Vater hatte es mir eingetrichtert: Du lässt dir nicht auf der Nase rumtanzen. Wenn jemand dich verprügeln will, schlägst du umso kräftiger zurück. Wenn man dich demütigt, rechnest du mit Blut ab.

»Die Gewehre sind verbogen!«, rief ich. Der Junge sah nichts anderes mehr als das Geld.

»Finger weg von meinem Geld«, sagte ich. Der Junge kippte meinen Rucksack aus, bis kein Schein mehr darin war. Der Vater des Jungen kam mit zwei neuen Farbdosen in der Hand zurück. Er nickte seinem Sohn kurz zu, ging in die Hocke, machte die Farbdosen auf und tauchte den Pinsel hinein.

»Gib mir das Geld zurück«, sagte ich zu dem Jungen.

»Wenn du noch mehr hast, lass ich dich noch mal schießen«, antwortete der.

Ich zeigte mit dem Finger aufs Glas. »Das ist mein Geld!«

»Geh mal einen Schritt zur Seite, dann kann ich den Nächsten bedienen.«

Ich drehte mich um. Da war gar niemand. Ob ich einen Schritt zur Seite gehe! Als ich mit dem Haufen Geld aufgetaucht war, hatte er sich noch ganz anders angehört.

Ich kletterte auf die Theke. Es war mir alles ganz egal. Zur Hölle mit allem. Ich zerrte den großen Bären vom Haken. Der Junge versuchte, mich zu fassen zu bekommen. Aus der Ferne sahen ein paar Leute herüber. Sie lachten und zeigten auf mich. Wie ich diese ganzen Scheißleute aus diesem ganzen Scheißkaff hasste. Ich würde genau das tun, was mein Vater mir beigebracht hatte. Mit Abschaum muss man abrechnen.

»Zur Hölle mit allem!«, schrie ich. »Zur Hölle mit euch allen! Das Geld gehört mir! Es ist mein Tisch, meine Gabel, meine Vase.« In dem Moment wusste ich nicht mehr genau, was ich sagte oder dachte, ein Schwall unzusammenhängender Wörter kam aus meinem Mund. »Es ist mein Tisch, meine Gabel, meine Vase. Hoffentlich verreckt ihr alle an der Pest. Arschlöcher. Drecksäcke. Scheißmongos.« Ich hatte noch nie geflucht, jedenfalls nicht laut, aber die Wörter kamen mir leicht über die Lippen. »Miese Nuttenficker.«

Jetzt mischte sich der Vater des Jungen ein. Er versuchte, mich festzuhalten, aber ich war schneller als er. Ich bückte mich, sprang von der Theke, rannte zu einer Farbdose und schleuderte sie quer durch den ganzen Stand. Ein großer Bogen blutroter Farbe flog durch die Luft.

Wahnsinn, wie das aussah. Wenn Wolken bluten könnten, wenn der Himmel sich rächen könnte, würde es so aussehen, ganz genau so. Ich warf auch die zweite Dose hoch, und Farbe regnete auf die Menschen herab, die inzwischen herbeigeströmt waren. Schlagartig waren sie mit einer dicken Schicht blutroter Farbe verschmiert. Hörbar tropfte sie ihnen über die Haare und Ohren und Nasen auf den Boden. Rasend schnell stieg ich hinter die Theke und schnappte mir das Glas mit dem Geld. Ich fluchte noch ein paarmal, als würde das Fluchen süchtig machen, wenn man erst mal damit angefangen hatte.

Die Leute wrangen sich die Farbe aus den Haaren und strichen sie sich aus dem Gesicht, während ihnen langsam aufging, was da gerade passiert war. Wütend kamen sie auf mich zu, um meiner Raserei ein Ende zu setzen.

50

»Das Miststück haut mit dem Geld ab!«, schrie der Vater. Sein Sohn und er wollten mich fangen, als ich nach dem Glas griff. Aber der Boden der Bude war glitschig, und sie rutschten auf der ganzen Farbe aus wie auf Glatteis.

Aus dem Augenwinkel erkannte ich Binck. Erstaunt schaute er zu mir, er hatte alles gesehen. Der Junge mit den schönsten Grübchen der Welt hatte alles gesehen und war auch voller Farbe. Ich hörte mich wieder »Nuttenficker« und »Drecksäcke« schimpfen, all das hatte Binck gehört. Ich wollte mit dem Glas an der Brust wegrennen, doch Binck hielt mich an den Haaren fest. Kurz bevor ich einen Fuß absetzen konnte, rutschte ich mit dem anderen auf einer Fliese aus. Ich stürzte rücklings zu Boden, es tat einen lauten Schlag, das Glas flog mir aus den Händen und in die Luft. Es wurde still, einen Moment lang jedenfalls. Ich sah die Leute zu dem Geldglas schauen, das durch die Luft segelte. Und als wollte die Sonne auch noch ihren Senf dazugeben, beschien sie jede einzelne Münze im Glas und brachte jeden Schein zum Leuchten. Das Glas landete mit einem lauten Knall auf dem Boden und zerbarst in tausend Teile. Das Papiergeld saugte sich langsam mit roter Farbe voll, und auch das Gesicht der Königin auf den Scheinen färbte sich tiefrot.

Die Leute starrten auf das Geld.

»Rotes Geld ist wertlos«, hörte ich einen Mann sagen. »Schrecklich.«

»Ja, und die Münzen kleben auch aneinander fest«, sagte eine Frau, als fände sie es sehr schade. »Das ist alles nichts mehr wert.«

Der Vater kam mit großen Schritten auf mich zu, doch sein Sohn starrte einfach nur niedergeschlagen auf das Geld. Ich zwängte mich eilig durch die Menge hindurch. Am Rand des Markts angekommen, rannte ich wie der Blitz davon, bis ich kein Geschrei mehr hinter mir hörte. Ich war dran schuld, dass der ganze Ort rot war, das ganze Geld von Blut durchtränkt, und es war alles nichts mehr wert.

Ich rannte ein ganzes Stück, hoffte, so lange zu rennen, bis der ganze elende Mist von mir abgefallen war. Ich rannte über den Deich. Der Lärm der Kirmes hallte übers Wasser. Die Häuser auf dem Deich waren verlassen, alle Nutten auf der Kirmes. Die Holzläden waren geschlossen. Ein Nuttenhaus ohne Nutte sah traurig und sinnlos aus, so wie ein Postamt ohne Briefe oder ein Tagebuch ohne Erinnerungen.

Ich hatte das dringende Bedürfnis, zu jemandem nach Hause zu gehen. Nicht zum Reden oder so, nur, weil ich das unwiderstehliche Bedürfnis hatte, bei jemandem anzuklopfen. Damit der mir dann was erzählte, irgendwas, von dem ich noch nichts wusste. Über unser Sternensystem zum Beispiel oder über die Produktion von Colaflaschen. Ich gab mir große Mühe, nicht zu weinen. Das Meer würde mich auslachen. Dem war nicht zu trauen. Jetzt schwappten die Wellen friedlich und wehmütig an die Küste, stimmte schon, aber das Meer hatte zwei Gesichter.

Wir wussten doch alle, dass es, wie ein verfressenes Monster, große Bissen aus unserem Deich riss, sobald wir ihm den Rücken kehrten.

Wasser drang in meine Stiefel, meine Socken wurden klatschnass vom schmelzenden Schnee, und mir wollte einfach keiner einfallen, zu dem ich gehen konnte. Schließlich sind alle Betrüger, dachte ich.

Alle außer einem.

Er fiel mir urplötzlich ein. Ja, er würde es verstehen. Es konnte gar nicht anders sein. Er würde mir helfen. Ich sehnte mich danach, dass er mich in die Arme nahm. Er war der einzige vertrauenswürdige Mensch, der Einzige, der mir schon die ganze Zeit geholfen hatte, und ich verstand nicht, wieso ich mich ihm nicht schon längst anvertraut hatte.

51

»Kind, wie siehst du denn aus!«, rief Moses Vater. Was für ein Glück, dass er zu Hause war.

Ich zuckte mit den Schultern. Erschreckt sah er auf meine roten Hände. »Was ist denn mit deinen Händen? Hast du dich verletzt?«

Ich schüttelte den Kopf. Ich hatte Angst, dass ich weinen müsste, wenn ich den Mund aufmachte.

»Komm!« Er winkte mich herein. »Komm rasch rein, bleib nicht in der Tür stehen. Ach, sieh dir doch nur deine Hände an! Hast du dich geschnitten? Es waren die Chinesen, oder? Bist du denen in die Finger geraten?«

Eilig rannte er in den oberen Stock und kam mit einem Handtuch, Desinfektionsmittel und einem Verband wieder zurück. Vorsichtig nahm er meine Hände und untersuchte sorgfältig, wo sich die Wunde befand. Er schrubbte mich mit dem rauen Handtuch ab, bis meine Haut anfing zu brennen und meine Finger sich schuppten.

»Was ist das nur?«, rief er. »Was hast du da auf den Händen. Warum geht es nicht ab? So zähes Blut habe ich noch nie gesehen.«

»Nichts weiter«, murmelte ich, »einfach ein bisschen Farbe.«

Moses Vater hörte auf zu schrubben und sah mich erstaunt an. »Farbe?«

Solange er mich nur nicht zwang, zu erzählen, was gerade passiert war. Lieber wollte ich sterben, als ihm davon zu erzählen.

»Was für Farbe?«

»Von ... Ach, nichts weiter«, sagte ich, »ich habe jemand beim Streichen geholfen, und jetzt geht es nicht mehr ab.« Ich schaute auf meine Füße. Das kurze Stocken in meiner Stimme konnte ich sogar selbst hören, er also sicher auch. Garantiert hatte er gehört, dass ich nicht die Wahrheit sagte. Das Wort »geholfen« hatte ein bisschen forciert geklungen. Ich gab mir große Mühe, mich lässig im Wohnzimmer umzusehen, als wäre ich zum ersten Mal hier. Ich suchte nach etwas, nach einem Bild oder etwas anderem, wozu ich eine Frage stellen konnte, um das Thema zu wechseln. Doch mein Blick wanderte zur Speisekammer, in der, wie ich wusste, ein riesengroßes Paket aufbruchsbereit lagerte.

Moses Vater sah mich an und sagte: »Das ist aber sehr nett von dir, Nhung.«

Wovon sprach er denn?

»Dass du jemandem geholfen hast. So was muss in einem stecken, oder?«

»Ja«, sagte ich erleichtert.

»Manche Leute nehmen, nehmen, nehmen immer nur, aber du hast es scheinbar in dir, auch zu geben.« Dann kam Moses Vater rasend schnell zur Sache, als hätte er geahnt, dass ich heute Nachmittag bei ihm vor der Tür stehen würde. »Und ...?«

Als er sah, dass ich keine Ahnung hatte, wovon er sprach, fragte er: »Hast du inzwischen das Geld zusammenbekommen?«

Das Geld, das heute Morgen noch so verschwenderisch unter dem Stein im Garten gelegen hatte.

»Du weißt ja, Nhung, dass wir auf dich zählen«, sagte er. »Nicht nur ich, alle anderen auch. Wenn du erst mal in der Familie aufgenommen bist, gehörst du endgültig dazu. Du hast selbst gesehen, wie die Leute im *Kale Biljart* dich in die Arme geschlossen haben.«

Ich nickte.

»Das ist schön, oder?« Er rieb mir über den Rücken.

»Ich habe unsere Stühle verkauft, aber damit habe ich kaum was verdient«, sagte ich. Ich versuchte, meine Scham zu verbergen.

»Ihr habt doch bestimmt noch etwas anderes außer Stühlen. Irgendetwas. Egal was, solange es mehr ist. Den Tisch, den Boden, schlimmstenfalls die Fenster! Mehr! Mehr!« Er regte sich immer weiter auf, und ich wusste nicht, wie lange es noch dauern würde, bis er herausfand, dass ich alles schon verkauft hatte, dass es nichts mehr gab, was ich noch verkaufen konnte. »Denk besser darüber nach, Nhung.«

»Ich weiß nicht, ob ich mitgehen soll«, sagte ich.

Darauf gab er keine Antwort.

»Ich weiß nicht …«, stammelte ich. »Was soll dann aus meiner Mutter werden … Und was, wenn mein Vater zurückkommt, zu uns nach Hause … Ich weiß nicht … Das ist doch der einzige Ort, wo er uns finden kann und so, verstehen Sie?«

»Hör zu, Nhung.« Er sprach in seinem altbekannten strengen Ton. »Wenn Menschen mit dir rechnen, trägst du eine gewisse Verantwortung. Wenn Menschen dich lieben und in ihre Familie aufnehmen, tun sie es nicht umsonst. Innerhalb der Familie gelten die Gesetze der Gegenseitigkeit.«

Ich gab mir große Mühe, bei allen schwierigen Wörtern zu nicken, als wäre ich ganz seiner Meinung.

»Ich verstehe, dass man dir das vielleicht nicht beigebracht hat, von wem solltest du es auch gelernt haben?«, seufzte er. »Barbaren bleiben nun mal Barbaren, die kennen keine Liebe, kein gar nichts. Aber du solltest wissen, dass wir dich zurücklassen müssen, wenn du kein Geld hast, dann können wir dich nicht mitnehmen. Es gibt eine Chance, von hier wegzugehen. Endlich. Das Eis ist fast dick genug. Was glaubst du, wird passieren, wenn der ewige Winter aufhört und der Schnee schmilzt und alles unter Wasser setzt? Denk gut darüber nach. Es muss doch was geben, etwas, was dein Vater dir hinterlassen hat, etwas Wertvolles? Und wo ist das Geld, das du bis jetzt verdient hast? Das Geld von den Stühlen?«

Ich hätte es ihm nicht erzählen sollen.

»Ich hebe es für dich auf, wenn du willst. Sonst verlierst du es vielleicht noch, und dann war alles umsonst.«

»Es ist zu Hause«, log ich.

»Jetzt ist die Zeit, standhaft und großherzig zu sein«, sagte er. Er packte mich bei den Schultern. »Deine Mutter ist krank. Wenn du an einem besseren Ort bist, wirst du ein besserer Mensch. Und wenn du ein besserer Mensch bist, kannst du alle, die es noch nicht sind, zu guten Menschen werden lassen. Dann kannst du deine Mutter zu einem guten Menschen werden lassen. Liebe nimmt nicht immer die ausgetretenen Pfade, manchmal müssen wir unsere Liebe durch ein Opfer zeigen, auf Umwegen, über scheinbaren Verrat und Betrug. Nur dann kann man dem anderen wirklich helfen.«

Ich nickte.

»Heute ist der Tag, standhaft und großherzig zu sein«, fuhr Moses Vater fort. »Verstehst du, was ich dir sage? Jetzt musst du groß sein.«

Fußschritte waren im Eingang zu hören. Die Tür flog

ins Schloss. Mose kam ins Wohnzimmer. Sie summte das Lied, das wir in der Schule gelernt hatten. *Alle Seefahrer zurück aufs Wasser*. Als sie mich sah, wurde sie blass und ließ ihre Tasche fallen.

»Wie war es auf der Kirmes, Schätzchen?«, fragte ihr Vater.

Mose antwortete nicht, blieb wie angewurzelt stehen. Sie sah mich komisch an. Ich wusste nicht, was ich tun sollte. Sie öffnete den Mund, schloss ihn wieder. Dann ging sie in die Küche, machte den Kühlschrank auf und schenkte sich ein Glas Apfelsaft ein, kam ins Wohnzimmer zurück, setzte sich bedächtig aufs Sofa, ohne mich einen Moment aus den Augen zu lassen. Als sie einen Schluck trank, sah ich, wie sie mich durchs Glas hindurch immer noch anstarrte.

»Denk gut nach«, sagte Moses Vater, »die Leute heben die kostbarsten Dinge an den seltsamsten Orten auf. Irgendwo muss es doch Geld geben?«

Plötzlich zeigte Mose mit dem Finger auf mich. In einem Atemzug ratterte sie runter: »Nhung hat auf der Kirmes Geld gestohlen.«

Ich sah auf. Moses Vater verstummte.

»Sie hat die ganze Schießbude kurz und klein geschlagen«, sagte Mose und zeigte weiter mit dem Finger auf mich. »Sie hat alle ausgeschimpft, mit Worten, die du mir verboten hast zu sagen, Papa. Und dann hat sie das ganze Geld gestohlen.«

Mose trank einen großen Schluck Apfelsaft und ließ den Finger sinken. Ich hielt die Luft an und sah zu Moses Vater. Doch bald senkte ich den Blick wieder, aus Angst, dass er meine feuerroten Wangen bemerken könnte. Er sah zwischen seiner Tochter und mir hin und her. Es ist nicht der richtige Moment, erwischt zu werden, sagte ich mir. Wenn er rausfindet, was ich getan habe, war alles umsonst.

»Was hast du getan?«, fragte mich Moses Vater. Seine Augen waren weit geöffnet. Ich hörte den Tadel in seiner Stimme allzu deutlich.

Ich holte einmal tief Luft und sagte: »Das stimmt nicht. Sie lügt.« Mein Ton war so ruhig, dass ich mich selbst darüber wunderte. Ohne einmal zu zwinkern, sah ich Mose in die Augen. Irgendwo hatte ich gelesen, dass Menschen zwinkern, wenn sie lügen. Da begann ich darauf zu achten und merkte, dass alle Menschen zwinkern, und zwar den ganzen Tag lang. Der Bäcker, der den Preis vom Brot nannte, Herr Lever, der im Geschichtsunterricht über die Entstehung der Erde redete, Amour, der sagte, dass ich ein kluges Mädchen bin. Sie zwinkerten alle! Sogar die Königin im Fernsehen, wenn sie sagte, wie gut es dem Land gehe.

Mose sprang empört vom Sofa auf und wurde rot. »So, so!«, rief sie. »Ich habe es doch selbst gesehen! Ich habe es gesehen! Nhung ist eine Diebin! Eine Diebin!« Sie schrie durchs ganze Zimmer, während sie mit den Füßen stampfte, um ihre Worte zu unterstreichen. »Nicht ich lüge, sie lügt!«

»Jetzt reicht's aber!«, schrie Moses Vater. Abrupt verstummte sie. Er ging zu ihr und gab ihr eine Ohrfeige. Der Schlag hallte durchs Zimmer. Ihre Wange wurde knallrot, ihre Unterlippe fing schwach an zu zittern. Sie sagte weiter nichts, setzte sich aufs Sofa, hielt sich an ihrem Glas Apfelsaft fest und nippte daran, obwohl es längst leer war.

Die Luft wich aus meiner Brust, ich wagte Mose nicht anzusehen. Aus dem Augenwinkel sah ich, wie sie leise schluchzend die Hand an die Wange legte.

Moses Vater nahm mich in die Arme und drückte mich fest an sich. Dabei flüsterte er mir ins Ohr: »Entschuldige bitte Moses Verhalten. Mach dir nichts draus. Dafür wird sie noch büßen, es tut mir leid, dass ich sie nicht besser erzogen habe. Es wird nicht wieder vorkommen.«

Ich schüttelte den Kopf. »Ist schon gut«, sagte ich.

»Nein, Nhung, es ist nicht gut. Ich sage dir, heute Abend kriegt sie eine solche Tracht Prügel, dass sie garantiert nie mehr lügt.«

Ich wusste nicht, was ich sagen sollte, für die Wahrheit war es jetzt jedenfalls zu spät.

»Solange du deine Sachen rechtzeitig gepackt hast und das Geld besorgst, kümmere ich mich um den Rest. Wenn du keine Diebin bist, dann lass dich auch von niemandem als Diebin beschimpfen.« Er gab mir einen Kuss auf den Kopf und hielt mich fest in seinen Armen.

Ich war froh, einen Moment nichts tun oder sagen zu müssen.

Zu Hause war es kalt, ich hatte kein Holz mehr, um den Ofen anzuzünden. Der Wind zwängte sich durch die Ritzen. Moses Vater hatte recht. Es war nicht die Zeit für Selbstmitleid oder Mitleid mit anderen. Mehr, dachte ich, wo ist mehr Geld? Die Ohrfeige, die er Mose gegeben hatte, hallte noch lange in meinem Kopf nach. Es war, als würde etwas in mir mit jedem Tag weiter anschwellen, eine düstere Kraft oder so, eine Art unsichtbare Geschwulst, die mein Blut immer schwärzer färbte. Einmal schoss mir durch den Kopf, meinen Arm zu ritzen, um zu schauen, ob wirklich pechschwarzes Blut rauskam. Das leere Haus machte mich wahnsinnig, und es machte mir Angst. Ich hatte Angst, verrückt zu werden, noch verrückter als Herr Mose gewesen war.

Ich öffnete die Tür des Schlafzimmers meiner Mutter. Es roch muffig und seltsam. Die Vorhänge waren geschlossen, das wenige Licht hüllte den Raum in eine trostlose Dämmerung. Ich ging am Bett vorbei, am Nachttisch, auf dem ihre Haarbürste lag, ein paar schwarze Haare lugten heraus. Auf dem Wasserglas war der Abdruck ihrer Lippen noch zu sehen.

Der Tresor stand noch genauso da wie immer. Ich musste an die Worte meines Vaters denken: »Wir sind Menschen, die was wert sind.« Das hatte er mit dem Tresor bewiesen, mit seinem Besitz.

Die Zahlenkombination bestand nur aus Nullen, das hatte ich mir gemerkt. Die Tür fühlte sich schwer und kalt an. Im obersten Fach sah ich es liegen. Das Buch von Besitz und Verteilung. Als wäre es ein mysteriöses, heiliges Dokument, mit dem man nicht leichtfertig umgehen durfte. Es lag noch genauso da wie an jenem Abend, als meine Mutter mir den Tresor gezeigt hatte, bevor sie die Tabletten schluckte.

Zitternd nahm ich das Buch in die Hand und schlug es auf. Da sah ich, ordentlich untereinander, seitenlang, Zeile um Zeile, Schulden und Besitztümer stehen. Meine Augen schweiften über alle Zeilen, doch ich wusste nicht genau, was ich eigentlich suchte. Bis mein Blick an einer bestimmten Zeile hängen blieb und ich es plötzlich lebendig vor mir sah: Meine Mutter, die die Faust in die Luft reckte. Ich verstand nicht alles, was in dem Buch stand, und auch nicht, wie die Dinge aufgeschrieben waren … Aber das wusste ich noch genau. Das mit dem Goldklumpen wusste ich noch ganz genau.

Verschiedene Arten von Blut

Es gibt viele verschiedene Arten von Blut. Hier einige, die mir einfallen:

1. Mein Menstruationsblut. Das erschreckt keinen, es ist nur eklig.

2. Katastrophenblut (etwa das Blut, das meiner Mutter nach dem Überfall aus dem Kopf auf die Treppe tropfte. Aber das habe ich weggewischt, außer dem einen getrockneten Fleck auf der fünften Stufe).

3. Blut, das man isst. Geronnenes Entenblut im Gericht *tiết canh vịt*. Dafür fängt man das Blut auf und verrührt es mit Fischsoße. Meistens 3–5 Esslöffel Fischsoße pro Liter Blut. Dann verteilt man etwas fein gehacktes Entenfleisch und gekochte Innereien, wie zum Beispiel Magen, auf einem flachen Teller. Streut frische Kräuter wie Minze und Koriander und zerstampfte Erdnüsse darüber. Das Blut gießt man zusammen mit aus Knochen gekochter Brühe auf den Teller. Das muss alles sehr schnell gehen, damit das Blut gerinnt. Am Ende sieht das fertige Gericht, das rote, geronnene und auf dem ganzen Teller verteilte Blut mit etwas Magen und anderen Zutaten garniert, nicht viel anders aus als eine sagenhafte Pizza. In den Kühlschrank stellen, sonst wird aus der Pizza wieder eine Entenblutpfütze.

Nicht, dass ich je irgendjemandem von *tiết canh vịt* erzählen würde, ich bin doch nicht blöd. Zebra und Angel futtern in der Pause immer genüsslich dicke Scheiben Blutwurst, das ist erst recht eklig, und so was von scheinheilig! Und dann noch zu behaupten, dass da besonders viel Vitamin C und Eisen drin ist.

52

Die Chinesen machten sich nichts aus Ladenschlusszeiten und so. Das illegale Spielcasino hatte Tag und Nacht geöffnet. Seit Monaten zuckte ich zusammen, wenn es an der Tür klingelte, ich hatte Albträume von ihr, und trotzdem stand ich da, am 15. Februar um Viertel nach vier, in der Spielhalle, um mir zurückzuholen, was mir gehörte. Damit der Goldklumpen wieder zu seinem rechtmäßigen Besitzer zurückkam.

Das Casino lag zwischen Supermarkt und Altenheim, eine klitzekleine Tür führte hinein. Wer es nicht wusste, dem fiel die Tür gar nicht auf.

Ich hatte die ganze Nacht das Buch aus dem Tresor studiert, wie groß der Goldklumpen war und wer ihn jetzt hatte. Dann hatte ich das Messer genommen. Amours Messer. Amours Messer ließ sich nicht bändigen, davor hatte er mich noch gewarnt, es machte, was es wollte. Obwohl es, nachdem ich es sorgfältig geschliffen und geputzt hatte, aussah wie eine Reliquie, war es immer noch eine tödliche Waffe. Es war scharf genug, alles Weiche wegzuschneiden, scharf genug, alles, was ich gelernt hatte, alle Farben des großen Künstlers, alle Erinnerungen an meinen Vater für immer aus der Tiefe meines Gedächtnisses zu schaben.

Ich schaute mich um, ob sie nicht irgendwo war.

Im Film sieht ein Spielcasino immer aus wie das Eldorado. Rote Teppiche, geheimnisvolle Gardinen, Brunnen in Drachenform, elegante Männer und Frauen, die lässig am Blackjack-Tisch sitzen, in einer Hand einen Jeton, in der anderen einen Cocktail. Aber hier – nichts von alldem. Hier wurde gearbeitet. Noch härter als in der Wurstfabrik. Wie die Leute sich hier ins Zeug legten – im Vergleich dazu war das Ausbeinen von Schweinen ein Kinderspiel! Der kleine Raum wirkte schlicht, eine Art Wohnzimmer, hinten an der Wand stand ein noch in Folie verpacktes beiges Ledersofa. Das Sofa war verlassen und sah auch nicht so aus, als ob jemals jemand drauf sitzen würde. Alles war anders als in meiner Erinnerung. Es standen drei Tische da. Damals, als meine Mutter mich hierhergeschleppt hatte, um zu sehen, ob ich ein kleiner Teufel war, hatte es nur einen Spieltisch gegeben – einen Roulettetisch, der den Beweis geliefert hatte, dass ich nichts als Unglück brachte.

Ich schlich mich in die Küche links vom Wohnzimmer. Gratis Limo und Bier. In der Ecke lag ein schlafendes Baby in einem Kinderwagen. Im Waschbecken saß ein kleiner Junge und brüllte, weil er nicht rauskam, aber sein Gebrüll wurde vom Geschrei der Glücksspieler übertönt.

Die Leute drängten sich um die drei Spieltische, die kreuz und quer in dem zu kleinen Raum verteilt waren. Die Männer rauchten, die Frauen tranken Orangensaft. Haufenweise Geld wurde auf die Tische geworfen und auch wieder weggegrapscht. Von wegen Jetons. Das fanden sie hier überflüssig. Nur keinen Firlefanz. Zehner, sonst nichts.

Die Kugel blieb auf der Sechs liegen. Eine Frau schrie laut auf. Sie warf die Arme in die Luft und rang um Atem. Ich rannte zu ihr hin: War sie es? In dem Moment kamen zwei Chinesen aus dem Nebenraum. Die Frau warf sich auf den fleckigen Teppich und umklammerte die Beine eines der Männer.

Meine Hand war schon zum Messer gewandert, als die Frau sich umdrehte. Es war Eloys Mutter. Sie trug nicht wie sonst ihr Animal-Print-Kleid, sondern ein seltsames Ballkleid. Auch Eloy fand, dass seine Mutter sich, seit sie einen Spiegel besaß, in ihrem Kleidungsstil gründlich vergaloppierte.

»Es liegt am Wind«, heulte sie. Sie wedelte mit den Händen. »An dem verdammten Wind. Der macht mich verrückt. Der Wind ist schuld! Er flüstert mir die falschen Zahlen ins Ohr, versteht ihr? Ich hab nicht naaachgedacht!« Dabei schob sich ihre große rosa Zunge vor, weich und nass schlängelte sie sich in ihrem Mund. »Ich dachte sechs, aber meine Hände haben auf die Zehn gesetzt. Der Wind hat zehn geflüstert, aber natürlich hätte es sechs sein müssen, natürlich war es die Sechs! Ich zahle euch alles zurück, versprochen!« Sie schluchzte. »Niemand kauft meinem Mann mehr seine Zahnpasta ab, was soll ich denn sonst machen! Wer kauft meinem Mann noch seine Zahnpasta ab!«

Die zwei Chinesen schleiften sie hinaus. Ohne ein Wort. Wenn der Wind einen erwischte, war es vorbei mit dem Spaß. Dieses Jahr im Februar wurde der Wind ganz schön frech und aufsässig. Er hielt sich nicht mehr an die Naturgesetze, er tat, was er wollte. In diesem Monat drehten seinetwegen ziemlich viele Leute durch, aber ab heute tat mir keiner mehr leid, sie konnten mich alle mal. Alle!

An dem hinteren Tisch passierte es dann, an dem Tisch, der vor einer Wand stand, von der sich die Tapete löste. Warum merkte es keiner? Dass wir in einer Teufelshöhle waren, und der Teufel mitten unter uns. Ihre Vermummung als Mensch war so was von durchschaubar, warum nur schauten die Leute nicht auf das Böse, das da brüllend ein Ass hinlegte? Ein riesiger Afro überragte alle anderen, wogte heftig auf und ab. Die Leute kümmerte das Böse nicht, sie waren nur auf Geld aus, und deshalb merkten sie es wohl nicht. Wie Ausgeburten der Nacht hingen sie um die Spieltische herum.

Da saß sie, als wäre nichts gewesen.

Die Spinnerin setzte gerade einen Zehner ein. Der Croupier gab ihr die richtige Karte. Sie gewann. Ihr Gelächter dröhnte durch den Raum, während sie ihre Scheine ordnete.

Der Gestank nach Verwesung und Verfall, den sie verströmte, war deutlich zu riechen, als ich ihr auf die Schulter tippte. Ohne sich umzudrehen, wischte sie mich weg wie eine Kakerlake. Ich tippte ihr noch einmal auf die Schulter. Verärgert richtete sie sich auf und drehte sich zu mir um. Erst schien sie erstaunt, aber gleich darauf legte sie wieder ihr fieses Lächeln auf.

»Sieh an«, sagte sie. »Man ist nie zu jung, um sein Glück zu versuchen.«

53

»Ich komme aber nicht wegen des Glücksspiels«, sagte ich.

»Ich habe gehört, deine Mutter spinnt«, sagte die Spinnertante so laut, dass alle es hören konnten. »Sie spinnt total. Sie ist in die Psychiatrie gekommen, oder?«

Die Leute sahen mich alle an, mit stechendem Blick. *So sieht also die Tochter einer Verrückten aus.*

Leise fuhr die Spinnerin fort: »Aber da wird gut für deine Mutter gesorgt. Du brauchst dir keine Sorgen zu machen.« Sie strich mir über den Kopf. »In so einer Klinik gibt es alles Mögliche, dieses herrliche Zeug zum Beispiel, das ganze zehn Pferde umhaut.«

Ich schlug ihre Hand weg, was bildete sich die dumme Pute ein? Aber sie laberte einfach weiter.

»Das Zeug, von dem man alles vergisst: woher man kommt und aus welchem Loch man gekrochen ist. Hört sich das nicht wunderbar an? So gesehen geht es ihr besser als uns, was meinst du, meine kleine Nhung?«

Der Croupier unterbrach sie. »Wollen Sie noch einen Einsatz platzieren?« Ohne sich umzudrehen, schob sie ihm einen Stapel Geldscheine hin.

»Ich komme mir holen, was uns gehört«, sagte ich. Ich hoffte, das Zittern in meiner Stimme würde ihr nicht auffallen. Stell dich nicht so an, Nhung, stell dich nicht an.

Das Messer hatte mich stärken sollen, aber es stach mich nur unangenehm durch die Jackentasche in die Seite.

»Und was genau willst du dir holen?« Sie prustete los.

»Den Goldklumpen«, sagte ich. »Einen Goldklumpen so groß wie meine Faust hier.« Ich hob die Faust, wie meine Mutter es getan hatte. »So wie meine Faust, nur ein bisschen größer«, fügte ich hinzu. »Ich komme mir holen, was uns zusteht. Was uns gehört, gehört uns.« Ja, das war schon besser. Meine Stimme klang jetzt fester. Was uns gehört, gehört uns.

»Einen Goldklumpen?«, sagte meine Tante ungläubig. »So groß wie meine Faust?« Jetzt ballte sie die Hand zur Faust. Sie betrachtete sie, als ob sie etwas Fremdes wäre, etwas Schmutziges, etwas, das nicht zu ihr gehörte. Was für ein Theater sie da wieder aufführte!

»Aber Kindchen, ich habe keinen Goldklumpen. Nur diese Geldscheine.« Sie harkte die Scheine mit der Hand zusammen. »Aber sie gehören nicht dir, nicht deiner Mutter, sondern mir.« Sie drückte das Geld wie ein neugeborenes Baby an sich und wiegte sich ein paarmal hin und her.

»Du lügst! Mama hat mir alles in ihrem Buch gezeigt!«, schrie ich. »Du dreckige Lügnerin!«

»Deine Mutter spinnt«, sagte die Spinnerin, »und wenn einer spinnt, darf man nicht auf ihn hören, der redet Unsinn.« Sie stützte sich lässig mit einer Hand auf den Spieltisch. »Deine Mutter ist verrückt, sie ist geistesgestört, und was ist mit dir, Nhung, bei so einer Mutter, was macht das mit dir? Ist es ansteckend?« Amüsiert wartete sie auf meine Antwort.

Alle starrten mich an. Dabei war ich doch gar nicht verrückt! Warum schauten die Leute mich so an? Keiner sah *sie* an, als wäre sie verrückt geworden. Plötzlich war ich die Geistesgestörte. Dabei war ich mir absolut sicher, dass es in einer anderen Welt, in der Welt des großen Künstlers, in der des *Dikke Van Dale*, genau umgekehrt war. Tief in meinem Inneren, da, wo meine Fantasie geboren wurde und meine Träume herkamen, war ich davon überzeugt, dass alles spiegelverkehrt war. In dieser Welt waren alle anderen verrückt und ich nicht.

»Du kannst alles Mögliche über meine Mutter sagen«, sagte ich, »aber lügen tut sie nicht. Sie hat mich beauftragt, den Goldklumpen zu holen. Sie hat mir gesagt, das Gesicht zu verlieren ist schlimmer als der Tod. Sie würde nie lügen. Die Dinge gehören dem, dem sie gehören. Ich habe das Buch dabei. Da steht alles drin.« Da stand ich und stotterte, ich kriegte die Wörter kaum heraus.

Die Spinnertante lachte los. »Aber liebe Nhung, es ist ja rührend, wie du für deine Mutter Partei ergreifst, aber sie ist doch wirklich die größte Lügnerin von allen. Sie hat dir doch gesagt, dass dein Vater euch wegen dir verlassen hat? Sie hat gesagt, wenn du ein Junge wärst, hätte dein Vater sich nie auf die Suche nach einer anderen gemacht, oder?«

Der Schnee hat schon viele Menschen geblendet, und die Kälte kroch durch alle Nähte aller Wintermäntel, aber ich fürchtete mich nicht. Ich fürchtete mich nicht vor dem Schnee, ich war bereit, mich an ihm zu verbrennen, ich hätte mich sogar nackt darin gewälzt, bis ich Blasen bekommen hätte. Wenn es nötig gewesen wäre, um zu beweisen, dass mich nichts aufhalten konnte.

Ich zückte das Messer. Die Leute erschraken. Ja, ich hatte es ziemlich gut geputzt. Hier kannten sie nur grobe Metzgermesser und Hackbeile, noch nie hatten sie ein so herrliches, blitzendes Messer gesehen, tausendmal bedrohlicher als jede andere Waffe in Beiahêm. Die Leute wussten nicht, was sie davon halten sollten, eine solche Waffe kam von weit her, so viel wussten sie, und sie hatten gelernt, dass Dinge, die von weit herkommen, unberechenbar sind. Voller Abscheu starrten sie mich an, und ich freute mich darüber; es war, als ob mich jeder ihrer Blicke mit Wut erfüllte, mit einer grenzenlosen, unbezwingbaren Wut, die stärker war als alles, was ich je erlebt hatte.

»Ich hole uns unser Gesicht zurück«, schrie ich und fuchtelte wie wild mit dem Messer herum, »unseren Stolz, den Goldklumpen, alles hole ich uns zurück! Die Dinge gehören dem, dem sie gehören.«

Ich machte einen großen Schritt nach vorn und setzte der Spinnerin das Messer an die Kehle. Sie schnappte nach Luft. Die Haut unter ihrem Kinn legte sich schlaff über die Klinge.

»Die Dinge gehören dem, dem sie gehören«, flüsterte ich.

Die Spinnertante schwieg. Sie bewegte den Kopf von links nach rechts, und wir hörten ihren Hals knirschen. Sie hatte keine Angst davor, dass das scharfe Messer ihr in die Haut schnitt. Sie holte tief Luft und sagte seelenruhig: »Sehen Sie? Jetzt sehen Sie es mit eigenen Augen. Das habe ich doch gesagt.« Sie tat, als hätte sie eine Wette gewonnen.

Die Hand der Spinnerin verschwand in ihrer Tasche, sie schien nach etwas zu suchen. Ich ließ das Messer, wo es war. Und da kam sie raus, eine geballte Faust. Sie streckte sie hoch in die Luft. Nahm sie wieder runter und öffnete sie vor aller Augen. Darin lag ein herrlich glitzerndes Stück rohes Gold. Ein Raunen ging durch den Raum.

»Ich habe den Goldklumpen wirklich«, sagte die Spinnerin. »Ich wollte nur sehen, wie du reagieren würdest.«

Ich ließ das Messer sinken. Nicht weil ich es wollte, meine Finger wussten nur einfach nicht mehr, ob sie es noch festhalten sollten.

Die Spinnertante zupfte sich die Bluse zurecht und sagte:

»Und da wir gerade bei der Wahrheit sind, habe ich etwa nicht die Wahrheit gesagt? Wie die Mutter, so die Tochter. Ich habe den Goldklumpen, das schon, aber er gehört nicht dir. Er gehört mir. Erbärmlich bist du, Nhung, hundserbärmlich. Was würde deine Mutter sagen, wenn sie dich so sehen könnte? Und dein Vater? Wenn sie sehen könnten, wie du wie eine Wilde mit einem Messer rumfuchtelst?« Abschätzig schnalzte sie mit der Zunge. Dann zuckte sie mit den Schultern, sah sich lachend um, suchte Zustimmung. Und es funktionierte. Die Leute starrten jetzt mich an. Ich sah mich mit dem Messer in der Hand dastehen. Es wurde immer schwerer. Ich dachte an meinen Vater. Ich dachte an meine Mutter. So hatten sie mich nicht erzogen!

Ein Mann kam auf mich zu, es war der Chinese, der die ganze Zeit schweigend zugeschaut hatte. Er bückte sich und flüsterte mir ins Ohr: »Mach dir keine Sorgen. Ich helfe dir. Hör auf zu weinen, okay?«

Dieser Mann war nicht oft auf der Straße, aber manchmal hatte ich ihn in der Abenddämmerung mit seinen Männern gesehen, denen mit der Schlangenhaut. Mit einer langsamen, sanften Bewegung wischte er mir eine Träne von der Wange, im Tempo einer Würgeschlange, und mir wurde klar, dass er der Boss sein musste, das Oberhaupt, der König der Mafia.

»Schluss mit dem Weinen«, sagte er.

Ich nickte.

»Steck das Messer ein, das brauchst du nicht.«

Der Mann ging auf meine Tante zu, sie machte einen Schritt zurück, die Hand mit dem Goldklumpen versteckte sie hinter dem Rücken.

»Nimm dich in Acht«, warnte sie ihn.

»Her mit dem Gold«, sagte er.

54

»Her mit dem Gold«, wiederholte der Mann.

Die Spinnertante schüttelte den Kopf und trat noch einen Schritt zurück.

Der große, sehnige Mann machte aus dem Stand einen gewaltigen Sprung, er flog mit gestreckten Beinen und ausgebreiteten Armen meterweit durch die Luft und warf sich auf meine Tante wie ein Tiger auf seine Beute.

»Schluss mit dem Unsinn«, rief der König der Mafia der Spinnerin ins Ohr. Mit gesenktem Kopf reichte sie ihm das Gold.

»Der Laden hier steht still«, sagte er zu allen im Casino. »Jede Minute, in der nicht gespielt wird, verliere ich Geld. Und wer kommt dafür auf?«

Keiner traute sich etwas zu sagen.

»Oder soll ich das etwa euren Schulden hinzufügen?« Jetzt wandte sich der Chinese wieder an die Spinnerin. »Mach schon. Zeig mir mal deine Buchhaltung.«

»Ich?«, fragte sie mit einem Unschuldsblick und zeigte auf sich selbst.

»Ja, du. Zeig mir mal deine Buchhaltung. Damit wir die Sache ein für alle Mal klären. Schluss mit dem Affentheater!«

Die Spinnertante stand auf, die Angst war ihr anzusehen. »Meine Buchhaltung? Das ist nicht meine stärkste

Seite.« Sie machte sich ganz klein, sprach mit leiser Stimme und kniff die Augen erschreckt zusammen. »Wie oft habe ich versucht, mir alles zu notieren, aber es geht viel zu schnell«, sagte sie, »vieles kommt rein, vieles verflüchtigt sich, außerdem sind wir verwandt, sie und ich, was mir gehört, gehört auch ihr.« Sie legte den Arm um mich, küsste mich auf den Kopf. »Das ist doch für uns kein Problem. Was mir gehört, gehört auch ihr.«

Ich riss mich los.

»Zeig dein Buch her«, sagte der Chinese.

Alle, die mit den Chinesen zu tun hatten, mussten sorgfältig über ihre Geschäfte Buch führen, auch die Spinnerin. Die Chinesen hatten strenge Vorstellungen von Eigentum und Besitz. Keiner durfte leichtfertig darüber denken, wem was gehörte. Wenn ihnen etwas zu Unrecht nicht abgetreten wurde, holten sie es sich. Das wusste echt jeder, und jetzt versuchte die Spinnerin, sich zu drücken!

Ein Schweißtropfen stand auf ihrer Stirn. »Warum ist es hier verdammt noch mal immer so heiß!«, schrie sie und grapschte sich ihre Tasche. »Ich habe es nicht! Ich habe es nicht dabei!«

»Aber ich hab meins dabei«, sagte ich leise zu dem Mann. Der Chinese bedeutete mir, es ihm zu geben. Er schlug mein Buch auf, seine trockenen Finger strichen übers Papier, es knirschte und knackte im ganzen Spielcasino, die Leute hielten die Luft an. Der Croupier stand noch in derselben Haltung da wie in dem Augenblick, als es losgegangen war, bevor der Mann sich wie ein Tiger auf meine Tante geworfen hatte, bevor ich das Messer gezückt hatte – der Croupier stand da mit gesenktem Kopf und schaute auf die ausgeteilten Karten auf dem Spieltisch, den Rest hielt er in der Hand, er wartete, bis er weitermachen konnte, die Erstarrung war nötig, um menschliche Fehler auszuschließen und allein dem Schicksal zu überlassen, wie die Karten verteilt würden. Der Mann war ein guter Croupier.

Der Chinese schaute sich das Buch an, oder besser gesagt, das alte Schulheft. Seine trockenen Finger fuhren über die rechte Ecke einer Seite. Er las das, was von einer Übungsaufgabe übrig geblieben war:

Gingen – gegangen. Wir radelten – wir sind geradelt.

»Wir gin-gen, wir sind ge-gan-gen«, sagte er und betonte dabei jede Silbe.

»Richtig«, sagte ich. Der Mann fuhr fort, das Buch zu inspizieren, und ließ sich Zeit dafür. Ich schloss die Augen und betete, dass er merkte, dass meine Mutter nicht gelogen hatte, sondern die Spinnertante diejenige war, die sich hier zu Unrecht unseren Goldklumpen angeeignet hatte, ich betete für alles Gute und Wahre.

»Uns bleibt nichts anderes übrig, als den Mann zu holen, der die Bücher geführt hat«, sagte der König der Mafia. »Amour.«

Ich schreckte auf. »Amour?«

Der Chinese nickte.

»Amour.«

55

Als Amour reinkam, nickte er mir kurz und freundlich zu. Ich hatte ihn lange nicht gesehen, er wirkte auf einmal viel älter, hier und da entdeckte ich ein graues Haar auf seinem Kopf, und die Furchen auf seiner Stirn schienen tiefer geworden zu sein. Doch als ich seine glänzenden Augen sah und sein Lächeln, musste ich mich zusammennehmen, um mich ihm nicht in die Arme zu werfen. Dann hätte ich angefangen zu weinen.

Er hatte eine Plastiktüte vom Supermarkt bei sich. Auf einen Wink des Chinesen hin kramte er in der Tüte herum. Die Leute runzelten die Stirn. Er kramte ewig, dann zog er etwas heraus. Das Buch mit dem schwarzen Ledereinband, das er immer in seine Kiste eingeschlossen hatte. Das Buch, das ich aus Versehen aufgeschlagen und vor Schreck wieder zugeklappt hatte. Jetzt überreichte Amour es dem Chinesen.

Der Chinese schaute es sich aufmerksam durch, klappte dann beide Bücher zu und gab sie uns zurück. Lange sah er mich schweigend an. Ich wusste nicht, warum er das tat und weshalb er nichts sagte. Ich traute mich nicht zu fragen, aus Angst, er würde mich wie eine Beute verschlingen. Ein Python kann bis zu vierzig Kilo schwere Hirsche verschlingen. Das erzählte mir Binck, nachdem er mir im Umkleideraum der Turnhalle zum zweiten Mal die Zunge in den Mund gesteckt hatte. Es dauert ungefähr eine Woche, bis die Beute verdaut ist, hatte er noch gesagt, bevor er sich mit dem Ärmel die Spucke vom Mund wischte.

Neben mir zupfte die Spinnerin an ihrer Bluse. Sie war ziemlich nervös.

Schließlich sagte der Chinese: »Du wirst es ihnen sagen müssen, Amour.«

Amour nickte. Er kam zu mir, ging in die Hocke, bis unsere Augen auf gleicher Höhe waren. Ich konnte sein Parfum riechen. Moschus und Kaminfeuer. Der Duft ferner Länder. Ich sah sein weißes Leinenhemd und hätte ihn am liebsten gefragt, ob er mir später wieder erzählen mochte, wo er überall gewesen war, von seinen Reisen, und was sein Buch machte, das er in die Luft schrieb – aber ich musste es mir verkneifen. Ich war so froh, ihn zu sehen, so unbeschreiblich froh. Er würde mich beschützen, mir helfen, das Gold zurückzubekommen. Amour wusste, dass ich keine Lügnerin war, er konnte es ihnen sagen. Er konnte ihnen sagen, dass ich nicht verrückt war. Dass es nichts gab, wofür ich mich schämen musste, und dass er stolz auf mich war, weil ich mich von niemandem einschüchtern ließ.

Amour räusperte sich, strich mir über den Kopf, lächelte mich an und sagte: »Alles wird gut.« Ich lächelte zurück.

Dann sagte er: »Der Goldklumpen gehört euch nicht.«

Ich musste ihn falsch verstanden haben. Ich sah ihn fragend an.

»Dein Buch stimmt nicht. Deine Mutter hat gelogen.«

56

Selten, ganz selten passierte im Weltall etwas völlig Unerwartetes. Die blendende Helligkeit des Februarlichts, das durchbricht, kurz bevor die Sonne sich hinter den Horizont zurückzieht, genau dann, wenn man sich mit der Finsternis der Nacht versöhnt hat. Oder die unerwartete Kaugummikugel unten in der Eistüte. Oder die blöde Kuh beim Metzger, die einem plötzlich eine Extra-Wurstscheibe gibt.

Amours Worte hallten im Raum nach.

Deine – Mutter – hat – gelogen.

Amour kramte in seiner Tüte und zog noch etwas heraus.

»Hier, das gehört dir«, sagte er und drückte es mir in die Hand. Der geöffnete Brief an meinen Vater.

Alle sahen mich an, und ich wusste, was sie dachten. Ich hob das Gesicht zu meiner Tante. Mein Herz krampfte sich zusammen, als würde es sich so schrecklich schämen, dass es sich tief in meine Brust zurückziehen musste. Um mich her war kein Geräusch, kein Atmen, kein Füßescharren, nichts, nur das Summen des Hohlraums in meiner Brust. Wer die Unwahrheit darüber sagt, wem was gehört, begeht Hochverrat. Unmöglich, dass meine Mutter so etwas tat.

Amour hatte die Bücher studiert und war zu dem

Schluss gekommen, dass die Buchhaltung meiner Mutter nicht stimmte. Meine Mutter hatte mich zu Unrecht beauftragt, unseren Besitz zurückzuholen. Meine Augen brannten. Ich musste ein paarmal fest zwinkern, um die Tränen hinter die Lider zurückzudrängen.

»Ihr seid alle Lügner!«, schrie ich. Aber in Wahrheit war ich mir gar nicht mehr sicher, wer jetzt wirklich log. Ich stürmte auf meine Tante zu. Ich wollte ihr jedes Afrolöckchen einzeln ausreißen! Da sah ich aus dem Augenwinkel eine ausholende Armbewegung. Selbstgefällig wedelte die Spinnerin noch ein wenig mit ihrer Hand. Meine Wange brannte. Meine Mutter hat mich angelogen. Ich konnte nichts anderes mehr denken.

Ich spürte etwas Trockenes und Schuppiges. Zwei Chinesen hatten mich an den Armen gepackt. Sie schleiften mich aus dem Spielcasino, warfen mich auf die Straße. Wenn die Angeln nicht vereist gewesen wären, hätten sie die Tür hinter mir zugeschmissen.

Tränen rannen mir über die Wangen, über die Lippen, übers Kinn. Jede einzelne Träne hörte ich tropfen, alle klangen verschieden, als sie unten aufkamen. Auf wie viele käme ich, wenn ich sie einsammeln und zählen würde? Genug, um mich auf eine Insel zu verbannen, mitten in einem wild wogenden Ozean aus Tränen.

Ich lag noch auf dem Boden, als einer der Männer seinen Schlangenkopf um die Ecke steckte, als wollte er einen Scherz machen, aber dem war nicht so.

»Nimm dich in Acht«, sagte er, »was wir in den Büchern gesehen haben, gefällt uns nicht, es gefällt uns ganz und gar nicht.« Er fuhr sich mit dem Finger über die Kehle. Er röchelte und spuckte aus. Ich rappelte mich auf, wischte mir den Schmutz vom Gesicht und von den Knien.

Der Brief an meinen Vater war mir aus der Tasche gefallen und lag im Schlamm. Ich betrachtete ihn eine Zeit lang, ohne zu wissen, warum, eigentlich sah das ganz hübsch aus, so ein Brief im Schlamm, aber schließlich hob ich ihn doch auf. Eine Weile wusste ich nicht, was ich tun und wohin ich gehen sollte. Da hörte ich von irgendwoher Gesang. Ein jubelndes Morgenkonzert erfüllte die Straßen. Wie ein vergessenes Lied.

Eine Amsel.

In den Baumwipfeln und auf den Dächern konnte ich nichts entdecken. Aber ich wusste auch nicht, wie eine Amsel aussah. Ein Vogel ist ein Vogel. Außer Pirouette. Pirouette würde ich unter Tausenden erkennen.

Kündigte die Amsel das Ende des Winters an, den Frühling? Würde es Frühling werden?

Die Amseln durften noch nicht singen. Damit unser Plan gelang, konnten wir jetzt keine Amsel gebrauchen. Sosehr ich mich nach dem Ende des Winters sehnte, für den Frühling war es zu früh. Dass es Februar war, bedeutete rein gar nichts, und ich betete, dass die Amseln tot umfielen. Wir warteten. Erst musste die Eisschicht dicker werden.

Ich wischte den Brief ab und steckte ihn in meinen Brustbeutel. Die nasse Erde drang durch meine Jacke, als würde mein Herz Schlamm bluten. Heute Abend würde ich ihn abschreiben, Briefe musste man in Reinschrift verschicken, erst recht Briefe an den eigenen Vater.

57

»Bist du so weit?«, fragte Moses Vater. »Übermorgen geht's los.«

»Übermorgen?«, fragte ich mit vollem Mund.

»Das Eis ist dick genug« war seine Antwort. »Meine Unterhosen sind gewaschen, Zahnpasta habe ich mir auch gekauft. Egal, wo wir ankommen, wir wollen an dem neuen Ort keinen schlechten Eindruck mit schlechtem Atem machen. Ich habe dem Schwarzen seinen ganzen Vorrat abgekauft.«

Der üble Gestank der Müllberge wollte und wollte nicht im Schnee versinken, blieb hartnäckig über Beiahêm hängen. Schon einen Monat lang kroch die Kälte den Menschen immer tiefer unter die Haut, aber als Moses Vater an diesem Vormittag beobachtet hatte, wie ein Stück Erde an der Küste abbröckelte und zu seiner Verwunderung nicht im Meer verschwand, sondern auf dem Eis liegen blieb, hatte er gewusst, dass die Zeit gekommen war. Am selben Nachmittag lag Mose mir ständig in den Ohren: »Schwestern! Was kann es Schöneres geben?«

Seit der Ohrfeige ihres Vaters war Mose lieb zu mir. Zur Wiedergutmachung hatte ich ihr die seltsame Münze geschenkt, die ich von Amour bekommen hatte. Mose wusste, dass ich die Münze immer bei mir trug und sie manchmal minutenlang betrachtete. Sie hatte sie angenommen, und dabei war ihr klar, wie viel sie mir bedeutete. »Entschuldigung akzeptiert«, hatte sie feierlich gesagt, und ich war froh, dass wir nicht allzu emotional geworden waren. Sie umarmte mich fest, wobei ihr dicker Bauch gegen meine Rippen drückte und ich den Atem anhielt, damit sie sich nicht wegen ihres Umfangs genieren musste.

Wir saßen mit angezogenen Knien auf ihrem Bett und lehnten uns an die Wand. Wir hatten unsere Schuhe angelassen und hinterließen Fußabdrücke auf der Bettdecke. Bei Mose war alles erlaubt; wenn es nachts kalt war, durfte sie sogar im Bett die Schuhe anbehalten, sie durfte Kuchen ohne Teller essen und musste nach dem Duschen den Kalk nicht von der Wand schrubben.

»Ich brauche keine Schwester«, sagte ich. »Mein Vater hat immer gesagt, Familie wäre gar nichts Tolles. Dort würden Mörder herangezüchtet.«

»So was hat dein Vater doch nicht gesagt!«, sagte Mose.

»Nein, eigentlich nicht. Nicht genau so.«

»Also hast du es erfunden.«

»Aber so hat er es gemeint. Genau so. Dass es nie gut sein kann, wenn die Liebe zur Pflichtübung wird, dass erzwungene Liebe nicht unserer Natur entspricht. So würde man Mörder heranziehen.«

»Woher weißt du, dass dein Vater es genau so gesagt hat?«

»Das weiß ich nicht«, sagte ich und fügte leiser hinzu: »Ich weiß es alles eigentlich nicht mehr so genau.« Ich fand es schrecklich, dass die Erinnerungen an meinen Vater jeden Tag weiter verblassten. Wenn ich an ihn dachte, sah ich manchmal einen ganz anderen Mann vor mir. Manchmal war es Amour, manchmal sogar irgendjemand, den es gar nicht gab.

»All die Male, die ich deinen Vater gesehen habe, hat er eigentlich nie was gesagt«, sagte Mose. »Ich hab erst gedacht, dass er gar nicht redet.«

»Wie meinst du das?«

»Dass er es nicht kann. Reden. Dass er stumm ist.«

»Er ist nicht stumm«, sagte ich, »er hat immer eine Menge Lärm gemacht.«

»Wie hat er denn geklungen?«, fragte sie mit herausforderndem Blick und stemmte die Hände in die Hüften: »Na? Wie hat er geklungen?«

Ich machte den Mund auf, versuchte, mich an einen Ton oder ein Wort zu erinnern, aber es kam nichts, viele Töne erklangen in meinem Kopf und viele Stimmen, aber keine war die meines Vaters. Enttäuscht ließ ich die Schultern hängen und schloss den Mund wieder. Mose sah, dass ich traurig wurde, und ließ die Hände wieder sinken.

»Vermisst du ihn?«

»Nein, natürlich nicht.«

Mose erzählte mir, für wen sie alles schwärmte. Für Steven aus der Klasse. Für die Rockey Boys. Sie zeigte auf ein großes Poster über dem Bett. Fünf Jungs mit nacktem Oberkörper. Sie kicherte. »Für jeden etwas.« Ein blonder, einer mit dunkelgrünem Haar, ein muskulöser, ein molliger mit Hängebrüsten und ein Puerto Ricaner. Eine Band, die jeden Tag im Radio war. Mose redete viel. Über ihre Idole. Und dass ich, wenn ich dazugehören wollte, auch Idole brauchte, das hatte sie mir schon oft gesagt. »Wir müssen uns ein Beispiel an jemand nehmen, wir brauchen jemand, an dem wir wachsen können«, sagte sie dann.

»Warum?«

»Um über uns selbst hinauszuwachsen.«

Ich hatte mir alle Mühe gegeben, aber nicht ein einziges Idol finden können.

»Welchen Rockey Boy hättest du denn gern?«, fragte Mose.

Ich kannte keinen von ihnen. Der Blonde sah noch am besten aus. Den hätte ich genommen, wenn Mose nicht gleich gesagt hätte: »Nicht den Blonden, der gehört mir.«

Ich bekam den Puerto Ricaner. Den teilte sie mir zu.

Aus heiterem Himmel sagte Mose: »Weißt du, du kannst meinen Vater haben. Wenn wir sowieso Schwestern werden, können wir ihn uns auch teilen, das macht man als Schwestern.« Sie klatschte in die Hände, machte einen Luftsprung vor Freude, und ihre Speckrollen sprangen mit. Mose flog mir um den Hals.

»Ich habe mir immer eine Schwester gewünscht«, sagte sie. Ich musste ihr versprechen, es niemandem weiterzusagen. Sie zeigte mir, wie man schwört: Sie spreizte die Finger zu einem V und spuckte durch. Ich machte es ihr nach, fand es aber eigentlich etwas umständlich. Danach wusste ich nicht so recht, was ich sagen sollte, und sah verlegen zu dem Jungen aus Puerto Rico. Es war doch ganz beruhigend, ein Idol zu haben, an dem man wachsen konnte.

Moses Vater kam ins Zimmer.

»An der Tür hängt ein Schild ERST KLOPFEN«, sagte Mose. »Nhung und ich sind alt genug, um ein Recht auf Privatsphäre zu haben, Papa.«

Ihr Vater gab jeder von uns ein Stück Kuchen. Ich bekam meinen nicht runter. Trocken blieb er mir am Gaumen kleben. Ich wusste, dass es unhöflich ist, etwas nicht aufzuessen. Und dass sehr viele Menschen im Krieg gehungert hatten und alles, und einen Mord begangen hätten für ein kleines Stück trockenen Kuchen am Gaumen.

Und da hatte er gesagt: »Übermorgen ist es so weit.«

»Übermorgen?«, wiederholte ich mit vollem Mund. »Schon?« Ich sah Mose an.

»Übermorgen«, sagte sie freudig. »Papa sagt, dass wir uns heute und morgen vorbereiten sollen und es allen anderen weitersagen.«

»Bist du bereit?«, fragte Moses Vater mich.

»Beinahe«, sagte ich leise. Mein ganzer Körper glühte vor Aufregung.

»Du weißt, dass es die einzige Chance ist«, sagte er.

»Ja …«, sagte ich leise.

»Du bist ein großes Mädchen«, sagte er stolz.

Ich ging zu ihm und schlang meine Arme um ihn. Sein Hemd fühlte sich weich an. Seine Achseln rochen nach Schweiß.

Mose hörte abrupt zu kauen auf und sah mich an, als hätte ich gerade das größte Verbrechen begangen. Moses Vater wand sich aus meinen Armen.

»Aber Nhung, was tust du da?«, fragte er. Eine große Stille trat ein.

Ich wusste nicht, was ich sagen sollte. Schnell ließ ich ihn los.

»Du kannst nicht einfach alles anfassen, als würde es dir gehören«, sagte Moses Vater mit hörbarer Enttäuschung in der Stimme.

»Wir müssen uns alle mit Worten begnügen, Nhung. Mit Sprache. Wenn du mir deine Dankbarkeit zeigen möchtest, sag einfach: Danke schön. Wenn du Aufmerksamkeit haben willst, dann sag: Ich bekomme nicht genug Aufmerksamkeit. Wenn du dich entschuldigen willst, sag: Es tut mir leid. Dafür ist die Sprache nämlich da. Aber mach es nicht wie die Barbaren und fasse alles an, was dir zwischen die Finger kommt.«

Ich hatte keine Ahnung, was er mir damit sagen wollte,

aber ich hatte eindeutig etwas gründlich falsch gemacht. Mose drückte sich an die Wand, aus Angst, auch sie könnte eine Schimpftirade abbekommen.

»Aber das macht alles nichts«, sagte er und entspannte sich. »Jeder von uns muss lernen. Auch ich, auch ich lerne noch jeden Tag dazu. Solange du nur nicht mit schlechtem Atem an dem neuen Ort ankommst!«

Ich nickte.

»Und nicht schummeln«, fügte er hinzu. »Kein Kaugummi, kein Atemspray. Einfach eine Zahnbürste und Zahnpasta. Wir müssen bereit sein zu arbeiten, zu putzen. Und bring das Geld mit.«

Ich war schon einen Monat darauf gefasst, aber jetzt, wo es wirklich so weit war, hörte ich die Sekunden auf Moses Uhr verstreichen. Ich hatte das Geld noch nicht beisammen. Übermorgen … Ich dachte an meine Mutter, wie sollte ich ihr das alles erklären? Könnte ich die Minuten und Stunden nur so langziehen wie eine Lakritzschnecke. Zehn nach fünf zeigte die Uhr. Die Besuchszeit in der KZT war gerade vorbei, ich könnte erst morgen wieder hin. Ich wusste genau, was sie denken würde: Dass ich nicht die erste Tochter war, die sie im Stich ließ.

58

»Warum willst du unbedingt nach Hause, wo keine Schwester auf dich wartet?«, versuchte es Mose noch mal, bevor ich rausging. Sie machte einen Schmollmund.

Ich zuckte mit den Schultern.

»Meine Mutter ist tot, weißt du«, sagte Mose, »und jetzt nimmst du mir auch noch die Chance, eine Schwester zu haben.« Mose setzte den Tod ihrer Mutter regelmäßig ein, um ihren Willen durchzusetzen. Ich musste an meine kleine Schwester denken, obwohl ich sie nur kurz gekannt hatte. Ich hatte noch nie über sie gesprochen, niemand sprach je mehr über sie, aber ich sah sie deutlich vor mir, mein kleines schwarzes Schwesterchen. Sie ist gestorben. Aber nicht, weil sie so schwarz war.

Meine Schwester war schwarz, weil sie nach der Geburt in die Mikrowelle gekommen ist. So erklärte es sich meine Mutter. Mein Vater sagte, meine Schwester war so schwarz, weil sie in einer Kloschüssel voller Kacke geboren wurde.

Es war vielleicht das einzige Mal, dass ich meinen Vater in Panik erlebte. In dieser Nacht. Er weckte mich und befahl mir runterzukommen. Mama saß schreiend auf dem Klo. Sie hatte mitten in der Nacht kacken müssen und war runtergegangen. Woher sollte sie wissen, dass das Kind jetzt schon rauswollte, es war erst Juli, einen Monat zu früh. Wenn meine kleine Schwester noch leben würde, wäre sie sechs Jahre jünger als ich, sechs Jahre und vier Monate ganz genau.

»Tu was!«, schrie meine Mutter meinen Vater an. Mein Vater rannte kopflos im Wohnzimmer herum. Er hob einen Stuhl hoch und stellte ihn wieder ab, zog seine Schuhe an und wieder aus, rannte zum Schuppen und kam mit leeren Händen zurück, beschloss dann, die Schuhe doch anzuziehen. Mit einem Schuh am Fuß humpelte er in die Küche und schenkte ein Glas Wasser ein. Meine Mutter schlug es ihm aus den Händen. Das Glas ging kaputt. »Was soll ich denn damit!«, keuchte sie. »Ruf den Arzt an!« Schweiß tropfte ihr von der Stirn.

Ich wusste nicht genau, warum Papa mich mitten in der Nacht geweckt hatte. Ich wusste nicht einmal, dass es was mit meiner Schwester zu tun hatte. Ich glaubte, dass meine Mutter sterben würde. Dass mein Vater mich geweckt hatte, damit ich Mama sterben sah. Aber warum starb sie auf dem Klo? Mein Vater ging zum Telefon und suchte die Nummer des Arztes im Telefonbuch. Ich stand immer noch im Pyjama im Wohnzimmer und starrte in Richtung Klo.

In diesem Jahr war die Julihitze bis in die Häuser gedrungen. Die warme Luft kroch langsam durch die Ritzen und ließ sich in allen Ecken nieder, es war der heißeste Sommer seit dem Bau des Kirchturms. Ein Ventilator konnte nichts ausrichten. Die anhaltende Hitze machte den Asphalt rissig und manche Leute krank; wie Eloys Mutter, das erste Opfer. Nachts, im Bett, hörte sie die Mücken noch wie ein Hintergrundgeräusch, das all ihre Gedanken blockierte. Verdammte Mücken, die einem alle Gedanken im Kopf durcheinanderschüttelten. Verdammte Mücken, die alle alten Gedanken aufwirbelten. Danach konnte sie nur noch die Hände an die Ohren pressen und ununterbrochen schreien. Dinge wie: »Stopp. Hört auf zu flüstern. Stopp!« Aber sie rief auch Dinge, die nichts mit den Mücken zu tun hatten, so was wie: »Sie holen uns alle ab. Früher oder später holen sie uns alle ab.« Oder sie gab beim Glücksspiel der anhaltenden Hitze die Schuld daran, dass sie auf die falschen Zahlen gesetzt hatte.

Einmal legte sie mir auf dem Schulhof beide Hände ans Gesicht und flüsterte: »Wir gehen wieder dahin zurück, wo der Orangenbaum steht.« Zumindest übersetzte Eloy es mir so. Eloy fragte mich einmal, ob meine Eltern auch die Hitzekrankheit bekommen hätten. Ich weiß nicht, sagte ich. Vielleicht, vielleicht auch nicht. Aber es ließ sich sowieso nicht ändern, man konnte nur warten, bis die Hitze wieder abflaute.

Mein Vater blätterte wie wild durchs Telefonbuch. Er konnte die Nummer des Arztes nicht finden. Da rief meine Mutter, dass es sowieso keinen Sinn hatte. Es war schon so weit.

»Jetzt?«, fragte mein Vater.

»Ja! Jetzt!«, schrie sie vom Klo zurück.

»Wie ist das denn möglich! Halte es noch kurz zurück.«

»Wie denn?«

»Woher soll ich das wissen? Mach einfach noch kurz dicht.« Papa schrie mir zu, dass ich den Krankenwagen rufen soll.

Die Frau am anderen Ende der Leitung klang sehr ruhig. Ich erzählte ihr, dass meine Mutter auf dem Klo starb. Warum auf dem Klo, fragte sie. Ich weiß nicht, sagte ich, aber es wäre gut, wenn sie schnell kämen.

»Die Frau kommt her«, sagte ich zu meinem Vater. Er hörte mich nicht. Mein Vater band gerade die Schnürsenkel des einen Schuhs an seinem Fuß zu. Dass er den anderen nicht trug, schien ihm nicht aufzufallen.

Meine Mutter kreischte vor Schmerzen. Sie sagte nichts mehr, da war nur noch ihr scheußliches Kreischen. Es brachte mich zum Weinen. Mein Vater holte die Wolldecke vom Sofa und breitete sie auf dem Boden vor dem Klo aus. Er nahm meine Mutter beim Arm, um ihr aufzuhelfen. In dem Moment, als ihr Po sich vom Klo löste, hörten wir es plötzlich dumpf platschen. Ein leises, dumpfes Platschen. Kurz blieb es still. Auch Mamas Kreischen hörte auf. Bei dem Platscher waren wir alle verstummt. Papa und Mama schauten ins Klo. Da lag meine Schwester.

Im Krankenhaus fragte ich meinen Vater, was das für ein Ding ist, in dem meine Schwester liegt. Mein Vater sagte, er wisse es nicht. Warum lag sie da in einer durchsichtigen Plastikschachtel, einer Art Vitrine, in die alle reinschauen konnten? Waren die Leute schon so stolz auf sie? Noch bevor sie überhaupt irgendeine Leistung erbracht hatte, außer der, in der Kloschüssel geboren zu werden? Papas Wangen bekamen langsam wieder etwas Farbe. Meine kleine Schwester, einen Monat zu früh geboren. Sie war dazu verdammt, für den Rest ihres Lebens ein Sternzeichen zu haben, das eigentlich nicht für sie gedacht war.

Ich fragte den Arzt nach der Schachtel, in der meine Schwester lag. Er erklärte mir, es wäre ein Apparat, in dem kranke oder zu früh geborene Babys versorgt und beobachtet werden. Ein Brutkasten. In dem Apparat wurde die Temperatur geregelt, weil meine Schwester das noch nicht selbst tun konnte.

»Mach dir keine Sorgen«, sagte er. »Da drin ist es schön warm. Wir regeln die Temperatur mit diesem Knopf.« Es war der gleiche Drehknopf wie an unserer Mikrowelle.

»Es ist eine Mikrowelle«, sagte ich zu meinem Vater.

»Eine Mikrowelle?«, fragte er völlig baff, während er die durchsichtige Schachtel musterte.

»Ja, das hat der Arzt gesagt.« Ungläubig schüttelte er den Kopf.

Meine Schwester bekam den Namen Beatrix, wir nannten sie Bea. Zum Zeichen seiner Integration hatte mein Vater meiner kleinen Schwester den Namen der Königin gegeben. Es sollte ihr Glück bringen. Dann würden die Leute sehen, dass wir wirklich dazugehören wollten. Dass wir bereit waren, unser neues Vaterland anzunehmen, dass wir vernünftige Leute waren.

Die Haut meiner kleinen Schwester wurde in der Mikrowelle täglich dunkler. Eines Tages packte meine Mutter den Arzt beim Arm und bat ihn weinend, die Temperatur runterzudrehen. »Sonst wird meine Tochter noch schwarz! Ach und Weh. Warum kann ich keine schöne Tochter haben? Warum ist das mein Los? Was habe ich falsch gemacht, dass ich eine schwarze Tochter bekomme?«, jammerte sie.

Der Arzt verstand nicht, dass es eine lebenswichtige Frage war. Die Haut einer Vietnamesin ist ihr einziger Schatz, hatte meine Mutter mir einmal erklärt. Je weißer sie ist, desto größer ihr Reichtum, ihr Glück, ihr Erfolg. Kein Mann würde eine dunkle oder fleckige Haut anbeten. Mich hatte meine Mutter schon abgeschrieben. Im Sommer davor hatte ich beim Zähneputzen einen winzigen braunen Fleck auf meiner Nasenspitze entdeckt. Das hatte mich so erschreckt, dass ich mich eine halbe Stunde lang im Badezimmer einschloss und mit einem Seifenstück daran herumschrubbte. Als das nichts brachte, rubbelte ich so lange mit einem Scheuerschwamm, bis mein Arm lahm wurde. Meine erste Sommersprosse. Sie ging nicht weg. Zum Glück fiel sie niemandem auf. Am nächsten Tag sah ich drei weitere Sommersprossen. Diesmal auf der rechten Wange.

»Was hast du da?«, fragte meine Mutter am sechsten Tag, da waren beide Wangen inzwischen voll mit Sommersprossen. Es ließ sich nicht mehr verheimlichen, ich nahm die Hände von den Wangen. Sie musste weinen.

»Es tut mir leid«, sagte ich. »Es war keine Absicht. Es tut mir leid, Mama.«

Als ich im Bett lag, hörte ich die Spinnertante meiner Mutter zuflüstern: »So kannst du sie doch nicht aus dem Haus lassen. Hast du das gesehen? Es gibt so Kliniken, da kann man so was wegmachen lassen. Es ist so abgrundtief …«, sie suchte nach dem richtigen Wort, »… hässlich.«

»Ich weiß«, hörte ich meine Mutter sagen. »Aber was soll ich tun? Du weißt doch, dass es solche Kliniken hier nicht gibt. Hier legen sich die Leute in die Sonne, völlig kopflos, lassen die Sommersprossen auf sich sprießen wie Unkraut und finden es sogar schön.«

»Ich habe da noch eine Idee«, flüsterte die Spinnerin. Was sie genau sagte, hörte ich nicht. Ich hörte nur noch ein Flüstern, gefolgt von einem Zischlaut. Ihre Stimmen erstarben langsam in der Nacht. Ich sah durchs Dachfenster zum Himmel. Die Nacht war klar, der Himmel mit Sternen übersät. Wenn jeder Stern für einen Wunsch stehen würde, dann hätte ich mir als Erstes gewünscht, morgen nicht mehr so hässlich zu sein. Als schönes Mädchen aufzuwachen.

In der folgenden Woche musste ich mir jeden Abend vorm Schlafengehen das Gesicht mit gemahlenem Ingwer einschmieren und einen halben Liter scheußlicher Brühe aus Heilkräutern trinken. Das alles, um die spöttischen

Götter, die mir die Sommersprossen ins Gesicht gemalt hatten, aus mir rauszubekommen. In derselben Woche erfuhr meine Mutter, dass meine kleine Schwester in der Mikrowelle gestorben war.

59

Die Kzt war am hinteren Ende des Dorfs, man musste den Marktplatz überqueren, vorbei an der Snackbar und am Supermarkt, dann an der Bibliothek und schließlich noch ein ganzes Stück durch die Grünanlage gehen, bis man vor dem Eisentor stand. Ich hatte mir eine Liste von Dingen gemacht, die ich meiner Mutter sagen wollte. Auch mein Zeugnis stand drauf. Sie wirkte selten so glücklich, wie wenn ich ihr meine Noten aufzählte.

Mathe: *gut*

Diktat: *sehr gut*

Sprachlicher Ausdruck: *ausreichend*

Sport: *verbesserungsbedürftig, insbesondere, was die Ballkoordination angeht* (Bei der Beurteilung hatte es keinen gekümmert, dass dieser Depp von Eloy mir, kurz bevor ich zielen musste, den Ball aus den Händen gerissen hatte.)

Vor der Bibliothek parkte ein großer Laster, auf dem in blauen Großbuchstaben Von A nach B, Umzüge stand. Zwei Männer luden gerade ein großes Paket ein.

»Was ziehen Sie da um? Die Bilder?«, fragte ich.

Schwer keuchend antworteten sie, dass sie keine Ahnung hätten.

»Wir sind nicht so oft in der Bibliothek«, sagte der Größere der beiden.

»Aber Bücher sind es ganz bestimmt nicht«, sagte der andere.

Ich sah durch die schmutzigen Fenster hinein. Die Wände der Bibliothek waren leer, nirgends hing noch ein Bild. Die Vögel waren ausgeflogen, die Blätter hatten sich verflüchtigt. Es fühlte sich an, als hätte ich mir den großen Garten eingebildet, diese Oase, die exotischen Frauen, den Garten, der wie geschaffen war, um darin zu spazieren. Als hätte da nie ein Bild gehangen, so sah es aus.

In der Ecke kniete der Bibliothekar und packte einen Karton aus. Ab morgen ist es wieder eine ganz normale Bibliothek mit Büchern über Pest und Cholera, dachte ich.

Die Umzugsleute trugen eines der letzten Bilder aus dem Gebäude.

Ich wohnte an einem Ort, aus dem kein Mensch je mehr wegkam. Wie war es dann möglich, dass diese Vögel und exotischen Frauen sich zu Wasser und zu Land fortbewegten? Wohin brachten die Männer die Bilder?

Ein paar Kilometer weiter nahm Moses Vater sein Gewehr und erschoss die Amsel. Beides geschah etwa zur selben Zeit.

»Es ist noch zu früh für den Frühling«, murmelte er, als die Amsel leise plumpsend im Schnee landete.

Ich hoffte, irgendwie noch einen Blick auf die Frau auf dem einen Bild zu erhaschen, einen Blick auf den warmen Ort, die Palmen, den Strand. Doch alle Wände waren leer.

Hinter dem Papierkorb, neben einer Steckdose, stand noch ein Bild. Die Umzugsleute hatten ein Bild vergessen.

In der Küche brodelte der Kaffee. Die Neonröhre hinten in der Bibliothek flackerte. Die Umzugsleute kamen wieder rein. Ich hörte sie zum Bibliothekar sagen, dass sie eine letzte Runde zur Kontrolle drehen würden. Ob sie vor der Abfahrt noch eine Tasse Kaffee wollten? Nein, lieber machten sie sich gleich auf den Weg.

Ich huschte in den Laster. Innen drin sah ich, dass alle Pakete einen Titel trugen. Ich riss eine Ecke des Kartons auf, auf dem *Nacktes Mädchen* stand. Vielleicht war es ja so, dass zwar die Menschen nie mehr von hier wegkamen, die Bilder aber frei durch die Welt reisen konnten? Sie würden meinen Brief mitnehmen in die Ferne, weit weg von hier, übers Meer, über Kontinente hinweg, dorthin, wo er hingehörte. Der Brief für Papa war getrocknet und hart geworden. Am Abend davor war ich eingeschlafen und hatte ihn nicht mehr ins Reine geschrieben. Getrocknete Schlammbröckchen bröckelten vom Papier, als ich ihn aus meiner Brusttasche nahm. Der Brief hatte Runzeln bekommen.

Ich knickte ihn entzwei. Die Schlammstücke fielen leise auf den Boden des Lasters. Ich knickte ihn noch einmal und noch mal, so lange, bis der Brief so klein war wie ein Würfel. Das Loch in der Verpackung des *Nackten Mädchens* war gerade groß genug für meine Hand, und ich schob den Brief hinter den Rahmen.

»Hey. Du da!«, rief mir der kleine Mann aus der Ferne zu.

»Was hast du hier zu suchen?«, fragte der andere.

Ich stammelte ein paar unverständliche Wörter. Der kleine Mann hob das Bild mit beiden Händen hoch und lugte durch das Loch im Karton. Der andere kam zu ihm. Beide schauten sie einen Moment durchs Loch. Den Brief im Rahmen sahen sie nicht.

Der kleine Mann stellte das Bild wieder ab. »Scharfe Braut«, sagte er.

»Nicht mein Geschmack«, sagte der andere.

Draußen war es still. Kein Wind, keine Amsel. Ohne die Amsel war es in Beiahêm wieder frostig.

Fleisch verdorrt und verkümmert. Menschen verdorren und verkümmern. Aber vieles andere nicht. Sehr vieles andere nicht. Die junge Frau auf dem Bild zum Beispiel.

Wind kam auf, rüttelte an den armseligen Häusern, dass sie nur so knarzten. Der Wind raste durch die Gassen, trieb die wenigen Menschen auf der Straße zurück in ihre Häuser.

60

Moses Vater hatte die Amsel wie eine Trophäe auf die Fensterbank gelegt.

»Ich dachte, Amseln sind rot«, sagte ich zu ihm.

»Nein, sie sind schwarz«, antwortete er. »Bist du bereit?«

»Fast«, sagte ich.

Stolz klopfte er mir auf die Schulter.

Bisher hatte ich die Tage bis zum Aufbruch im Kalender gezählt.

Jetzt gab es nichts mehr zu zählen.

Nur noch eine Nacht.

Verliebt in Binck hatte ich mit einem dicken Filzer über sein Graffito geschrieben. Samt Datum und so, aber ohne Unterschrift. Und ein Herz danebengemalt, nichts anderes konnte meine Gefühle wiedergeben. Ich hatte mich nicht getraut, es ihm zu sagen, dann hätte er mir nicht mehr die Zunge in den Mund gesteckt.

Das Haus war immer noch groß und leer. Und den Dachboden hasste ich auch immer noch, aber ich wusste, dass ich jetzt, kurz vor dem Aufbruch, jede Gunst von jedem Gott brauchte (Haribo ersetzen durch M&Ms).

In der Zeitung stand, dass die Züge nicht mehr fahren. Wegen der Kupferdiebe.

»Was klauen sie denn?«, fragte ich Moses Vater. »Die Schienen?«

»Nein, Kupferdiebe stehlen Teile der Signale und so«, erklärte er mir.

»Aha.«

Pirouette zitterte mit dem Schwanz. Manchmal hatte sie einen bestimmten Blick drauf. So einen scharfen, misstrauischen Blick, dann sah sie sich um und erkannte mich plötzlich nicht mehr. Einen Moment lang schien sie nicht glauben zu können, dass der Ort, an dem sie sich gerade befand, ihr Zuhause war und ich ihre Freundin. Dann schien ihr klar zu werden, dass ich nicht aussah wie sie, nicht im Geringsten, und nicht ihrer Art angehörte, dass jemand wie ich nicht ihre Freundin, ihre Familie sein konnte. Aber nur selten, meistens war sie eine faule Dohle und saß gern am Fenster, schloss die Augen und genoss die warme Nachmittagssonne, die sich ab und zu scheu blicken ließ.

Ich putzte das Messer. Ich putzte und putzte es, bis es glänzte, und dann putzte ich weiter, bis man sich darin spiegeln konnte, bis ich ein großes Feuer darin sah, das ganz Beiahêm niederbrannte, danach würde eine große Welle das, was davon übrig geblieben war, unter Wasser setzen und ins Meer spülen, die Mauern, die Dächer, die Spieltische und alle Menschen. Alles verschwand im Meer, die Menschen schnappten noch ein letztes Mal nach Luft, sanken aber schließlich zum Meeresboden, wo sich der Leviathan wand, das große Seeungeheuer, und sie verschluckte, wo sich das wahre Gesicht der Menschen zeigte, dort sah man jeden, wie er war, und ich sah in dem Messer, wie alles überflutet wurde.

61

»Schau mal, Mama, schau mal, was ich dir mitgebracht habe.« Ich holte ein kleines, eingepacktes Schächtelchen aus meinem Rucksack. Zu meinem zwölften Geburtstag bekam meine Mutter Wimperntusche von mir. Es hatte eine Weile gedauert, bis ich begriff, dass ihr in den letzten Wochen etwas Ungewöhnliches passiert war. Auf der Psychiatrie hatte sie zugenommen, sie hockte reglos in ihrem Zimmer wie ein jahrhundertealtes Hünengrab.

Meine Mutter machte keine Anstalten, das Geschenk entgegenzunehmen, irgendetwas musste mit der Wand los sein, auf die sie ununterbrochen starrte, etwas, was ich nicht sehen konnte.

»Ist schon gut, Mama«, sagte ich. »Ich mache es für dich auf.« Ich packte es aus, tat so, als wäre der Inhalt eine große Überraschung. Um es richtig spannend zu machen, riss ich das Geschenkpapier theatralisch ab, als ob es mir nur mit Mühe gelingt.

»Schau mal, Mama«, rief ich, als die Wimperntusche ausgepackt war, »du kannst dich wieder schön machen!« Ich hielt die Wimperntusche hoch, betrachtete sie von allen Seiten mit gespieltem Erstaunen. Meine Mutter verfolgte das Ganze mit einem Blick, als wäre es das Seltsamste, was sie je gesehen hatte.

»Es ist Wimperntusche!«, sagte ich. »Du weißt schon, für die Wimpern.«

Ich schminkte sie. Eine nach der andern bog ich ihre Wimpern nach oben und malte sie an. Ihr Atem blies an meine Wangen. Als ich fertig war, setzte ich mich ihr gegenüber und begutachtete erwartungsvoll das Ergebnis.

Ihr Blick war unverändert.

Es war überhaupt nicht wie in der Werbung. Die Wimpern meiner Mutter hingen immer noch traurig nach unten, als wären sie vor lauter Kummer verwelkt. Schlaff und kraftlos hingen sie über ihren Augen. Dabei bekamen sie eigentlich genügend Wasser. Wenn ihre Wimpern Blumen wären, würden sie aufblühen von all ihren Tränen. Alles Lügner, dachte ich, auch diese Deckswerbung. In der Werbung sahen alle Frauen glücklich aus, wenn sie Wimperntusche aufgetragen hatten, ihr Blick war fröhlich.

Aber das machte nichts, ich fand sie schön, und nichts anderes zählte. Auch ohne Wimperntusche. Die schönste Mutter, die ich je gesehen hatte, am liebsten hätte ich geschrien vor Glück, weil meine Mutter so schön war an diesem Nachmittag, dem Nachmittag, an dem ich Abschied von ihr nehmen musste. Moses Vater hatte allen im Dorf gesagt, dass wir am folgenden Tag aufbrechen.

Ich wollte ihr erzählen, was er mir heute beigebracht hatte.

Er hatte mich bei den Schultern genommen und mir tief in die Augen gesehen. »Du bist für nichts zu klein. Für gar nichts. Versuche es noch einmal«, sagte er.

Ich saß auf dem Fahrersitz und konnte gerade so über das Lenkrad schauen. Daran änderte auch das große Kissen unter meinem Po nichts. Moses Vater schob den Sitz ganz nach vorn. Er steckte den Schlüssel in die Zündung und sagte mir, dass ich das Auto starten soll. An dem neuen Ort müsste ich allein zurechtkommen, das machte er mir klar, dort müsste ich wissen, wie man allein vorankommt.

»Ich kann nicht!«, schrie ich panisch. »Bitte.«

Das Auto würde in einem Höllentempo losschießen und gegen die Pappeln knallen oder, schlimmer noch, den Deich runtersausen, direkt ins Meer. Tod durch Ertrinken – ich konnte mir nichts Schlimmeres vorstellen. Gelassen sagte Moses Vater: »Mein Vater hat mir mit zehn beigebracht, einen Pferdewagen zu lenken. Da war ich fast zwei Jahre jünger als du. Kannst du dir das vorstellen?«

Das konnte ich nicht. Ich konnte mir keinen einzigen Erwachsenen mit zehn Jahren vorstellen. Aus meiner Sicht waren sie als Erwachsene geboren worden und behaupteten einfach, dass sie früher mal Kinder waren, um mich zu piesacken.

Er saß auf dem Beifahrersitz und erzählte. »Mit den Zügeln in der Hand fuhr ich in die schmale Bakkersstraat. Ich auf dem Bock, mein Vater daneben. Die zwei Pferde vor uns. Ich hatte Angst, konnte es ihm aber nicht sagen. Nein, solche Dinge sagt man seinem Vater nicht.«

Ich wusste nicht, warum er mir das erzählte oder was ich daraus lernen sollte.

»Der Wagen war voller Lämmer«, fuhr er fort, »meine Freunde hingen hinten am Heck, am Markt waren sie aufgesprungen. Und plötzlich stellte sich raus, dass die Straße gesperrt war, es war verdammt noch mal zu eng zum Wenden. Mein Alter setzte sich ein Stück weiter auf einen Stein, der hatte es mit dem Rücken. Ich musste selbst zusehen, wie ich den Wagen in Gang kriegte. Mit all den Lämmern drin. Vom Stein aus schrie mein Vater, ich müsse mehr Kraft anwenden, ich sei wohl nicht Manns genug. Die Jungs halfen mir beim Ziehen. Die Pferde drehten schier durch, sie wollten nicht rückwärtsgehen. Ein Pferd rastete aus und trat panisch um sich. Da stand mein Vater von seinem Stein auf, kam zu mir und rammte mir vor all meinen Freunden die Faust ins Gesicht. Dann setzte es einen Tritt in den Magen. Nein, ich hätte keine Angst haben dürfen. Heute bringe ich dir das Autofahren bei.«

Ich wurde ganz still, sträubte mich nicht mehr. Es war wirklich sehr nett, wenn jemand einem etwas beibringen wollte. Auf meiner Haut war ein Kribbeln und in meiner Brust ein Beben vor lauter Aufregung. Jetzt hatte ich erst richtig Angst. Ich war die Geister unter meinem Bett gewohnt, die Geister in meinen Träumen, und jetzt, wo sie weg waren, sehnte ich mich fast nach ihnen.

Ich strengte mich an, meine Beine so lang wie möglich zu machen. Moses Vater sagte mir, ich solle auf die Pedale treten. »Das ist das Gaspedal, und das die Bremse. Nicht verwechseln.«

Ich schüttelte den Kopf.

»Und jetzt tritt aufs Gaspedal.«

Ich schaute auf die Pedale zu meinen Füßen.

»Das rechte«, sagte er. »Mach ruhig, es kann nichts passieren, ich bin bei dir.«

Ich musste meine Beine bis zum Äußersten strecken, um ranzukommen. Mein Rücken wurde langsam nass, und meine Hände am Lenkrad zitterten.

»Und das ist das Kupplungspedal«, erklärte er. »Tritt jetzt auf die Kupplung.«

Moses Vater sagte mir, ich solle mit der Gangschaltung von der Eins zur Fünf schalten und wieder zurück. Und noch ein paarmal, bis ich nicht mehr laut mitzuzählen brauchte.

»Und jetzt fahren wir«, sagte er. »Ich bin mir sicher, dass du es kannst. Du wirst sehen. Ein Tier bleibt immer ein Tier, aber ein Auto erlaubt sich nicht einfach so irgendwelche Späßchen mit einem.«

Die Gangschaltung stand auf eins. Langsam löste ich den Fuß von der Kupplung. Das Auto rollte ein Stück vor. Ich dachte an das viele Wasser unten am Deich. Rasch nahm ich den Fuß vom Pedal. Der Motor ging aus.

»Tut mir leid«, sagte ich.

Beim nächsten Versuch kam der verrostete Briefkasten, die Bushaltestelle, die verschneite Pappel, kam die ganze Welt langsam auf mich zu, ganz gelassen, ganz ruhig. Nur die Sonne blieb störrisch an ein und derselben Stelle stehen, und der niedrig hängende Nebel zerriss das Land in Fetzen.

Das Auto fuhr …

Mit beiden Händen klammerte ich mich am Lenkrad fest. Obwohl ich die Straße vom Deich aus schon Millionen Male gesehen hatte, jeden Grashalm und jede Gehwegplatte in- und auswendig kannte, sah von hinter dem Lenkrad alles ganz anders aus. Mir fielen die Augen aus dem Kopf. Noch nie war ich so mühelos vorangekommen, und das alles machte ich selbst. Neben mir saß Moses Vater und jubelte. Wir lachten. Er schaltete das Radio ein und sang mit. Ich kannte die Lieder nicht, tat aber trotzdem so, als würde ich auch mitsingen.

Wir fuhren vom Deich ab, quer durchs Dorf, und dann sagte er, ich solle beim Supermarkt anhalten. Ich dürfe mir eine Tafel Schokolade aussuchen.

»Nein, vielen Dank. Das ist nicht nötig.«

»Du hast es verdient«, sagte er.

Im Supermarkt gab es zwei Regale voller Schokolade. Vollmilch, Zartbitter, weiße Schokolade, Wacholderbeere-Haselnuss, Blutwurst mit Mandeln, Apfel-Zimt mit Rosinen, Schokolade mit Rum. Sie waren in den verschiedensten Farben verpackt, Grün, Lila, Blau. Ich sah mir die Schachtel mit den Meeresfrüchten an. Mit dem Finger pikte ich durchs Plastik, um zu fühlen, was das für eine Auster sein sollte. Die Meeresfrüchte, die ich kannte, sahen ganz anders aus. Wie das wohl schmeckte, all diese mit Praliné gefüllten Garnelen und Schwertmuscheln?

»Die da?«, fragte Moses Vater und zeigte auf die Tafel Blutwurst mit Mandeln. Mein Vater und meine Mutter hatten mir beigebracht, keine Geschenke anzunehmen, damit wir niemandem etwas schuldig waren.

»Das ist wirklich nicht nötig«, sagte ich, »aber vielen Dank.«

»Nein gibt es bei mir nicht«, sagte Moses Vater. Er nahm die Tafel Schokolade aus dem Regal. »Und dann nehmen wir noch eine für Mose mit.« Für sie nahm er die Tafel mit dem Gänseschmalz.

Moses Vater wartete draußen vor dem Supermarkt, während ich meine Tafel Schokolade aß. In der Ferne bellten die Hunde, die ihn in der Morgendämmerung erkannten, Moses Vater war oft beim Bulldoggenzüchter zu Besuch. Die Tafel war zu groß, um sie auf einmal zu essen, aber Moses Vater sagte, er würde so lange stehen bleiben, bis ich alles aufgegessen hatte. Nach dem letzten Bissen sagte er, ich sei ein gutes Mädchen. Fast wäre ich an einer ganzen Mandel erstickt, konnte sie aber gerade noch rechtzeitig aushusten.

Wir machten einen großen Bogen um die Antillianer, die wie angewurzelt mit dem Rücken an der Mauer der Snackbar standen. »Menschen, die zu sehr nach Langeweile riechen, muss man meiden«, brachte er mir bei, wie er es auch Mose beigebracht hatte. Er spuckte ein paarmal auf den Boden. »Was wollen sie damit beweisen? Wem wollen sie zeigen, dass ihnen die Kälte nichts anhaben kann, indem sie da so rumhängen?«

Als er mich nach Hause fuhr, machte er das Fenster auf. Ich hörte die Reifen auf dem Schnee knirschen. Der schneidende Wind pfiff mir durch den Kopf, aber ich traute mich nicht, darum zu bitten, das Fenster zu schließen. Der Wind flüsterte mir etwas ins Ohr, so wie früher Eloys Mutter, an dem Nachmittag im Casino. Der Wind fauchte, dass ich aufpassen soll, auf so viel Glück könne nur Unglück folgen und keiner wäre so gut zu einem Mädchen, ohne eine Gegenleistung zu erwarten. Ich verscheuchte die Stimme. Ich würde mich doch nicht vom Wind ins Bockshorn jagen lassen.

Das Morgenlicht fiel durchs Fenster der KZT, und die getrockneten Salbeizweige leuchteten auf. Ich hatte alle Kräuter, die böse Geister vertreiben, im Zimmer meiner Mutter aufgehängt. Ich legte die Wimperntusche aufs Waschbecken. In der Ferne hörte ich Männer keuchen, die eine tote Patientin wegtrugen. Sie hatte Blutverdünner genommen und sich mit einer Nadel in den Hals gestochen.

Ich machte lauter albernes Zeug, rieb die Arme meiner Mutter mit dem Schlangenfett ein, das ich aus der Speisekammer mitgenommen hatte, klopfte die wimmelnden Milben aus ihrem Kissen, schälte einen Apfel, rückte ihre zwei Kleider zurecht, alles, um nicht von dem anfangen zu müssen, weshalb ich gekommen war. Wie sollte ich ihr sagen, dass ich wegging? Als alles sauber und aufgeräumt war, erzählte ich irgendwelche Geschichten über das, was ich in der Schule gelernt hatte, die Erschaffung der Erde, Napoleon, aber auch über Pirouettes Zustand. Mit jedem

Tag zog sich Pirouette mehr zurück, und mir wollte nicht einfallen, woran es liegen könnte. Ich kaufte ihr in der Zoohandlung frische Würmer, kämmte ihr Gefieder, sang ihr alle Lieder vor, die ich kannte, ließ sie einmal die Woche mit dem Wasserhahn spielen, alles umsonst. Ihr Köpfchen schien schwer zu sein. Ich erzählte meiner Mutter alles über die Bulldoggenzucht und darüber, wie man Winterrüben anpflanzte, bis mir nichts mehr einfiel.

»Mama?« Sie sah mich nicht an. »In nächster Zeit … In nächster Zeit kann ich nicht … Aber … In nächster Zeit liest dir dann Teddy vor. Okay?«

Am Morgen hatte ich Teddy eine Lesebrille gekauft. Mit einer Lesebrille könnte er meiner Mutter alle Geschichten vorlesen. Ich wusste nicht genau, welche Stärke er brauchte, also wählte ich die Brille mit dem schönsten Gestell. Eine rote mit runden Gläsern. Ich war froh, dass Teddy diese Aufgabe übernehmen konnte. Ich holte die Brille aus dem Etui und setzte sie ihm auf. Schlagartig sah der Teddybär viel klüger aus.

»Na? Steht sie ihm, Mama? Oder sieht er jetzt zu sehr aus wie ein Professor?« Ich fing an zu lachen. Aber meine Mutter starrte nur weiter auf die Wand.

»Wenn ich dann gleich weg bin, liest Teddy dir vor. Hier habe ich einen Stapel Bücher aus der Bibliothek. Das ist die Geschichte von Rémi, dem Findelkind, vielleicht mache ich ja genau so eine Reise, Mama.« Ich zerbrach mir den Kopf, was ich sagen könnte, aber mir fiel nichts mehr ein. Sie war wunderschön an diesem Nachmittag, wenn die Welt sie doch nur so sehen könnte. Sie brauchte gar keine getuschten Wimpern. Ich gab meiner Mutter einen Kuss auf die Wange. Sie fühlte sich weich und federnd an, wie ein kleines Kissen, das mir meinen Kuss sofort zurückgab.

»Bleib so sitzen, Mama. Genau so.« Ich hoffte, dass sie in meiner Abwesenheit keinen Finger rühren würde. Ja, ich hoffte, dass sie so sitzen blieb, haargenau so, bis mein Vater zurückkam. Wenn ich die Zeit einfrieren könnte, hätte ich es an dem Tag getan, an dem mein Vater wegging. Dann hätte ich das Leben in Beiahêm angehalten und alles so belassen, wie es war, bis ich meinen Vater wiedergefunden hatte, bis ich ihn meiner Mutter zurückbringen konnte. Und niemand wäre älter geworden. Nichts wäre gewachsen, nichts größer geworden. Mein Vater hätte keinen Zentimeter von mir verpasst, er hätte meine Mutter wieder genau so angetroffen, wie er sie zurückgelassen hatte.

»Ich gehe los, Mama.« Ich zupfte meinen Pulli zurecht und stand auf. Sie packte mich mit einer schnellen Bewegung beim Arm. Sie sagte nichts, sah mich nur mit einem Blick an, der besagte, dass ich nicht weggehen soll. Ihr plötzlicher Griff erschreckte mich. Jetzt sah sie mich wieder, wie sie mich früher gesehen hatte, sie erkannte, wer ich war. Ich traute mich nicht, eine abrupte Bewegung zu machen, nicht mal zu zwinkern, aus Angst, dieses Bild wegzuzwinkern. Mit aufgerissenen Augen sah ich sie ununterbrochen an.

Mit heiserer Stimme sagte sie: »Geh nicht weg.«

»Mama?«, fragte ich leise.

»Die Menschen hier machen mir Angst.«

»Du brauchst keine Angst zu haben, Mama.«

»Ich habe geträumt, dass alles verloren geht. Wenn du weggehst, geht alles verloren.«

»Träume sind nicht echt, Mama.«

»Was für ein hübsches Mädchen du geworden bist.«

Ich schluckte.

»Ich liebe dich«, sagte sie, »weißt du das? Geh nicht weg.«

Dieser Moment war so kurz, dass ich mich fragte, ob es Einbildung gewesen war. Vielleicht hörte ich ja nur, was ich so gern gehört hätte. Schließlich musste ich doch zwinkern, und da war wieder ihr leerer Blick. Ich hatte es mir wirklich eingebildet.

Vorsichtig, einen nach dem anderen, löste ich die Finger, die sich an meinem Arm festklammerten.

»Es tut mir leid, Mama«, flüsterte ich. »Ich sorge dafür, dass ich die Zeit anhalten kann, du wirst gar nicht merken, dass ich weg bin. Was ich vorhabe, ist gut für uns alle.«

Ich packte rasch meinen Rucksack, bevor sie mich fragen konnte, wo ich denn hinwollte, und sagte, dass doch sowieso alles hier in Beiahêm endete, dass es gar keine anderen Orte gab. Ich nahm mir vor, Fotos vom neuen Ort zu machen und die Landschaft zu zeichnen. Vielleicht konnte ich in einem Brief ja beschreiben, was ich dort antreffe.

»Probier die Wimperntusche morgen noch mal aus«, sagte ich, »vielleicht funktioniert sie ja dann.« Ich schlich mich auf Zehenspitzen aus dem Zimmer, als würde dort jemand schlafen, der nicht geweckt werden durfte.

Wo bleiben schlechte Töchter nach ihrem Tod?

Fischen sie allnächtlich die Leichen ihrer Väter aus dem Meer, die dann am nächsten Tag einfach wieder reinfallen?

Sehen sie sich, ihre Mütter auf den Rücken gebunden, die schrecklichen Naturgewalten an, die böse Götter entfesseln?

Oder wachsen sie mit den Wurzeln der verkohlten Birke zusammen – in Richtung Hölle?

62

Ich fühlte mich zittrig, als ich mich auf den Weg zu Amours Schiff machte. Nach dem Abschied von meiner Mutter schlug ich einen Weg ein, den ich lange nicht mehr gegangen war. Würde ich das vermissen? Würde ich es vermissen, diesen Weg zu gehen? Pirouette saß auf meiner Schulter, sie kannte Beiahêm inzwischen besser als ich. War es nicht lächerlich, dass ich auf einmal über diesen einen Baum, diesen einen Strauch, dieses bisschen Wasser nachdachte? Haben sie je was für mich getan, fragte ich mich grimmig. Nein, sie haben mir nie etwas bedeutet, nie etwas für mich getan.

Obwohl es fror, hängte Amour draußen Wäsche auf. Die Wäscheleine hing zwischen zwei Bäumen.

»Das mit dem Goldklumpen, hat das gestimmt?«, fragte ich ihn.

Zwei Unterhosen und ein Hemd hingen steif gefroren an der Leine. Es war sehr windig, vielleicht hatte er mich nicht gehört, jedenfalls machte er einfach weiter.

»Warum hast du das getan?«, fragte ich. Eine Socke löste sich aus der Wäscheklammer und fiel wie ein Stein zu Boden. Amour stürzte sich darauf. Eine Windböe blies den zusammengerollten Schlafsack wie einen Schneeball am Ufer entlang. Amour rannte ihm nach. Ich schrie: »Warum hast du im Spielcasino gesagt, der Goldklumpen gehört uns nicht? Hat meine Mutter mich angelogen? Sie hat mich angefleht, das Gold zurückzuholen, zurückzuholen, was uns gehört! Die Dinge gehören dem, dem sie gehören. Warum sollte sie lügen? Was ist …«

»Ja«, unterbrach mich Amour. Keuchend kam er mit dem Schlafsack unterm Arm zurück, hob die gefrorene Socke auf und hängte sie wieder an die Leine. »Der Goldklumpen ist von euch.«

Seine Lippen waren rissig und die Haut auf seinen Wangen ganz trocken.

»Euer Haus nicht, aber der Goldklumpen schon.«

»Aber …« Herr Lever hatte uns eingeschärft, nie einfach so *Aber* zu sagen. Es wäre ein verteufeltes Wort, das jeden Gedankengang stoppt, statt ihn weiterzuführen. Seit dem Spielcasino hatte ich wegen Amour an meiner Mutter gezweifelt, er hatte gesagt, sie hätte mich angelogen. Dabei war er die ganze Zeit der Lügner, derjenige, der mich verriet. Warum hatte er gesagt, der Goldklumpen gehöre nicht uns, wenn er es doch tat? Ich sah mir Amour an, und plötzlich war mir alles klar.

Er hatte sich für sie entschieden.

Für die Spinnerin.

Und gegen die Wahrheit. Ich wollte mich umdrehen – auf feindlichem Gebiet hatte ich nichts verloren. Die Gründe für seine Lüge konnten mir gestohlen bleiben.

Amour war da offenbar anderer Meinung. »Euer Haus gehört euch nicht«, sagte er, »deine Tante hat es als Pfand eingesetzt, also gehört es den Chinesen. Nicht mehr lange, und du wärst rausgeflogen. Wenn ich das Dokument wahrheitsgemäß vorgelesen hätte, hättest du zwar vielleicht den Goldklumpen bekommen, aber das Haus wärst du los gewesen.«

Amour zupfte ein Hemd an der Wäscheleine zurecht.

»Ich habe dich sogar noch gewarnt und dir eine Nachricht in den Briefkasten geworfen.«

Da fiel mir der Zettel wieder ein: *Sie kommen – sorg dafür, dass du das Geld parat hast.*

»Du kannst mich ruhig weiter so ansehen«, sagte Amour und nahm den leeren Wäschekorb in die Hand, »aber du solltest mir dankbar sein. Im Spielcasino habe ich dich gerettet. Alle waren zufrieden, jedenfalls für den Moment. Das Theater hatte ein Ende. Keiner hat mehr Fragen gestellt. Was glaubst du eigentlich? Dass du den Goldklumpen einfach mit nach Hause genommen hättest, und deine Tante hätte sich damit abgefunden? Meinst du nicht, sie wäre der Sache auf den Grund gegangen, bis sie herausgefunden hätte, was es damit auf sich hat? Und du kannst Gift darauf nehmen, dass die Chinesen sich eingemischt hätten; die hätten gemerkt, dass sie das, was ihnen zusteht, noch nicht kassiert hatten. Jetzt ist die Sache nicht mehr dringlich, und du kannst wenigstens ein bisschen Luft holen.«

Ich kapierte rein gar nichts. »Warum hast du mir nichts davon gesagt? Du tust ja so, als hättest du alles zu meinem Besten getan.«

»Ich bin zu dir nach Hause, um dir alles zu erklären«, sagte Amour. »Komm, gehen wir aufs Schiff, hier ist es zu kalt.«

»Du lügst!«, schrie ich. »Du bist nie gekommen. Ich habe dich nie bei uns gesehen!«

»Doch, ich war da, aber vor euerm Haus stand ein fremder Mann«, verteidigte sich Amour.

Ein fremder Mann? Welcher Fremde? Wer? Wo? Amour verzapfte Unsinn! Ich hatte ihn ewig nicht mehr gesprochen, und jetzt begann ich an seinem Verstand zu zweifeln. Hatte die Spinnerin ihn um den Verstand gebracht?

»Er stand direkt vor eurem Haus«, sagte Amour. »Als ob er auf etwas wartete. Aber worauf? Keine Ahnung.«

»Ein fremder Mann? Das kann doch gar nicht sein, du bist hier doch der fremde Mann! In Beiahêm nennen dich alle *den Fremden*.«

»Für mich war *er* aber der Fremde. Kapierst du denn nicht, Nhung? Für mich war *er* der Fremde. Ein fremder Mann, der ums Haus meiner kleinen Prinzessin streicht. Erst dachte ich, es ist einfach nur jemand, der zufällig vorbeigeht. Er kam mir irgendwie bekannt vor, aber mir wollte nicht einfallen, woher. Obwohl er mich scharf beobachtet hat, ging ich doch in deinen Garten. Ich hätte es natürlich wissen können, alles wies darauf hin, dass er nicht zufällig da war. Als ich die Hand zur Türklingel hob, richtete er sein Gewehr auf mich. Er sagte, er würde mich abmurksen, wenn ich mich noch einmal in deiner Nähe blicken lasse. Und ich habe ihm aufs Wort geglaubt. So komisch hat er geguckt.«

Wer konnte das nur gewesen sein?

»Sein Blick war so seltsam«, fuhr Amour fort, »dass ich mir sagte, der bringt es fertig, mich skrupellos abzuknallen, da in dem Garten. Weißt du, ich fürchte mich sonst vor nichts und niemandem. Und schon gar nicht vor Leuten, die glauben, sie brauchen ein Gewehr, um sich zu schützen. Aber der Typ sah mich an mit einem Blick, als wäre ich ein wildes Tier. Doch, der hätte mich skrupellos abgeknallt.«

Eigentlich kam nur einer infrage, aber ich konnte mir nicht vorstellen, dass er so was tun würde.

»Deine Tante hat euren Besitz verpfändet, sie hat euer Haus auf die Liste gesetzt, und ich habe es festgehalten, weiter nichts.«

»Und warum hast du mir nichts davon gesagt?«

»Ich darf nicht drüber reden, Geschäft ist Geschäft,

Nhung, das ist nichts Persönliches. Das eine Mal, als ich den Mund aufgemacht habe, hat man mir den Arm gebrochen. Ich brauche meine Arme aber. Weißt du, ich bin vor langer Zeit irgendwo weggegangen, und jetzt bin ich hier«, sagte er auf einmal bedrückt. Mit dem leeren Wäschekorb unterm Arm sah er noch trauriger aus.

In der Tat, jetzt war er hier, seine Haut sah glanzlos und schuppig aus, seine Augen waren trübe. Wo war ihr Leuchten hin? Er ließ die Schultern hängen, von dem Mut, den er bei seiner Ankunft ausgestrahlt hatte, war nichts mehr übrig, der Ort hatte ihn kleingekriegt. Statt zu einem guten Beispiel zu werden, war er einer von uns geworden, einer der Menschen in Beiahêm.

Und jetzt erzählte er was von Geschäften! Und wie gestelzt er sprach. Von wegen Geschäfte! War er etwa auch geschäftlich mit der Spinnerin ins Bett gegangen?

»Worüber ärgerst du dich denn so, Nhung?«

Erwischt! Er konnte nicht wissen, was ich gerade gedacht hatte. Ich wusste nicht, was ich sagen sollte.

»Du darfst diesen Leuten nicht trauen«, sagte er.

»Die haben mich aber noch nie angelogen«, widersprach ich, »sie haben mir geholfen. Sie warten, bis das Eis dick genug ist, und dann gehen wir weg. Es ist richtig durchdacht. Wir gehen so lange weiter, bis wir am anderen Ufer auf Land stoßen. Und sie haben mich lieb.«

»Du darfst diesen Leuten nicht trauen, mehr kann ich dir nicht sagen. Ich weiß, was sie vorhaben.«

»Aber wie soll ich jemand trauen, der sich mit Leuten wie meiner Tante einlässt?«, fragte ich.

»Du glaubst, du weißt über deine Tante Bescheid?« Amour wurde lauter.

Warum regte er sich so auf? Es machte mich wütend, dass er sich darüber aufregte.

»Du glaubst, so gut darüber Bescheid zu wissen«, sagte Amour, »wer schlecht ist und wer gut. Aber weißt du es wirklich, Nhung?« Drohend kam er auf mich zu. »Sie war auch mal zwölf, wie du. Meinst du, sie hat sich das so vorgestellt? Sie kann genau die gleiche Geschichte über deine Mutter erzählen wie du über sie. Glaubst du, so hat sich deine Tante ihr Leben vorgestellt, ein Leben im stinkenden Morast, glaubst du, sie hat davon geträumt? Glaubst du, sie war immer schon so, glaubst du etwa, es gibt Leute, die von Geburt an schlecht sind?«

Stellte er sich auf ihre Seite? Obwohl ich Amour schon eine Weile nicht gesprochen hatte, war ich bereit, die Szene von ihm mit der Spinnerin aus meinen Gedanken zu verbannen und ihm alles Mögliche zu verzeihen, aber nicht, dass er sie jetzt verteidigte. Die Spinnertante war nie ein Mensch.

Amour sagte: »Hör nicht auf das, was die Leute sagen. Schon gar nicht auf das, was der Mann mit dem Gewehr sagt. Ich weiß, was sie vorhaben, Nhung. Glaub mir doch!«

Im nächsten Moment streckte ich ihm das Messer entgegen.

»Pass auf damit, das bringt nichts Gutes«, sagte Amour.

»Es ist mein Messer, hier bestimme ich.«

»Das glaubst auch nur du, sobald du ein Messer bei dir hast, bist du verloren. Dann bestimmst du schon längst nicht mehr.«

»Du sagst einfach irgendwas, so hast du es schon die ganze Zeit gemacht. Das Messer habe ich von dir bekommen.«

»Geh nicht, Nhung. Das nimmt kein gutes Ende. Geh nicht«, sagte Amour.

»Zurück!«, schrie ich und fuchtelte mit dem Messer.

»Der Mann, von dem du redest, kümmert sich als Einziger wirklich um mich.«

Vor Staunen klappte Amour den Mund zu und wich zurück. Verständnislos und entsetzt sah er mich an.

»Keinen Schritt näher! Ab heute kommt mir keiner mehr einen Schritt näher. Mein Herz hat ab sofort geschlossen. Für alle! Ganz egal, wer versucht, mich anzufassen, dem zeige ich dieses Messer.«

Amour kam auf mich zu. »Aber Nhung, pass doch auf, so verletzt du noch jemand. Ich meine es gut mit dir.«

»Immer meinen es alle gut mit mir!« Amour hatte mich schlimmer betrogen als alle Götter zusammen. Ich hatte ihm früher alles geglaubt, ihm, dem Mann aus einem fernen Ort – aber jetzt war auch seine Haut glanzlos und trocken geworden. Jetzt war auch er einer von uns.

»Woher soll ich wissen, dass du es gut mit mir meinst?«, schrie ich. »Woher?«

Amour kam noch einen Schritt näher, versuchte, mir das Messer wegzunehmen. »Pass doch auf, Nhung. Du tust dir noch weh.« Mit einer ausladenden Bewegung griff er nach dem Messer, griff aber daneben.

»Schau mal, Nhung, du hast das nicht nötig. Du hast das doch gar nicht nötig, was willst du denn damit erreichen? Es tut mir leid, dass ich dir das Messer gegeben habe.«

Plötzlich packte er mich am Handgelenk und schnappte sich das Messer. Es ging so schnell, dass ich nichts dagegen tun konnte.

»Jeder von uns träumt mal von Rache«, sagte er und hielt das Messer hoch. »Was glaubst du, warum ich hierhergekommen bin? Hier ist der einzige Ort, hieß es, wo keine Regeln gelten, wo die Gesetze flexibel sind, wo es keine starren Grenzen gibt, hier gehöre ich hin. Dachte ich zumindest. Aber ich habe mich geirrt. Es ist schon März, und trotzdem ist überall nur Eis. Sie haben mich untergekriegt, diese Gesetze, die es gar nicht gibt. Wie willst du dich an mir rächen, Nhung? Willst du mir den Hals abschneiden?« Er sprach die Worte mit einem gewissen Ernst aus, mit Nachdruck, als ob er eine wichtige Rede hielt. Und dazu fuchtelte er mit dem Messer herum. »Ich glaube nicht an die Polizei, nicht an Gerichte.« Er zeigte mit dem Messer auf mich. »Auge um Auge und Zahn um Zahn, Nhung, das ist das Einzige, woran ich glaube.«

»Jetzt zeigst du also dein wahres Gesicht«, sagte jemand. Wir sahen auf. Ich erkannte die dünnen Beinchen. Ich erkannte das Gewehr. Es war Moses Vater.

Mein Herz klopfte wie wild. Moses Vater sah auf das Messer in Amours Hand. Voller Abscheu schüttelte er den Kopf.

»Tiere seid ihr, immer kampfbereit«, sagte er. »Komm zu mir.« Er winkte mich zu sich. »Das ist zwar auch deine Herkunft, Nhung, aber in Wirklichkeit bist du nicht so.« Ich biss mir auf die Lippen, um nicht zu weinen.

»Siehst du nicht, was du aufs Spiel setzt?«, fragte er Amour jetzt. »Euren Ruf. Nicht nur deinen, den von euch allen. Was du machst, gilt für euch alle. Ab jetzt kommt Nhung nicht mehr in deine Nähe.«

Wenn Moses Vater glaubte, Menschen wie wir hätten kein Herz, dann wollte ich mein Herz so fest wegschließen, bis ich es nicht mehr klopfen hörte.

»Komm zu mir«, wiederholte Moses Vater streng.

Ich machte ein paar Schritte in seine Richtung.

Moses Vater ging auf Amour zu und drückte ihm den Gewehrlauf an den Hals. Aber Amour zuckte nicht mit der Wimper.

»Sie ist doch nur ein Kind, was bilden Sie sich ein!«

Moses Vater nahm Amour das Messer weg und kam auf mich zu. Er nahm mich in die Arme.

»Morgen ist es so weit. Nichts wird uns aufhalten, hören Sie? Nichts.« Er sah auf das blanke Messer in seiner Hand.

Ich konnte Amour ansehen, dass er das alles extrem ungerecht fand, aber wehren konnte er sich nicht. Er tat nichts. Ihm blieb nichts anderes übrig, als zuzusehen, wie der Mann, der in der Kneipe die Leute mit seinen Reden aufhetzte, der Mann, der ihn mit dem Gewehr bedroht hatte wie ein wildes Tier, mich in die Arme nahm und tröstete, als ob ich sein eigenes Fleisch und Blut wäre. Amour musste zusehen, wie ich mich zusammen mit diesem Mann entfernte.

Amour suchte meinen Blick, ich wollte mich noch einmal umdrehen und ihm etwas zurufen, aber Moses Vater drehte meinen Kopf zurück, als müsste er mich vor etwas Schaurigem beschützen.

Als Amour uns schon fast nicht mehr sehen konnte, flüsterte Moses Vater mir ein paar beruhigende Worte ins Ohr. Ich wischte mir die Tränen von den Wangen. Pirouette, die ich Amour eines Nachmittags stolz gezeigt hatte, flog über mir. Ich hatte Amour vorgeführt, was sie sagen konnte und wie sie über meine schlecht erzählten Witze lachte.

Jetzt sah Amour bestimmt zu den Wolken hoch, in den Himmel, griff sich sein Buch aus der Luft und zerriss es in tausend Fetzen.

»Hör nicht auf sie!« Seine tiefe Stimme hallte übers Wasser. Mit dem Blick folgte er uns noch bis in die fernste Ferne.

»Trau ihnen nicht, Nhung!«

Der Wind wütete noch stärker als zuvor. Amours gefrorene Wäsche baumelte hin und her.

»Sie lügen!«

Vielleicht schrie er in der Hoffnung, der Wind würde seine Worte dorthin tragen, wo sie hingehörten.

»Geh nicht mit! Trau diesen Leuten nicht!«

Eine Möwe am Himmel sah sich den fremden Mann an. Den fremden Mann, der da am Fluss vor sich hin brüllte.

63

Die Kirchturmuhr schlug fünf. Die Leute glaubten nicht an Gott, aber trotzdem stand ein hoher Kirchturm mitten auf dem Dorfplatz. Ich sah zur Uhr hoch. Die goldenen Zeiger sprangen auf die Ziffern, die fünf Uhr anzeigten.

Moses Vater sagte den ganzen Weg lang kein Wort mehr. Schnell ging er vor mir her.

Ich dachte an meine Mutter, daran, wie schön sie heute Mittag ausgesehen hatte. Auch ohne Wimperntusche sah sie schön aus. So schön sollte sie für immer bleiben. Ich hatte sie gebeten, so sitzen zu bleiben, bis mein Vater zurückkam, bis ich zurückkam. Und nicht älter zu werden. Keine Sekunde.

Ich sah zum glänzenden Zifferblatt hoch. Die Sonne, die in der Ferne untergehen wollte, blieb im Wipfel der Kastanie hängen.

»Ich renne schnell nach Hause und packe«, log ich Moses Vater an.

»Okay. Wir treffen uns morgen um dieselbe Zeit an der Küste.« Er strich mir flüchtig über den Kopf. Ein Glück, er war mir nicht böse! Mit dem Gewehr in der Hand entfernte er sich. Ich winkte Pirouette. Sie flog hoch über mir.

»Setz dich ruhig wieder auf meine Schulter«, sagte ich zu ihr. Aber sie hörte mich wohl nicht, denn sie beobachtete den Schwarm Dohlen über dem Kirchturm, die in der

Abenddämmerung hoch am Himmel tanzten und spielten. In immer neuen Formationen ließen die Dohlen ihren Tag Revue passieren und tauschten den letzten Klatsch aus, sie wurden immer mehr. Dohlen untereinander, die hatten sich bestimmt einiges zu sagen.

Pirouette bekam Stielaugen. Ich wusste genau, was sie dachte: Das sind doch meine Freunde, meine Verwandten! Sie war ihnen ähnlich, gehörte aber trotzdem nicht zur Familie. Sie schloss sich dem Schwarm nicht an, wusste nicht, wie sie mit ihnen reden sollte. Ich hatte ihr beigebracht, mir ähnlich zu werden, zu reden wie ich, und jetzt musste sie einsam von Weitem zusehen, wie die anderen einen Schwarm bildeten und sich auf der Turmspitze niederließen. Es war meine Schuld, dass sie so sehnsüchtig zuschauen musste.

Auf dem Platz fand ich nichts Brauchbares. Die Müllkippe war zu hoch geworden, Abfall aus aufgerissenen Müllsäcken rutschte den Hügel runter und ins Dorf. Es war feucht und kalt, der Platz eisig und verlassen. Die Menschen hatten sich alle tief in ihre Häuser verkrochen. Im braunen Haus am Rand des Markts sah ich, wie ein Mann mit Zeitungen ein Feuer im Ofen anfachte. Nur der Kirchturm war stark genug, stolz in den Himmel zu ragen. Am liebsten hätte ich mich ins Heilwasser meiner Mutter gelegt, in ein warmes Bad mit getrockneten Mandarinenschalen und Gewürznelken. Bei der verriegelten Marktbude fand ich einen dicken Balken, schwer und nass vom Schnee. Ich schleppte ihn in den Kirchturm.

Oben war ein winziges Fenster mit Blick aufs ganze Dorf. Ich versuchte, Bincks Haus zu finden. Aber ich konnte weder den rosa Schornstein entdecken noch seine Dachkammer, wo immer eine Kerze brannte. In der Ferne lag das Kzt mit dem fast durchgerosteten Eisenzaun drum herum. Goldgelb spiegelte sich die Sonne auf dem Eis, als ob zehn leuchtende Kamele an der Küste entlangtrotten. Der Fluss mündete im Meer, es sah aus, als ob er daraus geboren wurde. Die aufgewühlten Wellen waren zu Packeis erstarrt. Das sah ich nicht zum ersten Mal. Vor vier Jahren war es weniger kalt gewesen als heute, und die gefrorenen Wellen hatten damals genauso fest gegen den Deich gedrückt. Der Wind türmte das Packeis höher auf als den Leuchtturm. Alle kamen es sich ansehen. Mose, Binck, Eloy. Auch mein Vater war gekommen. Leise und mächtig hatten sich die Eisbrocken auf das Dorf zubewegt. Langsam hatte das Eis gegen den Leuchtturm gedrückt, schief und resigniert stand er jetzt an einer Stelle, wo er nicht hingehörte. »Das sind die gefährlichsten Kräfte«, hatte mein Vater damals gesagt, »die leisen Kräfte, die unmerklich alles zerstören.«

Vom Kirchturm aus sah ich, dass das Dorf unter einer großen weißen Schneedecke lag, und von hier oben sah das alles nicht mal so schlimm aus.

Die Kupferglocke hing groß und mächtig über mir. Der Klöppel war vom Rost grün angelaufen, hing verloren herab. Wenn sich dieses Mordsding von den Balken löste, wäre ich für immer hier eingeschlossen. Um diese Zeit kauften die Leute ihre Milch beim Milchmann, der mit seinem Wagen vorbeifuhr. Ich wäre für immer unter der riesigen Glocke gefangen, von allen unbemerkt.

Tick-tack. Tick-tack. Das hörte ich plötzlich. *Tick-tack.* Ganz leise.

Es klang wie eine Uhr in einem tiefen Brunnen. Links an der Mauer stand das Uhrwerk. Ein Zahnrad drehte sich, verhakte sich woanders, ein kleineres Zahnrad kam in Bewegung. Mit dem Blick folgte ich allen Zahnrädern, bis ich beim allerkleinsten anlangte. Dort ging ein kleiner Haken auf und ab.

Tick-tack.

Ich legte den Balken ab. Du musst ruhig atmen, sagte ich mir. Ein Pendel im Uhrwerk schwang hin und her. Ich musste an meine erste Uhr denken.

»Ich mache es nie wieder«, hatte ich zu meinem Vater gesagt, nachdem sie mir auf den Bürgersteig gefallen war.

»Der Uhrmacher ist ein Neurochirurg«, sagte mein Vater. Er zeigte mir, wie die Uhr von innen aussah.

Es machte mir Angst, wenn er mir das Innere von Apparaten zeigte. Dann wurde sein Ton so streng, dass ich wusste, gleich passiert was ganz Schlimmes.

»Ein Uhrmacher braucht eine ruhige Hand«, sagte er, »das kleinste Zittern kann fatal sein. Er muss ein Auge für Details haben. Ein einziges Staubkörnchen, und alles kommt zum Stehen. Siehst du, wie fein das Räderwerk ist, wie winzig?«

»Ja, Papa.«

»Und doch hast du deine Uhr einfach so fallen lassen.«

»Es tut mir leid, Papa.«

»Erst wurde die Sonnenuhr erfunden, dann die Sanduhr, und schließlich die Pendeluhr. Mit einem Pendel, das von links nach rechts schwingt und alles zum Laufen bringt.«

»Aber wer hat das Pendel in Bewegung gesetzt?«, fragte ich. »Wenn das Uhrwerk immer weiterläuft, wer hat dann für den ersten Anstoß gesorgt?«

»Der Mensch.« Er machte eine Pendelbewegung, als würde er das Pendel anstupsen. »Den ersten Stoß hat der Mensch gegeben. Und wie weit wir's damit gebracht haben!« Er zeigte auf meine auseinandergenommene Armbanduhr und sagte, davon dürften wir unser Leben nicht beherrschen lassen. Dann schleuderte er die Uhr zu Boden und zertrat sie zu glitzernden Glaspailletten.

Pirouette war in den Kirchturm geflogen. Der Holzboden unter mir knarrte. Ich hob den Balken hoch und steckte ihn in das größte Zahnrad. Keine Minute wird in Beiahêm verstreichen, niemand wird auch nur eine Sekunde älter werden. Meine Mutter wird genauso dasitzen wie jetzt, wenn mein Vater zurückkommt, wenn ich zurückkomme. Das Ächzen und Knarren hallte durch den ganzen Turm. Draußen wollte der goldene Minutenzeiger der Kirchturmuhr weiterspringen, aber er zitterte, sträubte sich und blieb schließlich auf dreizehn Minuten nach fünf hängen.

»Ich gehe weg, Mama, aber ich komme wieder zurück«, sagte ich leise. Ich dachte daran, wie sie in ihrem Zimmer saß, genau so würde sie sitzen bleiben.

Die Sonne blieb exakt in diesem Stand am Himmel stehen. Dreizehn nach fünf. Die Dohlen setzten sich auf die Dächer. Die Wintersonne ließ das goldene Zifferblatt aufblitzen. Für einen Moment hatte ich sogar das Gefühl, der Wind hätte sich gelegt.

64

Die Menschenmenge hatte sich an der Küste versammelt, fast ganz Beiahêm war da. In Folie verpackte Pakete baumelten auf ihren Rücken hin und her, wenn sie sich bewegten. Ihr ganzes Leben hatten sie sich auf den Rücken geschnürt, bis hin zu Fahrrädern.

Weit hinten sah ich Eloys Vater an einer Pappel stehen. Er hatte nur eine Tasche mit Zahnpasta dabei. Einigen Leuten versuchte er sie noch kurz vor dem Aufbruch anzudrehen. Ich dachte, Moses Vater hätte seinen ganzen Vorrat aufgekauft, aber anscheinend hatte er irgendwo eine neue Ladung ergattert. Eloys Vater, das wusste ich, fand unseren ganzen Plan bescheuert …

»Moses Vater hat alle verrückt gemacht, dabei hat er überhaupt keinen richtigen Plan.« So sagte er das am letzten Abend, als ich ihm beim Kirchturm über den Weg lief. »Alle lassen sich den Kopf verdrehen, weil sie meinen, es gibt einen Ausweg übers Eis. Sie wollen so weit laufen, bis sie Land finden. Das ist doch lächerlich! Wohin denn und wie?«

Eloys Vater hat keinen Überblick, das war, was ich dachte. Vor lauter Kälte kann er nicht mehr träumen. Der Wind machte mir kleine Risse in die Finger, meine Zehen konnte ich schon seit hundert Metern nicht mehr fühlen, aber in meinen Kopf kam er nicht rein!

Auch Eloy war zur Küste gekommen. Er stand etwas verloren da in seiner kaputten Hose aus altem Segeltuch. Ich winkte ihm, aber er winkte nicht zurück. Herr Lever hatte sich seine Sammlung Reptilien auf den Rücken gebunden. Die Gläser stießen klirrend aneinander. Angel und Zebra spielten auf einem Baumstamm, der schon seit dem letzten Sturm mitten auf dem Deich lag. Sie pulten die gefrorenen Insekten aus dem Holz. Die Antillianer sahen aus einiger Entfernung zu. Mit Pommes in der Hand schauten sie sich das Ganze an, als wäre es eine Kinokomödie. *De Kale Biljart* hatte all seine Stühle verschenkt, die Leute trugen sie jetzt auf dem Rücken. Keine Spur von den Chinesen. Aber sie mochten ja auch keine Ansammlungen von Leuten, die sie nicht kannten.

Ich zog mir die Mütze tiefer in die Stirn. Moses Vater ging hin und her, redete mit den Leuten. Er hatte tatsächlich das riesige Paket aus seiner Speisekammer hierhergeschafft. Ich war sagenhaft gespannt, die Nacht vor meinem Geburtstag war nichts dagegen. Ich trug so viele Kleider wie möglich übereinander, dann brauchte ich weniger zu schleppen. Zwei Hosen, drei Pullover und drei Paar Socken. Jetzt war ich fast so dick wie Zebra.

Die Leute, die ich überholte, strichen mir über den Kopf oder zwinkerten mir zu. Sie erkannten mich vom Podium, von dem Tag in der Kneipe, als sie gesagt hatten, sie seien meine Familie. Sie hatten mir viel beigebracht, diese Leute. Sie hatten mir beigebracht, dass man auf der Suche nach neuem Glück keine Kompromisse eingehen darf. Sie hatten mir beigebracht zu lieben. Das eine Mal, als ich meine Mutter gefragt hatte, ob sie mich liebt, hatte sie mir eine Ohrfeige gegeben. Die Liebe meiner Mutter äußerte sich in alltäglichen Sachen. Wenn sie Reis kochte oder meine Strümpfe stopfte. Ihre Gefühle verschluckte sie und sperrte sie weg, die ließ sie auf keinen Fall aus ihrer Seele entwischen.

Moses Vater kam auf mich zu. Er begutachtete mein Gepäck und nickte beifällig.

»So, Kleine«, sagte er, »ich habe lange darüber nachgedacht, aber jetzt bin ich mir sicher. Ich kann mir schon vorstellen, hier und da auszuhelfen.«

Meinte er mit Geld? Er sah mich nicht richtig an und tat so, als müsste er die Umgebung ein wenig im Auge behalten. Er schien sich nicht wohl in seiner Haut zu fühlen.

»Ich bin dann für dich da, wenn du was wissen musst. Um dir Ratschläge zu geben und Hilfestellung zu leisten und so, alles, was du sonst noch brauchst.«

Ein Rotzfaden lief ihm aus der Nase und gefror innerhalb von Sekunden. Hoffentlich war ich warm genug angezogen.

»Nicht, dass ich dir anbiete, für dich die Vaterrolle zu übernehmen, das wäre ja lächerlich ...« Moses Vater beendete den Satz nicht, er brach in Lachen aus, ein schallendes Lachen, und der Eiszapfen an seiner Nase wackelte hin und her. »Aber gut, du verstehst, was ich meine«, sagte er.

Von Geld war eindeutig nicht die Rede.

»Eine Mutter oder so kann ich dir nicht bieten, aaaberrr ... aber das nehmen wir an dem neuen Ort in Angriff.«

Ich betrachtete seine krumme Nase, seinen Stoppelbart, seine dünnen Beinchen und dachte daran, dass *er* am neuen Ort der Fremde wäre. Wie wir alle. Die Frauen hier waren nicht so versessen auf Fremde, aber am neuen Ort war bestimmt alles schöner und besser, da würde Moses Vater ganz sicher eine hübsche Frau finden.

Dann ging er zur Tagesordnung über. »Wo ist das Geld?«, fragte er. Die Mutmach-Transparente flatterten hinter ihm im Wind.

Jetzt, wo er mich so erwartungsvoll ansah, nachdem er mir etwas angeboten hatte, was noch kein anderer vor ihm getan hatte, dachte ich, ich sage ihm am besten die Wahrheit.

»Ich habe es nicht«, sagte ich leise.

Mose kam herbeigerannt. Sie sah aus wie eine dicke Königstochter. Für den Anlass hatte sie sich in Schale geworfen. Einfach klasse. Obwohl es kalt und der Boden feucht war, trug sie glänzende Lackschühchen. Ihr Pelzmantel war so neu, dass das Leder kaum getrocknet war und es mich nicht gewundert hätte, wenn der Pelz noch blutig gewesen wäre. Könnte ich doch nur sein wie sie!

Moses Vater drängte sie zur Seite. »Jetzt nicht, Mose.« Schmollend ging sie weg.

»Ich bin sehr enttäuscht von dir«, sagte er. »Wir müssen sicher sein, dass es dir ernst ist, Nhung. Dass du tatsächlich mitkommen willst. Langsam kommen mir Zweifel, ob das wirklich der Fall ist.«

Wie konnte er das nur denken! Von allen, die froh waren, hier an der Küste zu stehen, wollte ich am allerdringlichsten weg. Ich war die Tochter meines Vaters, eines Pioniers. Auch wenn die Leute glaubten, die Piraten hätten ihn zu fassen gekriegt oder die Wellen noch vor der Küste verschlungen, ich wusste, dass das nicht stimmen konnte. Nicht jeder, der von hier abhaute, wurde vom Meer weggespült oder von Piraten gefangen genommen. Die Flut hatte alle, die jemals einen Versuch gewagt hatten, am nächsten Tag wieder an Land gespült. Von meinem Vater nicht mal ein Barthaar!

»Ich habe dir doch gesagt, du sollst Geld mitbringen, Nhung, stimmt's oder stimmt's nicht?«

»Ja«, sagte ich leise.

»Ich habe dir erklärt, was alles auf dem Spiel steht. Wie ernst es uns ist. Stimmt das auch?«

»Ja«, sagte ich.

»Und ich habe dir lang und breit erklärt, dass du jetzt eine von uns bist, dass du zur Familie gehörst, oder? Dass wir dich alle lieb haben? Mehr, als du dir vorstellen kannst. Dort, wo du herkommst, hast du das nicht gelernt, aber auch das ist nicht weiter schlimm, wir verzeihen dir. Alle verzeihen dir, dass du es nicht erkennst, wenn jemand dich lieb hat. Wir lieben dich trotzdem bedingungslos. Habe ich dir das nicht klargemacht, Nhung?«

»Doch, aber …«

»Ich dachte, ihr habt in der Schule gelernt, dieses verteufelte Wort nicht in den Mund zu nehmen. Und das Wort *Aber* in der Nähe des Wortes *Liebe* auszusprechen, ist ja wohl die allergrößte Sünde.«

Schnell machte ich den Mund wieder zu.

»Willst du nicht mit? Ist es das? Tun wir dir einen größeren Gefallen damit, wenn wir dich hier zurücklassen?«

Ich schüttelte den Kopf. Der Gedanke, dass ich vielleicht nicht mitdarf, durchbohrte mir das Herz wie ein Speer. Ich schluckte ein paarmal und schaute zum Meer, die Eisschollen reichten bis zum Horizont.

»Wenn das der Grund ist, brauchst du es nur zu sagen. Wir haben lange auf den heutigen Tag gewartet. Und ich verstehe nicht, warum die Sonne immer noch am Himmel steht wie ein störrischer Esel, als wollte es nie Abend werden. Aber bald wird es dunkel, und dann müssen wir schon weg sein. Ich dachte, du willst das auch, Nhung.«

Ich musste weinen. »Bitte, lassen Sie mich nicht hier zurück.« Ich wischte rasch die Tränen weg, bevor sie gefrieren konnten.

»Ich habe ein bisschen Silber dabei«, sagte eine Unbekannte, die alles gehört hatte.

»Nein, Nhung muss das hier selber machen. Kümmern Sie sich um Ihre eigenen Angelegenheiten«, sagte Moses Vater freundlich, aber bestimmt. Die Frau zuckte mit den Achseln und wandte sich wieder ab.

»Es geht nicht ums Geld«, sagte Moses Vater.

Das verstand ich nicht. Es ging doch immer um Geld.

»Gut.« Moses Vater warf einen Blick auf das Paket auf meinem Rücken und vor allem auf Pirouettes Käfig. »Auf der Expedition müssen wir uns aufeinander verlassen können«, sagte er. »Es wird sicher schwer und voller Entbehrungen. Alle haben mir Geld gegeben, zum Zeichen dafür, dass sie bereit sind, alles hinter sich zu lassen. Dass wir, wenn es darauf ankommt, den anderen den Rücken stärken. Verstehst du?«

Ich nickte.

»Ich bin kein schlechter Mensch. Ich tue, was für uns alle das Beste ist. Damit du mitkommen kannst, muss noch etwas geschehen. Sonst kannst du nicht mit. Es tut mir leid. Wenn du wirklich etwas willst, musst du bereit sein, dein Liebstes herzugeben.«

Das verstand ich. Man bekam die Dinge nicht einfach geschenkt, und die schönen schon gar nicht.

»Wie gern möchtest du mit, Nhung?«

»Sehr, sehr gerne.«

»Wir müssen bereit sein, Opfer zu bringen. Wir müssen bereit sein, die Götter günstig zu stimmen.«

»Ich dachte, Sie glauben nicht an Götter?«, sagte ich.

Moses Vater runzelte die Stirn und schaute drein, als hätte ich ihn schwer beleidigt.

»In solchen Zeiten braucht man nicht konsequent zu sein«, sagte er gereizt, »weg mit den alten Prinzipien. Man darf die Götter jetzt nicht erzürnen. Ich habe immer an Götter geglaubt, es gab nur bisher keinen Grund, mich an sie zu wenden.«

»Ich bin zu allem bereit«, sagte ich. Ich hatte Abschied von dem Haus genommen, in dem ich aufgewachsen war, dem Haus, um das ich so hart gekämpft hatte, ich hatte Abschied genommen von unserem Garten, der immer wieder beim Spiel eingesetzt worden war. Ich hatte meiner Mutter Auf Wiedersehen gesagt und sogar Amour. Mir fiel nichts ein, was ich nicht tun würde.

»Ich tue alles«, sagte ich.

Moses Vater betrachtete das übergroße Paket auf meinem Rücken, und vor allem Pirouettes Käfig.

»Wir müssen die Dohle opfern. So machen wir das.«

65

»Aber sie ist meine Freundin!«, schrie ich.

»Es ist nur ein Tier«, sagte Moses Vater, »eine Dohle! Du aber bist ein Mensch, du stehst höher. Über diese Stufe bist du hinaus. Du musst alles Tierische in dir töten, verstehst du? Wenn du als zivilisierter Mensch durchs Leben gehen willst, musst du alles Tierische in dir für immer verbannen. Jetzt ist der Moment gekommen, es anders zu machen. Dein Vater, deine Mutter haben es beide nicht geschafft, das Tier in sich zu töten. Aber du bekommst heute die Möglichkeit, kein Barbar mehr zu sein. Du darfst ein Mensch sein. Darfst höher stehen. Frei sein. Wer ein richtig gutes Feuer machen will, muss sich erst die Hände verbrannt haben.«

Ich bekam ein komisches Gefühl im Bauch. Meine Mutter hatte mir eingeprägt, vorsichtig zu sein, den anderen zu misstrauen, aber jetzt, wo jemand vor mir stand, der es gut mit mir meinte, musste ich diese Gefühle überwinden. Dank ihm hatte ich eine Familie. Er gab mir die Gelegenheit, von hier wegzukommen. Er hatte mich in die Arme geschlossen, als ob ich zu ihm gehörte. Aber warum war mir dann so schlecht, warum wehrte sich mein Magen so sehr?

»Ich muss sicher sein, dass du es ernst meinst, Nhung, dass du wirklich mitwillst. Bei so einer Unternehmung, wie sie uns bevorsteht, muss ich auf dich bauen können. Verstehst du das?«

Ich nickte. Er wollte nur mein Bestes. Und ich musste ihm das abnehmen: Ich hatte nicht gelernt, wie es ist, geliebt zu werden. Jetzt, wo mir Liebe entgegengebracht wurde, drehte sich mir der Magen vielleicht nur deshalb um, weil ich das nicht erkannte.

Moses Vater nahm Pirouette aus dem Käfig und hielt sie so in einer Hand, dass ihr Köpfchen oben rausguckte. Mit dem zusammengedrückten Gefieder sah sie ganz klein und schmal aus. Hilfe suchend schaute sie sich nach etwas Vertrautem um. Den Mann, der sie festhielt, kannte sie nicht. Scheu setzte sie sich zur Wehr, und als sie mich entdeckte, bekam ihr Blick etwas Flehentliches. Was soll das, schien sie zu fragen, was hat das alles zu bedeuten? Sie versuchte, mit den Flügeln zu schlagen, konnte sich aber nicht befreien.

All meine Gedanken und Geheimnisse hatte ich Pirouette anvertraut. Sie liebte die Wärme und war so faul, wie man nur sein kann. Jeden Tag sagte sie mir, ich solle mir keine Sorgen machen, es würde schon werden. Ich solle mir ein Beispiel an ihr nehmen, sagte sie zu mir, und die wenigen Sonnenstrahlen genießen, die bei uns hereinschienen.

Ich weinte. »Das kann ich nicht. Sie ist meine Freundin.«

»Aber hör doch, was du da sagst, Nhung. Sie ist ein Tier. Was machen wir mit Tieren? Die schlachten wir, weil sie nicht zivilisiert sind, weil sie nicht gelernt haben zu denken wie wir. Wir schlachten sie, weil wir über ihnen stehen. Weil wir uns so entwickelt haben, dass wir das Tierische in uns umbringen und austreiben. Verstehst du? Oder willst du so bleiben wie dein Vater, wie deine Mutter? Wie Amour?«

Inzwischen stand eine ganze Gruppe um uns herum. Auch Eloys Vater. Auf wen sollte ich hören? Ich suchte jemanden, der mir mit seinem Blick Halt bot. Ich suchte Amour, sein Schiff war nicht weit. Er würde sich doch den ganzen Wirbel hier nicht entgehen lassen? Aber ich konnte ihn nirgends entdecken.

Moses Vater zog das Messer aus der Hosentasche und gab es mir.

»Ich glaube, das ist deins«, sagte er. Er legte mir Amours Messer in die Hand. Es war geschliffen, die Klinge blitzte in der Nachmittagssonne. In der Sonne, die noch immer störrisch über dem Horizont stehen blieb und wohl wissen wollte, wie das hier ausging. In der Ferne knarrte der Balken, der immer noch im Uhrwerk der Kirchturmuhr eingeklemmt war.

»Es ist gut«, sagte Moses Vater, »es dient einem höheren Zweck, glaub mir. Sie ist ein Tier, sie kennt keinen Schmerz, nur wir Menschen kennen Schmerz. Nach dieser Tat stehst du höher, Nhung. Du wirst wie ein höherer Mensch leben, eine Erwachsene, die dort, wo wir hingehen, mit Respekt behandelt wird.«

Die Leute nickten mir ermutigend zu. Außer Eloys Vater. Das breite Lächeln, das seine schneeweißen Zähne entblößte, war erloschen.

Pirouette steckte immer noch in der Faust von Moses Vater. Mit der anderen Hand hielt er ihr Köpfchen fest. Wie er da so mit ausgestreckten Armen vor mir stand und aus seiner Faust nur der zarte Hals meiner Freundin ragte, musste ich an all die Male denken, als es etwas zu feiern gab und mein Vater und meine Mutter in der Küche eine Ente geschlachtet hatten. Mein Vater schnitt der Ente die Kehle durch. Meine Mutter hockte vor ihm und fing das Blut auf. Die Enten wurden noch halb lebendig ins kochende Wasser geworfen. Sie wimmerten unter dem Topfdeckel. Es waren unsere glücklichsten Momente gewesen.

Kaum waren meine Eltern vom Frachter aus dem Ozean gefischt und hierhergebracht worden, soll mein Vater gerufen haben: »Überall Gratis-Enten!« Er hat mir erzählt, sie konnten kaum glauben, wie viele Enten hier frei herumliefen. Die niemandem gehörten, für niemanden bestimmt waren! Sie versuchten, eine Ente zu fangen. Sie hatten eine Strategie entwickelt, bei der meine Mutter die Enten in der Grünanlage meinem Vater in die Arme trieb. Eine Ente zappelte in seinen Händen. Als ein Polizist sie fragte, was sie da machten, steckte mein Vater die Ente unter seinen Regenmantel und verschränkte die Arme darüber. Er hielt ihr den Schnabel zu und hoffte, der Polizist würde glauben, das Geräusch wäre sein knurrender Magen. Erschrocken hatten sie die Ente freigelassen. Später lernten sie den Bauern in Frauenkleidern kennen, der meinem Vater die Enten zu einem Spottpreis überließ, weil er in ihn verliebt war. Friedlich hatte ich meine Eltern nur zusammenarbeiten sehen, wenn sie gemeinsam eine Ente schlachteten.

»Mach schon, Nhung, nimm das Messer und schneide ihr die Kehle durch«, sagte Moses Vater.

Hilflos lag Pirouette in den Händen des Mannes, der sich wie ein echter Vater um mich kümmerte. Warum fühlte es sich dann so anders, so seltsam an? Stimmte es, dass alles, was ich gelernt hatte, falsch war und ich umdenken musste, wenn ich ein zivilisierter Mensch werden wollte?

»Sie hat nur einen dünnen Hals, da bist du gleich durch, mach schon. Es ist nicht schwierig. Ein Klacks.«

Ich sah mich um. Die Leute schrien und johlten. Wenn es nicht richtig war, wären die Leute doch nicht so aus dem Häuschen?

»Mach nur«, sagte die Frau, die mir gerade ihr Silber angeboten hatte. »Mach nur, es ist in Ordnung.«

Das Messer fühlte sich schwer an. Trotz der Kälte wurden meine Hände feucht. Die Frau kam auf mich zu, nahm meine Hand und half mir, Pirouette das Messer an den Hals zu setzen. »Du willst doch mitkommen, Kleines«, flüsterte sie mir ins Ohr.

Ich nickte. Moses Vater war der Einzige, der sich um mich gekümmert hatte.

»Liebe«, sagte ich mir.

»Liebe«, sagte die Frau, die mich gehört hatte, »Liebe.«

Liebe, wiederholte ich, aber diesmal nur in Gedanken, während ich fester zudrückte. Liebe, Liebe, Liebe. Die Frau hielt meine Hand immer noch fest, damit ich es mir nicht anders überlegte und die Hand wieder zurückzog.

Das Messer war frisch geschliffen, aber davon war wenig zu spüren. Pirouettes schwarze Federn waren widerspenstig. Moses Vater musste fester zupacken.

»Mach schon«, sagte er.

Die Frau umklammerte meine Hand noch fester und machte eine sägende Bewegung mit dem Messer, ich wusste nicht mehr, ob ich es tat oder sie. Ich fühlte, wie das Messer ins Fleisch schnitt, schon berührte die Klinge Pirouettes Halswirbel. Wir hörten sie in der Faust von Moses Vater dumpf wimmern. Mir drehte sich der Magen um, alles tat mir weh. Die Tränen schienen geradewegs aus meinem Bauch zu kommen, mein Griff um Pirouettes Hals lockerte sich, aber die Frau hielt meine Hand gut fest.

»Ich will nicht«, heulte ich, »hört auf!«

»Nur noch ein kleines Stück«, sagte Moses Vater, »gleich ist es geschafft.«

Die Leute klatschten. Ich hatte immer eine Heldin sein

wollen, und jetzt klatschten die Leute, sie sahen mir voller Bewunderung zu, und trotzdem breitete sich schwarze Einsamkeit in meiner Seele aus.

Ohrenbetäubend laut drang das Messer durch die Halswirbel. Blut tropfte zu Boden, aber weil die Erde gefroren war, versickerte es nicht, sondern schlängelte sich zu den Füßen der umstehenden Leute.

Sie wichen einen Schritt zurück.

Meine Mutter konnte das Blut nicht aufwischen. Auch mein Vater fehlte. Sie waren wie ein ferner Traum.

Die Frau erhöhte das Tempo, mein Arm wurde wild hin und her gezogen. Zuletzt drückte sie das Messer mit Gewalt durch den Hals. Wir hatten es geschafft.

Moses Vater hielt Pirouette hoch. Den Kopf in der einen, den Körper in der anderen Hand. Es war merkwürdig, das Innere meiner Freundin zu sehen.

»Es geht nur ums Prinzip, nimm es dir nicht so zu Herzen«, flüsterte mir die Frau ins Ohr. »Es soll den Kampfgeist stärken, bevor wir aufbrechen.«

Einer nach dem anderen kamen sie zu mir, küssten mich, umarmten mich, ein paar Männer hoben mich hoch wie eine Trophäe und reichten mich weiter. Anscheinend hatte ich irgendetwas richtig gemacht. Ich hatte gelernt zu erkennen, wenn man mich liebte, es gut mit mir meinte. Weiter hinten sah ich Eloys Vater weggehen.

»Jetzt bist du eine von uns«, sagte Moses Vater und sah mich stolz an.

Liebe, Liebe, Liebe, wiederholte ich wie ein Mantra. Was ich getan hatte, war richtig. Ich durfte mich nicht so anstellen.

»An dir die Ehre, Nhung.« Moses Vater schaute übers Eis.

»Liebe Leute«, sagte er in ruhigem Ton. Er redete

weder lauter, noch machte er auf eine andere Weise auf sich aufmerksam. Er stand da einfach. Erhobenen Hauptes und stattlich. Ein echter Führer. Der Mann, der stolz auf mich war.

Langsam wurde die Menschenmenge still. Ich versuchte, mein Zittern nicht zu beachten und nur an das zu denken, was auf mich zukam. An den Ort, an dem es nur Glück gab.

»Gemeinsam können wir alles erreichen«, sagte Moses Vater. »Und manchmal muss man eine mutige Entscheidung treffen, um weiterzukommen. Schicken wir sie vor.« Und bei *sie* zeigte Moses Vater auf mich.

Liebevoll schob er mich nach vorn.

66

»Ich?«, stammelte ich erstaunt.

»Ja, du!«, sagte Moses Vater. »Du bist die Erste. Die Vorhut. Die Mutigste.« Er lächelte mir zu.

Ich konnte es nicht fassen, dass er mir diese Chance geben wollte. Von allen hier war ich die Auserwählte. Ich hatte ein Opfer gebracht, und jetzt war ich bereit für den Aufbruch. Aber warum tat mir dann das Herz so weh, als wäre ein Stück herausgerissen worden? Den anderen war es egal gewesen, und sie waren in der Mehrheit, also mussten sie die Wahrheit kennen. Keiner dachte noch an Pirouette.

»Du bist die Vorhut – dann können die Menschen später sagen, du hast das neue Land entdeckt.« Jetzt wandte er sich an die anderen. »Schicken wir sie los. Dann ist sie die Erste von uns allen, eine Pionierin!« Die Leute klatschten und jubelten.

Ich dachte daran, dass mein Vater genau dieselbe Angst gespürt haben musste wie ich, bevor er weggegangen war, genau dieselbe Spannung. Da trat Mose plötzlich einen Schritt vor, strich ihren Pelzmantel glatt und sagte: »Ich will auch eine Pionierin sein!«

Das Gesicht von Moses Vater verfinsterte sich.

»Ich will auch die Erste sein«, sagte sie.

Er schien für einen Augenblick nicht zu wissen, was er

sagen sollte. Widerspruch duldete er nicht, schon gar nicht in der Öffentlichkeit, das stand fest.

»Nein.« Bei seinem strengen Ton lief mir ein Schauder über den Rücken.

Mose sah zu Boden. Der Blick ihres Vaters wurde wieder sanfter. »Wir waren früher einmal die Ersten, Mose. Lass Nhung heute die Mutigste sein. Von allen Menschen hier ist sie genau die Richtige für diese Aufgabe.«

Die Leute um mich herum nickten zustimmend. Ich bin die Richtige für diese Aufgabe, dachte ich stolz.

»Wir müssen ihr zeigen, dass wir sie lieb haben«, erklärte er seiner Tochter, »dass wir es ihr gönnen. Verstehst du, Mose? Das kannst du als ihre Freundin für sie tun, das ist echte Freundschaft.«

»Aber …«, stammelte sie, »wir können doch auch zusammen die Vorhut sein?« Sie kam zu mir und nahm meine Hand. »Wir sind doch Freundinnen, Nhung?«

Wir hatten zusammen Münzen von der Straße aufgelesen, waren im Dorf rumspaziert, hatten laut gelacht, um Bincks Aufmerksamkeit zu erregen, hatten uns die Rockey Boys angehört. Sie hatte mir beigebracht, wie man sich ein Idol aussucht.

»Ja, das sind wir«, sagte ich leise. Sie hielt mich fest an der Hand, ein vertrautes, warmes Gefühl.

»Dann stehen wir zusammen in den Geschichtsbüchern, als echte Freundinnen, Heldinnen«, sagte sie.

»Mose, verdammt noch mal!« Ihr Vater verlor allmählich die Geduld. »Jetzt verdirb uns doch nicht alles! Komm zu mir, aber dalli, oder muss ich dir erst eine runterhauen?« Mose wollte meine Hand loslassen, aber da hielt ich sie fest.

»Ich gehe nicht ohne Mose«, sagte ich.

Gespannt auf seine Reaktion, schauten die Leute zu

Moses Vater. Er holte tief Luft, denn wenn er das nicht getan hätte, wäre er bestimmt geplatzt, so wütend war er. »Jetzt bring meine Pläne nicht durcheinander, wir haben es schon so weit gebracht«, sagte er. Dann sah er sich um, holte noch einmal tief Luft, beherrschte sich. »Gut«, sagte er dann zum allgemeinen Erstaunen. »Mose geht mit dir.«

Mose lächelte mir zu. Ich fühlte mich wie ein Ungeheuer, nach dem, was mit Pirouette passiert war, aber wenn meine Freundin mich noch anlächelte, konnte es nicht so schlimm sein.

Bevor wir losgingen, nahm Moses Vater mich fest in die Arme.

»Ich bin so stolz auf dich«, sagte er, »vergiss das nie. Dein Vater und deine Mutter haben es dir vielleicht nie gesagt, aber von mir wirst du es noch so oft zu hören bekommen, dass du am Ende richtig eingebildet bist«, sagte er und lachte.

Dann umarmte er Mose. Er flüsterte ihr etwas ins Ohr und zeigte in die Ferne. Erschreckt blickte sie auf, doch er sah sie weiter unverwandt an. Dann zeigte er noch einmal auf dieselbe Stelle. Zusammen betrachteten sie etwas auf dem Eis. Direkt bei der höchsten Eisscholle. Mose wurde ganz blass und schüttelte den Kopf, doch ihr Vater flüsterte ihr noch so lange ins Ohr, bis sie zu mir herüberschaute und nickte.

Während Moses Vater seiner Tochter letzte Worte zuflüsterte, schauten Angel und Zebra zu mir; endlich, in aller Öffentlichkeit, wurde ihnen klar, was ich für eine war. Die Auserwählte. Auch Binck sah mich an, lächelte. Auch er hatte endlich erkannt, wie mutig ich war. Alle blickten zu mir auf.

Ich hätte mich für immer in diesem Gefühl sonnen wollen.

»Geht nur«, sagte Moses Vater. »Wir kommen euch gleich hinterher.«

67

Die Eisschollen ragten hoch in den Himmel, messerscharf, eine höher als die andere. Das Packeis wirkte wie von Menschenhand gebaut. Doch ich wusste, dass keine Menschenhand stark genug war, so viel Eis zu bewegen. Nur der Wind, der Atem der Götter, und die Strömung, die die Meeresungeheuer im Wasser verursachten, hatten so viel Kraft. Mose und ich erklommen die höchste Eisscholle, blickten zum Horizont. Es sah aus, als würde das Eis in der Ferne über den Rand der Welt purzeln. Dort hinten war es eben, so glatt wie ein stiller See.

Mit meiner freien Hand – mit der anderen klammerte ich mich an Mose fest – zeigte ich in die Ferne. Dort mussten wir hin, dort, wo die Sonne untergehen sollte, jetzt aber in der Luft stehen geblieben war. Mose musste kichern. Ihr Lachen war ansteckend. Ich drehte mich um und sah zur Küste. Die Menschen dort hinten spähten erwartungsvoll zu uns. Bald kämen sie uns hinterher, das hatte Moses Vater gesagt. Er winkte, als er mich sah. Ich winkte zurück. Die Menschen standen da und warteten, mit ihren Zwiebeln aus Beiahêm und den in Alkohol eingelegten Reptilien fest auf ihre Rücken geschnürt. Eine Reihe von Landarbeiterhäuschen war vom Blitz getroffen worden und abgebrannt. Sie hoben sich schön vor dem Hintergrund der Küste ab, als ob sie nicht auf dem

Deich stehen, sondern auf einer hohen Welle schweben würden.

Vom Schweiß wurden meine Handschuhe feucht, und meine Sohlen hatten zu wenig Profil, um mir Halt zu geben. Mose und ich stiegen weiter über die Eismassen. Wie lange es wohl dauert, bis wir irgendwo ankommen, fragte ich mich. Wie hoch müssten wir steigen? Wie weit, wie hoch steigen Pioniere?

Vor tausend Jahren

Vom Eis aus schaute ich auf den Siedlungshügel, auf dem der Vater des Vaters des Vaters des Vaters von Zebra seine Existenz gegründet hatte. Von hier aus überblickte ich alles.

Wo die Menschen im Norden gegen den rauen Nordwind kämpften und ein großes Herz haben mussten, um sich zu wärmen, hatten die Leute im Osten Probleme mit einem Himmel, der sich zuzog, mit drückender Hitze, Schweiß, der ihnen den Rücken hinunterrann. Manche standen Tag und Nacht bis zur Taille im Fluss, um sich abzukühlen. Hier oder dort, machte es überhaupt einen Unterschied?

12 098 Kilometer weiter östlich oder hier?

Der Siedlungshügel von Beiahêm trieb beinahe wie eine Insel auf dem Wasser.

Mit seinen Meeresungeheuern, den Feuerstürmen, dem Blitz, der zu Lande und zu Wasser einschlägt.

Gehörte ich dahin, wo ich all meine Sonnenaufgänge gesehen hatte, oder dorthin, wo Papa und Mama herkamen? Vor tausend Jahren hatte es in Beiahêm nur Wasser gegeben, und zu Wasser würde es wieder werden. Nur die Menschen lösten sich ab. Nur sie.

Auf der anderen Seite des Wassers wohnte eine andere Art Menschen. Dort ging ich hin. Meine Kinder (hoffentlich von Binck) würden in ihr Tagebuch schreiben: die Mutter der Mutter der Mutter der Mutter der Mutter.

68

Wir hatten die letzte Eisscholle hinter uns gelassen, jetzt lag nur noch glattes Eis vor uns, eine unendliche Fläche. Das schwarz gefrorene Meer glotzte Mose und mich herausfordernd an. Hinter uns gab Moses Vater den anderen das Zeichen, das Eis zu betreten. Sie hielten etwa hundert Meter Abstand von uns. Sobald Mose und ich einen Schritt machten, gingen auch sie einen Schritt weiter. Sie folgten jedem unserer Schritte und behielten uns gut im Blick. Das alles fühlte sich sehr seltsam an, aber vielleicht fühlte es sich immer seltsam an, wenn man kurz davor war, eine ganz besondere Tat zu vollbringen.

Mose drehte sich immer wieder um, sie wollte sichergehen, dass sie ihren Vater noch sah.

»Lass uns hier auf die anderen warten«, sagte sie dann.

Jetzt schon war sie müde. »Das hat man davon, wenn man so viel Eigengewicht mit sich schleppen muss«, hätte meine Mutter gesagt. »Aber das viele Fett hält auch warm«, hätte mein Vater geantwortet.

»Bitte, lass uns hier warten«, wiederholte Mose.

»Nein«, sagte ich. »Dein Vater hat es selbst gesagt. Wir sind die Vorhut. Wir wollen doch die Ersten sein?«

»Ach, hör doch auf damit, Nhung. Das Eis wird hier dünner, glaube ich.«

Es knirschte und knackte unter unseren Füßen. Ich hatte gelernt, dass auch Eis sich manchmal nur anstellt.

»Hast du etwa Angst?«, fragte ich und blieb stehen.

Weit hinter uns sahen wir die anderen ebenfalls auf dem Packeis stehen bleiben.

Mose sagte nichts.

»Was ist? Hast du etwa Angst?« Ich sprang ein paarmal auf und ab. Das Eis protestierte.

»Das ist nicht witzig«, sagte Mose.

»Gut, dann gehen wir eben weiter.«

Mose schüttelte den Kopf. Sie biss sich auf die Lippen.

Ich versuchte, meine Hand zu befreien.

»Dann gehe ich eben allein«, sagte ich. »Schisshase.«

Im ersten Moment dachte ich, dass sie mich ganz fest hielt, aber als ich genau hinschaute, waren nur unsere feuchten Handschuhe aneinander festgefroren. Ich zog meinen Handschuh aus. Er blieb an ihrem hängen.

»Bleib hier«, sagte sie panisch.

Ich streckte meine nackte Hand hoch in die eiskalte Luft.

»Wovor hast du denn solche Angst?«, rief ich und entfernte mich einen Schritt von ihr. Ich lachte.

Sie blieb stocksteif stehen. »Ich weiß nicht.«

»Wir sind doch Freundinnen?«

»Ja, klar.«

»Wir haben was Großes vor, wir sind es, die die Menschen von hier wegführen, kapierst du das denn nicht?« Aber das kümmerte Mose kein bisschen. »Weißt du was?«, fuhr ich fort. »Ich nehme dein Angebot an.«

»Ich habe dir nichts angeboten«, sagte Mose.

»Doch. Du hast gesagt, ich kann deine Schwester sein, wenn ich will. Jetzt bin ich einverstanden«, sagte ich. »Am neuen Ort werden wir Schwestern sein. Aber nur, wenn ich die Jüngere sein darf, obwohl ich älter bin.«

»Nur drei Wochen«, schrie sie und entspannte sich ein bisschen, »du bist nur drei Wochen älter!«

»Trotzdem«, sagte ich, »die Jüngere kriegt immer eine Extrawurst. Und Besuch ist auch immer ganz scharf auf die Jüngere.«

Darüber musste Mose lachen. »Okay«, sagte sie, »dann sollst du die Jüngere sein, obwohl du die Ältere bist.«

»Wir können uns am neuen Ort auch einen neuen Namen geben.«

»Wie soll das denn gehen?«

»Ganz einfach, wir können uns doch was ausdenken.«

»Das geht nicht.«

»Doch, natürlich, am neuen Ort geht alles, die Leute dort kennen uns doch nicht! Dann will ich Frida heißen.«

»Pff, wieso solltest du das denn wollen?«

»Ich weiß nicht«, sagte ich, »alle Fridas haben ein rätselhaftes Leben. Sie können jeder Geschichte, die schon zu Ende ist, ein anderes Ende geben.«

»Die glauben dir nie, tu nicht so doof«, sagte Mose. »An dem neuen Ort werden sie dir nie glauben.«

Vielleicht hatte Mose recht, am neuen Ort wären wir die Fremden. Dann war es vielleicht besser, sich erst mal ruhig zu verhalten, bis die Leute sich an uns gewöhnt hatten.

Mose zupfte meinen Handschuh von ihrem ab. Auf ihren Lackschühchen schlitterte sie zu mir. Jedes Mal, wenn das Eis ächzte, kreischte sie laut zur Antwort. Ich hatte sie lieb, wie sie sich da wie eine herausgeputzte Rauchwurst übers Eis schlängelte. Sie gab mir den Handschuh. Und drei Lakritzbonbons, die sie aus ihrem Pelzmantel nahm.

»Ich gehe zurück«, sagte sie. Ihre Worte hallten übers Eis.

Ich – gehe – zurück.

Wir hatten uns gerade mühsam übers Packeis gekämpft und waren auf der glatten Fläche gelandet. Es konnte nicht mehr weit sein.

»Papa hat gesagt, ich darf bis hier gehen, genau hier, und dann soll ich kehrtmachen«, sagte Mose.

Ich sah sie an. Mein Magen krampfte sich zusammen, als hätte ich gerade was Falsches geschluckt. Das war aber unmöglich, gegessen hatte ich zum letzten Mal vor vielen Stunden, Weißbrot mit Erdnussbutter und Sambal, kurz bevor ich aus dem Haus gegangen war.

Warum sollte Moses Vater so etwas sagen? Warum sollte sie bis hierher mit und dann kehrtmachen? Mose schaute ernst, es war kein Scherz.

»Er hat gesagt, dass du weitergehen sollst, ich soll dir ausrichten, dass du weitergehen sollst. Du bist bestimmt mutiger als ich, hat er gesagt.«

An der Küste hatten Zebra und Angel mich so neidisch angesehen wie noch nie, ich kam mir groß und stark vor, und auch Binck hatte kaum glauben können, wie mutig ich war.

Ich entfernte mich einen weiteren Schritt von Mose.

»Komm doch, wenn du keine Angst hast«, provozierte ich sie. »Wir wollen die anderen doch nicht enttäuschen?« Ich fing an zu lachen. Vielleicht war mein Lachen ja genauso ansteckend wie ihres. Doch Mose rührte sich immer noch nicht von der Stelle. Und lachen tat sie auch nicht.

»Papa hat gesagt, ich darf nur bis hierher mit.«

Dann drehte Mose sich um, ohne einen Blick, ohne ein Wort, und ging zurück. Unbeholfen kletterte sie über die Eisschollen, ohne sich noch ein einziges Mal umzudrehen.

Der Tod durch Ertrinken ist ein sanfter Tod, sagen die Leute, die es nicht wissen können.

69

»Mose!«, rief ich ihr hinterher. Ich wollte ihr nachgehen, zurück zu den Menschen, die nur hundert Meter hinter uns standen, doch etwas in mir sagte, dass sich alles um den jetzigen Moment drehte. Den Moment, in dem es um Mut ging. Ich war stolz auf mich, dass ich höher stand als alle anderen, dass ich keine Angst hatte. Mose hatte einen Rückzieher gemacht, aber ich nicht. Ich nicht. Das hatte ihr Vater verdammt richtig erkannt. Ich schaute über die Schulter, ob ich Mose noch sehen konnte, aber sie war wohl schon wieder bei ihrem Vater und allen anderen.

Bei jedem Schritt sah ich Pirouette vor mir.

Geh weg, sagte ich im Stillen zu ihr. Doch sie schüttelte nur das Köpfchen. Wie immer, wenn sie mit mir geschimpft hatte. »Geh weg!«, zischte ich und fing an, übers Eis zu rennen.

Einfach nur einen Fuß vor den anderen setzen, so schwer ist das nicht, Nhung. Die Sonne konnte mir kaum folgen, die Menschen hinter mir erst recht nicht. Ich hatte inzwischen einen zu großen Vorsprung.

»Komm, lass uns hier warten«, hätte Pirouette gefleht. »Bitte, bleib stehen, Nhung.« Aber sie sagte natürlich nichts mehr, denn ihr Köpfchen war ein ganzes Stück vom Körper entfernt gelandet, als ich sie vor dem Aufbruch noch rasch im Schnee begraben hatte. Vielleicht fügte das

Eis beide Teile wieder zusammen, dann käme sie zumindest als ganzer Vogel in den Himmel.

Jetzt mischten sich die Götter ein. Es fing an zu donnern und zu krachen, als könnte jeden Moment ein heftiges Gewitter ausbrechen. Sie versuchten, mir vom Himmel aus Angst zu machen. Das gehörte zur Mutprobe.

»Ich fürchte mich vor gar nichts!«, rief ich nach oben. Das Eis ächzte und krachte immer mehr. »Und du brauchst dich nicht so anzustellen«, rief ich dem Eis zu. Papa wäre stolz auf mich gewesen, bestimmt blickte auch Moses Vater stolz zu mir herüber. Dann waren also schon mal zwei Menschen sehr stolz auf mich. Für jeden weiteren Schritt brauchte ich Mut. Ich fing an zu lachen und konnte nicht mehr aufhören, ein alles übertönendes Gelächter.

Als ich mit dem Fuß durchs Eis brach, stach mir die Kälte hundert dicke Nadeln in die Ferse.

Natürlich konnte ich schwimmen, alle in Beiahêm konnten schwimmen. Kaum war der Winter vorbei, drohte die Schneeschmelze alles unter Wasser zu setzen, zum Glück konnten die Leute also schwimmen. Brustschwimmen war um einiges leichter als Kraulen. Aber ich traute mich nicht, den Kopf unterzutauchen, dann geriet ich in Panik. Nach dem Test, bei dem wir angezogen Bahnen ziehen mussten, hatte zum Glück keiner gesehen, dass ich geweint hatte; rote Augen vom Chlor hatten wir alle.

Warum war Mose zurückgegangen, warum war ich so weit vorausgerannt? Das Wasser presste meine Lunge zusammen. Ich schaffte es nicht mehr, den Mund geschlossen zu halten, versuchte, nach Luft zu schnappen. Dabei schluckte ich so viel Wasser, dass mein Bauch fast geplatzt wäre. Vor Schreck schloss ich die Augen, aber so konnte ich natürlich nicht sehen, wo ich war. Man muss immer die Augen offen halten zur Orientierung, egal wie viel Angst man hat. So hatten es die Guerillakämpfer im dunklen Dschungel gemacht. Sie hatten immer die Augen offen gehalten. So, mit ihren offenen Augen, hatten sie den ganzen Krieg gewonnen. Das kalte Wasser tat mir in den Augen weh. Ich bereute, dass ich sie geöffnet hatte. Wo war unten, wo oben? Es machte keinen Unterschied, unter Wasser schien es das nicht zu geben. Überall war Wasser. Ich schlug wild um mich. Was hatte mir der Bademeister beigebracht? Was musste man beim Schwimmen mit den Beinen machen und was mit den Armen? Warum kam ich nicht voran? So hatte ich es bestimmt nicht gelernt. Dir kann gar nichts passieren, versuchte ich mir einzureden. Dann sah ich Eloy vor mir und wurde ruhiger, der schwamm nämlich wie ein Geisteskranker, so wollte ich nicht aussehen.

Es gelang mir, nach oben zu schwimmen. In meinem Kopf platzten kleine Colabläschen. Kein Grund zur Panik, Menschen kommen gut neun Minuten ohne Sauerstoff aus. Manche Mönche konnten beim Meditieren zwanzig Minuten lang die Luft anhalten. Aber so trainiert war ich nicht. Diese tibetischen Mönche setzten sich nackt in den Schnee und trockneten ihr Gewand, indem sie ihre Körpertemperatur erhöhten. Meine Lunge schien bersten zu wollen vom eingedrungenen Salzwasser. Salz macht alles kaputt. Zum Beispiel hatte Salz sogar Opas Grab weggefressen, und dabei war ich viel weicher als Opas marmorner Grabstein. Die Salzkörner bissen mit Leichtigkeit kleine Happen aus den Innenwänden meiner Lunge.

Ich war fast oben. Ruhig weiterschwimmen und dann

gleich Luft holen. Dann hätte ich es geschafft. Sicher standen dann Mose und ihr Vater mit dem Handtuch in der Hand da und warteten auf mich. Bestimmt fragten sie sich, warum ich so lange brauchte, bis ich wieder oben war. Alle wussten, dass ich zwar nicht die schnellste Schwimmerin war, aber am meisten Begeisterung an den Tag legte. Ich kam immer an, im Gegensatz zu Eloy, der zweimal auf den Boden des Schwimmbeckens gesunken war. Der Bademeister musste ihn mit dem Netz rausfischen. Er hatte gezittert wie ein Baby. Ich an seiner Stelle hätte mich zu Tode geschämt.

Fast oben. Noch zwei, drei Schwimmzüge, sagte ich mir. Noch einer. Zum Glück, ich war nämlich nicht so stark wie die Mönche.

Über mir war eine dicke Eisdecke.

Ich hämmerte mit den Fäusten dagegen, doch das brachte offenbar gar nichts. Ich schlug immer weiter, bis ich keine Kraft mehr in den Armen hatte. Dann tastete ich mich mit den Händen am Eis entlang, auf der Suche nach einem Loch. Es gab keins. Wie sollte Moses Vater mich mit dem Handtuch abtrocknen, wenn da kein Loch im Eis war?

Das Eis ächzte und schnaubte, ließ mich aber nicht durch. Als wollte es sich an mir rächen, weil ich es gerade ausgeschimpft hatte.

Ich sank zurück in die Tiefe, als würde mich ein Meeresungeheuer an den Füßen runterziehen.

Aus meinem Mund kamen Bläschen. Sie kitzelten einen großen Rochen über mir, er krümmte und wand sich vor Vergnügen. Es war derselbe Rochen wie auf Bincks Matheheft. Wie kam der Rochen vom Heft hierher?

Ich konnte die Beine nicht mehr bewegen, meine Arme hingen schlaff runter, also ließ ich mich ruhig sinken und schloss die Augen.

Als ich sie wieder öffnete, sah ich, dass ich mitten im Riesentang gelandet war.

Hunderte von Bäumen mit Stämmen, so dünn wie Schnüre, schwebten im Wasser. Umgeben von hellgrünen Wedeln, die sich in der Strömung wiegten. Der meterlange Seetang, der hoch zum Himmel aufragte, aber auch tief zum Meeresboden reichte. Was hatte der große Wald hier zu suchen? Warum hatte mir keiner gesagt, dass unter Wasser ein ganzer Wald wuchs?

Jeder einzelne Wedel war so groß wie das Dachfenster in meinem Zimmer. Riesengroße Blätter, zwischen denen ich ewig umherirren konnte. Bestimmt fragte sich der Tang, was für eine seltsame Fruchtfliege da einfach so zwischen seinen Wedeln schwebte.

Das Wasser legte sich wie eine Decke um mich. Mir war nicht mehr kalt, zum Glück. Das Blut strömte zurück in meine Finger, meine Zehen.

Hätte ich gewusst, dass ich durchs Eis krachen würde, hätte ich mir zumindest was anderes angezogen.

Weit unten im Meer ist es manchmal richtig dunkel. Doch die Sonne stand immer noch am Himmel und schickte ihre Strahlen in die Tiefe. Dreizehn Minuten nach fünf.

Meine Schwester schwebt vorbei, sie winkt mir lachend zu. Sie ist noch genauso groß wie an dem Tag, als ich sie zum ersten Mal in der Kloschüssel sah, und sieht trotzdem kleiner aus, aber vielleicht liegt es daran, dass ich selber größer geworden bin. Sie kann froh sein, dass sie nur so kurz da war, sage ich ihr, da oben bei uns.

»Hier, im Wasser, fühlt es sich gut an«, sagt sie zu mir.

Meine Bilder treiben vorbei. Die hatten Zebra und Angel doch in den Fluss geworfen, wie sind sie dann hierhergekommen? Die Porträts aller Menschen, die ich gemalt habe, treiben an mir vorbei. Die Augenbrauen meines Vaters schweben lose zwischen den Fischen. Auch Amours Ohr schwebt mitten im Seetang. »Was würdest du denken, wenn du mich jetzt sehen könntest, Papa?«, frage ich ihn. »Was würdest du dazu sagen, was aus mir geworden ist? Warum bist du weggegangen, war es alles nicht gut genug für dich, da bei uns?« Aber er hört mich nicht, die Strömung hatte seine Ohren schon mitgerissen.

Wo ist Mama – die sehe ich nicht – wo ist Mama – sie ist nirgendwo hier im Wasser. Was hätte sie hier auch zu suchen, sie fürchtet sich vor dem Meer. Die hockt immer noch wie ein Hünengrab in der Psychiatrie. Was werden die Leute ihr sagen, wenn sie fragt, wo ich bin? Was sagen sie ihr dann? Ob sie meine Wimperntusche danach noch anrührt?

Es tut mir leid, Mama. Es tut mir leid, dass ich dich nie nach Kalifornien mitgenommen habe, um für dich Fische mit bloßen Händen aus dem Wasser zu holen. Es tut mir alles so furchtbar leid.

Ich weine.

Ich sehe die Blicke von Zebra und Angel. Sie sehen, wie mutig ich bin. Ich sehe Binck, der mich stolz ansieht. Er sieht, wie mutig ich bin.

Hätte ich mir doch nur was anderes angezogen.

Wenn Amour ein Buch in der Luft schreiben kann, dann kann ich doch sicher eins unter Wasser schreiben.

Kerzen, unter Wasser sind Tausende von Kerzen, warum wissen es die Menschen, die oben leben, nicht? Sie haben nicht richtig hingeschaut, glaube ich. Sie haben sich das Wasser nie richtig angeschaut, nie gesehen, woraus der Meeresgrund besteht. Es sieht so sagenhaft schön aus, das ganze flackernde Licht der vielen Kerzen.

Der Fluss, der auch eine Göttin ist und die Seele des Dichters dorthin gebracht hat, wo sie hingehört. Das fällt mir plötzlich ein. Aber das darf ich nicht denken, so was darf ich nicht denken, sonst klebt mich Herr Lever wieder an die Decke. Was für verrücktes Zeug man denkt, wenn man keine Luft kriegt.

Tausend Dohlen fliegen über dem Wasser, rufen: »Frei, frei, wir schweben so hoch und so frei.«

Schwarze Dohlen heben sich von weißen Eisschollen ab. Tausend Dohlen, Tausende von Dohlen.

Am nächsten Tag

»Die Kälte fraß sich in den Menschen hinein.«

Dieser Satz stand auf einem Blatt Papier, das an die Küste wehte. Er stammte aus einem Buch. Der Mann, der das Blatt Papier fand, konnte ihn nicht lesen. Er packte sein Butterbrot mit dem Blatt Papier ein.

Am Tag darauf

Am Tag darauf kam ein anderes Blatt Papier angeweht. Es flatterte in den Briefkasten der letzten Nutte auf dem Deich.

»Eigentlich überhaupt kein Ort, keine Stadt und kein Dorf, nein, ein Trug und eine Ausgeburt der Fantasie. Eine Lüge, in der keiner die Verantwortung für die Menschen übernahm und für das, was mit ihnen geschah. Ein Lügenmärchen ohne Sinn und Ziel, ein leichtfertiges Spiel mit Menschenleben und heiligen Dingen, und mit Vieh und Kaninchen.«

Dieses Blatt Papier fand keiner, die Nutte schaute nie in ihren Briefkasten.

Nhung wird vermisst

Die Bewohner von Beiahêm zahlten eine Summe Geld aus, den Preis für die mutigste Person. Nach Nhungs Unglück auf dem Eis hatten die anderen kehrtgemacht. Sie hatten sie nicht mehr finden können und gingen davon aus, dass das Meeresungeheuer sie verschlungen hatte. Die einzige Angehörige, die den Preis in Empfang nehmen konnte, war die Spinnerin. Im *Kale Biljart* heulte die Spinnertante Rotz und Wasser – vor lauter Stolz – und nahm den Preis im Namen der Familie in Empfang. Sie wollte ihn einem guten Zweck zukommen lassen.

Tahiti

Es war ein heißer Tag. Der Mann beschloss, ins Museum zu gehen. Normalerweise konnte er mit Kunst nichts anfangen und fand es schade ums Geld, aber an einem so extrem heißen Tag war das Museum der einzige Ort, an dem man Abkühlung fand. Nirgendwo sonst auf der Insel gab es eine Klimaanlage. Seine einjährige Tochter trug er auf dem Arm. Sie konnte seit Kurzem stehen, und er war so stolz auf sie, dass er sie den ganzen Tag lang allen zeigte. Sie trug ein violettes Baumwollkleid und Ballerinas. Seine andere Tochter, die schon acht war, spielte ein Stück weiter auf dem Boden mit ihrer neuen Holzpuppe. Seine Frau, hübsch und jugendlich, stellte sich hinter ihn und flüsterte ihm ins Ohr: »Das da gefällt mir gut. Als würde der Künstler uns kennen, uns und unser Leben hier«, sagte sie und schauderte.

Ihr Mann ging zum nächsten Bild. Obwohl überall Schilder hingen, man solle die Bilder nicht berühren, konnte die Frau sich nicht beherrschen, sie wollte spüren, was der Maler gespürt hatte, und sah sich um. Dann strich sie mit den Fingern übers Glas, am Rahmen entlang. Außer ihnen war sowieso keiner da. Sie schloss die Augen und atmete tief ein. Sie war glücklich mit ihrem Mann, der eines Tages einfach so angeweht war. Er wollte nichts darüber preisgeben, wo er herkam. Genauso wenig wie darüber, was er machte. Und das sah sie als großes Glück an. Ihr Leben mit jemandem ohne Geschichte, ohne Wurzeln zu teilen. Ihr Zeigefinger blieb hinter dem Rahmen an etwas hängen. Sie pulte es heraus, der Duft von Jasmin verbreitete sich. Es sah aus wie ein Würfel. Sie faltete ihn auseinander. Es war ein Brief in der Schrift eines Kindes, aber um einiges ordentlicher als die Schrift ihrer älteren Tochter.

Lieber Papa,

ich wünschte, du wärst hier. Aber eigentlich bin ich froh, dass du es nicht bist. Hier ist es nicht immer sehr schön. Ich möchte dir alles Mögliche über den Schnee erzählen, aber du würdest mir nicht glauben. So was muss man mit eigenen Augen gesehen haben. An den Tagen, an denen ich größer bin, groß wie die Künstler, kann ich es sehen, aber das kommt nur sehr selten vor. Dann küsse ich den Boden, auf dem ich gehe, dann umarme ich das Wasser und sehe klar. Wer du bist, wer Mama ist. Und dann ist es alles gar nicht mal so schlimm.
Ich bin ganz schön groß geworden. Hier steht es, ich dachte, es interessiert dich vielleicht, was ich so mache:

April 140 cm
Mai 141 cm
Juni 146 cm
Juli 146 cm
August 146 cm
September 143 cm
Oktober 148 cm
November 147 cm
Dezember 148 cm
Januar 150 cm
Februar 151 cm
März 152 cm

Ich hoffe, du liest meinen Brief eines Tages und die Seeräuber haben dich nicht gefunden. Das haben die Leute nämlich gesagt, dass die Seeräuber dich erwischt haben. Aber ich glaube den Leuten nicht, weißt du.

Alles Liebe,

Nhung

PS: Du fehlst mir.
PS 2: Sehr.

Ein leichtes Lächeln spielte um den Mund der Frau. Sie faltete den Brief zusammen und steckte ihn wieder hinter den Rahmen. Dann ging sie zu ihrem Mann, der fallende Äpfel betrachtete, und küsste ihn in den Nacken. Ihre ältere Tochter nahm ihren kleinen Finger und fragte: »Gehen wir jetzt nach Hause?«

»Ja, mein Liebling«, sagte sie, »aber erst gehen wir noch kurz zur Klimaanlage. Dafür haben wir schließlich bezahlt.«

Nachtrag

Beim Leben und beim Schreiben habe ich mich von vielen Autoren inspirieren lassen.

Autoren von hier und von dort, von damals und von heute.

Die Zitate auf den Seiten 393 und 394 sind dem Roman *Die Legende vom Lügen* von Torgny Lindgren in der Übersetzung von Verena Reichel entnommen.